“

愿佛祖保佑你

以后会有另外一个人

像我像她

一样真挚无悔地爱你

我的少年梁嘉诩。

”

· C H U N Z H I Q I U Y U ·

有爱的青春陪伴者

所有的感情故事，

精彩的是怎么开始，

动人肺腑的却是怎么结束。

——简 媜

春枝秋雨

帘十里 著

Spring branch
Autumn rain

花山文艺出版社
河北·石家庄

图书在版编目（CIP）数据

春枝秋雨 / 帘十里著. -- 石家庄 ：花山文艺出版社，2021.7（2024.1重印）
ISBN 978-7-5511-5707-0

Ⅰ. ①春… Ⅱ. ①帘… Ⅲ. ①长篇小说－中国－当代 Ⅳ. ①I247.5

中国版本图书馆CIP数据核字(2021)第131516号

书　　名：春枝秋雨
CHUN ZHI QIU YU
著　　者：帘十里

责任编辑：于怀新
特约编辑：雪　人
装帧设计：颜小曼　西　楼
封面绘制：陈叉子
美术编辑：陈　淼
出版发行：花山文艺出版社（邮政编码：050061）
（河北省石家庄市友谊北大街330号）
销售热线：0311-88643299/17
印　　刷：天津睿和印艺科技有限公司
经　　销：新华书店
开　　本：880mm×1230mm　1/32
印　　张：10
字　　数：308千字
版　　次：2021年7月第1版
2024年1月第3次印刷
书　　号：ISBN 978-7-5511-5707-0
定　　价：45.80元

目录

CHUNZHI QIUYU

目录

CHUNZHI
QIUYU

第一章 走向他只需要十二步

说起秋天，叶絮只能想起2011年的秋天，她后来在很多城市辗转停驻，但仍只记得2011年南城的秋天。

有了对比，她才发现南城的天气很宜人，虽然城区的空气质量不太好，但郊区还是很清新的，特别是那个被誉为南城后花园的地方，她的家乡。

南城把一年四季划分得明明白白，叶絮在这里生活了十几年，察觉到两个变化，夏天一年比一年热，冬天河面结的冰越来越薄。

2011年炎热的夏天过去后，很快迎来了秋天，大约在9月下旬，天气一下子转凉了，接连下了好几场大雨。

那时候她已经认识了梁嘉泓，并且两人走得很近了。

2011年，叶絮考上了本地一所普通高中，那所高中正好新装修，修建了几幢教学楼和画室楼，宿舍、食堂也是新建的。

她从小成绩一直不怎么好，所以能考上高中她已经很知足了。

很早以前，她对这个学校就有一种莫名的向往。

读初一的某一天，叶絮从乡下坐公交车去城里。大清早的，城里的街道上也没几个人，在公交车靠近医院的车站停留时，上来两个穿黑色校服高中生模样的男生，背着晨光，个子很高，英气逼人。

叶絮没看清他们的模样，只是想，自己如果能去这个高中就好了，因为他们看起来那么自由又轻松。

8 月 1 日，新生第一次报到，交学费，集合。

说起班主任，叶絮永远记得第一次见他的时候。

他不高，头发有点卷，戴着细边的眼镜，啤酒肚，衬衫塞在裤子里，看起来并不严厉，倒有几分亲切，但其实是个难对付的主儿。

她路过 101 教室，班主任正好在门口和别人谈话，她顺便问了一句，他给她指路，当时她还不知道他就是自己的班主任。

101 教室是一个实验室，有点破旧，实验桌上绿色桌垫的边边角角都起了毛，上面都是水笔印迹，留下了往届学生的惆怅和调皮。

叶絮择了个靠窗的位置坐下，阳光烂漫，头顶的吊扇有一搭没一搭地转着，教室里出奇地安静，因为谁也不认识谁。

人总是对别人的第一印象记忆深刻，也是在今天，叶絮见到了人生中的第一美女。

她走进来的时候好像全身都在发光，皮肤像白瓷，透着一种细腻光滑，中短发，发梢有点黄，人高高瘦瘦的，只是走路的姿势有点扭。

叶絮撑着下巴盯着她看了好久，觉得她真好看，像天使一样。

随后被叶絮问路的老师走了进来，就是他们班的班主任黄忠磊。

他说了一些祝贺词，一些鼓励语，然后强调了几遍军训的时间地点。

叶絮第一次踏进这个校园没有见到梁嘉泓，后来的军训也没有见到。

8 月中旬，他们一教室的人又在新校园集合，上了一辆大巴。

车厢里说说笑笑的，聊几句大伙就没了拘谨。

叶絮左边是个女生，扎着个马尾，戴着镜片很厚的眼镜，脸形有点偏长，很文静，从头到尾一言不发。那时候叶絮还不是很会主动搭讪，就这么在纠结要不要与女生成为朋友的过程中到了军训的地点。

车程将近两个小时，是一个综合训练基地，但听说也是民兵训练的基地——进家村。

它原先只是个小村落，可上头要开发这片，于是打造成了一个集旅游、训练、农业于一体的生态村。

叶絮对这儿并不陌生，她从小的春游秋游一般都只去两个地方：一是进家村，二是动物园。

那天的天气很热，热到排在她前头的女生脖子上的防晒霜都晒化了，像淋在身上的牛奶，她犹豫着要不要告知，却被别人捷足先登。

前排的女生灿烂一笑，小眼睛眯得快看不见，是个活泼热辣的性子。

他们排着长队依次进了住宿区。

等叶絮进入宿舍的时候，床位被选了，她没得选，其他人早就抱团，只留给她一个空着的床位，之所以空着是因为同睡这张床的女生满脸痘痘，看起来木讷得很，其他人都不愿意和这个女生一起。

叶絮倒也无所谓，也没有其他选择，她把背包一放，朝那女生问道："我可以睡这里吗？"

女生惊慌失措地推了推眼镜，说道："好，可以。"

那个女生后来被孤立了三年，她是唯一一个没有绝对的好友，也没有被她们拉进同学群的人，不是因为她不合群，而是班上的人都不愿意与她交往。

她们睡的床是一排并列的。叶絮虽和这个女生睡一张床，但在叶絮的左手边就是那位像天使一样的女生。

叶絮想了很久，和对方搭讪了。那长得像天使一样的女生出乎意料的开朗活泼，她原以为这样漂亮的人会是高冷又自以为是的。

她们交换了 QQ 号和手机号，还有名字。

天使女生有个比较男性化的名字——邬天赐，显而易见，她是她爸妈天赐的宝贝。

暂定由一个女生担任班长，个子矮还有些微胖，名字也很奇怪，叫赵金金，是个爱笑、无比乐观的女生，她的长相很容易让人记住，因为她的嘴角有一颗大痣。

赵金金从大门那边跳进来，笑哈哈道："要发军训服了，大家得把尺寸报给我。"

大伙纷纷点头。

叶絮冷不丁地说了一句："报名那天班主任做过统计了，我想去问他要名单会省事点。"

赵金金尴尬地笑道："是吗？我都不知道。"她挠挠头，又欢快地蹦了出去。

军训大约进行了一个星期，枯燥乏味，唯一的好处就是有些面孔已经熟了。

这个年龄的少年极其容易蠢蠢欲动，各自都私底下说着谁好看谁帅气，当然，普通人居多，他们班是没有惊天大帅哥的。

那会儿的叶絮有点以貌取人，不过后来发现班里的男同学都是很有魅力的人。

9 月初正式开学，踏入高一。

叶絮从乡下来，城里没有居所，虽然她户口是这边的。

叶母给她申请了宿舍，叶絮也很乐意住，她还没体会过寄宿的感觉。

宿舍是六人间，班上寄宿的女生一共也就七个人。

那一天，她们各自选择了座位和同桌，叶絮简直觉得自己三生有幸，能和天使女生做同桌。

不过她记得那天还是没有看见梁嘉泓。

他没有参加军训，也没有来报名。

开学半个月，除了宿舍里的人，叶絮只和邬天赐，还有前后桌的男生说过话。她几乎一天到晚不离开座位，走路也是低着头，低头是她的习惯。

那半个月，她连班里其他男同学的名字都不知道，那也是她纯情历史的最后篇章。

叶絮万万没有想到，她的同桌很成熟，那会儿的她是个连“笨蛋”都说不出口的女生。

邬天赐和后头的两个男生是小学校友，他们都在这块上学，所以班里有很多学生都是老同学。

坐叶絮后面的是一个一米八高的胖子，他身材匀称，是让人觉得顺眼的胖，而不是那种油腻的胖。

他有些少年白头，后来听说是吃药吃的，他身体上有点毛病。

他叫李齐。

李齐是第一个和叶絮熟悉的男生。叶絮那阵子厌烦了做作业，像个坏学生一样整天拿他的作业抄。而他也是找高年级借的去年的练习册，他们那一片都抄这一本。

数学老师“佛系”，暗示了几次，也不管。

叶絮进高中一开始有些倦怠，她总觉得中考那么辛苦，她需要给自己再放点假。

和所有人的相遇都比不上和梁嘉泓的。

9月中旬，气温还有点高，他们穿的是统一的校服，黑色短袖和裤子，边上有两条橙色的条纹。

中规中矩的校服被学生们穿得花样百出，有气质的人穿什么都是好看的，女生会把裤管卷起来，这在大人眼里叫“摸鱼”，而在她们眼里叫风骨。

那时叶絮终于有勇气离开座位，在教室里走两步，独自上个厕所。

她们中午一般吃的校门外的小摊上的东西，煎饼、小笼包，或者肉夹馍，不过夏天凉面最好吃。

叶絮按照惯例和邬天赐去买凉面，打包回来在教室吃，两人一边吃，一边垂着脑袋偷偷看掩藏在书桌里的手机。

“嘿！老师来了！”

“咚——”

课桌被撞响，两个女生一下子挺直腰板，装得若无其事，眼睛瞟了两圈，哪有什么老师。

是李齐在吓唬她们。

叶絮喘了口气，嘀咕道：“李齐，你好讨厌。”

“小叶子，这可不怪我，是你们偷偷摸摸干坏事，不遵守校规。”

邬天赐转身狠狠剜了他一眼：“找削呢？”

“来啊，你削啊！”

叶絮摇摇头，继续吃面。

每次在她差不多吃完的时候，班上同学就陆陆续续回来了，有人去上厕所，有人去小卖部，有人坐在座位上聊天，而那群男生总喜欢坐在后面谈笑风生。

叶絮的座位在倒数第二排，所以能听得清清楚楚。

男生A说：“下午打不打篮球？我这球科比签过名的。”

男生B说：“签名？签个鬼。”

男生 C 说：“快让我舔舔，我帮你舔干净这签名。”

男生 D 说：“边儿去。”

叶絮从邬天赐的座位空隙里挤过去，她走到讲台那边扔凉面盒子。

蓝色的大垃圾桶已经堆满了，散发着各种垃圾食品的味道，但他们都不觉得熏人，反倒是香的。

窗户开着，外面是新建的水池和花园。

花园里屹立着几棵香樟树，中间的假山遮挡住了对面的办公室。

微风拂面，空气中带着草木的味道，池塘里的鲤鱼摇着尾巴象征性地游几下，一到中午一切都变得懒洋洋的。

叶絮扔了垃圾转身往座位走，一转头就看见了梁嘉泓。

他和所有同学一样，穿着黑色的校服。他倚在桌边，一手插着裤袋，一手握着 AD 钙奶喝，嘴角勾着若有似无的笑。

慵懒的阳光将他整个人照得熠熠发光。

刚刚那些男生的对话里没有他的声音，他是个不会说粗话的人，也不屑吹那些牛。

叶絮很自然地往座位走过去，一步一步，和他越来越近，也把他看得越发清楚。

少年的头发乌黑，碎发垂在额前，稍稍遮掩了他的眉眼，在那道阴影之下是一双漆黑的眼睛，眼里有让人摸不着边际的沉与黑。

他吸了几口，发现喝完了，微微侧身，抬起手肘，对准窗外，手腕一动，用的是投篮的姿势，酸奶瓶被扔了出去，在空中划出一道漂亮的弧线。

扔完他转过身，微微弯了点腰，懒懒散散地靠在那儿开始和他们说笑，那些浅淡的笑容很好地遮掩了他骨子里的寡淡和漠然，以至于让人看第一眼时错认为这个男生是温暖的。

叶絮垂下眼，也回到了座位。她提起笔，对着空白的作业本无从下手，因为身后尽是少年们肆意张扬的声音。

叶絮喜欢他，用了十二步。

很久以后，叶絮和朋友说起，她都无法解释这是为什么。

明明那边有那么多男生，为什么一眼只看到了梁嘉泓？

叶絮撑着下巴，耳朵竖着，每次课间休息都想听到他的声音，听听他说了什么话。

等数学老师布置完作业，叶絮习惯性地转过身问李齐要作业抄，视线扫了一圈，瞥到梁嘉泓，他正坐在座位上，闲散地靠着，和前排的男生聊天。

叶絮只敢看一眼，马上朝李齐伸手，说道："借一下练习册。"

李齐油腔滑调地说："小叶子，你不能这么一本正经地找我要作业，我也不能白给你，这么着吧，一次一百块。"

叶絮和他已经混熟了，才不怕他，伸手去掐他手臂。

李齐哇哇叫："你这是家暴！家暴！"

叶絮一怔，微微红了脸，没好气地说："什么家暴，快把练习册给我。"

李齐瞧着她，笑了笑，从课桌里掏出练习册递给她。

叶絮转过身的时候又瞥了一眼梁嘉泓，他还是那副样子，右手搁在课桌上，把玩着一支笔。

放学成了叶絮最欢喜的时刻，那是她可以肆意离开座位、肆意转身回头的机会，没人会在意，没人会发现什么。

她等赵金金整理课本，然后一起回宿舍。

赵金金从代理班长成了正式班长，得到全班好评的班长，叶絮也很喜欢她，她有叶絮无法拥有的真实。

赵金金坐第一排，叶絮很满意她这个位置，因为这样自己就可以倚在最前面，很自然地看着整个教室，特别是后排。

赵金金不好意思地笑着说："絮絮啊，我桌上有点乱，你再等我一会儿，我的本子找不到了。"

"没事，不急。"

基本上一放学梁嘉泓就会离开教室，他不整理书包，不等人一起走，和那几个男同学打个招呼，转着手机就从后门走了出去。

他从后面走出去只需要花费几秒钟，那几秒钟是叶絮一天之中最后的美好。

叶絮为了得知梁嘉泓的名字还费了点小心思。赵金金是班长，所以手里有名单，叶絮瞧那些名字瞧了很久。

才开学半个月，她有很多人不认识，老师上课点名一般是报学号，就算有同学被叫到名字，她也不会专门回头去看一眼。

这名单还真是让人瞧不出什么端倪。

第二天早上，叶絮和赵金金从食堂吃完早饭去教室，语文老师叫住了赵金金，让她把昨天的作业本发下去。

赵金金手里拿着水杯和英语书，还有两个茶叶蛋，实在腾不开手，于是不好意思地笑着说："絮絮，麻烦你帮我拿一下。"

叶絮接过，捧着作业本和她往教室走。

班长是个很忙的职位，什么事都得管，黑板没擦，她得吼一声，教室有垃圾也得吼一声，交作业也得吼一声。

语文课代表是个女生，和她们两个相比来得比较晚，那沓作业本是叶絮发的。

叶絮发作业本时，梁嘉泓正慢悠悠地走来，他一直走后门，因为离他的座位近。

大清早的，他就睡眼惺忪，看起来很累，坐在座位上倒头就睡。教室里闹成一团，他依旧睡得着。

叶絮走到梁嘉泓身边，把作业本递给他前面的男生，问道："你是刘靖吧？"

"嗯，是的，这个也给我吧，是我同桌的。"

"好。"

梁嘉泓身上有股很好闻的味道，是柔和的花香，靠近他就能闻到。

叶絮兜兜转转，边问名字边发，终于把作业本发完了，可没有梁嘉泓的。

他是真的不写作业。

不过他身上的味道真是好闻，也似曾相识。

叶絮花了一节课的时间，终于想起在哪里闻过。

她猛地拉住邬天赐，问道："你前几天身上那是什么香味啊？"

邬天赐一脸茫然地问："香味？我不喷香水的啊。"

"可你身上现在也很香，只是不是那个味道。"

“啊，你说那个啊，是洗衣液的味道啊。”

“你用的洗衣液牌子叫金纺？”

邬天赐想了想，说道：“好像是蓝色包装的那个吧。”

她们宿舍里的姑娘放学后会一起吃饭，一起逛超市。超市就在学校边上，是这块区域最大的超市。

赵金金买了一袋泡面和一包泡椒凤爪，叶絮则只拿了一袋蓝色包装的金纺。

舍友陈雨问道：“你怎么突然用金纺了？”

叶絮小声说：“只是想买。”

陈雨是假小子，喜欢穿中性的衣服，说话也跟个男孩似的，人很瘦，个头也不高，留着一头短发，戴黑框眼镜。

叶絮很喜欢性格爽朗大方的她，叶絮后来和她也交心过一阵子。

当晚叶絮把要换洗的衣服都用金纺泡了一遍，晾完衣服的时候，她的手上也都是那种花香，就好像梁嘉泓在身边一样。

叶絮是闻着这个味道入睡的，她觉得自己像个变态。

第三天，叶絮终于知道了梁嘉泓的名字。

那天中午，叶絮吃完凉面和邬天赐聊天，她已经没那么拘谨了，偶尔也会和李齐开玩笑。

她这人就这样，不熟一言不发，熟了掏心掏肺，典型的外冷内热。

叶絮坐在座位上，背靠着墙，右手肘撑在李齐的课桌上，像是无心地说道：“齐齐，我到现在也只认识你们几个男生，发个作业本还得问半天。”

李齐一拍腿，说道：“来，哥给你介绍介绍。”

“你都认识？”

“军训的时候都混熟了，还有几个是初中同学呢。”

这个班级只有叶絮来自很远的乡下，多数都是从小生活在这块区域的，他们都在这读小学、中学，是一个圈子的人。

叶絮这下真是无意地问：“哪些是初中同学啊？好巧啊，你们还能上一个班。”

李齐指向在那边玩手机的梁嘉泓说：“梁嘉泓，还有那边那个陈景程，那个女生也是，陈佳莉。”

叶絮微微抿唇，“嗯”了声。

梁嘉泓。

这个人原来连名字也那么好听。

叶絮浅浅笑着，又装作无意地问：“哎，那个梁什么的，怎么都不做作业？我看课代表一直催他，他也不理。”

李齐说：“咱们嘉泓啊，不用做作业，大佬就是这样的。”

叶絮后来上课又发呆了，心里盘算着怎么和梁嘉泓打招呼，不想太刻意，怕显得自己不够矜持。

无聊的劳动课上，老师讲了一通港城比赛后，说道：“有想报名的同学吗？去比赛的费用学校会出，但前提是要做得出东西。我问问啊，你们班坐过飞机的举个手。”

“噢……一个，两个。”老师说，“就两个啊。”

老师指指后面说：“那位同学，坐过几次啊，去过哪里？”

顶上的吊扇嗡嗡嗡转着，在这种安静的氛围下，教室里响起一道慵懒又清冷的声音。

梁嘉泓说：“很多次，不太记得了。”

他回答得散漫、不在意，像是在说昨天吃了，吃什么忘了。

仔细听，叶絮发现他的声音还有一点点沙哑。

叶絮握着笔在纸上画圈圈，心想：真是个有阅历的人啊，我连南城都没出过。

这样的人应该是可望而不可即的吧。

叶絮趴在了桌子上，圈也不画了。

老师尴尬地咳了一声，示意梁嘉泓坐下，然后继续说自己的经历。

第四天，叶絮终于如愿以偿地认识了梁嘉泓。

直到现在，叶絮仍是感激邬天赐的，尽管邬天赐一直说：“都怪我，要不是我，你们也不会成，你也不会这样。”

每天的日子都差不多，起床吃饭，上课休息，晚自习睡觉。

叶絮无心学习，不是因为梁嘉泓，而是真的厌倦了那种每天做几套卷子的生活。

玩了一上午游戏，输输赢赢，她终于通过了一关，看清了整张西施画像。这游戏设计得还不错，赢了会露一点儿画像，输了又会遮盖一点儿，很能激发人的胜负欲。

第四节课的下课铃打响，同学们一哄而散，个个都好似脚踩风火轮。

叶絮赶紧也给自己和邬天赐装上风火轮："得走快点，不然肉夹馍那边人好多。"

"我今天想吃煎饼馃子。"

"煎饼馃子那边人更多。"

其实除了数学、英语、物理、化学科目之外，叶絮还是挺用功的，她的语文成绩一直不错，当初是班里的语文第一名，班里的中考作文最高分，所以背背古诗，写点阅读理解题，她挺当回事的。

她和邬天赐都喜欢把食物打包回去，边吃边写作业，她们的目标一直都是放学后要零作业。

叶絮上晚自习时一般就是写点风花雪月的诗句，翻看几页历史书上的故事，再偷偷玩手机。

她们一个咬着肉夹馍，一个啃着煎饼馃子，右手都在齐刷刷地抄写诗词做翻译。

邬天赐还会时不时看手机回个短信，她有个偷偷喜欢了两年的男生。

叶絮见她叹气，问道："怎么了？"

"他让我周末去见他，可是我爸妈这个周末在家。"

邬天赐的爸妈管得很严格，所以每次她溜出去玩都要找借口。

叶絮说："那就好好说说嘛。"

"对了，你欣赏什么类型的男生？"

叶絮被呛了一下，这话题转得够快的。

邬天赐又说："我有个哥哥，人挺不错的，我介绍你认识吧。"

"别了吧，我……"叶絮想了想，还是告诉了她，"我有欣赏的人。"

邬天赐挑眉"哦"了几声，凑过脑袋问道："谁啊？不会是我们班的吧？"

叶絮瞧了她一眼，两个人对视一笑，心照不宣地懂了。

邬天赐拍着胸脯说："哪个，你告诉我！"

她沉默了一会儿，小声道："就是坐最后一排那个。"

"哪个？刘靖、李齐，还是王昊祥？"

叶絮从未亲口念过梁嘉泓的名字，扭捏了好一会儿后还是说不出口，她拿过笔，在纸上写下梁嘉泓的名字。

邬天赐笑得更贼了："原来是他啊！絮絮，你行啊，从什么时候开始注意他的啊？"

"就前几天吧。"

"想不想认识他？"

叶絮心一抽，还未反应过来，就见邬天赐拍拍她的肩膀，一转身就走向后排。那群男生又在饭后消遣，有一搭没一搭地聊着。

邬天赐目标很明确，十分直接地问："梁嘉泓，你要不要认识一下我同桌？"

叶絮恨不得一头撞死在课桌上，她的声音可以再大点吗？

叶絮拿着肉夹馍的手抖个不停，忽然什么胃口都没有了，心里七上八下的，简直坐立难安。

在嘘声中，叶絮听见梁嘉泓说："好啊。"

他的语气不曾变过，淡淡的，带着点笑意，慵懒而性感。

叶絮觉得自己就像一朵随着夜幕降临而慢慢蜷缩闭合的花朵，越缩越小，浑身皱巴巴的，直到梁嘉泓说好，她才猛地伸展开来，舒展着花瓣，重新盛开。

叶絮深呼吸了几下，佯装什么都没听，咬了一小口肉夹馍，继续抄写诗词，恍恍惚惚的，抄错了也不知道。

邬天赐屁颠屁颠地跑回来，把草稿纸往叶絮面前一拍，说道："快，写上你的 QQ 号。"

叶絮用余光瞥着斜后方，总觉得那群男生在看她们，那些视线几乎要灼烧她的背脊。这么想着，叶絮有点热。

叶絮很快写了一串数字。

邬天赐像花蝴蝶一样又飞过去了，她把字条递给梁嘉泓，说道："我同桌的 QQ 号，你加下，两个人聊聊呗。"

梁嘉泓接过那张字条，目光扫着这串数字，似笑非笑地"嗯"了声。

邬天赐回到座位，用手肘捅了捅叶絮，得意道："怎么样，我出马立刻搞定。"

叶絮自然是心里乐开了花，但她故作矜持不回答，只是笑。

邬天赐这人虽然大大咧咧，但是不八卦，对有些东西有种淡淡的不在意，和叶絮打趣几句也就不多问了。

那时候叶絮自以为很成熟，但其实回过头来看，才觉得那时候的自己真的幼稚得像个小孩。

梁嘉泓就这么轻易答应了，叶絮没有觉得有哪里不妥，她一根筋地想：他愿意认识我，他对我应该是有好感的。

为了显得自己没那么主动，叶絮忍了很久才去课桌里找手机看 QQ 消息。

午自习铃声打响后，大家各回各位，安静一片。

叶絮合上抄写本，偷偷拿出手机看，果然，中间的企鹅变成了一个小喇叭，在一闪一闪。

叶絮的手机是部粉色的翻盖手机，她初中的时候看了一个偶像剧，很喜欢里头女主角的手机，直板的，还可以挂个吊饰，但初三毕业去买手机的时候，差不多款式的手机要卖一千八百八十八元。

在柜台前挑挑选选，最后叶絮相中了这款粉色的翻盖手机，握在手里非常有质感，面上还有一个小的显示屏，来电或者短信会在那里显示。除了按键，这部手机还设计了手指感应的区域，类似于现在的智能机，全靠指腹的温度操作，她的那款手机上也有这样的操作，只是这不是触屏手机，滑来滑去只能翻页。

最主要的，还是因为它的屏幕可以旋转，可以看电视。

叶絮总是喜欢这种特别的东西，即使后来发现根本收不到信号，根本看不了电视。

那时候学生大多用翻盖和直板手机，智能机还没开始流行。

现在想来，那个 QQ 版本也是值得怀念的，可以显示分组备注，可以发表情，但想看空间还得通过手机网页，那时候五块钱的流量能用一个月。

叶絮按下中间的 OK 键，小喇叭的消息被点开——“语。请求添加为您的好友”。

叶絮点了接受。

她又将手机放回课桌里，微微侧过身在书包里找东西。她看到梁嘉泓松松垮垮地坐在座位上，低着头，一手搁在桌上，一手搭在课桌底下，这是标准的玩手机姿势。

李齐见她转身，拿笔戳她。

叶絮：“嗯？”

李齐和往常一样笑着，却又有种说不出的感觉。

叶絮又小声地问：“怎么了？”

李齐转着笔，淡淡地说：“没事。”

叶絮随便抽了本书又转了过去，重新掏出手机，有消息在跳跃，而梁嘉泓所在的那个分组也一闪一闪的。叶絮把他从那个都是陌生网友的分组里拉了出来，想了想，给了他设置了一个单独的分组。

梁嘉泓的网名叫“语。”。

单字“语”看起来干净简洁，这让叶絮对他又好奇了点。

她的同学朋友，网名不是英文，就是好几个字的，用火星文的也很多，带有悲、伤、曼陀罗之类的字眼，对比一看，他就像一股清流。

不过叶絮也很喜欢自己的网名：画不圆的圈。

梁嘉泓的头像是个穿深粉色卫衣的男孩，而叶絮的是个穿红衣服的女孩，放在现在看是非主流的，但当时他们俩的头像还算挺正常，普普通通，不夸张也不奇异。

语：你同桌让我加的。

画不圆的圈：嗯，我知道。

叶絮看了眼手掌，已经出汗了，浑身轻飘飘的，像跌进了云朵里。

语：你叫什么?

画不圆的圈：叶絮。

语：我叫梁嘉泓。

画不圆的圈：我知道……

语：你在干什么?

画不圆的圈：和你聊天啊。

他回了一个大兵的表情，叶絮笑了出来。

叶絮和他断断续续地聊着一些有的没的，没有太深入，也没有一拍即合。

她把 QQ 备注改成了对方的名字。

直到第三节语文课，叶絮才收了手机。

叶絮：得好好上课了。

梁嘉泓：好。

整个下午，叶絮屁股都粘在椅子上，没有转身去寻找他的身影。她很怕一不小心就会对上他的视线，光是想想她都觉得脸红。

夏末初秋，9 月 20 日的南城，空气里有了凉意，傍晚的夕阳沉沉落下，窗外香樟树的枝叶轻轻晃动着，余晖悄悄爬上这些翠色。

最后一节课是叶絮最讨厌的物理课，教室里光线有些暗，开了灯。

物理老师在讲台上激昂地讲着："要理解加速度，首先要理解位移和速度的概念……"

叶絮昏昏欲睡，和老师撞上视线的时候打了一个激灵，没过几秒，她又困了。

课桌里手机振动了一下，叶絮为了不错过梁嘉泓的消息，特意调了振动，没直接放在铁皮的课桌上，而是把手机夹在了书本里。

不过她们的课桌是一体的，邬天赐能察觉到。

邬天赐朝叶絮投来充满笑意的目光，那眼神仿佛在说：你们聊得不错啊。

叶絮的瞌睡虫被振走了，眼眶里还含着打哈欠溢出的泪水，瞳仁亮晶晶的。

她悄悄地摸出了手机，眼睛看着黑板，手指在底下噼里啪啦地按，顺利打开 QQ，点开对话框。她以迅雷不及掩耳之势瞄了一眼，再一本正经地看向黑板，手指飞舞着，给梁嘉泓回消息。

有按键的手机就有这个好处，用熟了以后，不用看屏幕也能发信息。

梁嘉泓：怎么不戴眼镜了？

叶絮是近视眼，有一副黑框眼镜，她不喜欢戴，因为不好看，会撑开脸侧的头发，让脸看起来比较大，但上语文课会戴，记笔记的时候也会戴。

叶絮的心怦怦怦跳起来，心慌意乱地回复：有点困，不想听课，就不戴了。

梁嘉泓：不戴的样子好像更好看一点。

叶絮脸上烧起来。

他一直在看她吗？

叶絮低下了头，在课本上写写画画，始终不敢回头看他一眼。

下课铃响起的时候，叶絮没有和往常一样迅速收拾书包，而是磨磨蹭蹭的，低着头安安静静地一本本放课本，像是怕忘记什么，还在课桌里翻找了很久。

教室里的人散得很快，但也有人还在抓紧时间奋笔疾书，直到把一道题写完。

邬天赐背上红白条纹的书包，说道："絮絮，我走了，再见。"

"嗯，好，明天见。"

叶絮拎起书包，挎在右肩上，手里捧着英文书，也跟着走出座位。

她一站起来就看见了梁嘉泓，他今天没有一下课就走，此刻还坐在座位上，散漫地靠在椅子上玩手机。

王昊祥转着篮球，问道："哟，嘉泓，怎么还不走啊？要打球吗？"

梁嘉泓抬眼，伸手揉了揉后脖颈，视线从叶絮身上划过。

他眼尾上挑，漫不经心道："不打，晚上还有事。"

王昊祥拍拍篮球，说道："行呗，明天篮球课一起玩。"

这时，叶絮已经走到班长赵金金那里。

赵金金说："絮絮，你还得等我一会儿，我要把这个表格拿去交给班主任。"

叶絮眨了眨眼睛，蒙了。

赵金金奔去了办公室，只留下叶絮站那儿。

叶絮抱着书本微微侧了点身，故意不去看后排，可心思都在那儿。

她要不要吸点气，让自己看起来更纤细一点？她头发乱了吗？她书包拉链刚刚有拉好吗？

梁嘉泓收了手机，起身和王昊祥聊了几句 NBA 的赛事后，说道："走了。"

他这两个字也不知道到底是说给谁听的。

叶絮回头望去的时候，梁嘉泓已经走了，教室好像一下子空了。

叶絮走到教室外寻找梁嘉泓的身影，他正好走到教学楼大门那里，殷红的夕阳余晖染红校园，也悄悄沾上了少年清瘦的背影。他独自走在人群中，时不时低头看手机，在打字。

没一会儿，叶絮的手机振动，是梁嘉泓的消息。

梁嘉泓：早点去吃晚饭。

叶絮靠在墙上，把书夹进胳肢窝里，给他回复：等会儿就和金金去吃，你呢？

梁嘉泓：我晚点。

叶絮：你走回去还是坐公交车？住得很远吗？

梁嘉泓：走回去，十来分钟的路程。

“嘿！”赵金金忽然出现，故意吓叶絮。

叶絮还真被吓了一跳，三魂七魄乱飞。

赵金金抱歉地笑道：“吓到你啦？我交过去了，走吧，我想吃鸡排饭，鸡排饭真的好好吃哦，吃完快点回去洗澡，不然等上完晚自习再洗又要等很久。”

叶絮和她并肩走出了教学楼，食堂就在隔壁。

叶絮说：“我请你吃吧。”

傍晚时分的食堂人不多，不比中午，人声鼎沸，长条形的灯管照亮了这个空旷的食堂，映射出几分黑夜的味道。

赵金金边吃边打量叶絮，见她一分钟看十几次手机，笑得像朵花一样，咬了块鸡排后，问道：“絮絮，你是不是遇到什么好事了？”

叶絮回了梁嘉泓一个可爱的表情，听到赵金金的话放下手机，摇摇头说没有。

可她说没有的口气都是欢快的。

赵金金笑了笑，没多问，开始聊别的事情，比如今天课堂上的题目，比如还有四天就可以回家了，比如晚上那么早熄灯真的好烦。

叶絮喜欢和她说话，没有负担。

两个小姑娘一会儿笑，一会儿皱眉，很快就吃完饭，回了宿舍。

她们以前都是争分夺秒地爬五楼，而这次叶絮拖拖拉拉的，赵金金催了好几次，叶絮才下决心收了手机，晚点回梁嘉泓消息。

初识的男女生不会有什么太深入的交流，但也绝对真诚。

这是一种很奇怪的感觉，叶絮恨不得什么都不做，只管捧着手机和他聊天。正当她打算这么做的时候，他发来消息。

梁嘉泓：是不是要上晚自习了？要洗澡洗衣服吗？

叶絮恹恹地坐在宿舍的椅子上，被这现实压垮，像泄了气的皮球一样。

叶絮：还没洗澡，一会儿就去。

梁嘉泓：去吧，晚点再聊，乖。

“乖”这个字眼在她眼前不断地被放大。叶絮捧着手机，嘴角扬起一个夸张的弧度，胸腔开始膨胀，似乎有什么要从嗓子眼里蹦出来。

她快速回复道：嗯嗯，那你也去忙吧。

后头还加了一个可爱的笑脸表情。

她们宿舍是六人间，靠墙分别摆着三张床位，叶絮睡在中间那张床，床头是赵金金，床尾是陈雨。

陈雨正对着叶絮坐，右臂搁在椅子靠背上，她一边往嘴里塞薯片，一边说：“絮絮啊，你是不是心有所属啦？”

她笑得胸有成竹，语调也是慢悠悠的，似乎看破了什么。

叶絮莞尔一笑，没有吱声。

陈雨笑得贼，问道：“哎，谁啊？”

宿舍里其他姑娘一听，纷纷投来目光。

陈佳莉也问道：“谁啊？我们班的吗？”

叶絮有点不好意思：“你们别问了。”

陈佳莉说：“我猜……是我们班的？”

陈雨对陈佳莉说道：“好了，继你和陈宇飞之后，班里又多了两个有缘人。”

陈佳莉也不好意思了，吸着酸奶，不说话了。

陈佳莉和陈宇飞是从军训的时候开始熟悉的。大家起初都没有发现，后来是因为陈佳莉身上的一件红格子外套。

9 月中旬的南城开始入凉，住校的学生一个星期回一次家，大伙衣柜里只有短袖，都没外套，叶絮冷得只好在里头多穿了一件 T 恤。

而那天陈佳莉身上穿的红格子外套，前一天陈宇飞还穿着呢。

陈宇飞个子高人开朗，喜欢逗乐，会主动朝陈佳莉靠近，比如路过会拍拍她桌子，会帮她倒热水，会打她脑袋。

陈佳莉会装作厌烦的模样，娇嗔着说讨厌。

两个人的关系有时会被大家调侃，他俩也不在意，在教室里依旧正常往来。

晚自习从6点45分上到8点45分，整整两个小时。

他们学校有两个校区，分别是普高生校区和艺高生校区，如今学校为了提高升学率，不管是普高生还是艺高生，都统一学艺术。虽然他们刚上高一，但也有美术课，并且这是其他老师不敢去动摇的课程。

叶絮他们班的美术老师是一位三十岁左右的年轻女人，保养得特别好，每天穿着打扮都很时尚，脸上的妆容更是精致。

上第一节美术课时，那位老师一走进来，全班学生都发出了“哇”的一声。特别是邬天赐，眼里都是崇拜，说那位老师是超级大美女。

叶絮当时的审美还没那么成熟，看第一眼也未觉得那老师有多惊艳，但也人云亦云地夸老师好看，有时候做一个随大流的人并不是什么坏事。

老师第一节课教了最简单的练线条，而后的课程是画长方体、正方体和圆柱体。

刚开学，课业作业并不会很重，晚自习除了偷玩手机之外，还有一些学生喜欢画些素描，大概是出于好奇心，他们画得津津有味。

叶絮听着周围唰唰唰的铅笔声，把桌上的语文课本拉近了点，视线又回到语文课本下那半藏在课桌里的手机上。

梁嘉泓还没发来消息。

叶絮把手机往课桌里一塞，左手撑着下巴，右手握着笔胡乱地在草稿纸上乱画乱写。

已经7点25分了，再过5分钟他们会有一段时间的课间休息。

休息时，赵金金一如既往地拉着她去小卖部。赵金金买了一包泡椒凤爪，一块五，而叶絮一反常态，什么都没买。

秋风飒飒，一望无际的黑夜中挂着一轮明月，叶絮站在小卖部门口等赵金金，翻盖手机被她打开又合上，合上又打开，左上角始终没有QQ消息的跳动显示。

梁嘉泓的QQ始终是下线状态。

叶絮把 QQ 设置为隐身状态，重重合上手机，像在赌气一样。

也许是她太在意，这短暂的空白竟让叶絮心底生出一丝委屈，委屈的源头是他为什么没有来找她聊天，不知道她其实一直在等他吗?

夜幕低垂，中津桥路右边的楼房开始亮起霓虹灯，道路一侧的香樟树种得稀疏，但棵棵枝繁叶茂。初秋袭来，开始有泛黄泛红的叶子夹杂在一片翠绿中，霓虹灯照亮了这些颜色。

“源起 KTV”几个字高高挂在房顶，穿过一道走廊，再往里走才是它真正的所在地。

三楼 VIP 包间，多头旋转灯折射出许多抹光彩，绚丽的光束回荡在包厢里，仿佛天旋地转般。空气中弥漫着烟味，光滑黑色玻璃面的茶几上摆满了红酒和啤酒，一些花生壳散落在上面。

王邵俊吼了几嗓子后，把话筒一甩，喊道：“梁总，接着！”

梁嘉泓懒懒散散地靠在沙发上，闻言，抬眼，接住了话筒。他今天兴致不高，朝边上一扔，把话筒扔给了杨旗。

杨旗觉得稀罕，乐呵呵地道：“怎么了？今天也没唱几首啊，这就玩腻了？要不等会儿出去兜兜风？哎，阿俊，好久没去遛弯了！”

梁嘉泓笑了笑，说道：“听说你最近买了辆新车，开起来怎么样？”

杨旗说：“还行吧，反正图个开心而已。小妹妹，小妹妹！你给我点首水木年华的《一生有你》。”

点歌的小妹妩媚一笑。

在杨旗的烟熏嗓音中，王邵俊凑到梁嘉泓边上，拿出两个骰子。梁嘉泓没说什么，熟稔地掷骰子，输了，没拿酒，反倒是喝了一口果汁。

王邵俊愣了愣，说道：“还真是读书人。”

梁嘉泓笑了笑。

在这么一来一往中，王邵俊闲聊起来：“我听说你妈给你定了个未来媳妇啊，是正广集团的千金，和你同年，我见过照片，长得很漂亮啊，有没有兴趣啊？”

梁嘉泓反问道：“有多漂亮？”

“大眼睛，高鼻梁，脸白唇红。”

“是不是就长那样儿啊？”梁嘉泓的视线落在点歌小妹身上。

王邵俊顺着他的视线看过去，突然就笑了起来：“你可真够损的，要是人家千金小姐听到你这句话，现在就把你收拾了，这能比吗？处着试试呗。”

梁嘉泓捏着骰子，指腹擦过上面点数的纹路，往后一靠，将骰子精准地投入了一个玻璃杯中，淡淡地说：“皇帝不急太监急啊？你和你……打算什么时候结婚？”

王邵俊说：“快了，等年龄到了……”

“那提前恭喜了啊。”

见梁嘉泓不玩，王邵俊便转身去找女朋友玩了。

包厢里又进来了两个人，一男一女。

那个男的叫韩阳，他向大家说道：“这是我女朋友，带来给大家瞧瞧。”

又换了。

但兄弟都给面子，不戳破，一口一个弟妹，亲热得像是上辈子就认识了。

茶几上的手机振动，有人给梁嘉泓打电话。

梁嘉泓拿过，还没接通，电话就挂了，是他的父亲。

他顺势去看了下右上角跳动的QQ消息，里头没有一则消息来自叶絮。

梁嘉泓点开她的QQ，盯着她的名字笑了声，又按了退出。

他起身，打算往外走，回拨父亲的电话。

杨旗问道：“干什么去啊？不唱了？”

梁嘉泓懒洋洋道：“这不是看你们都成双成对的，我出去透透气，省得眼红。”

杨旗搂过女朋友，得意道：“眼红你就谈吧，这本也不是什么吃亏事。”

梁嘉泓始终浅浅笑着，眉眼轻轻一挑，他没说什么，拿上手机，迈着步子往外走。

包厢的隔音墙也阻挡不了四面八方的歌声，杂七杂八混在一起，旋律刺耳。

梁嘉泓走出KTV，凉风扑面而来，清新凛冽的空气卷走了他身上的烟酒气息。

他走到边上的一棵桂花树下，9月，桂花飘香，淡淡的香味总是能引人想起一些美好的事物。

风一阵一阵扫过来，几朵桂花随风飘零，落在花坛的大理石边上。

他回拨电话。

在等待对方接听的过程中，梁嘉泓双眸下垂，便看见了这淡黄色的花朵。

不知怎的，他想起了今天中午的光景。

邬天赐这人他是听说过的，校花级人物，当她问他愿不愿意和她同桌做朋友的时候，他只是觉得有点意思，想看看这校花想做什么，而当她指向叶絮的时候，他的目光也随之移去。

温暖的午后，阳光从干净的玻璃窗洒进来，叶絮低着头在吃东西，高高扎起的马尾垂在后面，发尾随着她的举动轻轻扫过她纤细白皙的脖颈。而绑着这头乌黑头发的是一条淡黄色的橡皮筋，上面还有两朵金属质感的花朵。

是金盏花还是桂花，不得而知。

但他隐隐觉得，那是带着香气的。

如果你问他当时怎么想的，大概只是鬼迷心窍吧，或者这是注定的劫数。

夜凉如水，桂花香气忽而浓郁，忽而浅淡，这种香味在会所里的香水味中不值一提，却在沁凉的风中经久不散。

很多年以后，叶絮就成了这样一种香味的存在，可她不懂，她总以为她得成为另一种香味才能与梁嘉泓并肩，从而成了一种执念，一种错误而顽固的执念。

回想起和叶絮的聊天内容，梁嘉泓嘴角浮现出些许笑意。

她的言语之间透着青涩、紧张，却偏偏装得老成和淡然。

可也正是这种青涩稚嫩，将她衬得透明干净。

感情的事从来都是讲不清道不明的，总之，当邬天赐抛出橄榄枝的时候，他几乎没有考虑就接受了。

不是一时性起，不是心血来潮。

好像一切只是刚刚好。

是意外，是巧合，而人生就是由这种意外和巧合拼凑而成，不是按部就班的东西，而是通常会带给人惊喜，可以是悲也可以是喜，但一定是让人铭记的。

凉风掠过，梁嘉泓打完电话后往回走，回到包厢，里头依然在劲歌热舞。

王邵俊问道："你爸是不是开始让你着手了？"

梁嘉泓"嗯"了声。

几个男人异口同声道："恭喜啊，梁总。"

梁嘉泓依旧是那副无所谓、淡笑的神情。

"来来来，玩游戏，玩游戏！"韩阳说。

梁嘉泓刚想把手机扔回茶几上，它忽然振动了两下，振得他掌心微微发麻，是QQ消息，来自叶絮。

叶絮：你在干什么呀？

梁嘉泓坐在沙发上，双手握着手机，直接回了过去：在外面，你呢？

手机振动的时候，叶絮差点儿没激动得蹦到天花板上，仿佛中了五百万，她颤着手点开了那个跳动的消息提示。

他居然这么快回复了。

她思来想去，决定主动发起攻击，守株待兔未免太苦，果然，只要付出就能有收获，之前的胡思乱想真是白费神。

叶絮手指飞舞着，快速打下一行字：在等下课，有点无聊。

梁嘉泓：那晚自习上做了些什么？

叶絮抬头瞧了眼翻开后就没动过的语文书，她寻思着该怎么回答，总不能大胆地说我一直在等你发消息吧。

还没等她回复，梁嘉泓的消息又发过来：还有多久下课？

叶絮：二十分钟左右。

梁嘉泓：那下课时挺晚了。

叶絮：有点。

梁嘉泓：困吗？

叶絮：不困。

梁嘉泓：几点熄灯？

叶絮：十点。

两个人只是你一言我一句地闲聊，聊晚饭吃的什么，聊上晚自习的老师同学，聊住宿舍的好处和坏处……多数都是梁嘉泓在问，叶絮在答。

他不像她故作矜持，他只是想知道，所以很自然地就问出口了。

他和同龄的男生不一样，他不拘谨不羞怯，总是坦荡地面对所有，似乎什么东西在他面前都是透明的。

而叶絮也没想过他是怎样的人，他到底在做什么，她当下真的有点被冲昏了头脑，只知道这是她愿意了解的少年。

她以为世上所有的人都和她一样，平凡普通。

她以为梁嘉泓是和她一样的人。

晚上 8 点 45 分自习课下课铃声一响，教室里就炸开了锅，同学们一个个携包而去。

叶絮走出教学楼，深深吸了一口清爽的空气，明明凉飕飕的，她却觉得神清气爽，甚至哼上了小曲。

她回到宿舍，一边回复梁嘉泓的消息，一边抓紧时间洗衣服，再把电板放入万能充，拿去宿管阿姨那边充电，洗完脸涂完霜已经 9 点半。

梁嘉泓：你还挺可爱的。

叶絮坐在椅子上，看到这条消息时，脸一红。

这话的起源是叶絮说了关于穿秋裤的烦恼。

她不明白，到底哪里可爱了。

不过她也识趣，没有刨根问底，觉得这可能只是一个男生在暗示什么而已。

宿舍里，陈雨抢了另一个舍友徐佳玲的薯片，两个人追着打闹，磕磕碰碰。叶絮刚想起身去倒水喝，好缓和一下涨红的脸，却不料被她们撞了下，手掌按到了手机上。

画面跳成了通话中，时间也在一分一秒地流逝，通话对象是梁嘉泓。

叶絮瞪大眼睛，蒙了。

直到电话那边传来一声微哑的声音：“在吗？”

叶絮这才回过神，捂紧电话，跑向阳台，关上玻璃门，将自己和她们隔绝。

晾在上头的衣服滴答滴答地滴着水，隔壁阳台门没关，传来些许讲话声。

叶絮深吸一口气，压低声音，结巴道："我……我不是故意打……打你电话的，是不小心……"

她听到电话那头梁嘉泓轻轻的笑声，她几乎可以想象此刻他的神情——清隽的眉眼中透着几分痞气，那种笑容慵懒而随性，有一种看穿世间万物的稳重感，是少年，又不是。

他笑着说："是我打的。"

叶絮的呼吸滞住，一时不知道该说什么好，也因为太激动不知道怎么回应他。

她怎么也没有料到，他会给她打电话。

这不同于网络聊天，似乎是更亲密的联系方式。

叶絮稍稍放松了点，轻轻问道："有什么事吗？"

梁嘉泓说："有吧。"

"嗯？"

电话里安静了几秒，梁嘉泓忽然问道："你喜欢我吗？"

他问得很自然、很坦荡，随性随意，甚至没有一点负担。

叶絮隐约觉得哪里不对劲，矜持让她没办法坦然地回答这个问题，她只能哭笑不得地反问道："你怎么了？"

梁嘉泓似也有无奈之意："喜欢，不喜欢，说一个吧。"

叶絮说："你在玩游戏？"

梁嘉泓没有否认。

叶絮软声道："我……我不知道怎么回答。"

到底是女孩子，揣着些矜持。

梁嘉泓"嗯"了声，低笑着说道："知道了，等会儿找你，先挂了。"

见梁嘉泓挂断电话，杨旗他们嘘声："还以为你一个劲地发消息是成功了呢，原来人家还不知道啊。兄弟，你还得再努力努力啊，这姑娘是你们学校的？漂亮吗？"

梁嘉泓对他们几个没什么隐瞒，答道："挺好看的。"

“大眼睛高鼻梁？”

梁嘉泓手里把玩着一个骰子，笑着说：“不大。”

杨旗来了兴趣，问道：“怎么之前没听你提过啊？”

“刚认识的。”

“嘁！没意思，来来来，下一把。”

梁嘉泓扔了骰子，摸了摸后脖颈，说道：“算了，今天你们玩吧，我先回去了，这次我请了。”

梁嘉泓和他们打了个招呼，迈着长腿，慢悠悠地走出 KTV。

夜越发深浓，花香亦是如此。

他没有继续往前走，而是停在这里，再次拨了叶絮的电话。

叶絮故意等响铃三下之后接的，她都没有回宿舍，在冷风中等着他的电话或者是短信。

梁嘉泓说：“刚和朋友玩游戏，输了，就打你电话了，没生气吧？”

“没有……”

“快 10 点了，要睡了吗？”

叶絮抓着铁栏杆，没有犹豫地回答道：“还不困，不习惯这么早睡。”

他似乎听懂了话外音，笑着说：“最近天气开始凉了，记得穿件外套。”

“我没有外套，都在家里。”

“那我明天带给你？”

叶絮身子一顿，眨巴着眼睛，心怦怦怦跳起来，思忖着这话是什么意思。

还没等她想出个结果，梁嘉泓又抛出了个问题：“喜欢什么颜色的外套？”

叶絮抿抿唇，眼睛弯起，反问道：“你有什么颜色的？”

“有……蓝的、红的、黑的，还有什么颜色的也记不太清了。”

即使他这样说了，叶絮也还是不好意思真的穿他的外套。如果班里的人都齐刷刷看向她，她大概能用体温把自己熬熟。

她只是笑着，不想拒绝又不好答应。

那头的梁嘉泓没再提外套这事，风拂过手机，她能听到他那边的风声。叶絮伸出手，十几米的高空处，夜色寂寥，秋风凄凄，穿过她的指缝，他们感受的是同一种风吧？

两个人都沉默了，还是梁嘉泓先开的口。

他说：“我们现在算是认识了吧？”

“算啊。”叶絮浅笑着。

梁嘉泓问道：“那明天放学了要一起吃个饭吗？”

她喉咙一紧，笑容慢慢敛起，颤声回道：“好。”

梁嘉泓笑了：“这就答应了？”

有点调侃的意味。

叶絮窘迫道：“那……那我拒绝？”

话刚说出口，她就猛地敲了下自己的脑袋，递了过来。

片刻后，梁嘉泓说：“逗你的，不答应也得答应。”

叶絮这会儿脑袋一片空白，比做数学题时还蒙，他的一个电话就把她绕进了迷宫，往哪儿走都随他，他说什么就是什么。

似有什么东西重重砸在了叶絮的心上，她咬着唇，心中冒出一个想法：他应该也是喜欢我的吧？不然为什么愿意和自己聊这么多，还邀请自己明天一起吃饭。

梁嘉泓见她不出声，忍不住调侃她：“难道真不想和我吃饭？”

“不是！”

她着急地出声，声音里有难以隐藏的雀跃。

叶絮想再说些什么，但电话那头梁嘉泓的笑声太明显，她了然了，咽下了想说的话，忍不住也笑了起来。

她靠在铁栏杆上，收回触摸风的手。

远处是漆黑的居民楼，有几点灯火亮着，她只觉得这夜晚万籁俱寂，一切清明如水，万般虔诚。

而他这个人也仿佛带着令人难以抗拒的温柔诱惑。

就这么几分钟的工夫，他们的关系进了一步，对叶絮来说这是必然的，但她没想到会这么快。

叶絮试着说点什么打破这份静谧，但她发现喉咙像被糯米团子黏住了一样，许多软糯的话语都不知道怎么说出口。

她的欲言又止，梁嘉泓似乎感受到了，他再次打破这份寂静。

月高风轻，他的嗓音一如既往地慵懒，带着少年的清朗，也混着不属于他这个年纪的沙哑。

他的温柔声音里带着笑意，因为这种淡淡的笑意，也衬得他更为体贴温和。

他问道：“那外套还要吗？”

叶絮手指摩挲着铁栏杆上的凹凸点，愉悦道：“别了吧。”

“那记得在校服里多穿点，别的衣服总有吧？”

“有，今天也在里面多套了件T恤，其实前几天还好，只是好像要下雨了，所以开始起风温度下降。”

梁嘉泓说：“要到秋天了。”

叶絮笑了笑，转了话题：“你还在外面吗？”

“回去了。”

“那……晚上得早点睡觉。”

“得？”

他听出了这句话里蕴含着别的意思。

叶絮心猛地一跳，解释道：“我只是看你白天精神很不好。”

梁嘉泓调笑道：“你偷看我？”

叶絮咬唇，反驳道：“你也看我啊……”

他大方地承认：“嗯，看了，怎么，我不能看？”

谁知道他竟然这么直白地认了，叶絮脸颊烫起来。

叶絮结结巴巴地说：“也不是……你这人……你这人怎么这样。”

这样坏。

他又在那头轻轻笑着。

这时，整栋楼忽然一暗，熄灯了，没一会儿，有一束微弱的光从她身后照过来。

她透过玻璃门往后看，是陈雨正拿着手电筒照她。

陈雨打开一道门缝，笑嘻嘻地问：“电话打完了吗？我得晾衣服。”

叶絮一窘：“没事，你晾吧。”

梁嘉泓自然也听见了，于是问道：“你在阳台上？”

“嗯……”叶絮往墙边靠，轻轻地回答，边回答边打量陈雨。她笑得实在太贼了，还不断朝叶絮挑眉暗示，叶絮快要被她逗笑。

梁嘉泓又问：“不冷吗？”

“还好。”

“十点了，熄灯了吗？”

“熄了。”

叶絮听到他那边有跺脚的声音，她怕他下一秒要挂电话，抓紧时间问道：“你在哪里啊？那是什么声音啊？”

“刚到家，没什么声音，怎么了？”

叶絮顿了顿，问道：“那你等会儿要做什么？”

梁嘉泓说：“打游戏吧。”

“嗯……”

梁嘉泓按下密码锁，进屋，换鞋。

他低声道：“已经熄灯了，小朋友是不是应该睡觉了？”

这话似有哄人的意味，像落在心尖上的一根羽毛。叶絮低眸笑了，仿佛跌进了蜜罐子。

两个人低声道了别。

挂断电话后，叶絮久久不能回神，梁嘉泓的声音、他的语气，以及这个不平凡的夜晚都留在她脑海里。

陈雨握着晾衣竿来了个孙悟空甩棍，啧啧两声，说道：“招了吧，和谁打电话？”

叶絮眼睛弯成月牙，想了想后还是没说，只留两个字：“你猜。”

陈雨这个人不喜欢服输，还真较上劲了，说道：“猜就猜，要是三天之内猜中了，有什么奖励吗？”

叶絮说：“请你吃肯德基。”

“嘿，这个好啊，等着吧！”陈雨撂下这话，翻跟斗似的进了宿舍。

叶絮脸上还烫着，需要这秋风给她降降温。

她伸手去触摸风，少女纤细的手在黑夜里显得白净而纯洁，不知道黑暗尽头是什么，也敢去触摸，这是属于十七岁的勇气。

掌心忽然一凉，是几滴细雨打在她掌心上，冰冰凉凉。

不到十秒，成片的雨滴顷刻而下，让人猝不及防，也就在这一瞬间，温柔的秋风换了面孔，不留情面地从四面八方压迫而来，变成了凄风苦雨。

下雨了啊……

叶絮缩回手，翻开手机，找到梁嘉泓的对话框，不再思索，不再多虑，发了条信息过去。

没有字斟句酌，只是一句：下雨了。

2011 年 9 月 20 日的南城郊区，那个被江水环绕，泥沙堆积而成的小区县，下了秋天的第一场雨。

第二章 没有人再像他

那晚，叶絮辗转难眠，她躺在宿舍那张狭窄的床上，听着外头的风雨声，心中像被什么不断填满，仿佛一只被吹了气，渐渐鼓起的气球。

后来她和梁嘉泓断断续续又聊了一会儿，直到梁嘉泓让她睡觉，她不想再过多地打扰他，然后在这巨大的喜悦中，叶絮迷迷糊糊进入了梦乡。

她后半夜醒过几次，第一件事情就是从枕头下掏出手机，就算再困，再神志不清，也要打开 QQ 看一看梁嘉泓有没有再给她发什么。

虽然睡得并不好，却没有影响叶絮第二天的精神状态。

就和第一天住宿舍的时候一样，她早早地醒了过来，活跃的神经让她没办法像其他人一样睡个回笼觉。

叶絮侧躺着，手指噼里啪啦地敲着手机的键盘，先是回顾了一番昨晚和梁嘉泓的聊天记录，然后给他发了个早安，再通过网页打开QQ空间，来访者里显示梁嘉泓凌晨三点多来过。

叶絮和当时的大多 90 后一样，她转载的说说多数是一些非主流的疼痛爱情故事，或者是一些看似矫情却在理的爱情鸡汤句子，再就是一些俗气的笑话。

日志也是，当时初中毕业后，有个初中同学开始写一些怀念同学的文章，闺蜜也开始写。叶絮便也写了一两篇，主要是夸她的三个闺蜜有多好，以后也要一起玩，再附上几张闺蜜们的照片。

而梁嘉泓和他们不一样，他的空间只有七八条说说，发的东西也是模棱两可，并且它们相隔的时间线很长。他没有一篇日志，留言板倒是有一百多条留言。

叶絮在这个早晨把他的留言板翻了个底朝天，又翻了他空间的来访记录。

根据第六感，她揪出了一个可疑的女性人物，留言比较亲昵，似乎关系很好。

女生面对这类“危险人物”通常会竖起刺，静观其变，不过，这心眼是留下了。

五点半的清晨，天色朦胧，雨声淅沥，陈佳莉的闹钟响起，宿舍里开始有翻身的窸窸窣窣声音。叶絮静悄悄地起床，叠被子，洗脸刷牙。

那天的她看起来眼里是有星光的。

清晨6点15分，打扫完宿舍卫生，叶絮和赵金金去食堂吃早饭。叶絮胃口一般，随便吃了几口。

走出食堂的时候雨依旧在下，两个姑娘就着一把小伞，一路狂奔，二三十米的距离，两个人身上都淋湿了。

叶絮收了伞跟在赵金金后面进教室，她们一向算早到的，此刻教室里只有寥寥几人。叶絮也没那么拘谨，大胆地环视了一圈教室，最后目光落在中间的最后一排。

他们的书桌上都没有东西，因为晚自习用的是他们班的教室，学生放学回家都会把桌上的东西收拾干净。即使是这样，叶絮也觉得梁嘉泓的书桌是与众不同的。

叶絮走到自己的座位，拿出今天要交的作业，然后翻开英语书，心不在焉地背了几个单词。这是今天要默写的部分，但她怎么都没办法静下心来。

她从小成绩平平，大概也是因为她从来没有回家背书默写的习惯。小学是这样，初中也是这样，初三每天晚上默写的古诗词，她都是早上去了学校再背的，运气还算不错，一直默写得比较好，再加上语文老师的青睐，偶尔为默写失败找点理由，老师也是信的。

到了高中，她依旧保留这个“优良传统”。

叶絮盯着那几个字母，越看越陌生。她干脆用练习本遮住，习惯性地从课桌里掏出手机，这时已经是6点55分。

可梁嘉泓还没有来，消息也没回。

其实他和平常一样，都是踩点到，或者会迟到一两分钟，但她就是期盼着他能够早一点出现。

叶絮也不知道自己这种心急如焚的感觉是怎么来的，她苦闷地抓了抓头发，两手捂住耳朵继续背单词。

早自习铃声响起的时候,教室后门有些骚动,是坐后排的男生在讲话。叶絮蓦地抬起眼，看见的是前排男生的硕大背影，但她仔细听着，从后排那些零碎的对话中，听到了梁嘉泓的声音。

清晨，他的声音总会带着股疲倦。

叶絮依旧不敢回头看，她还是很怕和他对视。

此时，课桌里的手机振动了一下，叶絮拿出来看，是梁嘉泓的消息。

梁嘉泓：早啊，小朋友。

叶絮：你差点儿迟到了。

梁嘉泓：迟到了也没事。

叶絮：你不怕班主任啊?

梁嘉泓：为什么要怕?

黄忠磊这个班主任说不上严厉，但是有些处事风格实在一言难尽。因为她不好好学习也被班主任约谈过一次，而谈话的内容是询问她父母的工作单位，太无语了。

也可能是这学校有钱人家的孩子太多了，对这个班主任来说，了解家庭情况很有必要。

叶絮找了别的话题和梁嘉泓聊，她觉得大概班里没几个男生怕班主任的，毕竟都处于青春期，有一股子倔劲。

聊了几句，梁嘉泓问道：早饭吃了什么？学校食堂的早饭好吃吗?

叶絮：吃了一点点，还行吧，馄饨挺好吃的。

梁嘉泓:只吃了一点点？胃口这么小？我楼下的小孩吃得都比你多。

明明看起来是嘲讽的话，叶絮却感受到了一股宠溺的味道。

叶絮顺势而为，似撒娇一般说道：今天不是很有胃口嘛。

梁嘉泓：我们小朋友这么瘦，得多吃点啊。

除了上午的语文课,叶絮一直在和梁嘉泓聊天,仿佛有说不完的话题。

不管她再怎么得寸进尺，他似乎永远都这么温柔。

以至于后来遇到的人都不过尔尔，也没有人再像他。

午休时间，叶絮和往常一样，和邬天赐去学校外的小摊上买凉面或者肉夹馍吃，而梁嘉泓则和那些男生去食堂吃。

开学后，叶絮只在食堂吃过一次午饭，那次给她留下了不好的印象，人多又挤，高年级的还帮忙插队，她们也不敢吭声，轮到她们就不剩什么好饭菜。

她真的厌烦那样的紧凑感。

她在教室差不多吃完凉面的时候，那群男生也从食堂回来了。

叶絮去扔垃圾，转身正好碰到从正门进来的梁嘉泓。两个人对视了一眼，叶絮快速别开眼，脸如火烧，怀里像揣着个乱跳的小兔子，慌张地低头走向座位。

不管在 QQ 上如何谈天说地，一见面就㞞，说到底，还是陌生，一个没有在现实世界有过接触的人，她还是会觉得陌生。

梁嘉泓双手插在校服裤袋里，一边往最后一排的座位走，一边看叶絮。

王昊祥笑道："嘉泓啊，你这眼睛不看路是不行的，容易摔倒！"说着，他半个屁股坐在课桌上，伸出大长腿挡在梁嘉泓面前。

梁嘉泓也笑着问："有毛病？"

王昊祥收回腿，转着他的宝贝篮球玩，不知道他是天生嗓门大，还是故意说给某些人听的，大声道："兄弟，我还没脱单呢。"

梁嘉泓闲散地坐在自己的座位上，给叶絮发了条消息。

梁嘉泓：你躲什么？害羞？

叶絮弓着腰，头搭在课桌上，双手握着手机给他回消息。

叶絮：有点。

梁嘉泓：那怎么办？今天要一起吃饭，你不会扔下我逃了吧？

叶絮笑了出来，回复道：我想我应该不会的。

为此，叶絮忐忑了一个下午。当最后一节课下课铃声响起时，她随之一颤，深吸一口气，却发现手脚抖得厉害。

今天下了一天雨，天空看起来阴沉沉的。叶絮不安地收拾书包，顺带朝外面望了眼，似乎雨已经停了。

这顿饭叶絮没有和任何人说。

邬天赐像往常一样和她道别："絮絮，明天见啦。"

叶絮回道："明天见。"

教室里的人渐渐散去，只剩下几个打扫卫生的同学。今天轮到坐在邬天赐后面的胡一白扫地，他开玩笑说："絮絮啊，你今天怎么走这么慢，快走快走，我要扫地了。"

"哦……"这下叶絮更加手忙脚乱了。

因为梁嘉泓就坐在那边，她隐约感觉到他正在看她。

赵金金喊道："絮絮，走不走啊？"

叶絮一拍脑袋，背上书包赶紧跑过去和赵金金小声说："我今晚得和别人在外面吃饭，对不起啊。"

赵金金奸笑起来，问道："跟谁？"

叶絮背对着梁嘉泓，但一想到他的视线可能在她身上徘徊，她的背脊就热了起来。她一边把赵金金推走，一边说："晚上再和你说啦。"

赵金金坏笑着说："那好吧！"

望着赵金金离开的背影，叶絮吞了吞口水，然后又拢了拢书包带子，慢腾腾地转身看向教室最后排。

梁嘉泓坐在那儿，正和前排的刘靖说话。

少年的眉眼乌黑清隽，双眸流转的光芒有几分风流不羁。

而当那漆黑的眼睛看向她时，则变成了一种温柔。

她想她永远都不会忘记他的眼神，他看她的时候总是充满笑意的，那么温柔包容。

两个人一起出了教学楼，并排走着，却没有挨得多近，仿佛只是众多放学回家学生中的其中两个而已。

天色阴沉，水泥路面湿漉漉的，小水坑里映着灰色的乌云。

叶絮只敢看着地面，连呼吸都是小心翼翼的。

梁嘉泓看她一眼，浅笑着，没有戳破她的忐忑难安，两个人安安静静地走出了校门。

路边那排种了几十年的香樟树摇曳在秋风中，偶尔几片红色的叶子缓缓飘落。

梁嘉泓微微朝叶絮靠近，问道："想吃什么？"

叶絮呼吸一滞，说道："随便啊。"

这真是个世纪难题，梁嘉泓一时没了主意。

石蕊学校外面那条街被誉为美食一条街，其实只有那么几家餐馆而已。

走到美食一条街那边，叶絮想了想，指着一家麻辣烫说："就那家吧。"

店里没什么人，而且麻辣烫不贵，离学校又比较近，她等会儿还得上晚自习。

麻辣烫的老板是个年纪较大的伯伯，两鬓的头发已经白了，笑着欢迎他们，看起来格外和蔼可亲，只是这亲切让叶絮有点不自然。

伯伯笑盈盈地给叶絮递了夹子和篮子，说道："随便挑啊。"

意外的是，明明说好了一起吃饭，她正在挑菜，梁嘉泓却没有动作。

叶絮紧张地问："你不吃吗？"

梁嘉泓站在她身后，温和地说："你吃，我晚点还有饭局。"

叶絮夹了个牛肉丸，问道："你有什么想吃的吗？"

"没有，你多吃点就好了。"

她想着第一次吃饭也不能显得太失礼，万一留下个吃相不好的印象怎么办?

于是叶絮夹了几个丸子和几把青菜，再加一块方便面。

两个人择了一张靠窗的位置，梁嘉泓率先坐下，而叶絮显得有点为难。

她在考虑要与他坐一起，还是坐他对面，可他的对面她已经放了书包了啊，照理来说，他应该坐在她放书包的那边。

梁嘉泓问："不坐吗？"

叶絮想了想，红着脸在他身边坐下。

见梁嘉泓没有其他反应，她才微微松一口气。

她低下头，双手搁在大腿上，坐得笔直，不像他，懒懒地靠着沙发靠背，一手搁在桌面上捏着菜单看。

宽大的玻璃窗外行人匆匆，少年飞驰而去，少女结伴而走，右边的奶茶店人来人往，左边的韩式餐馆爆满，唯有这家麻辣烫店鲜有人来。

墙上的钟在走着，冷清得只剩下嘀嗒嘀嗒的声音。

梁嘉泓的目光一直流连在她身上。

叶絮不像邬天赐，是那种仅看一眼就让人惊艳的长相，而是和绝大部分女生一样长相普通，但她身上有种气质，这又让她和绝大部分女生不一样。

比如，她穿什么衣服都好看，就像天生的衣架子。

一个能把各种衣服撑起的女孩是有气场和气质的。

这和她本身的羞怯并不矛盾，这只能说明她还是单纯的。

她可能不知道，其实在人群中她是引人注目的。

看着她正襟危坐的样子，梁嘉泓知道现在的气氛过于尴尬，他想了想，随口说了一个话题，问道："下午班会班主任说的学画画的事，你学吗？"

"学啊，本来也挺喜欢的。"叶絮稍稍放松了点，尽量以轻松的口吻回答。

"听说学校会利用星期天下午的时间给学生上美术课。"

这是学校的决策，几乎每个学生都要学艺术，这样高考升学率高，因为他们文化成绩一般，单靠文化成绩很难考上大学。当然，学校也不强制，给了学生时间考虑，大概得等到下学期才会正式实施。

叶絮这人，虽然成绩一般般，但遗传了她父亲的基因，从小画得一手好画，在美术这方面，被老师从小夸到大。

她之所以没考离家近的那个普高，还有一个原因就是她想学画画，所以来了这里。

不过听说星期天得画画的时候，她有点后悔了，这意味着以后他们一周只有一天的休息时间。

叶絮抠了抠食指，微微偏过头，问道："你呢？你不学吗？"

梁嘉泓说："不学。"

叶絮忽然想起他平时的不学无术，她们好歹还会应付写完作业，可他是真的不屑一顾。

叶絮问："可不学的话怎么考大学啊？"

梁嘉泓笑了笑："我不考。"

叶絮惊讶地问："你不参加高考吗？"

"嗯。"梁嘉泓停顿了两秒，解释道，"先待一段日子吧，也不知道什么时候会走。"

叶絮眼中的惊讶逐渐转为落寞，这无疑是个巨大的冲击，她以为人生就是中考、高考和工作，可梁嘉泓的人生和他们的简直是背道而驰。

她也不懂他说的会走到底是什么意思，只知道他有一天会离开，那离开之后呢？

那他明知道会离开，又为什么要靠近她？

可一切已经来不及了，如果现在要她做个了断，她不愿意，比起快刀斩乱麻，她更想抓住这眼下的一分一秒。

梁嘉泓只是静静地看着她，说那话的时候也是相当随意，仿佛走不走和此刻都无关，而后他也没有任何解释和承诺。

他要离开的消息占据了她整个大脑，导致她没有去思考这个人为什么不参加高考，为什么家里会让他混一段日子。

叶絮收拾好情绪，也没有再多问以后的事。

一切不是才刚刚开始吗？

伯伯端着麻辣烫上来，热情地说道："辣椒酱在旁边，加了葱，如果不喜欢可以挑掉，香菜需要吗？"

叶絮摇摇头："不用了，谢谢。"

她夹起一个丸子放在调羹里，转身看向梁嘉泓，不知道哪儿来的勇气，说道："不知道熟了没有，你尝一下？"

她递给他，他吃了下去，经过他的判定，熟了。

叶絮笑着，开始吃，吃了一口，她终于知道为什么这家店没人了，真的是非常非常难吃，是她吃过的最难吃的麻辣烫了。

梁嘉泓说："你得多吃点，你手腕这么细。"

叶絮哭笑不得，只能慢吞吞地咽下去。

叶絮后来实在是吃不下去了，离开这家麻辣烫店后，才说："我觉得这家店味道不怎么好。"

梁嘉泓说："确实，那下次不来了。"

叶絮笑着点头。

天已经黑了一半，隐约又有下雨的迹象，气温又一下子降了好几度。走了几步，叶絮胳膊上起了一层鸡皮疙瘩，是冷的。

她吸了吸鼻子，强忍下这股冷意。

从麻辣烫店到校门口差不多一百米的距离，她故意放慢脚步，梁嘉泓也不是走路很快的人。

脚下的水坑，零落的树叶，散落的小广告，叶絮真想通通记住它们。

转个弯就是学校的围墙，是一排铁栏杆，里面是篮球场和操场，即使是阴雨天，篮球场上也有学生在打篮球，还有高年级的体育生在训练，周围小区的居民来来往往，这条道路是热闹的。

叶絮问道：“你走回家吗？”

“嗯。”

“一个人住吗？”

“我妈偶尔会过来，家里有只狗。”

叶絮眼睛一亮，问道：“你养了狗？什么样的狗？”

梁嘉泓看着她明朗的神色笑道：“是只流浪狗，我捡回来的，叫‘阿橙’。”

“有照片吗？”

梁嘉泓说：“下次拍了给你看。”

叶絮点头说：“我以前也养了一只狗，是只黑狗，特别聪明。我妈下班或是我放学时，它都会在路口等着。可惜去年它乱跑，被人毒死了。”

“养了几年？”

“我记得好像是我小学三年级时养的。”

“那养了挺长时间。”梁嘉泓安慰小姑娘，“它会投个好胎的。”

叶絮低头一笑，觉得这个男生真是个心善的人。

三言两语中，很快走到了校门口，梁嘉泓低头看着她说：“进去吧。”

叶絮眼睛弯成月牙，和他道别：“你到家了给我发消息。”

“嗯。”

叶絮忍不住多看了梁嘉泓几眼，他长得真是太好看了，欣赏完，她背着书包往学校里走。

她不知道，那天，梁嘉泓是站在原地看她背影消失了再走的。

等她的背影一消失，梁嘉泓就发了条消息给她：现在不害羞了？

叶絮很快回复：熟了就不会害羞。

她不是扭扭捏捏的人，如果能聊上几句，她便会把那人当朋友，也不会拘谨。

叶絮回到教室，赵金金和陈雨已经坐在那儿了。

陈雨打趣道：“这是吃完饭回来了？”

叶絮把书包一放，过去堵她的嘴，女生打打闹闹着，笑声溢出教学楼。

叶絮哪里抵得过陈雨，别看陈雨个子小，但劲大。

叶絮被擒住，笑得快岔气，连连求饶："别挠我痒，别，我真的怕！哈哈……陈雨！"

陈雨靠在椅子上说："我问你，你是不是和梁嘉泓去吃饭了？"

"梁嘉泓"三个字她说得特别轻。

但赵金金还是被惊愕到了："啥？梁嘉泓？"

叶絮不可思议地问："陈雨，你……你怎么知道的？"

陈雨指了指自己的眼睛，说道："我会看人啊，没办法。行了，这个星期天，肯德基见。"

"行啊，金金要一起来吗？我们去吃肯德基。"叶絮问。

赵金金点了下头。

陈雨又补充道："絮絮，告诉梁嘉泓，我们宿舍除了你一共五个人，记得买多点糖。"

叶絮不解地问："为什么啊？"

陈雨耍无赖，说道："你懂的，我不管。"

叶絮拿陈雨没办法，只好答应了，不就一点糖嘛，又不是买不起，让大家高兴一下也不是什么坏事。

赵金金和陈雨不同，她的心思细腻，缓过神来后，在晚自习上写小字条和叶絮聊天，问了很多问题，她怕叶絮吃亏。

叶絮很喜欢赵金金，把所有事都告诉了她，包括今天梁嘉泓所说的离开。

整个晚自习，叶絮脑海里只有三件事：一是梁嘉泓什么时候会走，走了以后怎么办；二是他算得上独居，有一只狗，像是故事里的孤冷少年一般，她想好好了解他；三是今天的约饭虽然平淡，但为什么她这么开心。

叶絮后来回想起这次见面的时候也还是觉得很开心的，她只能想起她亲昵地喂他吃了一个丸子，而记不起他说的关于离开的事情。

十六七岁的女生爱幻想。晚上，叶絮躺在小床上，想象了一番将来和他分别的苦情戏，比如她在路上狂奔，请求他留下；比如他离开后，她一蹶不振；比如他离开几年后，他们再度重逢。

她是个悲观主义者，喜爱一切苦情小说和电影。

在她的幻想中，她和梁嘉泓的结局并不好，她试想了很多悲剧，让自己身临其境，她发现这是她没有办法承受的悲伤。

于是她开始说服自己，离别亦可永恒，只要她坚持下去。

这个晚上喜忧交织，但终究是喜战胜了忧，这可能就是人们常说的哪怕片刻拥有也是好的。

和梁嘉泓道了晚安后，叶絮闭上眼，均匀的呼吸是她无声的决心。

淅淅沥沥地下了两天雨，老天终于收了尾，秋日清晨的空气凛冽，吸上一口，心肺都是凉丝丝的。

半干的水泥地面，不明亮的天空，熙熙攘攘的校园，新的一天依旧和往常无区别。

叶絮坐在位置上边背书边等梁嘉泓，直到听到后面传来他的声音、直到他给她发消息才彻底安下心。

第一节课后有早操，下课铃一打，大家屏息等待，直到响起出操的音乐，大伙才猛然松一口气，终于不用被老师占用休息时间。讲台上的老师无奈一挥手，学生齐齐起身往外走。

高中的早操管理也不似初中和小学那么严格，学生们没有排队出门，而是直接在操场上集合。

叶絮的位置在教室最里面，而梁嘉泓的位置靠近后门，他每次都比她先一步走出教室。

叶絮和邬天赐慢悠悠地走着，她一直在看梁嘉泓，这个背影搁在人群中，她总是能一眼寻到。

踩着微湿的草坪，每个人的鞋子都染了些许湿气，要是用力踩下去，人工草坪还会渗出些雨水。

广播体操音乐响起，从高三到高一，从随心所欲到稍有模样，年级的划分在早操中体现得淋漓尽致。

叶絮做早操一向中规中矩，唯独今天她也开始变得懒洋洋，手伸不直了，动作敷衍了，好似这些都是些丢人的动作，她只想含糊过去。

转身的时候，叶絮看到梁嘉泓只是懒懒地转了转。

一套操跳完，每个人都微微喘气，身上暖和许多。

靠拢，集合，解散，操场上又是一片讲话声。

叶絮会习惯性地转身去找邬天赐，等她一起走，邬天赐人高，所以排在最后面。

叶絮没想到这一转身，直接撞进梁嘉泓怀里了。

梁嘉泓本来和王昊祥走一起，谁知道叶絮低着头突然转过来。

“咚”的一声，她脑门撞在他胸膛上。

叶絮惊慌失措地抬头，脚往后退。

眼看着她又要撞上别人，梁嘉泓眼疾手快地拽住她手腕。

叶絮很容易脸红，特别是在大庭广众之下，此刻她两边脸颊的红晕似不远处花坛里的枫叶。

王昊祥吹了声口哨，调侃道：“有缘千里来相撞。”

梁嘉泓松开叶絮的手腕，嘴角噙着笑说：“走路别低头。”

叶絮把脑袋垂得更低了，“嗯”了声。

她看到他穿着一双白色的耐克运动鞋，很干净。

邬天赐走上来时，叶絮移开目光，装作什么都没发生一样，和邬天赐边说着话边走回教室，也没看他。而梁嘉泓也没再说什么，跟在她身后走进教室。

她和梁嘉泓很少有互动。

说来也奇怪，她并不是拘谨的人，对熟人更是热情开朗，唯独在梁嘉泓面前时，她总是放不开，好似和他做什么都磕磕绊绊的，而梁嘉泓亦是低调的人。

但她和梁嘉泓不像，她的拘谨会随着时间变淡，可梁嘉泓永远都在俯视，永远在做自己。

所以后来这些在校园里的碰撞也成了她珍贵的回忆。

这天放学后散步是谁约的谁，两人已经记不清，大概是他们之间的默契吧。他说要买个东西，她也说要买个东西，于是变成了一起买东西。

叶絮没有昨天那么紧张，但多少还是觉得不自在。

跟着放学的人流，他们依旧没有走得太靠近，她也不似梁嘉泓那样自然随意，但她装得很自然，还主动和梁嘉泓说起了话，但总不如在网络上那么健谈，她还需要一点时间适应。

两个人走进了学校边上的超市。

叶絮问他买什么，梁嘉泓视线划过一排排货架，说道：“纸巾。”

叶絮想起宿舍里的纸快没了，于是也在那里挑选。她瞟过价格，想要在合适的价格内选择喜欢的纸巾，她最后拿了一条促销价几块钱的纸巾，而梁嘉泓还在选。

叶絮看了价格，他那边多是昂贵的。

梁嘉泓最后拿了一包黑色包装的纸巾，纸巾的包装和质量都是非常好的。

叶絮说：“要不要换一个？好贵啊。”

梁嘉泓笑着说：“就这个吧，我喜欢黑色。”

叶絮点头。他是说过他喜欢黑色。

梁嘉泓问：“还要买什么吗？”

“我想去外面的文具店看一下。”叶絮刚说完，忽然想起陈雨要的糖，她看了几眼梁嘉泓，纠结着要不要说。

她不想让他破费，又想知道他会是什么反应。

叶絮咬咬下唇，试探着问：“宿舍里的人……说想吃糖……”说完，她又低下了头。

少女的发尾垂在脖颈处，黑色头绳上的一朵小花干净明亮，梁嘉泓的视线从那朵装饰花慢慢挪到她犹豫不安的小脸上。

他说：“行啊。”

他没有任何犹豫和不悦，几乎是脱口而出的，慵懒的嗓音带着一丝温柔。

叶絮的不安一瞬间烟消云散，嘴角微微上扬，说道：“那买一点吧。”

一高一矮的两个身影在琳琅满目的糖果架前挑选着。

梁嘉泓正想伸手拿悠哈糖，叶絮抓了几包便宜的水果糖说：“这个就可以啦。”

她捧着五颜六色的水果糖，眼底没了刚刚的不自在，瞳仁亮晶晶的，笑起来脸上有一个酒窝，只有一个，其实那也算不上酒窝，准确来说，是缺陷。

梁嘉泓低眸看她，盯着那个酒窝看了看，笑道：“那要不要买巧克力？”

叶絮晃着脑袋说：“不用了，这些就够了。”

她不舍得让梁嘉泓花太多钱，在叶絮看来，大家都是普通学生，一个月生活费有限。

最后，那几包糖是梁嘉泓付的钱，他问叶絮要不要把纸巾拿过来一起结账，叶絮摇头拒绝了。

她不肯，梁嘉泓也不强求，越是这种小事，她就越是在意。所以后来梁嘉泓一直在这些小事上顾着她的自尊，他对一些东西的淡然、随性，全然是因为她。

在那家麻辣烫店的隔壁有一家面积很小的文具店，女生都爱逛这种店，封面好看的本子、别出心裁的水笔、精致的小玩意儿，这里通通都有。

叶絮在里头转了一圈，没看到什么引起她兴趣的物件，只能作罢，安安分分地挑本子。

梁嘉泓拎着超市的白色塑料袋，不紧不慢地跟在她后面。

她一直不知道，每当她在凝视这个世界的时候，他则在凝视她。她脸上的所有神色他都揽入眼底，她很少会有愁眉苦脸的时候，梁嘉泓看到的通常是少女的好奇和欣喜，还有单纯认真的快乐。

叶絮弯着腰，视线在一长排笔记本上扫过，她最后挑了一本紫粉色封面的笔记本，纸页微微泛黄，带横条，封面是防水的透明塑料制成的，粉紫色的薰衣草似乎在温柔摇曳着，仔细闻，还有着隐约的香气。

叶絮拿在手里，端详了一会儿，抬头看向边上的梁嘉泓，说道："你觉得……"

话刚说出口，她便止住了。

他站得很近，近到他微微俯身便可碰到她。

叶絮蓦地转过脑袋，直视前方，有些不好意思，而他身上好闻的洗衣液的香味一不留神就钻入她的呼吸道，比刚刚买东西时要浓郁许多，可见他们靠得有多近。

叶絮故作平静地继续问："你觉得这个好看吗？"

男生对这些不怎么感冒，可能审美也比较偏离。

梁嘉泓给了一个比较折中的答案："还行。"

叶絮呢喃道："什么叫还行啊？"

梁嘉泓又说："这个还可以吧。"

叶絮被气笑，拿上这个笔记本，说道："算了，就买这个了。"

她一转身，对上文具店老板含笑的目光，像是在笑他们的小打小闹。

叶絮付了钱，捧着笔记本和梁嘉泓往学校大门走。

和往日一样，篮球场上少年的身影在飞扬，空气中混着泥土的腥味，天光正在被黑夜一点点吞噬。

这段路总是显得那么短，放学后这点时间总是太仓促。

两个人停在校门口的香樟树下，梁嘉泓把整个袋子都递给叶絮，问道:“还有点时间，记得去食堂吃饭。”

“不了，再说吧，我还不饿。”叶絮接过袋子，想把里面的黑色纸巾拿给他。

谁知梁嘉泓说：“放你那儿吧，不是要上晚自习吗，放我课桌里就可以了。”

叶絮微微睁大眼睛，问道：“你不带回家吗？”

“家里还有。”

“哦……”叶絮低头看着自己的鞋尖，静了一两秒，又朝左右望了几眼，轻声道，“那……我进去了？”

“进去吧。”他浅笑着叮嘱道，“走路别低着头了，不然又撞别人怀里怎么办？”

叶絮耳朵一热，低声回道：“才不会呢。”

两人对视着，叶絮嘴角不自觉地上扬。

叶絮留恋地看了他几眼，拎着那一袋糖果跨进了象征她青春时代的校园。

叶絮路过小卖部买了个一块钱的夹心面包，后来有段时间她为了省钱，天天中午吃这个夹心面包，味道不错，只是吃多了总会腻。

教学楼陷在越发浓郁的夜色中，里头一个人也没有。

叶絮走进教室，没有开灯，把塑料袋放在左边靠墙的第一排课桌上，她从里面拿出那条黑色包装的纸巾，走向教室的最后一排。

她的指腹下是纸巾饱满的触感。

在残存的一点傍晚幽光下，她看清了这个纸巾的品牌——品诺，纸如其名。

这是叶絮第一次光明正大地打量梁嘉泓的课桌，他的书不多，也许有些他嫌碍事扔了，只留了一些主课课本用来装模作样，一些一元硬币被他叠起堆在课桌里，在幽光下闪着光泽，其余的，也没什么了。

他从不喜欢有太多羁绊。

叶絮把纸巾规规整整地塞进了他的课桌。

如果此刻有人在场，一定会发现她脸上颇为骄傲的神色，因为并不是人人都能往他课桌里塞一条纸巾。

而那本被梁嘉泓用“还行”来形容的笔记本，它的用处大概只有叶絮和赵金金知道了。

这个晚自习，叶絮碍于今天晚自习值班的老师是出了名的严格，便没敢碰手机，百般无聊，她转了两圈笔，目光锁定了那本粉紫色的笔记本。

崭新的第一页总是让人舍不得下笔，因为落下墨点的那一瞬间，一切都开始改变，故事也开始启航。

其实一切都还没发生，还来得及回头。

叶絮抚了抚光滑的页面，压下封面，在第一页上留下了她的字迹，日期、天气和梁嘉泓。

她一字一句地记录了昨天那顿不怎么好吃的麻辣烫，记录了前天他们的经历，她的字一向龙飞凤舞，唯独在这页纸上，端正娟秀得像一位江南女子。

赵金金写完翻译题也很无聊，凑过脑袋去看，小声问道：“你在干什么啊？”

叶絮像被戳破秘密，快速捂住本子。她脸上是笑还是羞很难分辨，稍带歉意地说：“我在写一点东西啦，不能给你看。”

赵金金秒懂：“你写吧写吧，我不会看的。”

晚自习的课间休息，按照惯例，叶絮和赵金金去小卖部买东西吃。叶絮买了一瓶纸盒包装的奶茶，小卖部的老板娘会把奶茶放在保温箱里暖着，秋冬季节时，这奶茶深得学生心意。

两个人买完东西磨磨蹭蹭地往回走。

叶絮只顾低头用手机发消息，要不是赵金金拉了她一把，她早就被横在前面的一块砖头给绊倒了。

赵金金叹气道：“絮絮啊，聊天也不用聊得这么专心吧？”

叶絮只是笑笑，看了几眼前面的路，随后继续回梁嘉泓的消息。

那些日子里，他们几乎抓住任何一个空隙在聊天，可能只是几句兜圈子的话，几句嘘寒问暖，但那种随时都能和他说话的感觉让叶絮感到安心，而说得最多的就是吃饭话题。

为什么说人是贪婪的，因为尝到了甜头。

叶絮贪恋被他叮嘱一日三餐，贪念他对自己的关怀担忧。

那头的梁嘉泓问她有没有吃晚饭，叶絮说吃了一点，他让她等会儿再吃点东西。

于是叶絮向他撒了第一个谎，她说她没什么胃口，不想吃。

而她手里的奶茶还热乎着呢。

每每此时，梁嘉泓总会顺着她，哄着她。

那袋糖果叶絮藏了一个晚自习，她不敢告知陈雨。宿舍里那些姑娘是什么性子，如果知晓了大概会一窝蜂拥上来抢个精光，到时候恐怕会引起教室里其他人的注意。她觉得这样不好，有点过于做作，仿佛是她在故意宣布什么一样。

回了宿舍，叶絮才从塑料袋里拿出糖果来。陈雨一见，乐呵呵地道："真有啊，开心开心，让我瞧瞧。"

陈雨数了数，说道："够意思啊，买这么多。"

陈雨把糖果分出去，一人一包，分完，她笑嘻嘻地说："絮絮，你告诉梁嘉泓，谢谢他了！"

叶絮"喊"了声，笑盈盈的，没理陈雨。

不过叶絮还是把舍友的欣喜之情转达给了梁嘉泓，她说舍友表示很感谢，梁嘉泓说应该的。

连着两个傍晚一起散步让他们之间有了默契。

星期五放学比平常早一些，下午只上两节课，三点零五分放学，两个人说好了一起走。

还记得刚开学拿到课表时，叶絮几乎不敢相信，高中居然有这么早放学的一天。她可是从小学开始就五点半放学了，初中更是夸张，英语老师还会拖堂，不管是夏天还是冬天，每天回家都是摸黑走的。

明明高中课业更紧张了，却意外地还能得到小半天的假期。

天空残留着些阴郁，秋风扫落叶，暗淡的夕阳隐没在云层里，校园在铃声响起的那一刻热闹起来，空荡的楼道里瞬间挤满了黑压压的人影。

叶絮要坐367公交车回家，车程40分钟，小时候觉得时间长，现在也还好。

汽车总站离他们学校有二十多分钟的步行路程，如果走得慢一点，大概需要半个小时。

每个周五下午，学校门口都停满了绿色的三轮车，那些五六十岁的大爷在等着接一笔小生意来糊口，学校到车站，只需要五块钱。

叶絮的粉色皮质书包里没多少东西，只有一点护肤品、充电器、电板和一本语文书。书包空荡荡地挂在她背后，风一吹，黑色的短袖校服贴着她的身体，加上有书包肩带压着，勾勒出少女纤细的身形。

同样的校服，但穿在不同的人身上，那种感觉却是不同的。

梁嘉泓倚在教室后门口等叶絮，和王昊祥闲聊了几句后，看到叶絮正背着书包在关窗，她坐的位置靠窗。

那段时间她的头发一直是用一根带小花的皮筋扎起的，耳边会有些碎发散落，很细柔。

她拉上窗户，顺手捋着那一小绺细发往耳后别，转身的那一刹那，笑靥如花，眸光流转。

邬天赐又在逗她玩，叶絮反击，两个女生笑作一团。

邬天赐笑眯眯道："不错哦，长大了。"

叶絮捂住胸口的娇羞模样，让梁嘉泓有短暂的出神。

她其实并不是个安静的人，相处越久越会发现她其实很热情。也许是年龄和阅历的限制，她对那些陌生的人和事起初都是羞于搭理的。叶絮和其他姑娘差不多，喜欢那个时代的女孩都喜欢的东西，理想抱负更是平平无奇，只是她又和她们都不一样。

剥去她娇羞的那一层，会发现她眼底其实还有自信和野性，那种不安于现状、向往一切自由和未知的野性，只是她涉世未深，眸子看起来明亮而纯净。

如果问他是什么时候开始被她吸引的，那大概就是这一刻吧。

不得不承认，叶絮对他来说是特别的。

叶絮扭捏着挤出了座位，逃出了邬天赐的魔爪，一抬眼，正好对上梁嘉泓的视线。她愣了一下，随即放下自己的双臂，敛了笑意，像什么也没发生一样走了过去，一副若无其事的样子。

梁嘉泓勾了勾嘴角，站直身体，一边用右手转着手机，一边和王昊祥说：“先走了。”

叶絮已经走到了他身边。

王昊祥打趣道：“一放学就有美女相伴啊？哎，真叫兄弟我羡慕啊！”

梁嘉泓挑起半边眉，笑了笑，打了个招呼就和叶絮走了出去。

他一般很少会理睬别人的打趣，都是一笑了之，或者不语，浅浅笑着看他们耍嘴皮子。

一路上，他们学校的学生随处可见，市中心的街道朝四面八方延展着，那些穿着黑色校服的身影宛如风一样刮过这些街道。

穿过超市和服装市场，拐过一个十字路口，再前面便是步行街了。

两个人并排走着，没有任何肢体接触，从出校门开始竟围绕狗粮的事说了一路。

梁嘉泓问道：“阿橙的狗粮没了，你觉得我给它买什么口味的比较好？”

叶絮只养过中华田园犬，那狗都是吃白米饭的，她头一回知道狗粮还分口味的。

她问道：“有什么口味的？”

梁嘉泓说：“鸡肉、牛肉、比萨、果蔬……”

叶絮打断他说：“比萨！”

小姑娘眼睛都是亮的，像小孩子看到了糖果。

梁嘉泓笑着，饶有兴致地看着她，说道：“我看，是你想吃比萨吧？”

叶絮的心思被识破，扭过头嘀咕道：“没有。”

梁嘉泓似自言自语道：“原来我们的小朋友喜欢吃比萨。”

叶絮抿抿唇，算是默认了。

其实她哪是喜欢吃，只是没吃过罢了。

那时候南城只有两家肯德基，必胜客是2012年开的。

她很喜欢吃比萨味的菜园小饼，酸酸甜甜，只是那终究不是真正的比萨。

正想着菜园小饼呢，突然，她右肩一沉，还被揉了一把。

“啊！”

叶絮叫出声，猛地回过神，往前跳了一下，回头一看，邬天赐正贼兮兮地看着他们。

邬天赐住这附近，叶絮有次还和她一起回过家。

只是不知道她今天怎么跟在他们后面。

邬天赐识相地说："我就是路过，不打扰你们了，拜拜！"说罢，朝叶絮挤眉弄眼的。

叶絮哭笑不得地和她道别，肩膀生疼，邬天赐下手总是很重，那双魔爪总喜欢调戏班里的小姑娘。

邬天赐走路很快，一分钟的工夫已经和他们拉开老远距离，再等一个红绿灯，她就已经不见了。

两个人站在十字路口，被红灯拦着。

叶絮悄悄地揉肩膀，边揉边拿手机给邬天赐发消息，手指噼里啪啦很快打下一行字。

手机屏幕上方忽然多了道阴影，叶絮偏头，额头蹭到梁嘉泓的下巴，他没躲，慢悠悠地把屏幕上的字念了出来。

"色乌鸦，星期一我要捏爆你的……"

后面的那个字他没念出来。

梁嘉泓的视线从屏幕挪到叶絮脸上，她后知后觉地捂住手机，想解释却又发现解释不了。她在他面前可是任何过分的话都没说过的，她整张脸都揪在一起了，一副欲哭无泪的表情。

梁嘉泓墨黑的瞳仁里都是笑意，甚至有点故意揶揄、逗弄她的意味。

他贴近她，说道："原来我们爱吃比萨的小朋友还会捏爆别人的……"

叶絮噘嘴，觉得又好笑又气恼，踮脚去捂他的嘴。

"你不许说了！不是这样的！"

"嗯？那是哪样？"

"反正就不是这样的！"

叶絮抓住了他的衣角，试图阻止他别有深意的笑。

十字路口，红绿灯前，少男少女小小的争辩成了风景线，身边等绿灯的人多瞥几眼，但谁又会记得谁，他们不过是众多年轻男女里的两个而已。

两人争了一路，没争出结果。

叶絮站在车站门口和梁嘉泓分别，那因为一时不知该说什么而沉默的几秒足以看出她的不舍。

而眼前的少年笑得颇具少年气，笑容明朗。

梁嘉泓抬了抬下巴，笑意不减地说："进去吧，车已经来了，到家了和我说一声。"

叶絮"嗯"了声，转身走了几步，回头望去，他依旧站在那里看着她。

他一手插在裤袋里，一手握着手机，昏暗的夕阳光晕下，少年劲瘦的手臂线条流畅，微微凸起的青筋透着力量感。

叶絮凝视着他的眼睛，忽然发现他的眼睛犹如一潭深水，是有光泽的，但是看不透。

可是他在笑，那张清隽的脸庞一下子变得柔软起来。

他是因她而笑。

叶絮朝他吐舌头，娇羞地威胁道："不许笑了！"

那天梁嘉泓还没意识到自己是真的上了心，他也没察觉到自己因为叶絮的那个笑容而软了心。

他身上这种细微的变化还是经人提醒才被发现的。

那个周五夜晚有朋友约了梁嘉泓一起去电影院看电影，对他们这伙人来说，看电影就只是为了消遣、打发时间，绝对称不上约会。

电影八点十分开场，很意外，今天居然只有梁嘉泓和宋丹薇两个人，另外两个看电影的老搭档临时有事没来。

宋丹薇兴致勃勃地吃着爆米花。

影厅灯光暗下来，电影的声音立体环绕，银幕上切来切去的画面呈现不同的光亮，一闪一闪地照在观众席上。

宋丹薇往嘴里塞了几颗爆米花，余光瞥见黑暗中发光的手机。

梁嘉泓几乎一直在低头看手机，偶尔会抬头看荧幕几眼，但那些画面始终没有入他的眼，像是虚浮着一般，而直到手上的手机振动，他的神色才会有些不一样。

宋丹薇思考着眼前这个认识多年的少年在这一瞬间到底哪里不一样。

那双让人摸不透的眸总是带着几分倦意和淡然，他对身边的一切是包容的，其实与其说是包容，倒不如说他是不在意，并且很会控制自己，所以他几乎很少有情绪波动的时候。

而此刻的他，眼底分明滋生出了新的东西。

观众席里只有寥寥几个人，小情侣都忙着躲在角落打情骂俏，宋丹薇没了顾虑，头一偏靠近他，用正常说话的音调说：“我听说你认识了一个新朋友？”

梁嘉泓给叶絮回完消息“嗯”了声。

宋丹薇打量他，问道：“叫什么？”

梁嘉泓这才抬头看向她，问道：“你问这些干什么？”

“嘁，就问一下啊，好奇嘛。这么突然整这一出，你问问身边朋友，谁不好奇？”

梁嘉泓的视线转向银幕，微微勾了勾嘴角，说道：“她叫叶絮。”

宋丹薇把这个名字放在脑海里搜索了一遍，发现不在认识的范围内。

“她以前哪个学校的？”

梁嘉泓说：“她以前不在这块读书。”

宋丹薇笑着问：“你主动结交的？”

“算是吧。”

“那你欣赏她什么？”

宋丹薇这一问他才开始思考自己欣赏叶絮什么。

和叶絮相处的这几天其实他都处于很放松的状态，认识一个新的人，那种新鲜感总归是让人放松的。

他对叶絮的温柔和好一部分是因为他自身的性格，另一部分是因为责任，他选择与她成为朋友，那么便对她好吧。

与其说是叶絮走到他身边来的，还不如说是他愿意让她走到他身边来的。

这个问题他答不出来，宋丹薇却连连调侃逼问，梁嘉泓无言笑了下，脑海里蓦地浮现出下午放学时叶絮的笑容。

那个笑容让他惊艳，这个看似普普通通的女孩子身上却有很多东西。

他欣赏叶絮身上那种自信的感觉。

这场电影放了些什么，梁嘉泓不记得了。

走出电影院的时候，夜已深，宋丹薇打车回家，梁嘉泓往中津桥路的方向走。他们这圈子里的人是夜的崇拜者，无论何时何地，总有一些消磨时间的活动。

手机响了好几回，无一不是来催他的。

梁嘉泓在这个十字路口再次被红灯拦住，就在这儿，斑马线对面，几个小时前他和叶絮站在那里等绿灯。

巍峨的梧桐树挡住淡薄月色，些许光影穿过枯枝在柏油路面上晃动，路上的行人愈来愈少，几辆货车驶过，卷起一阵激荡的风。

是真的到秋天了，夜晚的气温和风开始咄咄逼人。

梁嘉泓点开和叶絮的对话框，提醒她别忘了带一些秋衣去学校。

一行字发过去，已经是绿灯。

相隔几十公里的女孩很快发来回复，一个转身的小企鹅表情和一句小心翼翼的试探。

叶絮：周日我可能要请金金她们吃肯德基，如果你不找我的话，我就和她们去店里吃。

梁嘉泓：我想，你打包带回去比较好。

叶絮：好。

梁嘉泓能想象她一定是欢快果绝地回复自己的。

叶絮：我应该几点来?

梁嘉泓：那你想什么时候见到我?

叶絮说：我想现在见你。

梁嘉泓盯着屏幕上的这行字，眸色渐深。

那晚他是怎么回复的?

那晚他垂着双眸，忽略了那些灯红酒绿的街道，告诉她，他也想见她。

于是小姑娘又回复。

叶絮：那明天见。

梧桐树下，光线昏黄，他终于轻轻笑出声，带着一身秋霜悄然离去。

那段时间真成了他最放松的阶段，世俗的压力还没完全压到他身上，年纪也到了可以放肆玩乐的时候，那些夜夜笙歌、声色犬马的日子终于不再空荡，即使她不在身边作陪，可她隔着屏幕一遍又一遍说她有多想见到他。

周日终于被叶絮期盼而来，在叶絮的日记中，这天被她称为最幸福的一天。

她一大早起来洗头整理仪容，在那些堆积如山的衣服中苦恼了半天，当抉择不出的时候，她就明白自己应该买衣服了。

叶母上楼晾衣服，晾完把盆里的水往阳台外一倒，见叶絮的房门开着，叶絮正在试衣服，叶母笑道：“这么臭美？”

叶絮沉浸在选衣服的苦恼之中，没理会母亲的打趣。

叶母上中班，下午两点半得上班，所以一点半就得把叶絮送去车站坐车，这正合了叶絮的意。

叶絮的家在一个不起眼的乡镇上，独门独户的乡下二层楼房，坐落的位置不热闹，周围只有几户人家。

从她家到坐 367 路的车站，骑电瓶车需要二十分钟。

这天天气不错，阴雨绵绵多日后终于出了太阳，午后一两点的阳光最暖最刺眼。叶絮侧坐在电瓶车上，风呼啸地吹，刘海飞舞着。

叶絮坐上了一点四十五分的车，到桥镇这个站点差不多四十分钟。

她坐公交车一般都戴着耳机，静静听一路的歌。她是音乐的痴迷者，喜欢听一些苦情歌，然后任由那些情绪在身体里起伏。

她手机里的歌有些是在镇上的手机店里下载的，她没电脑，所以只能付钱去店里请人帮忙下载。陈雨教她可以直接用手机打开网页搜索歌曲然后就能下载，那时候下一首都得算流量，五块钱一个月的流量用来聊天保准够用，可是下几首歌后就可能会不够了。

那几年最火的网络歌手莫过于许嵩、徐良、汪苏泷。

那几天，叶絮最喜欢听许嵩的《素颜》，无关歌词，只觉得旋律很入耳，轻快的节奏很容易让人飘起来，好比今天她的心情。

后来听多了，她开始注意歌词。

歌词这样写道：如果再看你一眼是否还会有感觉，当年素面朝天要多纯洁就有多纯洁。

她坐在靠窗的位置，阳光洒在她身上，那张尖瘦的脸变得柔和。她以为今天涂了一层粉就算化妆。

直到后来，她往脸上一层层涂，一笔笔描的时候她才知道，那些年是真的稚嫩，她姑且也能用歌词中的纯洁来形容吧。

只是歌词又这样写道：曾经对上的瞬间难道是一种错觉，那些流逝了的就永远不会复现。

第三章 风里的心跳声

叶絮在周六晚上和梁嘉泓说过，大约下午三点到。

她到站两点半左右，走到学校回宿舍放好东西，差不多就 3 点了。

她把时间掐算到不愿让他多等一分钟。

短短几天的相处，叶絮也算有点了解他，这是个夜猫子，晚上总是睡得很晚，白天脸上的倦意根本遮掩不了。她也问过他晚上在干什么，他总说在外面，没有具体说过在干什么，叶絮全心全意地相信他，也没有胡搅蛮缠。

她不想干涉他，每个人有各自的生活习惯，更何况，他几乎无时无刻不在和她聊天，他到底在做什么又有什么重要的。

一个能秒回你信息的人，多数是将你放在心上的。

所以周日的上午叶絮都没有给他发消息，在公交车上也没有，她想他应该正窝在床上补觉。

反倒是早上的时候，梁嘉泓主动和她说，到了学校告诉他。

叶絮在快到达宿舍的时候给他发了短信，说她快到学校了，他很快回复，说他一会儿就过来，在校门口等。

那时候如果不上网，一般都会把网络连接关掉，以免浪费流量，所以有时候他们怕对方错过消息，会直接发短信，那是对方一定会很快看到消息的方式。

叶絮是第一个到宿舍的，其他人都还没来，她把袋子里的秋衣一件件挂在衣橱里，整理好一切，挑了一个黑色的小双肩包，把耳机、电板、餐巾纸、钱包，塞入包里。

她背好小包，走到卫生间的大镜子前左照右照，发型可以，脸上的几个雀斑也被粉底遮住了，衣服也没有突兀之处。

正准备出门，她忽然想起什么，又折了回去，从抽屉里翻出那根红绳和三块钱买的假银戒指，一样一样地戴在了手上，然后像小鸟一样，踩着轻快的步伐从五楼下去。

宿舍楼在东边，学校正门在西边，要经过食堂、教学楼、实验楼、老教学楼、车棚和小卖部。

这天的天气多晴朗啊，走几步都会让人觉得有点热。

叶絮握着手机，快步走向校门，梁嘉泓说他已经到了。

远远地，她就看到了大门外那个清瘦修长的身影，他穿了一件白色的T恤和黑色的薄外套，干净的布料随着微风的晃动勾勒出他窄瘦的腰和挺拔的背。

也许是有些疲倦，他一边低头玩着手机，一边摸了摸后脖颈。那张俊朗的面孔神情淡淡的，他独自一个人的时候脸上很少有什么情绪，甚至有一丝冷漠。

只是那时候叶絮还不太懂，看到的尽是他温柔的眉眼。

他翻了几页通讯录，随手删除了几个存错的手机号码，然后抬眼朝学校里看。

叶絮就从那明晃晃的阳光中走来。

一件宽松休闲的黑白格子衬衣，里头搭了件黑色的吊带衫，衬衫只扣了一个纽扣，领子松松垮垮地歪在一边，露出女生精致漂亮的锁骨，那一片白皙的肌肤像白瓷一样。

修身的深蓝色小脚牛仔裤下是一双干净的白色帆布鞋。

那时候流行厚鞋底的，厚得有些夸张，像踩高跷，而叶絮穿的是一双款式最普通的鞋子。

那个纤细的身影干净简单，明眸皓齿，楚楚动人。

他收了手机，脸上终于有了别的情绪，那是一种看到欣赏的女孩朝他走来时的满足笑容。

校门口的林荫道有风，叶絮怕吹乱刘海，于是低着头走了过去。

走到梁嘉泓面前时，叶絮才微微抬起了头。

她的那些满心期待和欢天喜地，在他面前只化为了轻轻的一句：“我们去哪儿啊？”

梁嘉泓对这些通常都没什么主意，他从来不会主动组织什么娱乐活动叫人过来玩，都是那些人开了房间，定了地点，给他打一个电话，然后他就去了。

两个人朝一个方向走着，他脑海里浮现出几个地点，为了尊重女生，他问：“你有什么想去的地方吗？”

叶絮想了想后说道：“你吃饭了吗？”

“还没。”

“那我们去‘有意思’吧。”

“有意思”是一家餐厅，装修有情调，价格却亲民，它和“来吧小镇”在简陋的牛肉面馆和高大上的饭店里杀出了一条血路，这是两家颇有格调的小众餐厅。

不过梁嘉泓不知道，他一开始没听懂，垂眸看向身边的姑娘，问道：“什么有意思？”

叶絮讶然：“你不知道吗？就是一家餐厅啊，你没去过吗？”

“没有。”

叶絮说：“其实我也很久没去了，它比‘来吧小镇’开得晚，以前我经常和我妹妹去那里。”

“你还有妹妹？”

“是表妹，我外婆家就在寺庙那边，就是鳌山路过去的那个大寺庙。”

叶絮每年寒暑假都会去外婆家，表妹只比她小几个月，两个人是同年，小时候甚至还被人误会成双胞胎。她在乡下读初中，表妹在城里读书，于是一到假期表妹就带着叶絮去街上玩。

两个人的性格不同，叶絮外冷内热，和表妹比起来，她的话算少的，表妹长得漂亮性格又开朗，这一辈子，任何事都走在叶絮前头。

包括要好的男性朋友。

当叶絮还在看言情小说的时候，这姑娘就已经和班里最帅最有钱的男孩玩在一起了。

每年寒暑假，她像个跟屁虫一样跟在他们身后，在“有意思”餐厅里，她和他们对着坐，那个男孩总会慷慨地点一桌吃的给她，于是叶絮一边看他们交谈一边吃东西，一开始也会觉得不自在，但次数多了，混熟了，她也全然无所谓了，甚至心底有点羡慕。

可现在不用羡慕了。

上初中的时候，那家“有意思”餐厅还在一楼，面积也很大，可能是生意不如“来吧小镇”，隔了两三年便开始缩水了，把场所搬到了二楼，面积缩了一半。

餐厅的装修色调暗沉，黑色的地砖，垂挂的水晶吊灯，磨砂波浪面的玻璃分割墙。

这个餐厅给足了顾客隐私。

梁嘉泓环视了一圈，用评价的口气说道：“这餐厅看起来还不错。”

叶絮听着，觉得他像个来考察的老板，满意地说这地方不错，可以买下来。

下午三点多，不是吃饭的时候，所以人不多，就连服务员也悠闲地靠在墙上和同事聊天。

两个人选了一张靠角落的桌子，两侧是墙，前方也没有路，是不会有人经过的一个位置。

叶絮坐在里侧，暗红色的皮沙发柔软光滑，她刚放下小背包，就感觉身边微微塌陷，梁嘉泓没有坐在对面，而是坐在了她身旁。

叶絮弯了嘴角，她觉得他是应该坐在她身旁的，如果面对面坐着，那多生分。

服务员递来菜单，温柔地笑道：“点好了可以叫我。”

梁嘉泓微微点头，然后把菜单移到叶絮面前，问道：“想吃什么？”

两个人挨得很近，梁嘉泓那两条颀长的腿无处安放，便往边上挪了挪，两个人的膝盖轻轻碰到一起。

叶絮没往里面挪位置，就这么坐着，碰撞在一起的膝盖慢慢滋生出温度。

她双臂搁在冰凉的桌面上，半趴着浏览菜单，忽然想起梁嘉泓没吃中饭，于是侧过头问道：“你想吃什么？”

梁嘉泓慵懒地靠着沙发上，一直看着手机，他还在删号码，闻言，他退出通讯录页面，直起腰，凑了过来。

叶絮问完又扭过头继续看菜单，忽然觉得耳朵一痒，她余光瞥见他的侧脸和她靠得那般近，而他温热的呼吸都悉数洒在了她耳朵上。

她趴在那里不敢乱动。

梁嘉泓象征性地扫了几眼菜单，垂眸看向她，温和地道：“其实我不是很有胃口，你点你想吃的就可以了。”

叶絮咬咬唇，又把脑袋转了过去，她看到他淡淡的黑眼圈，可见他时常熬夜。

叶絮视线往下移，落在他的唇上。

靠得太近，四目相对，两个人不由得沉默。

叶絮不自然地往后退了点，轻声道：“那……点一些小吃？你要喝什么饮料？”

梁嘉泓凝视着叶絮，漆黑的双眸看不出什么情绪波动，他垂下双眸，重新靠回沙发上，依旧温和地问：“你想喝什么？”

距离一下子又被拉开，叶絮心里的局促彻底消失了，侧过身子，留给梁嘉泓半个背影。

她平复了下呼吸，说道：“我喝柠檬汁。”

梁嘉泓点头：“那我也喝这个。”

“那再点个薯条？鸡米花要吗？”

“都可以。”

叶絮盯着菜单琢磨了一番，叫来了服务员，最后点了两杯柠檬汁和薯条。

服务员拿走菜单后，两个人坐在那儿一时都没有说话，各自看着手机，气氛似乎还停留在刚刚的不小心碰撞中。

叶絮刷了一会儿 QQ 空间，觉得没什么意思，干脆合上了手机。她双手撑在两侧，晃了晃腿，眼睛一眨一眨的，似在思考什么。

不久后，叶絮侧过脑袋看梁嘉泓，择了个话题打破这份寂静：“你昨晚几点睡的啊？”

梁嘉泓也收了手机，答道：“早上睡的。”

“我就知道，”叶絮抿了抿唇，“你……是不是还抽烟了啊？”

梁嘉泓微微挑眉，偏头闻了闻自己的衣服，问道：“你闻到了？”

他早上回来后洗过澡，也换了衣服，照理来说应该没有味道的。

“味道很淡，但还是可以闻出来。你平常抽很多吗？”

“我不抽，是他们抽，大概昨天沾得比较多。”

“我还以为你抽烟呢……”

“你不喜欢男生抽烟？”

她斟酌了一会儿后，说道：“闻着不舒服，会有点抵触。我觉得男生抽烟很正常啦，只是像我们年纪还小，如果现在抽烟的话实在太影响健康了。”

梁嘉泓轻笑着说：“嗯，你说得对。下次我尽量不带一丁点儿味道来见你。”

叶絮一顿，脸颊烫起来，忙道：“也没那么夸张，没关系的。”

他说的每一句话，叶絮都相信，因为她觉得他并不像其他男生那样只是随口说说，在她心里，他和那些男生都不一样。

虽然相处的时间不长，也不能说很了解这个人，但一个人的基本性格和处事风格她多少能知道。梁嘉泓似乎比同龄的男生成熟一些，身上也没有那种自大轻浮，没有多少甜言蜜语，但并不死板，分寸拿捏得正好。

所以这样一个人，他说什么叶絮都愿意相信。

不出五分钟，服务员就端来柠檬汁和薯条，叶絮小口地吸着柠檬汁，眼前的薯条热腾腾的，她不好意思直接拿来吃，而梁嘉泓似乎对它也没什么兴趣。

梁嘉泓尝了尝柠檬汁，酸得他有些不适应，转头看到叶絮正喝得津津有味，便问：“你很喜欢喝柠檬汁吗？”

叶絮笑着说：“喜欢啊，你不觉得很好喝吗？酸酸甜甜的，而且很好看啊，颜色干净清澈，我第一次喝的时候就觉得它很好看。”

杯口插了片柠檬，这是打动叶絮的地方。

从小见多了电视里的饮料，上面插着柠檬、小伞或樱桃，所以当她初一第一次见到柠檬汁时，就不由自主地喜欢了。

梁嘉泓笑得有些无奈，目光也变得越发温柔。

他说道：“小朋友不都应该喜欢喝甜一点的东西吗？”

小朋友，他总是这么称呼她，叶絮很喜欢这种感觉，但不知道是哪种心理作祟，却还是会忍不住故作讨厌和他唱反调。

叶絮哼哼两声，面朝他说道：“你才是小朋友。”

梁嘉泓淡淡地说：“小朋友才喜欢争。”

“你也在争。”

梁嘉泓伸手，用修长的食指点了点她的脸颊，笑着说：“你看，小朋友生气的时候脸颊都会鼓起来。”

叶絮气恼地笑了，随手拿了根薯条塞他嘴里，说道：“你不许再说了，都说不过你。”

梁嘉泓张嘴，慢条斯理地吃薯条。

他的唇蹭到她的手指时，她才反应过来自己做了什么事情。

她转过身，把薯条挪到自己面前，环抱着它，说道：“不给你吃了。”说着，还用余光瞥他。

她觉得她这辈子所有的可爱都给了他。

梁嘉泓贴近她，故意和她抢：“小朋友吃油炸食品不好。”

叶絮护食：“那也不给你。”

梁嘉泓突然问道：“对了，那天你和我说你很怕痒，是真的吗？”

叶絮一听这话就觉得不对，电光石火间，梁嘉泓的手已经贴上了她的背脊。

其实他没有贴得很紧，压根就没真想碰她。对他来说，这个动作太亲密，可能会让她觉得不舒服，会显得他很随便。

他不是这样一个人，也不愿被人误认为是这样一个人。

可叶絮是真的怕痒，她猛地挺直腰板，侧过身子，像龙虾一样往后缩，直到后背挨到墙壁。

叶絮哪会真的生气，故作凶狠道：“你不许挠我痒，不然我就……我就……”

梁嘉泓好整以暇地看着她：“就什么？”

叶絮双手交叉护着腰部，说道：“反正就不许。”

梁嘉泓笑了，伸手去拿薯条。

叶絮不甘心，想去阻止，可薯条都快进他嘴里了。

她几乎是扑过去的，两只手握住他的手腕，表情有点儿小得意。

她笑着说：“你别想吃。”

梁嘉泓不以为意地说：“那我就要吃。”

“不给。”

“那你看看我能不能吃到？”

女生的力气哪比得过男生，即使两只手钳制他，他也能慢慢把薯条往嘴边送。

梁嘉泓勾着嘴角，眸子一直看着叶絮，她用尽了全部的力气，眉头都皱了，可还是抵不住他。

叶絮忽地站起身，腰部抵着桌面，握着他手腕往上拉，想借此拉开他和薯条的距离。

梁嘉泓让了她一点，故意把手臂往上抬，她果真笑了。

叶絮凑过脑袋想去咬那根薯条，却不料，梁嘉泓猛地收手。

她双膝抵着沙发，他一使劲，她没站稳，整个人往前扑。

“啊！”

梁嘉泓赶紧接住她，一手握住她的手腕，一手搂着她的腰。

叶絮额头蹭到他的下巴，他身上依旧是那好闻的洗衣液味道，极淡的烟草味并没有让她反感。

梁嘉泓低头看她，两个人只有几厘米的距离，但梁嘉泓还没意识到有什么不对，问道：“没事吧？有哪里磕到吗？”

“没事……”她声音细若蚊蚋。

叶絮的耳朵通红，微微往前倾，哪知道梁嘉泓正好抬头，她的唇就这么蹭过他下巴。

两个人皆是一怔。

梁嘉泓眸子深了点，没有推开她，也没有其他表情，只是滚了滚喉结。

因为太紧张、太不安，只停留了两秒，叶絮就立刻从他身上起来。

她那点勇气在此刻都被耗光了，也许是太慌张，起来的时候不小心撞到桌上的玻璃杯，“哐当”一声，柠檬汁洒了一地，碎片飞溅。

梁嘉泓下意识地伸手去挡。

其实也没什么可挡。

服务员听到动静，连忙赶过来，温柔地说：“不好意思，这个杯子要赔二十块钱。”

梁嘉泓检查叶絮的裤子和脚，确定没受伤后，从皮夹里拿出二十块钱递给服务员。

而叶絮像个犯错的小孩站在那儿，神情也不是很自然。

梁嘉泓站起身，看着别处，咳了声，低声道：“要不要走？”

叶絮一愣。

要走吗？为什么要走？不是才坐了没一会儿吗？

她忽然觉得很心慌，她想着一定是他觉得不舒服了。

他会不会就这么讨厌她了？

两个人一前一后走出“有意思”餐厅，叶絮跟在梁嘉泓后面，不知怎的，有一种被抛弃的感觉。

下了楼梯，外面便是步行街，三点多的阳光还算明亮，街上行人匆匆，商铺的口号和歌曲覆盖了这条街。

梁嘉泓停下来等她，叶絮慢慢地走下来，没敢看他一眼，也不说话。

梁嘉泓望着停在路边的一排排自行车，说道：“还有别的想去的地方吗？”

叶絮摇摇头：“我不知道。”

她尽量以平和的口气和他说话，不敢让自己的失落和其他负面情绪露出来。

梁嘉泓问：“要不去江边走走？”

“也行。”

两个人并排走着，身边经过很多人，在这热闹的氛围中，两个人却都没有说话，只是朝着那个目标前进。

叶絮不自觉地回想起刚刚的事情。

可她似乎让他生气了。

就这么想着，叶絮抬头看了梁嘉泓一眼，他目视着前方，永远是那副淡然的模样，看不出情绪。

两个人走到步行街最南边的十字路口等绿灯，穿过这个十字路口往前走一段就是轮渡，沿岸的堤坝形成一道道风景线，长江的涨与退都在期间。

绿灯亮起，人潮涌动，叶絮拢背包带子时被后面的人撞了下肩膀，垂着的右手碰到梁嘉泓的手。

梁嘉泓瞥了眼那人，自然而然地握住了叶絮的手，把她拉近自己。

手忽然被握住，她用余光瞄着两个人牵在一起的手，他的手掌比她的大很多，又瘦又白，很好看。

梁嘉泓握紧了些，有些无奈地说："小朋友过马路得专心点。"

她所有的忐忑都在此刻化为虚有。

叶絮嘴角扬起一个弧度，轻声道："知道啦。"

日光灼灼，从十字路口到堤坝入口，一百多米的路，两个人紧握的手滋出了汗，却没有人想松开。

叶絮侧目看梁嘉泓，明亮的光照在他身上，勾勒出少年清隽的轮廓，自信、随意、慵懒、温柔、漠然，都是他的标签。

后来很长一段时间，她都想不明白他到底是怎样的一个人，她是局内人看不清。直到换了座位，和陈景程交好后，陈景程问她，你有没有觉得嘉泓是个很倔的人?

那一瞬间，叶絮才恍然大悟，是啊，梁嘉泓是个多么倔强的人，他想做的就会坚持到底，他决定了的事情他就不会回头。

只是此刻，她还没看清，也未曾想到有一天他对她不再这么温柔。

秋光潋滟，广阔的江面水波粼粼，正是退潮的时候，堤坝阶梯上坐着年轻的男男女女，也有小孩子在欢快地奔跑。

正值周末，这儿又是一个旅游景点，人比往常多一些，各个年龄段的人都有，老年人坐在上面的葡萄长廊下，来旅游的人在摆姿势拍照，男生女生有的在散步，有的在谈情说爱。

叶絮深深吸了一口气，秋叶的味道混合着阳光气息，宁静而舒适。

叶絮说："好久没来这里了。"

梁嘉泓望了眼四周，点头道："嗯，我也是。"

"哎，那个栏杆上了新的油漆。"叶絮指向下面防止游客乱入的铁栏杆。

她像个孩子一样，一点小事也能让她面露欣喜之色。

梁嘉泓低眸看她，温和地笑着。

叶絮手指微微往下，指向一个新的目标，不确定地问："那是陈佳莉和陈宇飞吗？"

两人正低语着什么，女生被逗笑，啪啪打男生的胸口。

陈佳莉的背影实在太好认了，那头长发不是人人有的。

梁嘉泓说："是他们，要过去打个招呼吗？"

"别了吧，不要打扰他们了。"

两个人刚想离开，底下就传来陈宇飞的喊声，一米八几的大个子声音特洪亮。

陈宇飞也是无意回头一瞥，正好瞥到他们，于是喊道："嘉泓！"

叶絮和梁嘉泓同时回头看去，只见陈宇飞笑得像个无赖。

陈宇飞调侃道："被我们抓个正着啊！"

见梁嘉泓只笑不语，叶絮不服输道："你们才被我们抓个正着呢！"

陈佳莉笑了笑，嘀咕了几句，像是在责备陈宇飞乱说话。

陈宇飞手一挥，朝他们说："得了得了，你们赶紧走，别影响我。"

叶絮和陈佳莉相视一笑。

两个人继续往前走，堤坝蜿蜒如长龙。

梁嘉泓说："陈佳莉是我以前的同学，但不是一个班的。"

"我知道，李齐和我说过，你们都是中华中学的。我姐在中华中学读的高中，我以前还以为它只是个高中，原来是初高中并存的啊。"

"你还有姐姐？是表姐？"

叶絮说道："嗯，她和我刚刚说到的表妹是堂姐妹，她们都姓秦，她们的爸爸和我的妈妈是兄妹。我外公家就在那边，就那个方向，那边也有像这样的堤坝，只是没有阶梯，小时候我会跟着舅舅一起去抓螃蟹，我也不知道那个算不算螃蟹，它只有大钳子能吃，你应该也见过，现在也有，只是比较小。"

梁嘉泓回想了一番后说："我知道你说的那种螃蟹，但我没吃过。"

"有机会你可以尝尝，煮熟以后蘸酱油吃就好。"

"好。"

已经走到中心医院那边，这条道路右边是堤坝和江，左边是医院公园，公园旁还有一条林荫道，路边有几块浅黄色的大石头，有些情侣会坐在石头上，那地方很阴暗，各种植物遮挡着，是个很适合卿卿我我的地方。

不过叶絮听到过一些传言。

叶絮拉着梁嘉泓靠近左边，下巴朝那个阴森森的地方抬了抬，问道：“你知道这是什么地方吗？”

梁嘉泓看了眼底下，又看了眼叶絮，打趣道：“不会是外星人的基地吧？”

叶絮扑哧一下笑出来：“你瞎说什么啦！”

梁嘉泓也笑了：“那是什么地方？”

叶絮压低声音，神神秘秘道：“你知道为什么下面那条路那么阴森吗？”

“不知道。”

“因为那条路下面是医院的停尸房，所以特别阴森。”

梁嘉泓笑意加深，忍不住问道：“你从哪儿听来的？”

“我表妹和我说的。”

梁嘉泓淡淡地说：“那你表妹有没有和你说，晚上这里会有僵尸。”

叶絮吃了一惊：“啊，真的有僵尸吗？她是提过这事。”

“有啊，半夜的时候它们会从底下爬出来。”

叶絮脸上的笑容渐渐凝固，步伐也越来越慢。

梁嘉泓察觉到异样，问道：“怎么了？”

叶絮抿抿唇，颤抖着说：“原来真的有僵尸啊……”

梁嘉泓顿了一秒，然后大笑起来，抬手弹了下她的额头，说道：“想什么呢？骗你玩的，世上怎么会有僵尸？你还是三岁小孩吗，这么好骗？”

叶絮气得脸都红了，回头一想又觉得自己怎么这么幼稚好笑，还真信了什么僵尸。

梁嘉泓捏了捏她的手，女生的皮肤不似男生，叶絮的手很软，即使比较消瘦，但握在手里很柔软。

他是真的觉得她可爱，连这些都信。

梁嘉泓见她嘟着嘴，哄道：“你说你这么好骗，如果以后有人拿支棒棒糖就把你骗走了怎么办？嗯？我去哪里找你？”

她轻哼了声：“我才没有那么好骗呢。”

“嗯，没有那么好骗。”梁嘉泓迎合她。

“我真的没有。”

“我知道。”

叶絮瞪他一眼，说道："你不许再笑了。"

梁嘉泓无可奈何地说："有点忍不住。"

"不理你了。"

说着，她装腔作势要挣脱他的手走开。

梁嘉泓加了点力道，把她的手握得紧紧的，把人拽了回来。

两人就这样闹着笑着。

后来，叶絮以为只要她装腔作势地威胁他，他一定会像此刻一样把她拉回来，他会哄着她，她以为是他给了她骄纵的特权。

两个人选了一个地方坐着休息，也是堤坝的阶梯，只是这边没有那么多人。

那紧握的双手终于松开，叶絮摊开掌心凑到梁嘉泓面前，调皮地说："都是你的汗。"

她拿纸巾擦掌心。

梁嘉泓把手伸过去，说道："给我也擦一擦。"

男生的手掌宽大，手指修长而干净，那时候叶絮还不懂手控之类的，只是觉得他的手真是好看，有种说不出的美。

叶絮抓着他的手腕，给他擦掌心。

梁嘉泓浅笑着看她，叶絮抬眸，两个人对视，她低下头笑了起来。

秋天的太阳落得早，四点多的阳光已经没那么强烈。秋风渐起，两个人坐了半个小时都感到一些冷意。

梁嘉泓见她在搓手，问道："很冷吗？"

叶絮点头，问道："你不冷吗？"

"有点。"梁嘉泓拿出手机看时间，又问，"现在走到学校大概五点，你要回去吗？天色暗了以后就更冷了。"

叶絮心里涌上一股失落，她不想这么早回去，没人能理解她想多和他相处的想法。

叶絮敛了敛神色，像是很随意地说："都可以。"

梁嘉泓收了手机，隔了几秒后，说道："那晚点儿再回去吧。"

叶絮搓动的手忽然停止，她克制住要扬起的笑容，浅浅吸了一口气，偏头看向梁嘉泓。

她依旧用那种很随意的语气说：“好啊。”

残阳余晖蔓延，远处的树林和眼前的江水都染上一层薄薄的橘色，那是最后一道绚烂天光。

梁嘉泓低声问：“还冷吗？”

“嗯……”

梁嘉泓把外套脱下，给她披上后说：“下次记得带件外套出来。”

江风迎面吹来，将两个人的气息交缠在一起，而外套上还带着他身上的余温。

叶絮拢了拢衣服，后背不禁开始热起来。

她“嗯”了声。

梁嘉泓伸手揉了揉她的脑袋。

两个人都没有再说话，江风阵阵，树叶凋零，万物皆有声，叶絮向梁嘉泓那里靠近了些。

往后很多年里，多少次午夜梦回，她还记得他身上的味道和温度。

江边的路灯亮起，游人已经稀少，他们从原路返回，和之前不同的是，他们相处更自然了，两个人都没有了心理负担。

叶絮总觉得他们的友谊是从今天真正开始的。

后来回想起来，他们的相处方式真的很不一样，他们没有一起去很正式的餐厅吃过饭，没有很多礼物，没有一起尝试一些东西。那段短暂的时光里，他们永远都在做着重复的事情，并且乐此不疲。

即使他们有时候会各自看手机，没什么话说，但是在叶絮看来这就足够了。

他们性格上也有相像的一面，就是有时候会沉默，当心里有些想法，却不想说的时候，干脆沉默；当遇到一些心知肚明的问题也选择沉默，他们都不愿意让自己的自尊受损，他们都不愿意让自己太狼狈。

两个不爱刨根问底的人凑一块其实是种悲哀，心里总是会滋生出许多遐想和误解。

有时候她觉得自己对梁嘉泓的认知，完完全全都只是她单方面的思索，她不问，他便不说，她只能根据一些蛛丝马迹去揣测他的一切。

走到校门口时已经将近六点，许多穿着校服的住校生在往学校里走。

梁嘉泓说道：“进去吧，记得吃点东西。”

叶絮扯了扯背包带子，轻声问道：“那你呢？你晚上吃什么？”

“可能会和朋友一起吃饭吧，还不知道他们要去哪里吃。”

叶絮点了点头。她对他的夜生活没什么疑虑，也没有什么看法，像他们这个年纪的男生都有点叛逆，熬夜通宵不是什么稀奇事。

不过她那时候的脑回路是真的简单，一个不怎么读书并且晚上都在玩乐的男生，她竟一点都不觉得他是个坏孩子，反倒觉得他成熟。

她问：“你住哪里啊？如果走过去太累可以坐公交车。”

他一直都说走过去十来分钟，叶絮以为他和班里其他人一样，可能住在比较偏的地方，但为了不让她担心所以说很近。就像她外公家，虽然骑电瓶车的话很快能到，但其实挺远的。

梁嘉泓说：“恒水坊，知道吗？”

叶絮眼睛微微睁大，面露欣喜之色，有些激动地说道：“好巧啊，我妹妹那个朋友也是住恒水坊的。”

梁嘉泓笑了笑。

叶絮忍不住呢喃：“真的太巧了，怎么会这么巧？”

她重复了很多遍，梁嘉泓不懂她到底为什么这么开心。

面对小姑娘水汪汪的眼睛，梁嘉泓无奈道：“我怎么知道？”

他这句话其实没有任何贬义，但叶絮听到的时候才知道自己失态了，她确实不应该抓着这个问题，这本就是一件小事。

叶絮敛了那种激动神色，笑着说：“那你到家了告诉我。”

“嗯。”梁嘉泓摸了摸她脑袋，“进去吧，记得去上晚自习时带件外套，不然从教室出来的时候会冷。”

叶絮点头，恋恋不舍地走了进去。

没有人知道她只是在高兴，高兴她和他毫无交集的过去终于有了个可以关联在一起的事情。

叶絮回到宿舍的时候大家都在，最瞩目的莫过于陈佳莉床上那只一米八的大熊布偶。

她一进门就遭到陈雨三百六十度无死角的打趣：“还知道回来啊？

肯德基呢？”

叶絮把手里拎着的肯德基甩给陈雨，这是回来的路上顺便买的，她本来都忘了，还是梁嘉泓提醒的。

叶絮盯着陈佳莉床上那只大熊，眼底流露出几抹羡慕，但她不愿意让自己看起来太心酸，于是很快收敛情绪。是的，当一个女生羡慕别人收到那些东西的时候，感受是心酸的。

她觉得自己是天底下最普通、最庸俗的女孩子，深受电视剧和表妹的影响，她也很希望能收到各种小礼物。

羡慕归羡慕，但她没有办法厚颜无耻地去向梁嘉泓讨要，无关礼物贵重，这些事男生心甘情愿地去做才是真心实意。

陈佳莉是典型的南城女生，娇滴滴的，但叶絮看得出来，陈佳莉其实是个很有主见和想法的女生。

陈佳莉和陈宇飞打完电话，坐在椅子上笑道：“小叶子啊，你回来得怎么这么晚？你们后来一直在江边吗？”

叶絮：“是啊，就一直坐那里。”

陈佳莉笑盈盈的，闲聊道：“我以前和梁嘉泓是一个初中的，不过不是一个班，你知道吗，他那时候带了个抱枕在教室睡觉。”

叶絮很乐意去了解梁嘉泓的过去，不过听陈佳莉这么一说，她脑补了那个画面，顿时觉得可爱得不行。

叶絮问道：“他一直都是这样吗？”

陈佳莉说：“对啊，他家里好像挺有钱的。”

叶絮忽然想起梁嘉泓说他住恒水坊，猜想着他的家境可能还不错。

那时候在叶絮的认知里，也许家里有个一百万就很有钱了。她也从来没有接触过类似于电视剧里的那种豪门，她不信这样的人会存在她周围，也始终把那类人当作另一个世界的。

所以陈佳莉的话她也没放在心上，只是认定梁嘉泓比他们普通人的家境好一点儿，但绝不是那种生活在山顶的人。

叶絮说：“他和我说，他不参加高考，在这里待一段时间就会走。”

陈佳莉有点吃惊地问：“待一段时间就走？他什么时候走啊？”

这也是困扰着叶絮的问题，她苦笑着摇摇头：“我不知道。”

她不敢问，也不敢知道。

陈佳莉沉默了几秒，说道：“其实这也不奇怪，我记得梁嘉泓好像是江城人，就算高考的话也得回去。”

叶絮一愣，仔细回想才发现她和梁嘉泓一直都是说的普通话。

“他是江城人吗？”

“好像是吧。”

叶絮从来没想过梁嘉泓不是本地人，这有点让她出乎意料。

倒也不是自黑，只是他们那边对外地人还是有些偏见，叶絮的母亲就是。

叶絮之所以会意外，是因为她想象不出以后该怎么去解决这个问题，她想，如果以后她和梁嘉泓在一起，母亲接受不了又该怎么办？

叶絮叹口气，趴在椅子上，问道：“他还有什么故事吗？”

陈佳莉笑了笑，有点犹豫道：“你确定要听吗？”

这句话所想表达的意思太明显，叶絮的心提了起来，问道：“他以前有关系较好的异性朋友？”

“嗯。”陈佳莉说，“其实我也不太清楚，反正挺复杂的，和李齐有关。”

叶絮的好奇心被勾上来，问道：“怎么回事啊？”

陈佳莉说：“就是李齐也和那个女生走得近，梁嘉泓和李齐现在关系也很好，具体我也不知道。哎呀，小叶子，你不要想太多，谁没有个偷偷喜欢的人，陈宇飞也有，联系方式都没删呢。”

叶絮笑了笑：“那他现在删了吗？”

陈佳莉回答了什么她不记得了，后来也有些心不在焉。

这个晚自习上，叶絮把今天发生的一切都记录在了日记本里，她把这一天称为最幸福的一天。

她也把自己的担忧又写了一遍，其实那些疑问句，都是她的自我盘问。

他以前与谁关系好其实不重要，他是哪里人其实也没那么重要，她只是害怕他离开的那一天会突然到来。

其他人的未来都那么明确，可他们却像是漂在海上的小舟，随时有被风浪吞噬的风险，也可能找不到正确的航行方向。

无论她多么热切，似乎总会被未来的迷茫感打扰。

她为此忐忑的滋味可能就是青春吧，是今生今世再也没有人能给她的。

那个人也许永远也不会知道，在那些日子里，她用了多少勇气一遍遍地说服自己、鼓励自己，她反复地告诉自己，只要坚持就好。

那天日记的结尾便是如此。

后来叶絮回想，所有的一切开始变得不纯粹，开始走向另一个结局的起点，大概就是那晚和陈佳莉的闲聊，最致命的也是那句没被叶絮放在心上的“他家里好像挺有钱的”。

那天晚自习，叶絮和梁嘉泓在 QQ 上聊天。

梁嘉泓：路过超市想买点饮料，买普通牛奶好还是旺仔牛奶好？

叶絮：你想喝什么？

梁嘉泓最后买了旺仔牛奶，说是很久没喝了，便买了一箱。

只是一箱牛奶而已，叶絮却把这件小事记得很深，对她来说旺仔牛奶比普通的牛奶贵很多，一罐就要五块钱，她觉得他确实是有点钱的。

不过她当时更关心他爱喝什么。

两人正聊着呢，教室最后一排传来硬币的叮叮声，叶絮一开始没在意，可那声音一下一下的，像是有人故意在制造这个声音。就连讲台上的老师都抬头看去，并给予眼神警告。

叶絮回头望了一眼。

坐在梁嘉泓的位置上的是个二班的男生，正在把玩梁嘉泓课桌里的硬币。

叶絮对这种行为是没有好感的，课桌里的硬币少说也有十几二十几个，那相当于普通学生的两顿饭钱，挪走几块钱也不会有人发现，小卖部奶茶能喝好几杯。

她在初中的时候也不是没见过学生偷盗之类的事情。

叶絮和梁嘉泓发消息说不要再把硬币放在课桌里了。

梁嘉泓说有时候只是顺手。

他买完水找了零，或者有时候口袋里有硬币，他都会顺手往课桌里一扔，他嫌硬币放在身上太碍事。

叶絮：那如果被人拿了怎么办？

梁嘉泓回答得豁达：那也没办法。

叶絮盯着这个回复一时不知道该说什么。

不过很快梁嘉泓又发来消息。

梁嘉泓：那人还在玩吗？

叶絮：嗯。

梁嘉泓：那就麻烦我们小朋友帮我保管一下吧。

叶絮嘴角扬起一个弧度，当对方有一样东西交托与你时就产生了羁绊，叶絮很乐意和梁嘉泓有羁绊，这堆硬币的意义和送的礼物含义一样，是他们关系的一个象征。

在第一节晚自习下课后，叶絮默默走到梁嘉泓的位置旁边，在那个男生的注视下拿走了课桌里的硬币。她一直低着头，不敢看周围的目光。

她众目睽睽地拿走那些硬币无疑暗示了什么。

她低头也是因为羞愧。也许她的举动会让那个男生以为她把他当作小偷，虽然她心里这样怀疑过他，但摆在台面上的时候她觉得很侮辱人，因为她不知道他到底是个什么样的人。

叶絮收好硬币后，发信息给梁嘉泓：你想用的时候和我说，我把它们给你。

梁嘉泓：先放你那儿吧。

下了晚自习，叶絮回到宿舍第一件事情就是安置这些硬币。她翻遍了自己的衣柜和书桌，都没找到合适的盒子装它们。

最后叶絮把硬币装在了自己的眼镜盒里，粉色的椭圆形眼镜盒，正好塞满。

她没有去数一共到底有多少钱，数目和她无关，她只是在帮朋友保管而已。

叶絮在开学的时候买过一把锁，但后来发现用起来太麻烦，宿舍里的姑娘都不是那种人。

她就只锁了书桌中间的那个大抽屉，也是因为上了锁，所以她几乎不怎么用那个抽屉，只会把生活费放在那里，钥匙放得就更随意了，就搁在梳妆镜的后面，几乎全宿舍都知道她的钥匙在哪里。

叶絮把眼镜盒放在了右边的小抽屉里，那是她放日常用品的抽屉。

赵金金笑着说："你就放眼镜盒里啊？"

叶絮说："我找不到其他合适的地方。"

赵金金若有所思地说：“不过梁嘉泓能有这么多硬币也是神奇。”

“我也觉得，谁知道他呢。”叶絮轻轻抚摸着那个粉色的眼镜盒，低声回答。

晚上梁嘉泓遛完狗回去的时候，正好接到王邵俊的电话，问他去不去玩，地点在峰汇大酒店。

梁嘉泓笑了声说：“你们打麻将还要在峰汇专门开个房？”

王邵俊说：“下午陪客户在这儿吃饭唱歌，唱不动了，想着干脆晚上打打麻将好了，顺便而已。”

虽然峰汇酒店是当地星级最高的酒店，但也不过三星级而已，搁在他们眼里，这地方也不过这样，和普通宾馆没有什么区别。

王邵俊报了个房号就挂了电话。

梁嘉泓打了车过去。

那时候还没有叫车软件，拦车全靠运气。梁嘉泓不止一次觉得恒水坊地段有点偏僻，好在最近梁夫人有搬家的打算。

梁嘉泓到的时候，那几个人正懒散地靠在沙发上抽烟，房间里烟雾缭绕，跟在他后面走进来的服务员都被呛出了眼泪，却还是微笑着把客人叫的饮品奉上。

梁嘉泓笑着说：“你们这儿和北城的雾霾天有一拼啊。”

王邵俊吐出一口浓烟，他也不过二十出头，那模样看上去却十分老练。他说：“会不会比喻啊，什么雾霾天，这整个一蓬莱仙境。”

杨旗夸张地笑起来，差点儿从沙发上滚下去。

王邵俊的女朋友叫陈韵韵，家里是做物流的，和王邵俊同年，长得娇小可爱，不喜浓妆艳抹，但很玩得开。

瞧瞧上天多不公平，它给了世上一些人财富和权力，还要给他们美貌。

梁嘉泓一边看他们打麻将，一边回叶絮消息。

陈韵韵丢了个白板出去，看了几眼梁嘉泓，月牙眼一弯，说道：“我下午听我朋友说看到你了，旁边还有个姑娘，是上次玩游戏时打电话的那个女生吗？”

梁嘉泓微微挑眉，问道：“哪个朋友？”

“就以前出来玩过一次的，张宁。”

梁嘉泓想不起来，于是说道：“忘记了。”

陈韵韵翻了个白眼：“别扯开话题，好好回答上个问题。”

梁嘉泓知道逃不过，于是笑了笑算是默认了。

王邵俊不假思索地问：“那姑娘家里是做什么的？”

他们的圈子很大，只要一个名字就能打听到对方家里的情况。

梁嘉泓没问过叶絮家里的情况，便说：“应该就普通家庭吧。”

这下王邵俊惊了：“你还真有勇气啊。”

王邵俊之所以讶然无非是因为他们太讲究门当户对，在他们的意识里，交往的女孩应该都是和他们家境相当的，表面看是钱的问题，其实不是，而是消费观念、社会阅历、思想看法，这些决定着两个人能不能好好相处，适不适合在一起。

电视剧里描述的花天酒地类型的富二代现实中并不是没有，可有人滥情也有人专情，并不是所有有钱人浪荡没谱。

他们几个虽然经常会开些不着边际的玩笑，会吹嘘一些东西，但在感情上是绝对忠诚的，好比王邵俊和陈韵韵，他们两个都是玩得开的人，但他们对彼此是真心的，不屑去搞那些乱七八糟的事情，也是想着以后结婚要过一辈子的。

在王邵俊和杨旗看来，梁嘉泓也是这样一个人，他甚至比他们更自律，梁嘉泓始终看得清一切，这个十七岁的少年有时候会理性得让人害怕。

杨旗和陈韵韵显然也是吃惊的。

王邵俊忍不住问：“你认真的？”

梁嘉泓全程在专注地看牌，但他特明确地“嗯”了声。

王邵俊摇摇头笑了，恢复了往日的那种语调，问道：“那女孩叫什么？什么时候带过来让我们见见？”

梁嘉泓说：“她叫叶絮。”

陈韵韵眉头忽地一皱，抬头问道：“叫什么？哪两个字？”

“叶子的叶，柳絮的絮。”

陈韵韵反复核对这个名字后，犹犹豫豫道：“我好像知道她。”

梁嘉泓手一顿，抬起双眸，薄唇微张：“是吗？”

陈韵韵指甲抠着桌面，叹了口气才说：“反正都是自己人，我就说了。如果我没记错的话，这个姑娘应该和于恒有点关系，于恒你总知道吧？”

梁嘉泓淡淡地说：“知道。”

陈韵韵说：“我听于恒说有个一直纠缠他的女孩儿，为了他什么都肯做，还考到了这里，不管他在外面怎么玩，那女孩儿总还是赖着他。

“我当时只是好奇就问了名字，因为叶絮这个名字很特殊，我就记得比较牢。”

王邵俊朝陈韵韵使了个眼色，打圆场道：“谁没个以前，再说了那于恒本来就不是什么好人。”

梁嘉泓眼梢微挑，用一种极其沉静释然的声音说：“也没什么，要追究的话，我也不知道该怎么和她解释以前。”

他一直觉得从前纠缠过什么人并不是什么可耻的事情，只是人生的一部分，并没有什么地方值得声讨。

陈韵韵也知道自己可能用错了语气，说道：“我不是说她不好，只是想起这么一件事情而已。”

梁嘉泓不想把气氛搞僵，随和地笑了笑：“我知道，你们打牌吧。”

他们后来聊了很多其他东西，和之前一样说说笑笑，可陈韵韵看得出来，梁嘉泓在想一些事情。

凌晨四点他们散了，梁嘉泓拿上外套，神情疲倦，却仍扯了个笑容。杨旗让他在这儿睡一觉得了，梁嘉泓拒绝了，拒绝的理由让杨旗捧腹大笑，理由是他明天得上学，得穿校服。

杨旗说：“干脆就不去了呗，你爸那边你也开始接手了，有什么好去的。”

他说：“再待一段时间吧。”

杨旗说：“随便你啊，困死了，我去睡觉了。”

梁嘉泓穿上外套走出了峰汇酒店。

他选择走回去，凌晨四点的街道，清冷寂寥，黑夜像要被什么撕开一样。

他不由自主地想起于恒，这个人他见过一次，但没什么交集。

那晚他跟着朋友一起去“天角”那边玩见到的，“天角”是一家游戏厅，里面都是些带赌博性质的机器。

深更半夜还聚集在那里的人一般分为三个类型：一是像他朋友那种，只是偶尔过来玩乐一下，输赢不重要的人；二是没有正经工作，想靠着这个一夜暴富的中年男人；三是于恒那类人，年轻男生，不读书不工作，和一帮朋友昏昏度日。

那样的人，不用打听他的背景也能一目了然，一个走入歧途的混混而已。

他想了一晚上也没想明白叶絮之前为什么纠缠那个人。

他和叶絮没有聊过以前，他从一开始也不曾隐瞒她什么，只是没必要刻意地去解释说明，他也没觉得她应该是一张白纸，都有着差不多的青春，怎么可能没有喜欢的人呢？

只是真的不在意的话，那得是圣人才能做到吧。

梁嘉泓走在路上轻笑了声，笑他自己居然也会在意。

临时起意，他给叶絮发了条短信：我们小朋友现在应该睡得很香吧？他故意发的短信而不是QQ，那是他的恶劣心理作祟，他希望叶絮能马上回复他，好似只有这样才能稍微冲淡一点他内心的在意。

但他知道这个时间叶絮应该早睡了，他觉得自己幼稚，滑着手机玩。他的手机是一款诺基亚的直板触屏类型手机，半智能，带键盘的那种。

出乎意料的是，手机显示收到一条未读短信。

叶絮：刚坐（做）了个梦。

她可能半梦半醒地回复短信，里头还有错别字。

梁嘉泓心软了，甚至后悔这样晚吵醒她。

梁嘉泓：梦到了什么？

然后隔了两三分钟才得到回信，原来是叶絮编辑了很长的一段话。

叶絮：梦到一些不好的事情，但在我觉得很难受的时候你正好出现了。我梦到我一直往前跑，跑到快要吐了，然后没刹住车掉进了悬崖，再醒过来的时候在医院，一睁眼就看到了你。你是个医生，在帮我按摩，说这样好得快，你笑得特别温柔。

其实梦里的场景变幻莫测，很难用语言完全地描述出来，叶絮也只是简单地说了下。

梁嘉泓：只是个梦而已，现在还早，继续睡吧。

叶絮：你怎么还没睡，回去了吗？

梁嘉泓：在路上。

四点多的清晨黑暗一片，空气也最为凛冽，阳台的玻璃门没关紧，一丝丝冷空气透了进来，叶絮咽了咽口水，发现喉咙好像有什么堵住了一样，隐隐发疼。

按照她的经验，这是着凉感冒了，而且还是比较严重的那种。感冒分两种，一种从喉咙开始出现症状，一种从鼻子开始出现症状，一般从喉咙开始的感冒恢复周期都会长一点。

从小到大谁没有感冒过，换季的时候其实都是家常便饭。

但她和梁嘉泓说：我好像感冒了。

叶絮躲在被窝里捧着手机等他的回复。

梁嘉泓：是不是被子没盖好？宿舍里有药吗？

叶絮：好像阳台的门没关紧，有药，开学的时候妈妈特意帮我买的，因为以前经常感冒。

梁嘉泓：那吃完早饭后记得吃药，别再让自己着凉了。

叶絮：知道啦，你快点回去睡觉呀。

梁嘉泓：快到家了，你也睡吧。

叶絮：晚安，大笨蛋。

叶絮合上手机，想要继续睡觉，心却怦怦直跳。

她和梁嘉泓之间还没那么多亲昵的称呼。

一句“大笨蛋”就让叶絮睡不着了，她不知道梁嘉泓会不会喜欢这样的称呼。

手机亮起，振动了两下，叶絮忐忑地点开那个发着白光的小信封。

梁嘉泓：晚安，小傻瓜。

叶絮盯着那行文字痴笑，动了动手指，把通讯录里梁嘉泓的备注改成了大笨蛋，改完她又去他 QQ 空间溜达了一圈。

她还没在他空间留过言，而如今留言板上又多了几条别人的留言，是上次叶絮发现的那个和他关系很好的女生留下的，几句无关紧要的文字摘抄，忧伤又文艺。

叶絮点开留言框，敲下和短信里一模一样的一行字：晚安，大笨蛋。

叶絮再次合上手机，心满意足打算睡个回笼觉。

平静下来，她脑海里又晃过刚才梦境的片段，那是一个不美好的梦。以前的事，她已经不放在心上了，也开始后悔自己以前做的事情。

那两年，她追着于恒跑，他动动手指她就可以为他做一切。

她是通过表妹认识的于恒，表妹和于恒是同班同学，那个个子高又有几分懒散的男生很吸引她，她便这么一头扎了进去，像一个人的独角戏。

所以她觉得现在很幸运，能够遇见梁嘉泓，一个对她温柔的男生，一个几乎完美的男生。

因为曾不被珍惜，所以她分外懂得怎么去珍惜对方。

第四章 月光浮，草莓香

这一天确实值得纪念，梁嘉泓回家洗完澡睡觉的时候已经是凌晨五点，距离七点起床不过短短两个小时，这两个小时里他梦到的都是叶絮。

那个早晨他有些混沌，去学校的路上，他还在回想梦里的场景，实在让人难以忘记，于是又给叶絮发信息。

梁嘉泓：早。

叶絮：你又快要迟到了。

她的消息回复得很快。

梁嘉泓踏进教室的时候，叶絮正用双手捂着耳朵背书，这是她少有的认真。

梁嘉泓不想打扰她，坐在座位上喝了几口水，盯着她的背影看了一会儿，低头笑了下。

前面的刘靖转过头，问道："昨晚的比赛你看了没？"

梁嘉泓摇头："没看。"

刘靖遗憾地说："可精彩了！"

"回头补看。"

中间的座位是四排连坐，刘靖的左边是男生杨成，右边是语文课代表唐苗苗。

唐苗苗是个处事圆滑的姑娘，几乎和所有同学都处得很好，戴着副白色边框的眼镜，属于耐看型。

她不像叶絮开学半个月还不敢在教室随意走动，在这半个月时间里，她早就和周围的同学混熟了。

唐苗苗收完语文作业，回头敲了敲梁嘉泓的桌子，问道：“你又不交对吧？”

梁嘉泓“嗯”了声。

刘靖转着笔，笑道：“那你昨晚干什么去了？”

边上补作业的杨成忙里偷闲，插嘴道：“肯定又潇洒去了。”

唐苗苗笑了，但也不忘补一刀：“我觉得很大概是这样的，黑眼圈也太重了。”

刘靖笑得贼：“兄弟，保重身体啊。”

梁嘉泓慵懒地靠着椅背，也跟着笑。

叶絮转头向李齐要数学作业的时候就看到这幅光景，男男女女笑作一团，她对唐苗苗不熟，但心里总是吃味的。

叶絮羡慕唐苗苗能在教室里那么坦荡地和梁嘉泓说笑，也羡慕唐苗苗就坐在梁嘉泓前面。

李齐抓住了她这个吃味的表情，他看得很清楚，叶絮眼里写满了羡慕。

他把作业本递给叶絮，问道：“是不是很羡慕唐苗苗啊？”

叶絮“嘁”了声，摇头否认。

李齐笑了笑，没再说别的。他想：梁嘉泓是不是也会羡慕我？

叶絮把作业本递给小组长后继续背书。

李齐看着她垂在后面的马尾，因为微微弓着背而凸起的蝴蝶骨，还有长袖外套卷起后露出的一小截纤细手腕。

他不明白为什么叶絮这么在意梁嘉泓了。

叶絮中午依旧吃的凉面，和邬天赐两个人在讲悄悄话。

梁嘉泓朝她们走过去，在李齐的同桌位置上坐下。

叶絮在教室里没和他靠得这么近过，觉得既开心又有些不知所措，她没办法像陈佳莉那样自然。

梁嘉泓看着叶絮，问道：“嗓子还疼吗？”

叶絮捏了捏喉咙，说道：“还好。”

“中午的药吃了吗？”

叶絮摇摇头，说道：“不想吃，那个药吃了很想睡觉，一上午都没什么精神。”

梁嘉泓知道那种昏昏欲睡的滋味确实不好受，只好无奈道：“那你说怎么办？”

邬天赐听得鸡皮疙瘩都起来了：“不就一个感冒，看把你着急得。”

梁嘉泓笑了笑，对叶絮说：“放学了去药店。”

叶絮点头。

午自习的预备铃响起，梁嘉泓起身离开。

下午的课程令人困倦，大家一边打着哈欠，一边扒开眼睛。梁嘉泓趴在桌子上睡了整整两节课，有老师点名批评了他，发现管不了，一下课气冲冲地走进班主任办公室汇报这个情况。

历史课后，班主任黄忠磊把梁嘉泓叫了出去，黄忠磊穿着件白色的立领T恤，外套是件淡米色的皮夹克，挺着啤酒肚。

黄忠磊把夹克往后拨，双手插进了裤袋里，脸上并没有表现出愤怒和严肃，而是笑着说：“你真的打算什么都不学？多学点儿总没有错，进了社会会有用的。你把你父亲电话给我，我和他谈谈。”

梁嘉泓什么都没有说，掏出手机，把父亲的电话号码给了黄忠磊。

黄忠磊直接拿梁嘉泓的手机打电话，没多久，电话接通了。

梁父的声音低沉而有魄力：“什么事？”

黄忠磊说：“你好，我是梁嘉泓的班主任，想和您谈一谈您儿子在校的一些问题。”

梁父顿了一秒，问道：“什么问题？”

“梁嘉泓其实是个很聪明的孩子，虽然是插班进来的，不打算参加高考，但进了学校还是要好好学习，您说是不是？”

那头的梁父似乎在忙什么，和别人交涉了几句，又对黄忠磊说：“你就让他在那边待着就可以了，如果没什么其他问题就这样吧。”

梁父挂断了电话，并且他的语气不温和，更像是命令一样。

黄忠磊笑了笑，把手机还给梁嘉泓。

他说：“既然你父亲都不管你，我们做老师的也仁至义尽了，但在学校不要惹事，遵守学校的规章制度。”

梁嘉泓转了两圈手机，低头“嗯”了声。

黄忠磊又说："虽然学校没有明确说不准带手机，但是上课不要玩。"

梁嘉泓又"嗯"了声。

见梁嘉泓从后门进了教室，王昊祥坐在座位上，背靠着墙，用手指画圈，问道："班主任找你干什么？是不是给你上了一节教育课？"

梁嘉泓勾了勾嘴角，嗓音有些沙哑地说："可能是吧。"

话落，梁嘉泓目光流转到叶絮的身上，她正趴在桌子上奋笔疾书。

十分钟的课间休息时间一闪而过，上课铃响起。

叶絮侧头往后瞥了一眼，只见梁嘉泓独自一人的时候神情总是寡淡如深夜月光，那模样看不出他此刻的心情。

她不知道班主任找他说了什么，心里莫名担忧，她怕他不开心。

叶絮偷偷摸出课桌里的手机，发了一条消息询问。

梁嘉泓：打了个电话给我爸。

叶絮：然后呢？

梁嘉泓：我爸让他不用管我。

她松了一口气，瞄了眼语文老师，快速按键盘。

叶絮：那不聊了，我先听课。

梁嘉泓：好。

总有这么一类老师，很温柔又明事理，懂得去揣摩学生的心理，在无形之中给人压力，让学生不敢造次，他们班的语文老师就是这样一类人。

叶絮从来不敢在语文课上有小动作，或者分心。

也许她自己都没发现自己其实打心底热爱文字。

梁嘉泓没有再继续睡觉，而是开始用手机看网络小说。教室里的 2G 网络不怎么流畅，他看得磕磕绊绊。

他和其他男生一样，爱看一些修仙玄幻类故事，故事情节跌宕起伏。

故事进行到高潮，主角终于得到了自己喜欢的女孩。

日光西斜，橘色光芒从后窗射进来，手机屏幕也镀上一层光晕，那几段描写变得更为清晰。

他敛了双眸，不动声色地轻轻呼吸着。

梁嘉泓关了网页，抬眼望去，叶絮一手握着笔，一手托着下巴，正在看黑板，语文老师正在讲应该如何写好一篇作文。

叶絮的耳朵形状很好看，白皙细腻的皮肤完美得像上好的瓷器，沿着耳垂往下是纤细的脖颈，几绺头发被别在耳后，平添几分柔软秀气。

就如同他不知道的那些事一样，叶絮同样也不知道在那些日子里，那个少年坐在后面，视线时常会不自觉地飘向她，那是一天之中他随手可得的美好。

这天，叶絮依旧很期待放学后和梁嘉泓散步，后来他们几乎每天晚上都会去街上走一圈。

最后一节课的数学老师拖了十分来钟的堂，叶絮弯着腰，低头在课桌底下给梁嘉泓发信息。

叶絮：真的要去买药吗？我不是很想吃。

她故意这么说的，就是想让他耐心十足地哄她。

梁嘉泓：听话。

这两个字让人很受用，叶絮弯了弯嘴角。

叶絮：那好吧，我听话。

后来想想，她这些小把戏梁嘉泓真的会不知道吗？

她想他心里都是清楚的，只不过陪着她一起演戏罢了。

那些甜言蜜语本就是一场戏，两个人配合着演，才能创造出一个属于他们的独特世界。在这个世界里，他们都会变得有点不一样，理性的人得到了感性，成熟的人幼稚了起来，心底最软弱的那块地方，他们都心甘情愿地呈现给对方。

随着数学老师的一声“下课”，教室里瞬间沸腾起来。

叶絮在收拾书包，看到邬天赐从包里拿出一盒圆形的东西，然后用食指在里面抹了点，对着镜子开始涂嘴唇。

叶絮还从未见过盒装的润唇膏，好奇地问：“你哪里买的啊？闻起来好香啊。”

邬天赐拿着唇膏晃了晃，问道：“要不要试试？我以前也没擦过，今天是第一次擦，现在的东西真是越做越高级了，这个滋润度还不错。”

叶絮抹了一点点，食指放在唇上来回摩擦几下，再抿一抿唇，那种滋润的感觉瞬间蔓延。

叶絮说："感觉比普通的唇膏更黏一点，不过挺好玩的。"

邬天赐左照右照，又开始整理自己的头发。

叶絮笑起来："别照了，很美了！"

邬天赐也笑着说："你也很美，毕竟天天晚上要出去。"

两个姑娘又闹了起来。

李齐背上书包，大步往后门口走，顺带拍了拍梁嘉泓的肩膀，说道："小叶子迟早被邬天赐带坏。"

梁嘉泓看着两个姑娘，笑了笑，没说什么。

叶絮特别怕痒，整个人蜷缩在课桌与椅子的缝隙里，求饶道："我错了我错了，不闹了。"

邬天赐笑盈盈地把叶絮拉了起来，然后朝梁嘉泓的方向扬了扬下巴，说道："他在等你呢。我先走了啊，小东西，明天再收拾你。"

叶絮因为邬天赐那句"小东西"忍不住又笑了起来，她的语气听起来就像小说里的邪魅霸道总裁。

叶絮看了眼梁嘉泓，他正目光含笑地看着自己，那笑容仿佛带着深深的笑意。

叶絮朝他笑了笑，快速整理好书包，然后把书包放在第一排第一个位置上，那是她上晚自习坐的位置。

赵金金问："又不和我们一起吃饭？"

"嗯。"叶絮轻轻点头，欢快地朝后排走去。

梁嘉泓双手抄在校服裤袋里，站在后门口等她。

两个人走在人群中依旧保持着距离，但叶絮总觉得不像前几次那么拘谨了，她能和梁嘉泓笑着说话，自然而然地分享一些东西，心里没有任何负担。

一靠近校门，叶絮一眼就看到了邬天赐和一个男生。

那男生比邬天赐高半个头，比较清瘦，干干净净的。

叶絮没有上前打扰他们，而是和梁嘉泓跟在他们后面。

叶絮回想起第一次见到邬天赐的时候，和梁嘉泓说："我真的觉得邬天赐很漂亮，当时还以为她很不好接近，没想到性格很好。"

梁嘉泓笑着说："她性格是挺好的，很开朗。"

叶絮听出了这话外音，问道："你是不是想说她很开放？"

梁嘉泓挑挑眉，低眸看她，问了一个他想问很久的问题。

“你们女生为什么很喜欢摸来摸去？”

其实不止教室里这些女生，有时候在 KTV 里，陈韵韵和杨旗的女朋友也会这样做，他实在是不解。

叶絮琢磨了一下，反问道：“那你们男生又为什么喜欢结伴上厕所？”

梁嘉泓说：“我都是一个人去的。”

傍晚将近六点的天空蒙上一层稀薄的灰色，缠绕在学校围墙铁栏杆上的牵牛花已经开始泛黄凋零，随着晚风微微晃动。

宽阔的柏油路上车水马龙，货车利用最后几秒黄灯快速过了路口，驶过他们身边时，卷起一阵激荡的风，叶絮条件反射地缩了缩。

梁嘉泓低声笑着，握了握叶絮的手，试探她手的温度。

叶絮没想到他会在校外这么光明正大地牵她的手，身体一僵。

梁嘉泓问：“手怎么又凉了？你怎么不穿外套？”

叶絮说：“感觉今天没那么冷，穿太多会显得很奇怪。”

“不想穿衣服还不吃药，你怎么这么不听话？嗯？”

“因为我要风度不要温度啊。”

梁嘉泓哼笑一声，似在嘲笑她。

叶絮不服道：“你也穿着短袖啊。”

“我和你能一样？我感冒了？”

叶絮说不过他，认输了。

她笑的时候眼睛总是弯成月牙的形状，温顺得像一只猫。梁嘉泓也和那些男生一样，几乎没法抵挡女孩撒娇。

梁嘉泓放低了些声音，温柔道：“明天穿多点，知道了吗？”

叶絮诚恳地点头：“遵命，长官。”

梁嘉泓低头看了眼她的唇，亮晶晶的，他“嗯”了声。

最近的药店在“天角”边上，得绕好大一圈才能到。谁知道走到学校正门的小区前，梁嘉泓却忽然拉住她，带着她拐了个弯，两个人拐进了小区和美食一条街之间的小路，那边直通锦绣龙城小区的后门。锦绣龙城小区大门的斜对面就是“天角”，但后门常年不开。

叶絮从来没走过这儿，打量着四周问道：“怎么走这里？”

“没走过这条路吗？从这里拐到那边近一点。”梁嘉泓解释着。

叶絮点点头。

偶尔会有几个成年人骑着自行车晃晃悠悠地驶过，也有几个学生经过，夜幕低垂，两边的高墙让这条小道变得清冷隐蔽。

在几幢居民楼边上还夹杂着两片老式住宅区，是自家建的那种私房。

再往里走道路就更狭窄了，两个人并排走的话几乎将这个小巷子堵住，道路由一块块凹凸不平的大石板铺成，踩到翘起来的地方还会发出咚咚的声音。

短短片刻，天色暗沉了不少，就像朦胧的黑纱从远处飘来。圆润的月亮拨开了薄纱，洒下一片青灰。

叶絮看见地上两个人淡淡的影子，想起童年的时候，仰头问道：“你会做小狗的手影吗？”

梁嘉泓放慢了脚步，神情有些看不清。

“会。”

“我只会做孔雀，”叶絮侧过身，期待地看着他，“那你做一个看看。”

梁嘉泓笑笑，本想给她做一个小狗，低头看了她一眼后却迟疑了。他的目光停留在她的唇上，问：“你涂了口红？”

“啊？”叶絮一脸茫然，“我没有啊……哦，那不是口红，是润唇膏。”

“润唇膏是红色的？”

叶絮伸手去抹嘴唇，借着月光一看，指腹上是娇艳的红色，她“啊”了声，哭笑不得道：“我还以为那个是润唇膏，原来是变色的啊。你有纸吗？”

梁嘉泓从口袋里拿出一包未开封的纸巾递给她。

两个人停在高墙边上，远处时不时传来汽车鸣笛声。

叶絮胡乱地用纸巾擦，皱巴巴的纸被染得殷红，叶絮想拿手机照，却发现手机屏幕根本照不出什么。

她靠着墙，抬起头说：“帮我看看还有吗？”

唇色比刚才淡了很多，但依旧留着樱桃红。

梁嘉泓挑挑眉说：“还有一点。”

叶絮的表情有点委屈：“那怎么办啊？”

梁嘉泓笑了笑，右手拿过她手里的纸巾，左手轻轻捏住她的下巴，弯了点腰，仔细地给她擦拭，动作轻柔。

他说："笨不笨，口红和润唇膏都分不清。"

他的呼吸像羽毛一样轻轻扫过她的皮肤，那张英挺清隽的脸就这么凑在眼前，他手捏住她下巴的那一刻她心猛地跳了下。

叶絮浅浅吸了口气，不自觉地往后退了点，脚踩到墙边的碎石，她晃了一下，背脊也贴上墙壁。她不是因为害怕而后退，而是太紧张了。

她这点小动作梁嘉泓都看在眼里，他抬眸，和叶絮对视，手上的动作停了下来。

叶絮眨了几下眼睛，睫毛似蝴蝶振翅，扑闪着。

他们清浅的呼吸随着短暂的沉寂而陷入纠缠。

紫藤花最繁盛的花期是 7 月与 8 月。

炎热的炙夏，隔着老远就能闻到它的浓郁香味，而临近 9 月底紫藤花已经逐渐凋零，簇拥着的娇嫩紫色花朵变成了枯萎的淡黄色，香味也淡了不少。

学校大门口小卖部的旁边是一个长廊，看起来有些年头，应该是建校时就存在的，斑驳的长廊被劲瘦的花藤枝蔓缠绕。冬天，是一些枯枝条，夏天，是繁花盛开，垂荡在空中的紫藤花随风飞舞，那是这个学校唯一的艳丽景色。

秋天的阳光时而明媚如盛夏，时而温凉似冬日，只要不下雨，足球场和篮球场上永远都有少年在奔跑。

第二天的体育课在下午第二节课，两点左右的阳光刚刚好。

高中的体育课和初中时不太一样，变成男生女生分开上了，所以一般会有两个班级一起上课。

叶絮他们班和隔壁二班一起，自此，她们也和二班一些女生熟悉起来，即使没有说过话，但也是熟面孔了。

负责女生的老师是一位男体育老师，姓汤，一个四十多岁的幽默男人，说起话来一套一套的，让人觉得亲切。

高中的体育课还有一个好处就是来例假可以请假，老师也会在名单上做个标记。

叶絮刚开始即使来了例假也不会请假，而是忍着跑完，也不是每节体育课都正好赶上第一天，她觉得也不是那么难以忍受。

说来奇怪，她很少有痛经的时候，所以在看到表妹痛得脸色煞白的时候，她觉得自己是不是有问题。转念一想，她可能天生不是主角，想痛也痛不起来，脸蛋红红润润的，哪里会招人怜惜。

而梁嘉泓总说她手凉，也不过是偶尔情况，穿得少受冻了，身体自然会凉，大部分情况下她掌心可热乎了。

想到这儿，她不由得叹口气。

体育老师吩咐完，吹响哨子，中气十足地喊道："跑两圈啊，不跑完我会记名，你们自己看着办！都动起来，冬天要到了，别让自己横着长！"

女生们纷纷笑了起来，小碎步跑起来，队伍进入跑道。

叶絮边跑边朝男生那边望去，黑压压的一片，她一时找不到梁嘉泓的身影，直到拐弯后，她们的队伍靠近他们。

男生还站在操场上，老师在讲些什么。

梁嘉泓排在这四列队伍里的最后一列，从右数第三个。

风吹起姑娘们的头发，大家赶紧捋平，生怕叫那些男生看见自己不好看的模样。

男生那边的老师喊道："都看什么呢？没见过女同学？"

女生们扑哧地笑出声。

叶絮微微喘着气，也笑了笑，她捋了捋头发，转头重新去找梁嘉泓的背影。

两个队伍已经错开很远，她却清晰地看到了梁嘉泓没有目视前方，而是双手插在校服裤袋里，侧着半个身子在朝她们这个方向看。边上的男生笑嘻嘻地推了他一下，他也不为所动，只是笑着。

她赶紧回过头，认真跑步。

很快，男生的队伍也加入了热身跑步的队伍，他们跑得比女生快，马上就追了上来。

陈佳莉忽然娇嗔地喊了句："哎呀……"

原来是陈宇飞路过时拍了拍她脑袋，说她是小矮子。

叶絮和梁嘉泓中间隔着六列队，她看不见对方。

跑完步解散，叶絮和邬天赐说说笑笑地去小卖部买饮料喝，那群男生有的开始踢足球，有的开始打篮球。

叶絮的视线快速扫过两个场地，短短几秒就锁定了梁嘉泓的身影，他正在篮球场上，那模样很投入。

她觉得很安心。

叶絮问邬天赐：“你们昨天去哪里庆祝生日了啊？蛋糕好吃吗？”

“去餐厅吃了个饭，没有买蛋糕，来不及。下次见面不知道得是什么时候了。”

“国庆快到了，你不能出去玩吗？”

“哪里出得去，我妈恨不得把我关在家里。”

她们走进小卖部，话题也随之暂停。两个人转悠着，叶絮拿起一包旺仔糖，想想算了，又拿起一包鸭脖，琢磨一下，还是放下了。

邬天赐一直在减肥，所以对自己严格要求，不吃甜食，只拿了瓶矿泉水。叶絮则在结账的时候挑了两支棒棒糖。

叶絮把其中一支棒棒糖给邬天赐，邬天赐说会发胖，却还是收下了。

两个姑娘坐在操场的人工草坪上聊天，叶絮剥开棒棒糖往嘴里一塞，是甜腻的草莓味。

微风拂面，携来长廊上紫藤花的淡淡香味，这永远是校园里难得的好时光。

叶絮朝斜前方的篮球场望去，看到梁嘉泓腾空跃起，接到了来自队友的传球，他一个转身，再跑几步，三步上篮，稳稳地进一球。

叶絮一怔，竟然不知道他打篮球这么厉害。

她拿出手机，对着篮球场咔嚓了几下，再翻翻相册，照片像素很低，只能看到个模糊的身影，不过足够了。

叶絮收了手机，屈起双腿，手肘撑在膝盖上，歪着脑袋，一边吃棒棒糖，一边看梁嘉泓打篮球，一脸惬意。

四十分钟的课程好像只有短短一瞬，特别是在这样秋高气爽的日子。

她们几乎不用铃声提醒，看看手机掐好时间，在临近打铃前两三分钟就准备回教室。

叶絮慢腾腾地从草坪上站起来，拍了拍屁股，和邬天赐一起往回走，顺道扔了那支棒棒糖棍子。

她侧着脑袋和邬天赐说话，又忍不住再侧过一点去看梁嘉泓，他们似乎动作慢了下来，准备收尾了。

叶絮眨了眨眼睛，忽然说："我想买瓶水，陪我去下小卖部吧。"

邬天赐点头。

叶絮在运动型饮料和矿泉水之间纠结，思忖好一番后，最后拿了两瓶矿泉水。

她们付完钱出来的时候正好遇上班里的男生，个个汗水淋漓，喘着气，却又格外神采飞扬。

叶絮自动忽略了别人，眼里只有站在靠后面的梁嘉泓。他右手臂上搭着自己的外套，额前的碎发被汗水浸湿，俊朗的面孔在秋日阳光下熠熠生辉。

叶絮握紧了矿泉水，低头走过去，没有说什么，就这么把矿泉水递给他。

梁嘉泓一顿，下一秒笑着接了过来，还没来得及说句话，叶絮扭头就走了。

邬天赐在原地等叶絮，看着叶絮绯红的脸颊笑了起来："原来你买水不是自己喝啊？哎，同班真好啊。"

叶絮握着自己的那瓶水，娇嗔地对邬天赐说："你怎么这么讨厌。"

"我讨厌？小东西，我知道你心里其实在意得很，既然这样，我就讨厌给你看。"

叶絮扑哧笑了出来："你够了啊。"

两个姑娘你推我搡，紫藤花下，落花飘拂，洒了一路香气。

和梁嘉泓同行的几个男生起哄，其中还有李齐，他起哄得最起劲。

李齐油腔滑调地说："行了行了，兄弟们，别羡慕了，咱们想喝水得自己买。"

王昊祥拨了拨头发，对梁嘉泓说："你马上就跟陈宇飞一样了，真是腻。"

他们走进小卖部买水，只留下梁嘉泓站在小卖部门口。

梁嘉泓无言地笑着，那黑得发亮的眸子里尽是笑意。他拧开瓶盖，仰头喝水，喉结滚了又滚，视线一直紧跟着前头的叶絮。

秋天到了，学生开始套上自己花花绿绿的私服，校园里不再是清一色的黑色，这种彩色看起来很不统一协调，于是学校不停催促服装厂，终于在今天给高一新生发了秋冬校服。

最后一节物理课下课以后大家被告知晚点解散，没一会儿，赵金金站在讲台前发校服。

校服有两套，分为秋装和冬装，拿到手的时候大家都很抵触，直呼这也太丑了，嫌弃地说不想穿。

班主任板着脸吼道："穿不穿是你们能决定的？高年级的不都穿得好好的，我看这校服很好啊，耐穿又保暖。"

叶絮自始至终没吭声，她觉得这校服还行，虽然跟早些年她在公交车上看到的那几个男生穿的有些出入，但这毕竟是新版。

赵金金发完，在名单上打上勾，说道："如果有尺寸不合适的，或者想换号的，明天报给我，要是错过了就自己负责了。"

一解散，叶絮就抱着校服过去找赵金金，赵金金不用猜也能想到叶絮想说什么。

赵金金问："让我把校服带回宿舍？"

叶絮点点头，乖巧得像只小狗。

赵金金温和地笑着，接过她手里的校服，说道："去吧。"

"爱你，金金！"

叶絮背上自己的粉色 PU 皮双肩书包，欢乐地走向梁嘉泓的位置。

梁嘉泓的桌角上是那瓶他喝了一半的水，叶絮回头看了眼自己桌上的水瓶，弯了弯嘴角，她喜欢这种看起来不经意的联系。

梁嘉泓把校服塞在了座椅底下的置物篮上，他不打算今晚带回家。

叶絮轻声问："你不带回去吗？要是被人拿走了怎么办？"

梁嘉泓说："没事，走吧。"

两个人走出教室后，叶絮问道："你就这么不喜欢带着东西吗？"

"太碍事。"梁嘉泓看到她的书包，嘴角扬起，"怎么今天背书包了？"

她一般都是直接把书包放在上晚自习时坐的那个位置上，或者让金金带回去。

叶絮吞吞吐吐道："我……我不是和你说了吗，我要买点东西。"

"买什么？"

叶絮瞥他一眼，想着他真不懂还是装不懂，看他问得坦荡自然，觉得他还真是笨。

她摇摇头："没什么啦。"

梁嘉泓伸手提了提她的书包，像拎小鸡一样，然后勾了勾嘴角说："小朋友的书包里都不装书的吗？"

叶絮回嘴："你都没有书包。"

梁嘉泓把手插回裤袋里，说道："我们家有一个书包就够了。"

叶絮一开始都没听明白，后知后觉明白过来后，她顿时感觉肩上沉甸甸的，仿佛真压着一个家的分量。

梁嘉泓又说："你可得好好保管，这里面可是我们的家当。"

叶絮被他的一本正经给逗笑，扬着下巴说："这是我一个人的家当，才没有你的份。"

叶絮神气的模样没维持十秒，余光瞥见斜后方的一个人影。那人一头微卷的头发，一副老式金边眼镜，挺着啤酒肚，没有丝毫笑容地往前走。那不是别人，正是他们有点阴晴不定的班主任。

叶絮立刻㞞了，往边上挪开了点，和梁嘉泓保持距离。

梁嘉泓也看见了班主任，他没什么太大反应，只是低头笑了笑。

路上都是穿着一样衣服的学生，黄忠磊没注意到他们，就这么径直走了过去。

叶絮松了一口气，心里还是有点犯怵，不知道班主任是真没看见，还是装没看见。

直到出了校门，叶絮才真的松懈下来。

梁嘉泓瞧着她紧张的模样抑制不住地浅笑着，问道："今天怎么给我买了水？"

"就想着你应该挺口渴的。"她轻声地回答。

"我们小朋友和我心有灵犀啊。"

那天本也是平常的一天，只是意外总会不期而遇，那是叶絮对梁嘉泓第一次产生异样的情绪，只是她当时还不是很明白那到底是什么情绪。

两个人说说笑笑进了超市，超市里不准背包进去，都要在前台寄存。一开始超市还会例行给号码牌，后来人多了存不过来，也就逐渐松懈，只要自己把包放在柜台上的购物篮里即可。

柜台本身就比较高，红色的塑料购物篮再往上一摆，叶絮需要抬高手才能把书包放进去。

那真是个意外，她正在和梁嘉泓讲话，没注意到购物篮摆放得歪七扭八，她习惯性地把书包放进去，不料购物篮向里倾斜，“哐当”一声砸了下去。

叶絮吓一跳，还没反应过来，蹲在里面的女工作人员摸着后脑勺站起来，两条细眉紧紧拧着，手里似乎还忙着整理什么东西。

女工作人员几乎是条件反射般地骂道：“都说了不要放了！还放！有毛病啊，是不是没长眼睛？”

见到是学生，女工作人员气焰更是嚣张，嘀嘀咕咕好一通骂。

叶絮那句“对不起”就停在嘴边，她有些不敢置信地看着眼前这位员工，年龄和她母亲相当，但怎么会尖酸刻薄到这种程度？

她从来都不是温柔如水的性子，即使有时候喜欢沉默不语，但她脾气随父亲，都有点冲动。

一股火气涌到喉咙口，但她怎么都宣泄不出来，她没有办法和这个四十多岁的女人理论。

她知道如果真吵起来难堪的会是她自己，没有人会帮她，他们都只会在背地里笑，笑这个学生没素质，吵吵嚷嚷的。

叶絮双手垂在校服裤子两侧，微微抖了抖。她就这么看了那人一会儿，硬生生憋出一句僵硬的“不好意思”。

这句道歉，为她自己的没注意而道歉，为她不小心砸到那个人而道歉。

叶絮转过身，低着头走路，地面是米白色光滑的地砖，干净得能反射出头顶的吊灯。

两个人往里走，梁嘉泓安慰性地摸了摸她后脑勺，温柔道：“想买点什么吃的？”

叶絮心里不舒服，抱怨道：“我不是故意的。”

梁嘉泓说：“我知道。”

“她怎么可以骂人？”

“那是她的素质问题。”

叶絮心里还是不平衡，继续抱怨：“有她这么服务客人的吗，我们不是顾客吗，顾客不是上帝吗？”

梁嘉泓没回答，揽上了她的肩膀，拍了拍。

叶絮脾气上来，像个撒泼的孩子：“我要投诉她！”

梁嘉泓却笑了：“好了。”

叶絮噘着嘴，一脸的愤愤不平：“我就要投诉她，她怎么可以这样？”

那些憋在心底，刚刚又不敢说出来的话，她只能现在和他说。

梁嘉泓的笑容比刚才淡了些，但他还是极尽耐心地哄道：“好了，不用这样，看看想吃什么，给我们小朋友买。嗯？”

他的语气真的像哄一个小孩子，哄一个不懂事的孩子，他像一个阻止孩子发脾气的谦和大人，如果孩子在公共场合大吵大闹会让大人难堪。

他说“不用这样”这几个字的时候，叶絮有一种难以言说的异样感觉，好像她才是无理取闹的那一个。

她从他的言语和态度中得到一个讯息，那就是他不太喜欢这样的行为，这是斤斤计较，不够大度稳重。

转念一想，是啊，她何必现在连连抱怨，自己又不会真的去投诉，这种负面情绪何必对他发泄，让两个人都陷入不舒服里。

叶絮的心真的平静下来了，她慢慢敛了脸上那些情绪。

很久以后，她想，如果可以重来，她希望这件事不要发生。

她如果可以克制下脾气，或者像平常那样少说点话就好了，是不是那样便能让她看起来才是有素质的人？是不是在那一刹那让她不会产生卑微的感觉？

是的，卑微，后来她回想这件事的时候，她觉得在那一刻自己是卑微的。

她是一个稚嫩的女高中生，没经历过是是非非和大风大浪，所以任性得像孩子。而梁嘉泓从小身处的环境和经历都让他早早深知这社会的残酷，所以他不去管、不去争，因为他早就知道结果，还不如让自己置身事外，让自己看起来是个绅士，或者他觉得这是件小事，没必要让自己动怒。他和她到底不一样，能让他真正动怒的事能有几件？

就如上次她为他和表妹的朋友同住恒水坊而欣喜，反复询问他为什么时一样，当他回应时她才发觉自己失态了。此刻也是这样，她也觉得自己失态了。

之后仔细想来，这两个瞬间给她的感觉是一样的。

叶絮浅浅吸了一口气，她心思细腻敏感，却也是实打实的没心没肺。

她也知道再抱怨下去反倒是她不识相，她也不愿做他不喜欢的事情，谁都希望自己在他人面前是完美的。

这也本就是一件小事。

叶絮其实很会掩饰自己的情绪，特别是那些失落、难过的情绪，她对他，只有倾慕和喜悦难以掩饰。

叶絮用平常的口气说："我没什么想吃的，你有什么想买的吗？"

梁嘉泓知道她的气还没消，于是继续哄道："我不是来陪你买东西的吗？听说吃点甜的心情就会好，巧克力之类的吃不吃？我们小朋友想吃什么都给她买。"

叶絮一直觉得自己很好哄，通常三言两语她的气就会消。

这时候的她也只是觉得自己失态了，让他觉得尴尬或者做了他不喜欢的举动，心底的异样情绪很快被她遗忘掩盖过去，卑微一说那也是很久以后她反复回想才得出的结论。

叶絮从来没收到过男生的礼物，他刚刚的话让她有些出神。

梁嘉泓带着她拐进了饼干糕点区，叶絮倒真怕他给自己买东西，虽然她一直期待收到来自他的礼物，可真到了对方为她花钱的那一刻，她又觉得左右为难，感觉十分不妥。

叶絮心底的那点不平就这么飘走了，情绪来得快去得也快。

梁嘉泓问道："这个蛋糕吃吗？"

"不吃啦。"她推脱着。

"不吃怎么行？你总是不好好吃东西，胃也总是疼，别落下病根。"

闻言，叶絮心虚地看向另一边。

胃疼是她撒的一个谎，和他聊天的时候她总会说胃疼，只为换得他的关心。

天知道她胃口有多好。

梁嘉泓拿起一盒 Q 蒂："这是新出来的吧？买一盒怎么样？想吃哪个味道的？"

叶絮看了眼价格，一盒将近三十块钱，这对她来说是有些小贵的蛋糕。

她那时候一个星期三百块生活费，算下来平均一天六十块，比起其他人，她的生活费还算充足，但也没奢侈到花三十元买一盒蛋糕。

梁嘉泓像是很满意自己挑的东西，拿在手里掂了掂，说道：“就这个吧，榛子味的。还想吃什么吗？”

要说不开心那肯定是假的，她甚至有点感动。

有时候她觉得自己大概是世界上最好骗最好哄的女孩子，会有人和她一样只因为朋友送了盒蛋糕而高兴得像个小孩吗?

叶絮摇了摇头，清秀的小脸终于露出了会心的微笑，她几乎是把梁嘉泓推出饼干糕点区的。

梁嘉泓摸了摸她的头，问道：“真不买别的了？”

叶絮想起正事，耳尖染上一点粉红，佯装自然道:“我要去拿点日用品，你在这里等我吧。”

梁嘉泓觉得自己这辈子所有的一窍不通都给了叶絮，那时候“日用品”三个字摆在他面前他还不能领会其含义。

他说：“我陪你去。”

叶絮羞了脸，一副很为难的模样，最后凶巴巴道：“不可以，你就在这里等我。”

梁嘉泓觉得无法理解，追问道:“你到底要买什么，牙膏还是纸巾呀？”

叶絮恨不得挖个洞钻进去，已经不能用大笨蛋来形容他了。

叶絮咬咬牙，踮脚在他耳边轻声说道：“我去买卫生巾。”

梁嘉泓一愣，随后勾着嘴角笑，坦坦荡荡地说：“那我也可以陪你去啊。”

这下轮到叶絮蒙了，她凶得像只小老虎：“我不要，我不管，反正你只能在这里等我。”

梁嘉泓依了她，笑得那般宠溺。

叶絮小跑进女性护理区，快速拿了两包卫生巾，又快速朝他走去。她把双手背在腰后，手里握着那两包卫生巾，她不想让他看见，这种害羞好像是女生天生就具有的。

叶絮小声说：“买好了。”

梁嘉泓没再逗她，再多说几句，恐怕她要害羞得蜷缩成皮球了，他说：“去结账吧。”

那天超市里人不是很多，几乎不用排队就轮到他们结账，叶絮跟在梁嘉泓后面。

收银员扫码时，梁嘉泓轻声问道：“要不要一起结账？”

叶絮心里霎时闪过很多想法，让他付的话不好意思，不让他付的话她又好像有点失落。她不喜欢男生为她花太多钱，这会让她有亏欠感。可这一刻她却很想让梁嘉泓帮着一起付了，这和钱没有关系，她只是觉得这样有一种无言的亲密感。

没有做过的事情，总让她有点蠢蠢欲动。

叶絮觉得自己很不要脸，但她还是点了点头，把两包卫生巾放了上去。

梁嘉泓要了个袋子，他在付钱的时候叶絮溜过去装东西，然后她先去柜台那边拿书包。

等梁嘉泓拿着找零，慢悠悠地走过去时，叶絮已经背好了书包，手中拎着的塑料袋里只有一盒Q蒂。

梁嘉泓偏头靠近她，打趣道：“藏好了？”

那天的那点不快就这么被忘却。

他们后来没再去别的地方散步，就这么沿着原路走回了学校。时间尚早，梁嘉泓叮嘱着和前些天相同的话，让她吃点东西，带件外套，也别忘了吃药。

梁嘉泓的耐心很好，在那些日子里，他几乎每天都重复这些关心的话语，是真把她当成小朋友宠，有时候也会觉得叶絮不省心到让他想发火，但又不舍得真的对她生气，只能叹口气，继续哄着。

叶絮坐在椅子上，从袋子里拿出那盒Q蒂，四四方方的盒子像一个宝盒，她细细抚摸了一遍。

她觉得大概没人能理解她的心情，只不过是一盒零食而已，为什么如此小心翼翼地珍惜。觉得爱惜过了头未免显得自己太过可怜，叶絮撕下封条，从盒子里拿出一块独立包装的Q蒂蛋糕。她尝了尝，味道不是很合她的口味，但也不算难吃，只是卖这么贵，真是不合理。

梁嘉泓问她味道怎么样时，她告诉他，这是她吃过的最好吃的蛋糕。

那个星期结束后就迎来国庆假期，叶絮从小到大第一回不喜欢这漫长的假期，她差不多得有六天见不到梁嘉泓。

按照习惯，星期五放学后她应该和梁嘉泓一起走一走，然后再搭公交车回家。

可就因为是国庆假期，叶絮的小舅妈想让她过去住一晚。

就这样，周五的傍晚她没能和梁嘉泓在夕阳下散步。

打了下课铃，叶絮回了趟宿舍，拿上两件换洗的衣服塞包里。

表妹秦悦正赶来接她，说一会儿就到她校门口了。叶絮看到表妹的短信，又急匆匆地从五楼飞奔而下，她从来不喜欢让人等太久。

这是暑假后第一次和表妹再见面，明明在一个区域，却忙得见不上一面。

叶絮一出校门就看到了那辆粉色的电瓶车，秦悦穿着职校的蓝色校服坐在电瓶车上，黑色的长发束起，清纯靓丽，她比叶絮多了几分潇洒和豪爽。

秦悦见到叶絮时笑了起来，说道："你们的校服太黑了，远看都长得一模一样，我差点儿都没认出你。"

叶絮也笑了，然后把书包放在电瓶车前头，跨坐在了秦悦后面，拍拍她肩膀，说道："好了，走吧。"

叶絮坐在后面玩手机，QQ 上果然多了几条梁嘉泓的消息，他问：见到表妹了吗？

放学前她就和他说要去外公家，让他别等她。

下课铃响起的时候，梁嘉泓也没多说什么，只是望了她几眼就出了学校。叶絮也回头看了他几眼，四目相对，他们心中都明白，无须有再多的言语。他们在学校其实一直很少说话，不像陈佳莉和陈宇飞。

9 月底的晚风凉飕飕的，坐在电瓶车上，叶絮的刘海和两边的碎发都被吹起，她低着头，快速回复他的消息，跟他说她正在去外公家的路上。

秦悦微微侧过头问道："怎么样，在这学校开心吗？"

为了防止风太大她听不见，叶絮朝她靠近了点，说道："还行，不是想象中的样子。"

"那你想象中是什么样子？"

叶絮想起自己以前的幻想笑了笑，答道："就是那种学校里有 F4，我从楼梯里走出来，高富帅校草一眼就看到了我，心想，这真是个不一样的女生，然后他就开始追我。"

秦悦笑得都憋不住："你怎么这么搞笑！"

"结果开了学，发现和初中没什么差别，也就这样了。你呢，在学校开心吗？"

"别说了，管得严死了。"

"有多严啊？"

"只要发丝有一根黄的就怀疑你染头发。"

"那是真的严格。"

秦悦转了话题："欸，你那位朋友呢？"

叶絮耳根一红，手机振动，梁嘉泓正好发来消息。

梁嘉泓：今天没有散步，好像有点不习惯，这么早回到家一时不知道该做点什么。

叶絮嘴角微微扬起，对秦悦说："晚上再和你说啦。"

穿过星辉中学，再笔直往前走是一条熟悉的路，从小到大她和秦悦不知道走了多少遍，小时候骑自行车，长大了骑电瓶车，一样的风景，可好像有什么逐渐不一样了。

但这时候叶絮心里还是踏实的，至少她和秦悦没变，依旧是两个对彼此没有秘密的姑娘。

她们又聊了点生活琐事，很快便到达那个熟悉的地方。

叶絮在这里住一晚，明天母亲会过来，然后她再跟着母亲回家。每逢假日，叶母都会抽空来一趟，帮外公洗洗床单被套，扫扫屋子，再买点水果衣服，尽着女儿的孝心。

院子里的狗兴奋地叫着，那些用来烧饭的柴火被外公捆起来堆在桂花树边上。

叶絮甜甜地叫了声"大舅妈"，在东边屋子里烧饭的女人"哎"了一声。然后她直奔西边的屋子，不似刚才那样刻意地讨好，而是真的像回家一样，无拘无束地喊了声"小舅妈"。

周青红擦了擦手，笑道："你们这两头小猪怎么回来得这么早？"

叶絮和秦悦都是1995年生的，属猪，所以周青红从小就管她俩叫小猪。

叶絮凑过去一看，锅里烧着红烧小鸡腿，她点点头，回答道："三点半左右就放学了，我放学的时候秦悦正好过来。"

“快点洗手，再到你外公那边拿张小凳子过来。”

“噢。”

和以前一样，她们吃完饭洗完澡就溜进了秦悦的房间，两个姑娘缩在被窝里玩手机，那叫一个乖巧。算着时间，果然，不出十分钟，周青红端着打好的豆浆进来，叮嘱几句再离开。

听到隔壁房门关上的声音，两个人对视一眼，知道从现在开始解放了。

秦悦拿过一个抱枕垫在脑后，说道：“行了，现在可以和我说了吧？”

“就那样啊，两只眼睛一个鼻子。”

“那你欣赏他吗？”

“欣赏啊！”叶絮揪着柔软的珊瑚绒毯子，“对了，他也住恒水坊。”

秦悦有点惊讶：“这么巧？住哪栋？”

“我没问，昨天又听他说他要搬家了。”

秦悦马上问道：“搬哪里去啊？”

叶絮翻了翻和梁嘉泓的聊天记录，答道：“嘉南苑，就是我们学校对面的那个小区。”

秦悦一愣：“嘉南苑？真的假的？”

“真的啊。那个小区不好吗？”

“他是不是挺有钱的啊？”

叶絮有点讶然：“你怎么知道？”

“嘉南苑是目前这里最贵的小区啊，我估摸着随便一套都要两百万以上吧。”

这下轮到叶絮愣住了，好久才反应过来。

意思就是梁嘉泓家里花两百万搬个家吗？搬进这里最贵的小区？

梁嘉泓说搬家是因为恒水坊出门不太方便，嘉南苑离得近，上学也方便，早上还可以多睡几分钟。

秦悦推了推她，笑着说：“这可是个金龟婿啊，你得好好对他。”

叶絮觉得荒唐地笑了笑：“什么金龟婿，没到那种程度。”

叶絮背过身，面对着墙，她在思索，却又不知道自己在思索什么。

要说她此刻没有半点虚荣心是不可能的。

她当初怎么会把梁嘉泓当成一个独居的可怜少年呢？那会儿听到他

有只狗，一个人住的时候，还母性泛滥地想着以后一定要好好对他。

叶絮把脸埋在枕头里，脚在被子里蹬了蹬，心想：天啊，他未免也太像小说里的男主角了吧。

突然，放在枕头下的手机振动了两下，叶絮不用想也能猜到是谁，她没那么多聊天的朋友，这个点也只有梁嘉泓会给她发消息。

叶絮翻开手机，看着上面的短信，不自觉地笑了起来。

梁嘉泓：方便打电话吗？

他们很少会打电话，就连上个周末她回家也没有。叶絮也不在意，她总觉得打电话很尴尬，在宿舍里会吵到别人，说什么也都会被别人听见，而且他每晚都在外面，也没空打电话。上个周末回家，她晚上都是和母亲一起睡的，白天他又在睡觉。

后来回想，他们打电话的次数两只手都能数得出来，一次是第一天认识那次，一次是现在，还有后来吵架后的一次，寒冬分开的一次，和好后的一次。一共五次，说出来怕是都没人信。

叶絮回头看了眼秦悦，回复道：可以。

消息刚发过去，电话就打来了。

叶絮盖上毯子，把头闷在里面，轻轻地“喂”了声。

那头梁嘉泓声音中带有笑意，其中的温柔也掩盖不住：“怎么像做贼一样？”

叶絮抠着床单说：“没有啊。”

“晚上有没有多吃点？胃有不舒服吗？”

“吃了很多，没事啦。你在干什么啊？”

电话那头传来噼里啪啦的敲键盘声，梁嘉泓说：“在对账。”

“嗯？什么？”

“帮我爸核对一些东西。在你表妹那儿住多久？”

叶絮说：“明天就回去吧。国庆假期你要干什么啊？”

话音刚落，罩在身上的毯子被掀开，秦悦笑眯眯地扑上来，压着叶絮对手机话筒喊道：“什么时候请吃饭啊？”

叶絮吓一跳，笑着阻挡她。

秦悦撒娇似的说：“姐，快告诉他要请吃饭！要请妹妹吃顿饭！”

秦悦一般不会喊叶絮姐，她知道秦悦在撒娇。

秦悦朝她眨眼睛，示意她快点说。

叶絮坐起身，捂着手机解释道：“刚刚……刚刚是我表妹。”

梁嘉泓淡淡笑道：“嗯。”

“她乱说的，你不用放在心上。”

秦悦难以置信地瞪大眼睛：“你！”

叶絮从床上跳起，着急忙慌地趿拉上拖鞋，风一样地从房间里逃出来，顺着漆黑的楼道逃到了楼下的卫生间里。

梁嘉泓只听到一阵窸窣声，紧接着是叶絮的喘气声。

他敲打键盘的手忽然停住，听了几秒，微哑着声音问道：“怎么了？”

叶絮关上卫生间的移门，靠在洗手台边上平复了下呼吸后说道：“没事，我从楼上下来了，她要抢我手机。”

梁嘉泓笑了：“你们关系很好。”

“嗯，从小玩到大的嘛。”叶絮摸索了一阵，打开卫生间的灯，又重复了一遍刚才的问题，“国庆假期你打算干什么啊？”

“没什么好做的，等你。”

第五章 心中的小朋友

叶絮的心口像被蜜糖黏住了一般，她忍着笑，问道：“真的假的啊？”

“你觉得呢？”

“不知道。”

梁嘉泓停下了手中的活，往椅背上靠，他戴着耳机打电话，小姑娘清脆俏皮的声音格外清晰悦耳。

他笑着转了话题，反问道：“那你国庆要干什么？”

叶絮靠着洗手台，脚尖抵了抵地面，闭上眼，紧张地说：“我也没什么好做的，就等着回学校见你啊。”

梁嘉泓声音柔了许多：“7 号过来？”

“嗯，不然呢？”

“下午吗？”

“你想我早点吗？”

“什么时候方便就什么时候来，你妈妈不是还要上班吗？”

“国庆她又不上班，不过我不知道怎么让她早点送我去车站，大概最早一点能到吧。”

“几点来我都可以，”梁嘉泓缩小了账目页面，打开了“蜘蛛纸牌”，淡淡地问道，“刚刚你妹妹……她知道我？”

叶絮说：“对啊，我和她之间没什么秘密，只是上了高中以后有点忙，最近才联系。她说你……”

叶絮故意拖长了尾音。

梁嘉泓好奇地问：“说我什么？”

“说你很好啊。”

“是你觉得我很好吧？”

叶絮十分肯定地“嗯”了声。

梁嘉泓瞥了眼电脑右下方的时间，说道：“快 10 点了，要睡觉吗？”

他知道叶絮没有熬夜的习惯，一般 11 点左右必定会睡着。

叶絮拿下手机也看了眼时间，说道：“可能和表妹聊聊天再睡。你呢，要弄那个弄到很晚吗？”

“嗯，今晚得弄完。本来想边和你打电话边核对的，结果发现，好像有点不行。”

“嗯？”

“注意力会不集中。”他说的是实话，可听起来有点暧昧。

叶絮笑了起来：“那……那你别弄太晚，也要早点睡，不要老……”

“砰——”话还没说完，叶絮忽然听到楼上的关门声，她一惊，捂住电话，竖着耳朵静静听，有脚步声。

叶絮赶紧掐断电话，按下马桶的冲水键，把手机攥在手心里，一脸若无其事地从卫生间走出来，迎面正好碰上周青红。

周青红说：“你在上厕所啊，我还以为是秦悦，冷不冷啊？就光着腿下来了？”

周青红边说边拍了拍叶絮的屁股：“快上去，别冻感冒了！”

叶絮嘿嘿一笑，噔噔噔跑上了楼，往那暖烘烘的被窝一钻，腿贴上秦悦的腿，冷得秦悦嗷嗷直叫。

叶絮侧了个身，上 QQ 给梁嘉泓发消息，果不其然，他先发来了消息，问她怎么了？

叶絮缩在被窝里，手指飞快地按着：刚刚舅妈突然下来了，就把电话挂了，现在上楼了。

梁嘉泓：那舅妈没说什么？

叶絮：屁股挨了两下，因为没穿裤子。

梁嘉泓：刚刚光腿下楼了？

叶絮：嗯，没来得及穿裤子。

梁嘉泓：下回不允许这样。

叶絮挺喜欢这种被别人管着的感觉，她知道他也不是那种控制欲很强的人，一切都刚刚好。

她“嗯嗯”两声，又明知故问道：怎么想给我打电话了？

隔着网络，他们俩似乎都会自在一点，梁嘉泓回答得坦荡。

梁嘉泓：今天没有一起散步，想听听你的声音。

叶絮闷头笑着，快速回复道：这么多天不见，你有没有偶尔想起我？

梁嘉泓：会，我希望你能每时每刻在我身边。

叶絮看着这行字全身都热了起来，她深吸了口气，坚定地打下一行字。

梁嘉泓关了“蜘蛛纸牌”，重新开始对账，底下的 QQ 对话框跳动，便点开看。

叶絮：我也想每时每刻陪在你身边，梁嘉泓。

他的手指停顿在键盘上空，瞳仁微缩，随后清浅一笑，他回复道：我也是。

叶絮手握成拳头抵在嘴边笑，又扯过被子盖住脸，心底有个声音在大喊！

秦悦瞥了她一眼，嘀咕道：“完了，你犯花痴了。”

叶絮从被窝里爬起来，捧着豆浆杯咕噜咕噜喝了半杯，然后看着秦悦笑，想说点什么却不知道该怎么说。

她又倒头睡下，捧着手机问：梁嘉泓，你觉得我怎么样？

梁嘉泓：漂亮聪明。

这是叶絮第一次被男生直白地夸漂亮，其实她对自己的外貌一直不是很自信，所以对穿衣打扮很上心，试图让自己看起来没有那么普通。

叶絮很开心，虽然她想一直陪他聊，可又心疼他会要忙到很晚。

叶絮：那你忙吧，然后早点睡，我看会儿小说就睡了。

梁嘉泓：那睡前和我说。

叶絮：嗯嗯。

紧接着她看到梁嘉泓的头像暗了。

这个人啊，总是喜欢设置隐身和忙碌状态。

后来叶絮才发现，原来当时不管他什么状态都能肆无忌惮地给他发消息是多么幸福的事情，她对他来说是不一样的人，无论她发什么，他都会秒回。

叶絮平躺着，盯了会儿天花板，嘴角仿佛要翘到天上去。

她戴上耳机听歌，打开了手机网页版的QQ空间，习惯性地去看梁嘉泓的空间，他没有发新的说说，日志相册什么的就更别提了，留言板一眼望去，第一页只剩她的留言，来访者里依旧有几个熟悉ID。

叶絮想在自己的说说里发点什么，却又不想显得太文艺矫情，想了半天，打下一句话：很想很想现在见你，ljh。

叶絮这条说说一发，很多初中同学纷纷点赞，初中她最好的闺蜜陆颖颖评论道：？？？

叶絮看到这个评论时才想起忘记和陆颖颖说了，很快，陆颖颖发来消息。

陆颖颖：这是什么时候的事情，你居然不和我说？

如果有最佳闺蜜奖，叶絮一定把奖杯颁给陆颖颖。

还没等她回复，陆颖颖发来一串质问：那男生是你们学校的？他帅不帅，性格怎么样？家里是干吗的？

这查户口的架势后来陆颖颖也没能改掉，看似夸张，却是叶絮后来难得的感动。

叶絮简单地说了说，陆颖颖觉得不行，于是定了一天见面，说要好好聊一聊，都刚刚进入高中，发生了太多事，她也有要倾诉的。

重新回到QQ空间，叶絮看到梁嘉泓点赞了，他评论说：早点睡。

没几分钟，后面紧跟着同班男同学的评论，一个个都说肉麻。

梁嘉泓回复了刘靖一个叼着烟的大兵的表情。

叶絮盯着屏幕笑了出来。

为什么她觉得有点可爱？

次日，叶母来了，帮着老头子洗衣洗被子，下午一两点的时候和叶絮去商场逛了一圈，给叶絮买了件长袖的红色格子衬衫。

虽然家里条件一般，但叶母对女儿一向偏向富养，更何况小姑娘爱打扮也是正常的事情，叶母也很乐意给女儿买衣服。

只是叶母觉得稀奇起来，叶絮竟然又买了件格子衬衫，暑假的时候逛街，这丫头还说有了一件就不买了。

问起理由，叶絮在公交车上含糊了过去，她坐在靠窗的位置，笑得比外面的阳光还灿烂。

她记得梁嘉泓有一件红色格子衬衫。

在家的日子没什么特别，叶絮做完作业后觉得索然无味，又看了两天电视。电视上又在重播动漫版《网球王子》，无论看多少遍，叶絮依旧觉得龙马帅到无可挑剔。

看着看着，叶絮想到梁嘉泓，仔细一对比，龙马和梁嘉泓还真有些相像，两人身上都有那种漠然又自信桀骜的气质。

她盯着龙马忽地笑了出来，仔细一想，她喜欢的标准倒是一直挺专一的。

叶絮把自己的这个发现如实地告知了梁嘉泓。

那头的梁嘉泓正在赶往南城市中心的路上，收到叶絮的短信不自觉地笑了。

王邵俊开着车啧啧两声，说道："'春风得意'四个字形容现在的你很合适。"

其实国庆期间梁嘉泓很忙，他是从这个假期开始接触父亲的生意，即使只是做一些最基础的东西，但也足够他忙了。

叶絮问他在干什么的时候他也如实回答，比如对账、处理一些事情，但十分笼统，叶絮也不喜欢追着问那到底是什么，还总让他去忙，晚点再聊。

梁嘉泓也总会和叶絮说不忙。

梁嘉泓和叶絮说他有空得去学学网球了。

王邵俊见他不理自己，一心聊天，于是佯装伤感起来："你们的关系真的很好啊，有说不完的话，这消息一条接一条的。"

梁嘉泓白了王邵俊一眼，说道："你和你女朋友难道没话说了吗？"

"也不是，就没那种激情了，太熟了，稍微不留意说错一句话她脱口就是一个滚，真怀念当初温柔的她。果然，演戏还是女人最在行，你小心以后也走上这条路。"

梁嘉泓瞧着自己和叶絮的聊天记录，倒是想象不出叶絮发脾气的样子。

看着叶絮发来的可爱表情，他的心也越来越软，和王邵俊说："她……脾气挺好的。"

“女人到最后都会露出真面目的，你等着瞧吧。”

梁嘉泓勾着嘴角说：“不信。”

国庆假期第四天的时候，叶絮去了陆颖颖家里。前几天陆颖颖都在外面补课，到底是市重点学校的学生，放了假也不忘拼命学习。

其实也就一个多月没见面，不过叶絮觉得两个人都有些变了。

陆颖颖好说歹说把叶絮留下来住了一晚，陆母房间就在她隔壁，隔音效果非常不好，陆颖颖关了门，闷在被子里说话。

陆颖颖说她之前喜欢的男生正和她搞暧昧，叶絮听得那叫一个目瞪口呆。

深夜，叶絮趴在床上，忽地发了条消息给梁嘉泓。

叶絮：男生如果喜欢一个女生，会暧昧着不表明吗？

她的消息，他一直回得很快。

梁嘉泓：看情况。

叶絮：喜欢一个人都是有迹可循的吧？

梁嘉泓看着手机上的消息一头雾水，但也简洁明了地回复道：嗯，能知道。

叶絮发了会儿愣，想着他的一些行为，傻笑着回复道：我也觉得，其实彼此心里都知道的。

叶絮看向身边的陆颖颖，戳她手臂，小声说：“找个机会问问吧，如果误会了，就往前看吧。”

陆颖颖抓了抓头发：“我好烦啊。”

叶絮翻个身，正面朝上躺着，和陆颖颖一起仰望天花板。

她知道，往前看是没有那么容易的，不是局内的人永远体会不到其中滋味。

叶絮是在小学五年级时看的《小王子》，那本看似天真烂漫的书其实有着大智慧，那时候她看不懂，后来初中再次翻阅，只记住了里面的一段话——

如果你说你在下午四点来，从三点钟开始，我就感觉很幸福快乐。时间越临近，我就越来越感到快乐。到了四点钟的时候，我就会坐立不安，我发现了幸福的价值，但是如果你随便什么时候来，我就不知道在什么时候准备好迎接你的心情了。

国庆假期第六天的时候，叶絮早早地整理好了书包和要带的东西，那个晚上她意外地睡得很晚。

叶母一贯早睡，叶絮背对着她玩手机听歌，刷刷空间别人转载的网络伤感爱情故事，再去梁嘉泓空间里溜达一圈，辗转难眠。

于是她和梁嘉泓卖萌装可怜说睡不着。

梁嘉泓灰色的头像就这么亮起了，笑她明天要成大熊猫。

叶絮一想到明天下午就能见到他，抑制不住地紧张、激动和兴奋起来，大脑里那根神经跳啊跳，搅得她不得安生。

叶絮：明天就能见到你啦。

那头的梁嘉泓坐在电脑前揉了揉脖子，脸上一直挂着笑容，敲着键盘回复道：那可千万别睡过头啊。

叶絮还真怕自己睡过头，特意调了三个闹钟。

结果第二天，闹钟还没响她就醒了，凌晨一点多睡的，七点就醒了，醒来便再也睡不着了，那种兴奋的感觉又涌上来，她干脆起床梳洗。

叶絮在卫生间哼着歌，窗外的空气仿佛都格外清新。

其实叶絮有过担忧，就在梁嘉泓和她说他去了南城市区的那天，她当时心里咯噔一下，莫名担忧他假期最后一天还在市区待着，回不来，那这样的话他们就见不到了。

可她当时也没问，心想：他回不回来应该隔天就能知道答案了。

第二天下午，梁嘉泓回去的时候发了条短信给她，叶絮莫名松了口气。

那天也是个好天气，印象里，她和梁嘉泓每次周末出去鲜有刮风下雨的时候，那个多雨的秋季对他们还是充满温情的。

叶絮让母亲早点送她去车站，说是要去宿舍晒晒被子。

叶絮书包里装着一套秋装校服和些许作业本，本来她想先去趟宿舍把东西放下，可在路上的时候，梁嘉泓说让她直接坐车到终点站，他就在那附近，等会儿会送她回宿舍放东西。

叶絮自然乐意，也幸好今天她是打扮好才出门的。

叶絮在终点站一下车就看见了梁嘉泓，他站在枝繁叶茂的树下，周遭行人来来往往，他在低头看手机，忽然抬起头朝她这边望。叶絮快速低下头，捋了捋头发，抑制着激动的心情向他走去。

梁嘉泓收了手机，嘴角微微弯了弯，温和的秋日阳光下，能清楚地看到他瞳仁里的倒影，是一道靓丽的红色身影。

叶絮走到他身边，也许是好几天没见面，之前那种生怯的感觉又回来，她抬头看了他一眼，有些拘谨地问：“等很久了吗？”

梁嘉泓眉梢微挑：“没有，就一会儿。”

两个人并排走在林荫大道上，这条通往学校的道路也是大路，路边商店林立，但和步行街比起来冷清许多，多数是一些五金店、小饭馆和宠物店，拐了弯，笔直走就会到学校。

南城的秋日有点反复无常，下过一场雨后冷得可以穿夹克衫，可阳光一照又热得要穿短袖衫短裤，清晨傍晚冷飕飕，中午热辣辣。

只是几步路而已，叶絮就觉得有些微微发热，她边走边挽起袖口，露出纤细白皙的手臂，手腕上系着根红绳，显得很秀气。

刚挽好，右手就被人握住了，他的掌心温度永远是那样不冷不热，其实后来回想起来，叶絮觉得他的掌心是凉的，就如他这个人，骨子里其实是冷的。

梁嘉泓侧目低眸看她，握着她的手往上抬了抬，示意道：“今天穿了长袖手就暖和了。”

见他的语气像闲聊，叶絮也尽量让自己不那么紧张，说道：“那是因为今天气温高，但到了晚上就凉了，你又穿短袖，等会儿就会冷。”

“我可没那么容易感冒。”

叶絮知道他在笑她，撒娇般说道：“我感冒已经好啦！”

梁嘉泓笑了笑，见她双肩被书包压着，问道：“书包重不重，要不要我背？”

“不用啦，不是很重。”叶絮摇着脑袋。

一些小事她不太喜欢麻烦对方。更何况，一个高大挺拔的男孩子背个粉色书包实在太奇怪了。

梁嘉泓用手提了提书包掂分量，见确实不重，也就没再说什么。

走了一段路，叶絮放松了许多，问道：“你今天不用忙那些吗？”

“昨晚提前弄好了。”

话音刚落，梁嘉泓的手机就响了。

他打电话的时候叶絮都不会出声，乖乖地等他讲完。

后来听多了，叶絮就发现他接电话时一般都比较严肃，是真真正正地在办公事。

不知那头说了什么，他“嗯”了声，说道：“已经转给了小聂，我会把电话发给你。”随后就挂了电话。

小聂是谁，叶絮并不知道，她也不愿意去问，总觉得那是他家里的事，问太多不好。

叶絮低头看着路上的落叶，一脚踩一片，半黄半绿的梧桐树叶发出脆脆的声音。

梁嘉泓在通讯录里找人，把电话号码复制发过去，合上手机后目光重新聚集在叶絮身上。

他声音里有笑意：“还真是个小朋友啊。老师没教你不能随意践踏小花小草吗？”

叶絮见他忙完了，也停了脚下的动作，“嘁”了声，顶嘴道：“这是小花小草吗？”

“这是树妈妈身上掉下来的孩子，怎么不是了？”

叶絮被他逗笑：“你胡说。”

梁嘉泓拉过她，抬手拿掉了她脑袋上的梧桐叶的叶柄。两个人对视一眼，都笑了出来。

叶絮心里那点生怯都被微风掸了去。

转眼间就走到了校门口，叶絮让梁嘉泓等一会儿，然后快步往宿舍楼的方向走，走到梁嘉泓看不见的地方，她直接跑了起来。

原来，真如书中所言——当这一刻来临的时候，我发现了幸福的价值。

到了宿舍，叶絮拿着香水对着自己胡乱喷了一通，又拿纸巾蘸水擦干净帆布鞋尖上的一点泥土痕迹，对着镜子照了好几遍，确认自己状态良好后，拎上单肩小包飞奔而下。

叶絮跑得太急，这会儿还有点喘，努力平复着呼吸问道：“我们去哪儿啊？”

“你想去哪儿？”

叶絮见梁嘉泓没什么主意，想了想说：“那就去舒林公园吧，今天天气那么好，公园应该很舒服。”

“好。”

后来想想，叶絮觉得他不是没主意，只是更多的时候他在遵从她，只要她说出口，他就会说好。他只是有时候没那么浪漫罢了，可那也是他宠一个人的方式。

你想要的我都给你，只要你开口。

舒林公园就在堤坝边上，从江边过去可以从后门进入公园。

两个人在江边走了一圈，江岸边，都是形形色色的年轻面孔。

叶絮穿得亮眼，免不了有一些回头率。她走路爱低头，所以都没瞧见，就算没低头，她也不会去看别人。

梁嘉泓将那些目光都收入囊中，低眸扫了眼叶絮，轻笑着问道：“怎么老低头走路？”

“习惯……”

“这习惯得改改。”

叶絮突然想起一件趣事，仰头笑着对梁嘉泓说：“你知道吗？我初二那年撞上了语文老师。那天我订正题目，然后拿上讲台给老师批，习惯性地低头走过去，结果语文老师就在我前头，还朝我的方向走来，我就撞了上去，语文老师当时就笑我走路不看路。”

叶絮顿了顿，俏皮道：“语文老师是个帅哥，只不过已经结婚了。”

梁嘉泓打趣地“哦”了一声。

说起老师，叶絮感慨颇多，她对梁嘉泓说了一些她初中时的优秀事迹，比如她初中时一百分的语文卷子还能考九十二分，作文登过报，舞蹈比赛得了第二，三年黑板报永远第一，中考一百五十分的数学卷子还能考一百四十六分。

她讲话时神采飞扬，也不难看出这是个有灵气的女孩子。

只是梁嘉泓毫不留情地问道：“那现在怎么都不学习了？嗯？”

叶絮噘着嘴说讨厌，说笑了几句，神情却明显黯然了。

她其实内心很好强，以前她靠着努力也成了班里成绩还可以的学生，画得一手好画，才情被从小夸到大，可上了高中什么都变了。

她的成绩相对变得普通，这是个以美术为主的高中，大家都会画几笔，班里更是有大神，她那点天赋又算什么？

叶絮没和梁嘉泓说这些，她觉得自己可能真的只是一时贪玩，她总会收心的，上了高中总要考个大学的。

纵使叶絮觉得自己千不好万不好，偏偏梁嘉泓觉得她是世上最好的女孩。

两人从后门进了公园，这是这座城市第一座综合性公园，从前还收门票，现在免费。里面的游乐项目和场所也关了很多，成了老年人晨练散步的地方。

周末，游人总是会多一些，四五座亭子里都有人，那些长椅上也都坐满了人，溜达一圈还真没落脚的地方。

梁嘉泓怕叶絮累，毕竟她说昨晚没睡好，于是提议道："要不去江边坐着吧。"

叶絮想到那边的人群就有点抵触，她只想安安静静地和他待在一起。

猛然间，她想到一个地儿，问道："你去过西江吗？"

"那是哪儿？"他连听都没听过。

叶絮开心地笑着："走啦，我们去那边。"

所谓的西江指的是靠西的江岸，分隔东西的是轮渡港口，西边没有任何旅游设施和标志性建筑，只有一片江和堤坝，除了一些过路人，不会有人去，虽然风景不如东边的好，但更原生态一些，叶絮总觉得西江更宁静清新。

梁嘉泓跟着她进来后才想起什么，说道："以前来过这儿，不过就是路过。"

叶絮也有好几年没来了，以前都是跟着舅妈来的。

杉树林下，路边上树立了一个个奇形怪状的垃圾桶。

叶絮见了新奇的东西就会笑，拉着梁嘉泓惊讶道："你看那个垃圾桶，是蘑菇形状呢！好可爱啊！"

梁嘉泓被她强拉过去，笑得无奈。

叶絮转过头看他："这个真的太好看了。"

"连垃圾桶都能让你这么开心？"

"可是真的很好看啊。"

道路不宽不窄，右边是杉树林，左边是长江，这一来一回已经下午两点多，日头已经没那么炽烈，他们朝着太阳的方向前进，身后是被无限拉长的影子。

走过了几个站台，他们找了个阶梯坐下，叶絮朝东坐，背对着阳光。

这阶梯狭窄，两个人坐下差不多占满。

叶絮屁股刚挨地，包里的手机就响了起来，会打叶絮电话的人不多，她掰掰指头都能想到是谁。

叶絮手机的来电铃声是自己设置的，她截取了《素颜》的片段。

电话是她妈妈打来的。

叶絮朝梁嘉泓做了个噤声的动作，侧到一边接起电话。叶母无非是问她到了没有、被子是否晒了、宿舍里有没有别的人来。

一半真话一半谎话，就这么糊弄了过去。

梁嘉泓笑着看她，问道：“那是什么歌？”

“许嵩的《素颜》。”说着，叶絮打开音乐播放器，放给他听。

“挺好听的。”

叶絮点头：“我也觉得很好听。”

“喜欢许嵩？”

“也不是。”

“那喜欢哪个歌手？”

叶絮说：“SHE 吧，小学时候就开始喜欢的。你呢，你喜欢谁？”

梁嘉泓说：“陈奕迅。”

叶絮当时并不怎么喜欢陈奕迅，总觉得他的发型很奇怪，但是，当她知道梁嘉泓喜欢他时，她忽然觉得陈奕迅的发型简直酷毙了。

梁嘉泓突然对叶絮的手机感兴趣，他朝她伸出手，问道：“可以给我看看你手机吗？”

叶絮按了播放器的暂停键，想也没想就递给了他，起初以为他要检查她手机，谁知梁嘉泓把玩着她的手机，一脸研究的模样。

叶絮半个身子侧对着他，凑过去问道：“怎么啦？”

梁嘉泓转动手机屏幕，变成横屏，说道：“前两天看电影，里面的女主角用的也是这个手机。”

“这个设计挺有新意的,”叶絮指着键盘上一小块光滑区域说,“这里,这里可以用手指滑动,不过不是用温度触发的感应,而是用力气,用手指、手指甲都可以按。不过我觉得没什么用,这个功能方向键就可以满足。”

梁嘉泓观摩一阵就将手机还给了她。叶絮与他挨得近,耳边几绺扎不上的碎发被风吹起,轻轻蹭过他的脸颊。

梁嘉泓垂眸看着她低头拨弄手机,她翻到几张照片,自个儿先笑了起来,她一笑梁嘉泓便注意到了她脸上的那个小酒窝。

他还是第一次见人的酒窝只有一个,并且长在鼻翼边上,叶絮大笑起来的时候会很明显。

叶絮把手机里的照片给梁嘉泓看,说道:“我那天不是和你说去好朋友家留宿嘛,就是这个女孩,是我最好的朋友,不过这张……哈哈哈。”

叶絮滑下一张照片,照片里的两个女孩坐在椅子上正在吃辣条,表情搞笑夸张。

叶絮说:“这是我另外一个好朋友,性格比较像男孩,是去年寒假拍的。”

这张照片叶絮看一次笑一次。

梁嘉泓抬手将她耳边的头发勾到耳后,瞧着照片笑了几声,确实模样很滑稽。

叶絮继续给他看照片,什么都有,她也什么都和他说。

梁嘉泓问:“没有你初中时的照片吗?”

“有也不给你看。”

“这样啊,那我偏要看。”他说得慢悠悠的。

叶絮捂紧手机:“你休想。”

梁嘉泓使了点力,轻而易举地就夺走了她的手机。

梁嘉泓把手机举得老高,叶絮想去抢手机,但身高差和力量差距让她毫无办法,只能像只旱鸭子似的扑腾,突然,她快准狠地从他裤袋里抽出了他的手机。

叶絮握着他的手机威胁道:“你不还我的话,我也翻你手机了啊。”

梁嘉泓不为所动,一副随便她翻的模样。

叶絮直起腰,和他拉开点距离,坐正,拿着他的手机说:“我其实不太喜欢翻别人手机的,毕竟人都要有点隐私。”

梁嘉泓倒也好奇起来，想看看她能翻出什么。

叶絮按下一个键，屏幕跳出四个空格，需要输入密码。

叶絮问："密码是什么啊？"

"我生日。"

叶絮输入"1225"。

第一天认识的时候，他们之间的对话很僵硬，像盘问一般——"你喜欢什么颜色啊""你爱吃什么""你生日什么时候""你是什么星座"……

叶絮之所以记得牢，因为他的生日真的太特殊，是圣诞节那天。

梁嘉泓的手机屏保是一张黑色的图片，上面还有一道光，像极了手机里自带的那种背景图片。

叶絮瞅他，说道："我先翻什么呢？"

梁嘉泓噙着笑，一只手搁在膝盖上，另一只手把玩着她的手机，问道："你想翻什么？"

"万一翻到你和小姑娘的暧昧短信怎么办？"

梁嘉泓思索了一番后说："好像还真有一个。"

叶絮这榆木脑袋，起初都没反应过来，瞪了他一眼，见他姿态轻松，眉眼带笑，她脑袋忽然转过弯来——那小姑娘还能是谁，只有她啊。

不过叶絮很配合，咳了两声说："那我就一定要查一查了，看看你有没有在国庆的时候乱勾搭别人。"

叶絮打开他的短信，那时候短信还分为收件箱和发件箱，收件箱里一长串都是她的名字，而发件箱一长串也都是她的名字。

那时候诈骗和垃圾短信还很少。

叶絮看到自己的名字时有种说不出的奇怪感觉，难以置信地问："你……你给我的备注就这个啊？"

梁嘉泓有些不解："嗯，怎么了？"

叶絮把手机往他怀里一塞，又抢过自己的手机，不声不响地开始玩手机，不理他。

梁嘉泓真不是个浪漫的人，但好在反射弧不长，随即就知道问题所在了。

他低声解释道："我给我爸妈的备注也是名字。"

叶絮一听，似有点讶然，她还是第一次看见别人给自己爸妈也备注名字的，一般不都会存称呼的吗?

也就是说，在他心里，名字只是一个代号，和身份无关。

不过叶絮还是觉得不舒服，他可以存小叶、小絮、絮絮之类的，就是不能用她的全名，看起来真的生分又僵硬。

叶絮说："哦，那我也把你的备注改成名字吧。"

说着，她打开手机的通讯录，找到那位"大笨蛋"，修改键还没按下，手机就被边上的人合上了。

梁嘉泓把她手机放在一侧，又拿起自己手机，故意把手机凑到她眼前，说道："就改成这个吧。"

叶絮看见他输入了几个字——"我的小朋友"。

叶絮喉咙渐渐发紧，忽地就不敢看他眼睛了。

梁嘉泓点了保存，又打开QQ，把叶絮的备注也改成了"我的小朋友"。

梁嘉泓笑着，低声哄道："现在不生气了？"

叶絮垂下双眸，反而觉得是自己小题大做，有点不好意思了，只能佯装看远处的江景。

夕阳落下时，云蒸霞蔚，潮水一浪高过一浪。

林荫道上铺满了细碎的光斑，两个人快走到了校门口，但是谁也不想分开。

其实天色还早，叶絮也不想那么早回宿舍，梁嘉泓像是知道她在想什么一样，到校门口的时候问她要不要去嘉南苑里逛逛，就当作陪他看房子。

叶絮原本还有点失落，梁嘉泓一开口，她又欢喜了起来。

和他多待一会儿都是开心的。

两个人直接过马路，拐进了学校对面的嘉南苑小区。

那小区的确是这儿最贵的小区，因为国庆，小区正门的大道两侧都挂上了灯笼，门口的保安不待保安室，而是站在门口执勤。

小区里的景色很好，一进去就是偌大的池塘假山，池塘里头有鲤鱼在游动。

叶絮第一次见那么多鲤鱼，拉着梁嘉泓站在栏杆边上看。

叶絮指着中间那条金红色的鲤鱼激动道："天啊，鲤鱼可以长到这么大吗？这也太肥了吧。”

梁嘉泓慵懒地倚靠在栏杆上，偏头看向叶絮，那双深邃的眸子里尽是温柔。

叶絮被他看得有些不好意思，干咳两声后问道：“你买的是哪栋啊？第几层？”

梁嘉泓下巴微抬，指向靠大门右边的那栋楼说：“就那栋，几层都行吧。”

叶絮环视了一圈，说道：“这儿这么大，干吗选靠门口的，不会很吵吗？”

“这栋楼出行比较方便，出门过了马路就是学校，不用七拐八绕的，早上还可以多睡一会儿。”

叶絮手肘撑在栏杆上，手托着下巴，瞳仁亮晶晶的，声音清脆地说：“我觉得这里很漂亮，住这里挺好的。”

“都差不多吧，反正住不久。”

他说得风轻云淡，叶絮却愣住了，莫名心慌了下，眼里的光一寸寸地暗了下去。她一时不知该说什么，看着水池里的游鱼，心里似有千千结。

她食指刮着木质栏杆，又在上面画圈圈，想问的话到嘴边却变了。

“你……你走的话……走了以后要做什么？”她尽量装作轻松地问。

梁嘉泓沉默了一会儿，说道：“按照我爸的说法就是地基已经给你建好了，建什么楼看你自己。”

他说得委婉，但叶絮能明白他的意思，说白了就是家底殷实，他只要回去继承家业就可以了。

叶絮又不知道该说什么了，干脆沉默起来。

梁嘉泓低声问道：“你以后想考什么学校？”

“我……我不知道……就考南城范围内的学校吧。你以后会在哪儿？想在哪儿发展？”

“在南城吧。”

那就是说就算他不在学校了，也不会离她很远。

叶絮拧着细眉问道：“陈佳莉说你是江城人，你不回江城吗？”

“江城？我不是江城人。”

“啊？那你是哪里的？”

梁嘉泓笑了笑，回道："卢州。"

叶絮知道卢州，那是个很漂亮的城市。

她脑海里算不出从卢州到南城的距离，只隐约觉得，那应该很远很远。

叶絮弯了弯嘴角，说道："我知道卢州，有部电视剧就是在那里拍的，靠海，电视里看着真的很美很美，我都没见过海。"

梁嘉泓不知怎的就想起童年来，说道："我家就在海边，小时候会和朋友抓螃蟹烤，海滩上有那种类似礁石的东西，就放那石头洞里烤。"

"能吃吗？"

"能啊。"

叶絮也想到自己的童年，舒了一口气，说道："我小时候会烤番薯什么的，秋天的时候很多大人会把地里那些不好清理又没用的枯藤堆在一起烧，我们就把番薯扔进去，第二天早上吃的话，热乎乎的正好。你们那边有吗？"

"没有，我只有烤螃蟹。"

叶絮笑道："那我比你多一个，我还烤过鱼，隔壁的哥哥抓了鱼，我们就自己生火烤鱼，不过不小心就被鱼刺卡了，当时年纪小，就一直哭。"

梁嘉泓捏了捏她耳垂，宠溺地说："看来我们小朋友是个爱哭鬼。"

叶絮小声哼哼，说自己才不是。知道他以后也不会离她很远，她的心情也比刚才好很多。

说到卢州，叶絮对他家里开始好奇起来，这是叶絮第一次问起他家里人，也是梁嘉泓第一次和她提起。

他说他还有两个姐姐，一个已经结婚生孩子，一个还在上大学。

梁嘉泓说的时候语气平和，字里行间也能感受到他和两位姐姐相处得不错。

叶絮对他那位在读大学的姐姐比较感兴趣，问道："你姐姐在什么大学读书啊？她长得漂亮吗？"

"在卢州大学，她也是学艺术的，"梁嘉泓勾着嘴角说，"至于漂不漂亮，你觉得我敢说她们不漂亮吗？"

"看来你在家里地位不高啊。"叶絮光是想想就觉得很好笑。

不过能考上卢州大学的话，想必他姐姐成绩很好。她开始有点羡慕，老天真是不公平啊，为什么有钱人又漂亮又聪明，也让她隐隐觉得自己应该努力一点儿、变好一点儿，因为只有这样才有资格站在他身边。

梁嘉泓挑着眉问道：“那以后在我们家里我地位可以高一点吗？”

叶絮问：“你想排第几啊？”

梁嘉泓思忖了一会儿后说道：“嗯……至少别垫底吧。”

叶絮看着他没回答，却笑得格外爽朗。

天色暗下来的时候起风了，叶絮像十二点就得走的灰姑娘，不得不回到学校里，那段几十米的路她多希望没有尽头。

像前几次一样，两个人低声告别，可心情却不一样，心里莫名很安稳，似尘埃落定一样。

那天晚上没有上自习，叶絮坐在书桌前手忙脚乱地写作业，赵金金、杨玉铃也都没写完，难得，她们宿舍也有如此刻苦的时刻。

幸好高一的作业不多，叶絮花了两个小时终于写完了。

时间尚早，她也不知道要做些什么。

翻开那本日记本，上次的记录停在国庆前。

她夹着笔托着下巴思索，脑海里浮现出在江边的情景。

她垂下双眸，一笔一笔认真地记着，记下关于他们今天看似不像承诺的承诺。

写完满满的一页，叶絮还画了两朵角花做装饰。

梁嘉泓说以后会在南城，所以叶絮那两年的目标一直都是南城的大学。

那时候他们都还不懂什么叫身不由己，他没有权力做决定，她也没有能力做决定，所有一切美好的想象到最后显得可笑又稚嫩。

叶絮合上日记本后上了个厕所，出来后气氛变了，本来在看韩剧哈哈大笑的徐佳玲忽然很沉默地坐在椅子上，她肩膀微微颤抖着，宿舍里也没人再说话。

走近点，叶絮听到了她的啜泣声。

陈雨蹲在徐佳玲边上，轻轻抚着她的背脊安慰她。

徐佳玲问陈雨：“他怎么可以这样？他怎么可以这样？”

大家都还不知道事情原委，但这话一出都能猜到几分。

叶絮走过去，摸了摸徐佳玲的头，柔声道：“怎么了？别哭，好不好？”

伤心的时候，安慰的人越多越难控制，委屈显得更委屈，徐佳玲的眼泪如落珠一般噼里啪啦掉下来，她一头扎进叶絮的怀里，抱着叶絮号啕大哭。

她们几个其实挺惊讶的，都以为徐佳玲没有在意的人，她平时看起来没心没肺的，从不打电话，从不提男生。

徐佳玲边哭边断断续续说了经过。

大致就是她之前十分在意一个男生，虽然没有告白，但她默认他们的关系很亲近，可那男生今天告诉她，他结交了新朋友了，跟她说了声对不起。

叶絮给徐佳玲擦眼泪，像哄小孩一样哄道："这只能说明这个男生不是真心在意你，你以后会遇到一个真正在乎你的人，他会陪你一起看韩剧，一起吃零食，时时刻刻陪着你。"

就像她一样，就像她遇到梁嘉泓一样。

那晚，她们宿舍里的人到凌晨才睡，每个人轮流做了一次爱情大师演讲，哄得徐佳玲不掉泪了之后，又说起过去各自的糗事，再说起大伙儿第一次见面时对彼此的印象，再后来，徐佳玲又哭了。

徐佳玲说："那些道理我都懂，可是我忍不住。"

那天叶絮实在太开心，所以她觉得自己根本不能真正理解徐佳玲的难过。

她整个晚上都在安慰徐佳玲，没怎么和梁嘉泓聊天，直到凌晨上床了，她才拿起手机给他发消息。梁嘉泓睡得晚，消息是秒回的。

叶絮简单地向他描述了这个夜晚：舍友哭了。

她思来想去，又给梁嘉泓发了一句：今晚也惦记你。

梁嘉泓：怎么突然说这个?

叶絮躲在被窝里，心里暖洋洋的。

叶絮：就是想告诉你。

梁嘉泓：我也会惦记你的，我的小朋友。

叶絮盯着那个称呼傻笑。

她后来想想，或许冥冥中上天已经在给她暗示，譬如这天徐佳玲的事情，她条理清晰地帮徐佳玲分析其中关系，用尽一切办法说明其中道理，到最后都是徐佳玲自己需要去面对的。

说来也是巧，那个星期叶絮刚琢磨要好好学习，班主任就突然说要调整座位。

他们现在的座位都是刚开学的时候自己选的，可能是接到了一些老师的反馈，整体看下来确实觉得不妥当，黄忠磊在自个儿的政治课上说要重新调整座位。

大伙都不说话，内心都不太愿意换。

黄忠磊也没有搞大动作，只把几个矮个子和高个子换了换，没动叶絮他们那边。

叶絮一开始有些提心吊胆，但又暗戳戳期待起来，想着会不会碰巧她就和梁嘉泓坐一起了。

正想着呢，黄忠磊双手撑在讲台上，对着梁嘉泓说：“你别动，你就坐那儿吧。”

梁嘉泓站在一侧给搬座位的同学让道，他看起来很无所谓。

他是全班唯一一个没有同桌的人，哦不，蒋飞雨也没有同桌，那姑娘三年都是一个人坐在第一排。

调完座位，黄忠磊很满意地点点头，开始上课。

叶絮却想着要不要主动换座位。

她坐在倒数第二排，后面就是李齐和胡一白，他们这一堆都不怎么勤奋，你抄我的作业，我抄你的。

算算日子，她也玩了一个多月了，每天像混日子一样。

以后梁嘉泓去发展自己的事业，她要是连个大学都没考上那多丢人，如果考个垃圾大学，那也丢人。

下课后，叶絮拉着邬天赐，小声说道：“我们要不要坐前面一点？坐在后面看不清黑板，也总是躲在后面玩手机，根本无法自觉。咱们换个位置好好学习吧？”

邬天赐瞪着漂亮的眼睛，不可思议地笑起来：“絮絮，你居然想好好学习了！这难道是爱情的力量？”

叶絮翻了个白眼：“换不换吗？”

“换啊，为什么不换，我也想认真学习了，这样期末考好点，还能出去玩，不然老是被关家里。”

两个姑娘跑到办公室跟黄忠磊说，作为老师自然高兴，就应允了。

课桌是连在一块的那种，两个姑娘费了点力才从后排挪到前面，那时候课桌里东西多，他们换位置都是搬课桌的。

李齐坐在那里神色难辨，看着她们问道："要换位置？"

叶絮说："是的。"

李齐有点阴阳怪气地说："要换也是我和胡一白换吧，我知道你们，不就是觉得我影响你们学习吗？"

叶絮愣住了，她怎么都没想到李齐会这么想，那是叶絮第一次觉得表面吊儿郎当的李齐真的生气了。

叶絮没和他争辩，默默地搬到了第一排。

坐在她们后面的是两个男生，其中一个叫陈景程。

叶絮整理完后给李齐发短信。

她告诉他，换位置不是因为他影响了她们学习，她只是想换个新的环境，然后好好学习，这和他无关，他是她的好朋友啊。

李齐这人其实心很软，收到叶絮的解释就释怀了，回复叶絮说：知道了，那你好好学习啊，有事找哥，哥还罩你。

叶絮看着短信笑了出来，回头去看李齐，那个高高胖胖的男生坐在那儿，也看着她笑。

其实李齐心里很不是滋味，他总觉得虽然他和叶絮的关系就到这儿了，可他们坐得近，平常还能聊聊天说说话，心里不会觉得那么落寞。位置一换，连说笑的机会都没了。

那会儿，叶絮还没察觉到李齐对她特别关注，所以和梁嘉泓说起李齐时都会夸李齐是一个很贴心很幽默的男生，相处起来很愉快。

李齐也会和别的女生打趣开玩笑，但嘘寒问暖的，只有叶絮了。

都说女生敏感，其实男生也是，李齐的心思梁嘉泓都知道，甚至身边的人，比如胡一白、刘靖、王昊祥，都看得出来李齐在乎叶絮，只是谁都不说，谁都装傻。

那时候，男生们的友谊就是这样。

梁嘉泓和李齐关系也不错，所以当叶絮夸李齐的时候，他几乎不会吃味，还会同叶絮说李齐确实是个不错的人。

晚上放学后两个人照常散步，两个人身心都很放松，惬意地走在秋风飒飒的街道上。

梁嘉泓说起换位置的事情：“你坐在那儿以后，我几乎都看不到你了。”

叶絮“哦”了声，转眼间反应过来，又笑又气：“你什么意思啊？你说我矮？”

“我可没有说啊。”

“你就是说我矮！”

“不了，我觉得你正好。”

“我还要长个的，也许明年就一米七了呢。”

“是吗，那你今年有一米六了吗？”

叶絮气他拆台，一米五八，四舍五入，姑且也能算一米六。

闹了一阵后，梁嘉泓问道：“真打算好好学习了？”

“嗯……”叶絮语气很肯定，其中缘由搁在了心里，没和梁嘉泓说。

梁嘉泓笑起来，说道：“挺好的，那我们小朋友好好学习，以后做我秘书。”

叶絮不由得脑补起未来的画面，她跟着梁嘉泓忙进忙出，她穿着黑色的短裙，他穿着笔挺的西装，他们一直同处于一个空间。

叶絮突然想到什么，打趣道：“那不成了电影里那样，什么风流老板俏秘书。”

梁嘉泓也笑了，良久后他低声道：“好好学英语，以后给我当翻译。我去哪儿你就去哪儿。”

叶絮渐渐敛了笑，明亮的双眸望着他，用柔软的声音回道：“好。”

叶絮的英语一般般，可就因为梁嘉泓的一句话，那晚下了晚自习后她就把自己关在宿舍的厕所背单词。

第二天早上起来也是先背五分钟单词再洗漱。

那时候，她的目标很简单——多学点，好将来有一天能站在他身边，成为一个能和他并肩的人。

第六章 他在她心里算什么

到了周五，中午的时候黄忠磊突然告知他们周六上午要在体育路那边拍社保卡的照片，务必每个人准时到，错过了后果自负。

叶絮听到时一愣，立刻算出了周五回家，周六上午来学校，下午又回家，周日中午又过来的行程。

她小脸皱起来，天知道这有多累，来回奔走。

问了宿舍里几个人，赵金金和陈雨说周五住学校，徐佳玲说住宋海妮家里，陈佳莉回外婆家住。

赵金金让叶絮也住宿舍，叶絮想了想还是摇了摇头。

叶絮脑子一热，突然冒出个想法，于是小心翼翼地、装作不经意似的问梁嘉泓：周六可以住你家吗？

她把消息发出去的时候脸都是红的，生怕他觉得她不矜持，或者显得不自爱。虽然她内心确实想和梁嘉泓有多一点的相处时间，想和他一起逛街散步，想一起看会儿电视，想看看他的狗，想看看他的房间。

梁嘉泓回复得很快，隔着屏幕叶絮也能想象得到他的语气，随性又温柔。

梁嘉泓：可以啊，不过我妈回来了，你得和我妈睡一张床。

叶絮心里一阵失落，她也不傻，知道他在委婉地拒绝她。

她低下头，脑门抵着课桌，恨不得钻进课桌里，她真的不过脑子，怎么问了这个问题，倒贴得不像话。

越解释越乱，叶絮直截了当地回道：那算了。

梁嘉泓没再说什么。

多年后，叶絮回想起他的这个回答时，拉着朋友醉醺醺地说这个人情商真的时高时低，不过做人真的没话说。

害臊了一阵，叶絮忽然像神经病一样笑了出来。

这个男生真的很不一样，搁别人怕是得想尽办法把女生带回家，也只有他想着办法委婉拒绝。

她喜欢的人，真的是个正直的人。

那个周五，天气依旧晴朗温和，叶絮没回宿舍换衣服，两个人穿着校服走在路上，偶尔会遇见几个同班的同学。

叶絮习惯性低头，数着地上的一块块小方砖，嘴角挂着微笑，不知怎的就聊到了陈景程。

叶絮装作吃味似的说："哎，我在陈景程那里听到了你的小秘密。"

梁嘉泓低眸看她，眼尾一挑："秘密？我能有什么秘密？"

叶絮哼哼两声："听说初中很多女孩给你写情书啊。"

"没有很多。"

"那也是有。"

梁嘉泓问道："那你没有吗？"

叶絮想起初中时收的一张小字条，抬着下巴说："勉强算有吧。"

梁嘉泓笑起来："我们小朋友市场有点萧条啊，我还以为……"

"以为什么？我……我的确是有人喜欢的，你别不信。"

梁嘉泓想到李齐，眸色沉了些，面上却仍不动声色地笑着，说道："是，我们小朋友那么好，会有很多人喜欢你的。"

叶絮笑盈盈地看着他，说道："那你也要对我好！"

"好，一定。"

微风拂面，倾斜的阳光将他们的身影拉长。

在车站分别后，叶絮没抢到座位，站在公交车后车门的位置。公交车从总车站出发，路过他们来时的那段路，叶絮看到梁嘉泓正往回走。

梁嘉泓一个人的时候总是没什么表情，抿着唇，直视前方，目光漠然。

叶絮给他发短信：我看见你啦。

梁嘉泓走在路上低头看短信，这时他的神色才有些许变化，像是风将这个人抚柔软了一般，眼里是有笑意的。

他再抬头，叶絮乘坐的那辆公交车已经拐弯走了。

他叮嘱她回去了以后晚上要早点睡，毕竟明天还得早起。

说起明天，叶絮心里霎时又冒出很多想法。

全班只有梁嘉泓一个人不需要拍，可她明天也想见他。

可是他们平时只在周日见面，周六也让他陪她会不会太霸道了，她已经侵占了他的傍晚和周日，晚上也总是在和他聊天，如果再拿走他的周六，他岂不是没有一点个人空间了？他会不会感到厌烦？

叶絮磨蹭了一会儿，试探性地问道：你明天要做什么啊？

梁嘉泓：和平常一样吧，可能要搬家。

叶絮轻叹一口气，想着果然不好见面。

梁嘉泓：怎么了？

叶絮：没什么啊。

梁嘉泓：那你明天拍完照要做什么？

叶絮不想把话说太死，于是回复道：可能逛逛吧。

梁嘉泓：要我陪吗？

叶絮看到短信时眼前顿时一亮，心里呼喊着当然要啊！

她回复道：你有空的话可以啊。

那头的梁嘉泓轻轻笑了，回复道：那你明天拍完照告诉我，我来找你。

叶絮：好啊。

周六很热，叶絮没把控好温度，穿了件白色的长袖卫衣，还套了件星星图案的外套，拍完照出来热得撸起了袖子。

那时候，女孩子总不喜欢往书包里塞太多东西，鼓鼓的，会很难看，那件星星外套她宁愿挂在手臂上也不愿意塞书包里。

叶絮在体育路路口的公交站等梁嘉泓，她给梁嘉泓发消息的时候，他难得没有秒回，隔了十来分钟才回。

他从恒水坊那边出来，坐公交车来的，到体育路就一站路。

公交车停下来，叶絮一眼就看到了他，他只穿了件 T 恤，睡眼惺忪的模样，像是很疲惫。

梁嘉泓揉了揉太阳穴，哑着嗓子说：“走吧，想去哪儿？”

叶絮知道他一定是匆匆忙忙出来的，因为睡得熟，在看见她短信后，怕让她等太久，穿上衣服洗个脸就赶着出来了，头发还有点乱呢。

叶絮仰头看他，抬手帮他捋了捋一撮翘起的头发。

梁嘉泓还有些迷茫：“嗯？怎么了？”

也很难得，能看到这样有几分孩子气的他。

叶絮笑了笑，说道：“没事啦，走吧。你是不是刚睡醒？其实不用那么急的，我等一会儿又没事。”

梁嘉泓左手握拳抵在嘴边咳了两声，说道：“昨晚睡得晚。早上还是我妈叫我才醒，然后看到你的短信。”

听他一直咳嗽，叶絮心一揪，关切地问：“你感冒了吧？声音有点哑啊。”

“可能吧，嗓子有些不舒服。”

叶絮急了，像个小老太婆一样唠叨道：“你前段时间还说我，现在却把自己弄感冒了，还只穿件 T 恤。下午回去了吃点药，知道了吗？”

梁嘉泓低头笑了，“嗯”了一声。

两个人漫无目的地走着，天气热，叶絮出了些汗，梁嘉泓帮她拿外套时才注意到她身上的衣服。

这是一件面料柔软蓬松的白色卫衣，穿上以后像只小绵羊。

他问道：“新买的吗？以前没见你穿过。”

“前几天出去吃午饭，和邬天赐在逛街时买的。”

“挺好看的，就是看起来有点热。”

叶絮一窘：“我以为今天会很凉快的，没想到这么热。”

梁嘉泓拍了拍她后脑勺：“你热得脸都红了，像苹果。”

“你别看。”叶絮低下头，用手背去捂脸，试图冷却一下。

梁嘉泓咳了几声，笑起来，问道：“要去哪儿？”

叶絮琢磨了一会儿后说道：“去服装市场吧，我还想再看看有没有上新衣服。”

“行，”他笑，“果然女孩子都差不多，喜欢买买买。”

“女孩子？还有谁啊？”

"我姐和我妈。"

叶絮不服气道："你不买衣服吗？我瞧着你衣服也挺多的啊。"

梁嘉泓说："我还好，其实也就那几件，都是我妈买的，她总说我不会买衣服，也不看价格。"

叶絮想起自己的砍价大法，颇为自豪道："你会来服装市场买衣服吗？"

"会。"

"那你还过价吗？"

"没有。"

这时，两个人已经走到市场门口，叶絮随手指着一件衣服说："那样的外套最多七十块钱，如果老板不同意，你掉头就走，她肯定会留你。"

梁嘉泓点点头，一副受教了的模样。

两人刚想跨进去，梁嘉泓的手机就响了，他看了眼来电显示，走到一侧接电话。

他说："好，知道了，我这就回来。"

叶絮听得很清楚，心里那股失落又浮了上来，他们才相处没一会儿啊。

梁嘉泓挂了电话，转过身来，略有歉意地说："我妈的电话，她说要搬家，要我现在回去。"

叶絮点头道："那你快点回去吧。"

"那你呢？"

"我逛一逛，买好衣服就回家。"

梁嘉泓"嗯"了声，抬手摸了摸她的头顶，说道："你到家时和我说一声，我先走了。"

"嗯，快回去吧。"

叶絮看着他的背影浅浅地叹了口气，有点无奈。她觉得他母亲似乎是个比较强势的人，因为梁嘉泓的口气是她从未听过的恭敬和顺从。也是，那样家庭的女主人应该很有主见。

反正明天也能见到他，这么一想，叶絮又开心地自个儿逛起服装店。

梁嘉泓赶到家的时候，母亲正在客厅收拾，几个纸箱敞开着，塞了一些书籍和装饰品。

梁母抬眼看他，语气有几分冷漠："说了今天要搬家，什么事儿那么着急要出去？"

梁嘉泓一边换鞋，一边淡声道："就有点事，客厅我来收拾吧。"

梁母低头继续整理，不惊不慌地问："有欣赏的女孩了？"

梁嘉泓"嗯"了声。

"你们班里的？"

"嗯。"

"家里做什么的？"

梁嘉泓坐在沙发上收拾茶几下的杂志，说道："普通人家。"

梁母依旧波澜不惊地问："女孩长什么样？有照片吗？"

梁嘉泓从叶絮的空间里翻到她的自拍照给母亲看，母亲只看了两眼便把手机还给他。

梁母又问："长得挺可爱的，性格好吗？"

"挺好的。"

梁母永远是那种冷静的表情，说道："随你吧。但再往下，你自己考虑考虑清楚，对你，对那个女孩都好。"

梁嘉泓手一顿："我知道。"

那个周日在叶絮印象里也颇为深刻，说起来真是几分浪漫几分心酸。

周日的中午，叶絮和往常一样从家里出发坐车去学校，和梁嘉泓约了在校门口见面。

她以为周日和他见不了面，总想着搬家不是一时半会儿的事情，他会很忙，可他好像已经习惯把周日下午的时间挪给她，不管发生什么，周日的午后他一定会出现在校门口等她。

天气和周六一般热，叶絮换了件白色的T恤，那是她挺喜欢的一件T恤，不幼稚不花哨，松垮的领口能很好地露出锁骨，轻薄的面料又十分凉爽，T恤前面的红色英文字母简洁大方，右下角还可以打蝴蝶结。她搭了条深蓝色的修身牛仔裤，很显腿长。

叶絮从学校里出来，刚靠近梁嘉泓就听见他不间断的咳嗽声，似乎比昨天严重了些。

叶絮凶巴巴地问："你是不是昨天没吃药啊？"

“嗯，忘了。”

一说话，叶絮便发现他的嗓音沙哑到不像话。

她更凶了：“你上次怎么说我的，怎么轮到你自己就不管了呢？”

梁嘉泓笑了笑：“真忘了。”

“喊，我看你今天也不会吃药。”

“没事的，过两天就好了，我抵抗力还可以。”

叶絮“哼”了声，不理他。

梁嘉泓随即说了个让叶絮大吃一惊的话题。

他挑着眉，轻描淡写地说：“昨晚你给我发消息被我妈看到了。”

叶絮被风呛了一口，咳了好几下，脑子里转了好几个圈才反应过来，吞吞吐吐地问道：“那……那、那、那……她说什么了？”

女生真是种奇怪的生物，她也很难解释现在的心情，既期待又不安，既欣喜又害怕。

梁嘉泓淡淡地说：“她没说什么，不过她看了你的照片，说你长得可爱。”

“嗯……”叶絮心里一放松，脚步都松快了许多，心情就跟这艳阳天一样。

那时候他到底年轻了点，梁嘉泓以为母亲的默认是许可，那句“再往下，你自己考虑考虑清楚”，也是他后来摊牌时才明白的。

她放任你，是因为她知道你可以曾经拥有，但最后要学会取舍。

回过头来细细品味的时候，他才明白那晚母亲不小心看到了他们聊天对话框时露出的神情是什么意思，那种浅淡的笑容，像是在羡慕他们这个年纪的天真无邪，又像是在笑他们的天真无邪。

两个人穿过服装市场，路过那个风口。那个转弯处总是风大得很，叶絮最怕走这一段路，她的刘海总是会被吹得一团乱，还好梁嘉泓从不会在这时候低头看她。

那时候，女孩子刘海乱了，或者梳理得不好，那便是天大的事，所有的自信心都建立在完美厚重的刘海上。那是一个还沉浸在 QQ 空间绚丽装扮的年代。

时间尚早，两人正在讨论要去哪儿。

就在这时，梁嘉泓接了个电话，他说着：“好，我问一下，可能来可能不来。”

叶絮以为他又有什么急事儿，心里忐忑着，谁知梁嘉泓问她：“朋友打我电话，说在琴行，让我过去玩一会儿，你要去吗？”

叶絮立马展现笑容，问道：“琴行在哪儿啊？”

“就前面，星辉中学那边。”

“那不是很近？我从来没去过琴行，想去看看。”

“走吧。”

这条路叶絮也是走过千百遍了，倒是从未注意到有琴行。

她很喜欢这条道路，两边是高耸的梧桐树，一年四季都有一种阴凉广阔的感觉，不像别的路，种的都是香樟树。

他们在路过一家卖玩具和饰品的私人小店时，叶絮指着店内说：“你知道吗，我的耳洞就是在这家店打的。”

她说话的时候眼神总是亮的，声音里透着小孩子般的兴奋，她总是想把自己的所有分享给他。

梁嘉泓的视线从她的脸上挪到她的耳朵上，她的耳洞之前他就注意到了，右边两个，左边一个。

梁嘉泓轻轻笑着：“什么时候打的？打的时候疼吗？”

“初二的时候打的。不怎么疼，只是会有点胀，耳洞会很红。最难熬的时候是打完以后的半年里，耳洞未长好，一不小心就会流脓流血，一定要注意。”

叶絮摸了摸自己的耳垂，这样一说，她才想起来，她已经有好些日子没戴耳钉了。

那是一家小型琴行，主要是卖吉他，店主是个长发女人，笑起来知性温婉。

刚走近就听到里面传来了吉他声，琴行的玻璃门敞开着，一个高个儿略胖的男生坐在高脚凳上在弹吉他。

梁嘉泓拉着叶絮走进去，老板娘瞧着他们笑了笑。叶絮不好意思地松开了他，梁嘉泓回头看了她一眼，笑得温柔，然后径直走到那个男生边上。

那个弹吉他的男生抬头，看了眼梁嘉泓身后的叶絮，爽朗地问：“怎么还背个书包啊？回来补课？”

叶絮不认识他们，她不是很擅长和陌生人说话，安安静静地站在那儿沉默着，像极了走亲戚时不知道说什么而沉默的小孩。

梁嘉泓接过老板娘给的吉他，替叶絮答道：“她没补课，只是习惯性背个包。”

男生“嗯”了声，笑着说：“你拨拨看。”

梁嘉泓拉过边上的高脚凳坐下，长腿支起，吉他搁在大腿上，修长的手指拨了几个音。

他拿的是一把蓝色的吉他，高脚凳也是蓝色的，他今天穿的格子衬衫也是蓝白色的。

叶絮站在那儿，目光里只有梁嘉泓。

她没告诉梁嘉泓，他弹吉他的样子真的很帅气。

梁嘉泓试着弹了一段，忽地抬头看了眼叶絮，嘴角微微勾着，叶絮朝他一笑。

男生问：“怎么样？是不是还可以？”

梁嘉泓握着吉他起身，还给了老板娘，咳了几声后说：“还行，不过我还是算了吧，暂时没空搞这个。”

男生忙说：“别啊，这多有意思，我们乐队真的很有意思的。”

“算了。”

两个人又闲聊了几句后，梁嘉泓见叶絮站得规规矩矩，眉梢上扬，对那男生说：“我先走了。”

“行吧，走吧。”

出了琴行，叶絮自在了许多。梁嘉泓揽上她的肩，说道：“我觉得吉他还是挺简单的，随便弹几个音都挺好听的。”

叶絮抬眼瞧他，心想：还以为他会呢，原来刚才是瞎弹啊。

梁嘉泓问道：“刚刚那个男生也是我们学校的，在十班，你知道学校里有个乐队吗？”

叶絮惊讶地问：“乐队？我们学校有乐队吗？”

“有啊，他们自己组建的。”

叶絮瞬间脑补出很多小说情节，好奇道：“那他们平常会有演出吗？”

"应该会有吧，不过他们才刚成型，路还有点远。"

"噢……"叶絮似懂非懂，她第一次接触这些，总觉得很天马行空，原来真的有人组建乐队追梦。

后来叶絮在学校的一个晚会上看过那个乐队的表演，一首《光辉岁月》让整个礼堂气氛达到高潮，所有学生都忍不住激动欢呼起来，那真的是少年梦想发光的样子，两个电吉他手边弹边唱，后面架子鼓手敲得激起心中千层浪，贝斯手流畅而潇洒。

就在那天叶絮真正认识了那个男生，他叫李鸣杰。

叶絮像邬天赐要了他的QQ号，加他的原因并非是因为多崇拜他，只是因为她不想放过任何和梁嘉泓有关的人和事，她希望能通过李鸣杰知晓一些梁嘉泓的消息。

这天的几分浪漫来源于梁嘉泓在琴行里拨的那几个音，叶絮后来怎么都忘不了那画面。

这天的天气确实好到过分，阳光明媚，宛如万物复苏的春天，梧桐树下行人来来往往，这城市的节奏不快，一切看起来宁静而安逸。一个穿着蓝白格子衬衫的少年正微微弓着腰坐在高脚凳上弹吉他，他浅笑的模样令人印象深刻。

叶絮一直觉得梁嘉泓是个温柔的人，这种温柔不是流露在表象的那种，她知道他骨子里是个傲气的人，面对其他人姿态都会高上几分，举手投足间都是笃定和游刃有余。

可他看她的时候，目光总是柔软的，疲惫的时候就这么温和地看着她，精神好的时候双眸会亮一些，会同她说些玩笑话，逗逗她。

叶絮脑海里还回荡着刚才梁嘉泓弹吉他的画面，总觉得美好得不真切。

她也是这会儿才理解为何电视剧里的女生会为那些玩音乐的人痴迷尖叫，这东西真的太容易让人着迷。

叶絮低头看着地上的小方块砖，偶尔有几片梧桐叶落下。

她随意地问："那你会其他乐器吗？"

"学过一阵钢琴。"

“钢琴？哎，我会弹电子琴！”叶絮忽然想起自己的这项才艺技能。

梁嘉泓微微笑着，抬手给她掸去落在头上的梧桐叶片，说道：“电子琴？这么厉害吗？”

“小学的时候我爸买的，我爸还有本曲谱，我自己就坐那儿瞎弹，练了几首歌，什么《龙的传人》《微笑》，不过我只会用一个手指头弹。”

“一个手指头弹啊？”他打趣她。

“哎呀，不是因为没人教吗，自己瞎琢磨。对了，你们小学初中的时候音乐课有学乐器吗？”

“有吧……我记得好像学了竖笛。”

“我们学的是口琴，”叶絮忍不住想得到他的夸奖，轻轻推他胳膊，“我口琴吹得可好了，那时候期末考试一直都是95分以上的。”

梁嘉泓眼里真的有欣赏，赞许道：“你会的挺多，很棒。”

叶絮觉得如果自己有尾巴，这会儿估计摇得都飞起来了。

两个人沿着路直走，又走到这个十字路路口，这里四个方向，每个都留有他们的身影。

他们的左手边是电影院和肯德基。

周末人多，肯德基门口年轻的男女来来往往，底下是一家沙县小吃。

两个人刚拐过来就看见了站在肯德基门口的一男一女，是陈佳莉和陈宇飞。

陈佳莉和陈宇飞也眼尖，一下子就瞅见了他们，陈宇飞伸手打了个招呼，拉着陈佳莉下来。

陈宇飞是练体育的，个子比梁嘉泓还要高，穿着休闲的运动装，笑眯眯地问：“你们怎么老被我们撞到啊？”

这人老喜欢这么逗人。

梁嘉泓一笑：“你们现在要去哪儿？”

陈宇飞说：“还能去哪儿？我们家的三好学生要去书店买书。”

叶絮看见陈佳莉手上握着两个冰激凌，天气热，都快融化了。陈佳莉舔了一个，又赶紧把另一个往陈宇飞嘴里塞。陈佳莉的手腕上系着根绳子，那绳子上方牵着的是一只米老鼠气球。

气球啊……

叶絮双眸一扫，那卖气球的阿姨就在他们边上，手里拽着十几个颜色斑斓的气球。

这玩意儿，叶絮小时候喜欢得紧，每次去外婆家都会求着母亲买，后来长大了当然就不喜欢了。

她也没想到，此刻她竟然挺想要一个的。

陈宇飞和陈佳莉要去书店，三言两语打完招呼。

陈佳莉笑得甜，声音也甜："絮絮，走了啊。"

"嗯，好……"叶絮神思有些恍惚，刚刚满心都扑在气球上。

她是真羡慕陈佳莉，她记得上回陈宇飞还送了陈佳莉一个超大的小熊玩偶。

叶絮骨子里向往浪漫，却又不肯主动开口，是真的死要面子活受罪。

她望了那气球几眼，把所有的心思都吞进了肚子。

梁嘉泓是个既不浪漫又不太擅长付出行动的人，男生有时候并不那么细致，他没察觉到叶絮脑海里的想法。

他问道："要去'有意思'吗？外面有点热。"

"行啊……"

叶絮磨磨蹭蹭，又回头瞧了几眼那卖气球的。

这次回头倒是被梁嘉泓瞥见了，可能是他这次情商比较在线，问道："要气球吗？"

叶絮心里一喜，可嘴上却说："不要。"

见梁嘉泓"嗯"了声，准备继续往前走，叶絮急了，拉住他，哭笑不得地说："我……还是买一个吧！我想买一个玩。"

梁嘉泓神色没太大变化，总是那样笑着，两个人折回去买气球。

叶絮像回到了小时候，面对那一大簇气球不知道怎么挑选。

她扯了扯梁嘉泓的衣角，问道："买哪个啊？"

"你喜欢哪个？"

唉，真是问了也白问。

叶絮围着气球走了一圈，仰着脖子看。忽然，她欣喜地指向最中间的那一个说："就那个海绵宝宝吧。"

那个海绵宝宝的气球不知是卖得太好还是原本就进得少，那一簇里只有这一个了。

老板从中抽出气球，叶絮接过，把绳子缠绕在食指上，眼睛弯得像月牙儿。梁嘉泓总是能在她脸上看到属于孩子的喜悦，他从皮夹子里找出一张五元纸币给老板。

叶絮把绳子拉下来，捧住这海绵宝宝的气球捏了一通。

梁嘉泓其实对这些东西不怎么喜欢，可偏偏两个人在一起好像做什么都很有意思，他也顺手捏了几把。

叶絮抱住海绵宝宝往右边一转，一副护犊子的模样："不给你碰，这是我的。"

"你的就是我的。"

"不行，就是我的。"

梁嘉泓拍拍她肩膀，说道："行，你的。"

叶絮笑得甜，得到一个气球，仿佛得到了全世界一般。

她没有告诉过任何人，这一个五块钱气球的分量，说它是他们之间的羁绊吧，未免太搞笑，说它是他送的第一份比较正式的礼物吧，未免太心酸，可它偏偏就是第一份正式的礼物。

叶絮捧着气球欢喜了好一阵，突然，她一怔，随即控制不住地大笑起来，人潮涌动的街头，她第一次不在意别人的眼光而不顾形象地大笑。

她笑得快喘不上气。

见她笑得开心，梁嘉泓不自觉地也跟着笑，虽然比较茫然。

叶絮拉着他的手，断断续续道："不……不行了……这里，它的绳子怎么会牵这里？为什么感觉这多出来的像它的……它的……"

那海绵宝宝气球的裆部多出来长长的一小截，而绳子就系在那一小截上面。

梁嘉泓闻言一瞧，果真如此，他也没忍住，跟着叶絮一起在街头大笑。

叶絮笑得都破音了，喘着气说："为什么要这样对海绵宝宝？"

梁嘉泓手握拳抵在嘴边，笑声中夹杂着咳嗽。

两个人笑了一路，直到在店里坐下仍忍不住笑，那是叶絮印象里梁嘉泓笑得最开怀放肆的一次。

两人在"有意思"里坐的老位置，那个最靠里、最隐蔽的位置，点的和上次一样，两杯冰柠檬水和一盘薯条。此刻不是饭点，店里人不多，没开空调，温度却正好。

点餐时，那年轻的服务员小姐姐都忍不住多瞧几眼气球。

回忆那段时光，叶絮觉得身边人的目光都是温柔的，那麻辣烫店的老伯、那文具店的老板，还有这餐厅的服务员小姐姐。

叶絮把绳子系在桌腿上，海绵宝宝咧着嘴笑，一摇一摆地飘在上空。

叶絮和梁嘉泓对视一眼，咳了两声来正音色，想努力揭过海绵宝宝这个话题，可忍不住扑哧一声又笑了出来。

梁嘉泓靠着椅背，左手捏着点餐的票根折叠，偏过点头，也在尽力控制笑声。

叶絮深深吸了口气，拍了拍他大腿："不许再笑了，我脸都笑疼了。"

梁嘉泓说："你不笑我就能控制住。"

叶絮揉了几下脸颊，又吐出几口气："好了。"

梁嘉泓转过来，身子往侧边一靠，慵懒地看着她，眸子里笑意横生，轻叹一口气。

点的东西简单，三两句话的工夫，服务员就把餐点端了过来。

叶絮笑得发热，捧着冰柠檬水吸了好几口。

梁嘉泓伸手把她拦下，说道："慢点喝，这么凉，你胃不好。"

叶絮差点儿就被呛到，心虚地瞥他一眼，"嗯"了声。

梁嘉泓和她在一起几乎没吃过正餐，总是点些小食，边聊边吃一点。

他们点得最多的就是薯条，到后来有一阵，叶絮看见薯条就伤感，吃到嘴里怎么都不对味。

梁嘉泓拿了根薯条蘸番茄酱。

叶絮一直觉得他拿薯条都是门艺术，那好看修长的手指，拾取什么都是艺术，她只是觉得很具观赏性，很让她喜欢，那时候她还不知道有个词语叫手控。后来了解了，她就时常回忆起梁嘉泓的手，微干微凉，骨节分明，握着她手的时候会被她传染得温热。

叶絮也拿薯条吃，挑了根比较长的，得意道："我的比你的长。"

男生很容易被激发出不服输的性格，梁嘉泓眉峰微挑，从中又拿了一根，说道："这根比你的长。"

叶絮也不服输，再挑一根。

这种幼稚的游戏他们后来时常玩。

出去时，叶絮一手拉着海绵宝宝的气球，低着头走路，像个小朋友。

梁嘉泓止不住咳嗽，调笑道："你感冒刚好不久，今天要是被我传染了怎么办？"

叶絮说："那还能怎么办，要传染现在肯定已经传染了。倒是你，现在还是感冒初期，过几天会流鼻涕、喉咙痛，趁着还不是很严重，赶紧吃点药，吃完了药赶紧睡觉。"

梁嘉泓咳了几声，温和道："知道了。"

走到校门口，梁嘉泓摸了摸她的头，说道："进去找班长她们吃晚饭吧，多吃点，别到了晚上胃疼。"

叶絮"嗯"了声："那等会儿手机上聊。"

"嗯。"

叶絮转身往学校走，梁嘉泓咳嗽着往嘉南苑里走。

走了几步，叶絮停了下来，回头望他，朦胧的灰色光线下，他的背影既挺拔又清瘦。

微风拂过，飘在空中的气球摇啊摇。

叶絮抬头瞧了眼海绵宝宝的气球，不由得笑起来。

她拉着气球，没进学校，而是快步走向路边的三轮车那儿，踩三轮车的师傅一见有生意，热情地招呼，问小姑娘要去哪儿？

叶絮坐稳后说："伯伯，麻烦去这儿最近的药店，就'天角'旁边那家。"

"好咧！"

天色已经暗下来，她其实有些赶时间，一来一回估计等会儿得直接上晚自习，可又怎么样，她想为他做一些事情。

在药店里，叶絮和医师说了梁嘉泓的状况，两盒药花了二十四块五。

她握着这两盒药，一路都笑得很甜，虽然骗了梁嘉泓说刚刚吃完饭。

那晚，叶絮上完晚自习回了宿舍，第一件事就是找出开学买的塑料水杯，她只用过一次，她把它冲洗得干干净净，第二天一早起来又去打热水。

她去教室的时候，里面人不多，她把一杯热水和药片放在梁嘉泓的课桌上，然后欢喜地回到自己的座位开始背书。

梁嘉泓来的时候一眼就看到了水杯和药，也没有询问旁人，只给叶絮发了消息，问是不是她放的？

叶絮换位置后成了小组长，需要收作业，她借着收作业的由头走到最后排，对他轻声说：“药都买了，你可不能再忘了，水是我早上倒的，趁着还热，快吃。”

梁嘉泓靠在椅背上，动作有些懒洋洋的，边笑边拆药片。

王昊祥扶着额头说：“右边陈宇飞，左边是你，我真像个孤儿！”

叶絮低头一笑，跑去继续收作业。

十月底的时候他们突然有了一次吵架，吵架的理由很敏感，但其中包含着许多叶絮从未提起的小心思。

对他们来说，在意一个人该怎么暗示呢？大概是每天去你留言板上留言，每天发的说说后面跟着你名字的缩写，用和你相似的头像和名称，为你写一篇充满爱意的日志。

叶絮也是这样一个俗人，但并不过分，可梁嘉泓不会做这些，虽然他每晚会留几句话，很简单的问候。

叶絮在现实中很含蓄，在网络上却很喜欢表达，她会在他的留言板上留“晚安”“好好照顾自己”，她期盼得到他的回答。当然，梁嘉泓也是这么回应她的。后来，这些便是家常便饭了。

叶絮认识他以后矜持了很多，看他不怎么发说说，她也学着他不发，总觉得那样能显得她与众不同，不像列表里的好友大小事都要发出来，仔细想想，其实是她在学着做一个稳重的人。

可她到底经历得少，骨子里没那么成熟，沉不住气和毛躁是真的。

她没见梁嘉泓发过一条和她有关的说说，而她发了许多，虽然表达得比较内敛。

认识到现在，梁嘉泓总共就发过两条说说，一条说有点困，一条说听《安全感的爱》总会想起顾小柔。

那天叶絮还去听了这首《安全感的爱》，又想了很久，顾小柔到底是谁？是他的朋友吗？

她坐在上晚自习的教室里独自生闷气。

偏偏这气还无法诉说，不然显得她无理取闹。

到最后，叶絮一脑袋磕在桌上，长叹一口气，她总不能真拿这个去质问他。他对她那么好，不能光凭一句说说就否定了他。

争执爆发的那天是个阴天，大伙已经穿上了学校发的秋装外套。放学铃响起的时候，天空早已灰蒙蒙一片，秋风从地面卷起，一阵又一阵，人人都缩起脖子快步行走。

叶絮其实没什么想买的东西，但又想和梁嘉泓出去走一走，于是和梁嘉泓说要去超市买抽纸。

她带的钱不多，在口袋里摸一摸，只有七块多，她想着应该能买一包便宜的。

两个人如往常一般说说笑笑，还说起今天班主任在上课时的趣事，笑得合不拢嘴。

正聊得开心，梁嘉泓裤袋里的手机响了，起初叶絮没注意他在说什么，直到听到梁嘉泓对电话那头的人说了一句："我不确定她知不知道。"

他说那话的语气明显有了几分冷淡，可电话里的人好像有点不依不饶。

这时，梁嘉泓看了叶絮一眼，叶絮在弯腰挑选纸巾，但耳朵竖着，她转过身看向他，问道："怎么了吗？"

梁嘉泓说："你知道于恒的电话吗？"

他的语气很平常，像是怕让她觉得不适。

叶絮整个人一僵，像被钉子钉住，她看了梁嘉泓许久，明亮的双眸一点点地暗了下来，脸上的笑意全无，随即轻声说道："不知道。"

叶絮转过身，看着眼前一排排五颜六色的抽纸，顿时没了心情。

梁嘉泓对电话那头的人说："她不知道。"

他"嗯"了两声便挂了电话，刚按下挂断键，叶絮就低着头从他身边越过，径直往外走。

梁嘉泓跟了上去，不解地问："不买纸了吗？"

叶絮摇摇头说："不买了。"

两个人一时都没了话，静静地走着。

凉风穿过，叶絮背脊一凉，竟然觉得汗涔涔的。

梁嘉泓的朋友都知道她和于恒的事情吗？竟然打电话来问她于恒的电话？他们是打听过她了吧？是不是她所有的事情梁嘉泓都知道？

叶絮知道，以他的性格，压根就不会主动和他朋友介绍她，多半是别人好奇，问了个名字，然后他们就从名字顺藤摸瓜查了个底朝天。

可这些都是次要的，叶絮就想知道梁嘉泓是不是都知道？那他是怎么想她的？他会讨厌她了吗？

她莫名觉得害怕起来。

梁嘉泓知道她此刻心情不好，想着要怎么哄她，但哄人这事儿真的有难度，他一时不好拿捏。

打破寂静的人是叶絮，她原本就没想和他发脾气，轻轻问道：“你朋友让你问的吗？”

“嗯，他找于恒有点事情。”

他脸上没太多情绪变化，叶絮瞧不出什么，可越是瞧不出什么她越害怕。

他会离开这个学校，他的情感从来都不是炽烈的，他总是一副很冷静的模样，这些都让叶絮感到害怕，她怕这个人连做决定都是突然而决绝的。

明明于恒是她曾经欣赏的人，他却不闻不问，装作什么都不知道一样。

叶絮脸一沉，是真生气了，但她连生气都不舍得太任性，只低声说：“我不想再听见于恒的名字了。”

说完，她快步走了。梁嘉泓没有追，就这么看着她越走越远。

女生细腻敏感的心思梁嘉泓不懂，他怎么会理解叶絮的真正想法。

叶絮没有停顿、没有回头，莫名委屈，莫名生气，因为身后的人还没一点动静。

她多希望他追上来，拉住她的手，哄着她说，别生气，我不会离开你。

叶絮回了宿舍，把自己反锁在厕所里。她脸色不好看，赵金金从她一进门就察觉到了。赵金金敲门询问，叶絮只说没事。

叶絮蹲在角落里，打开 QQ 后又打开短信，又刷了遍空间，始终等不到梁嘉泓半点消息。

短短十来分钟，她的害怕和生气只剩下了害怕，她开始后悔自己耍脾气，不该就那样甩手走掉。

她还没见过梁嘉泓生气，越是不常生气的人，一生气越是严重。

又等了十来分钟，手机还没动静，叶絮哇的一声就哭了出来。

她觉得他肯定是不想理她了，因为她太任性、太无理取闹。

就在这个时候，“叮”的一声，一条短信来了，她抹干眼泪，迅速点开，是梁嘉泓的短信。

她以为梁嘉泓会就刚才的事情说些什么，询问她是不是不开心了，或者哄哄她，可谁会想到，梁嘉泓的短信内容是让她问赵金金要班主任的电话。

叶絮愣了几秒，豆大的泪珠噼里啪啦打在手机屏幕上。

她生气了啊，他都不来哄她吗？要电话又是什么东西？

叶絮：要班主任电话干什么？

梁嘉泓：有点事儿，你帮我问班长要一下。

叶絮心冷了几分，这个人从来不会详细地和她说他在做什么。

她打开厕所门，吸了吸鼻子，问赵金金：“你有班主任电话吗？”

赵金金点头。

叶絮别过头，不让她看见自己眼红的样子，递过手机说：“梁嘉泓要，你发给他吧。”

“好，”赵金金发完后把手机还给叶絮，关心地问，“絮絮，你没事儿吧？”

叶絮垂着脑袋坐下，嗓子有些哑：“没什么……”

叶絮不愿意说，赵金金也就不追着问了。

叶絮捧着手机又在那边等，半个小时过去，要去上晚自习了，还没等到他的消息，再一刷空间，看到他发了条说说：事情多，还有些复杂。

叶絮胸腔里的那团火就跟火山爆发似的往上冒。

他有空发说说就没空给她发个消息吗？发的这句话又是什么意思？

叶絮打开短信发件箱，抖着手发了条消息过去：你是不是觉得我无理取闹？

梁嘉泓消息回得很快，简单明了：没有。

叶絮：可你的说说不就是这个意思吗?

梁嘉泓：不是在说你。

叶絮心里一空，像有什么堵在喉咙口，颤抖的手也僵在那儿。

她没再回复他的短信，合上手机后，鼻尖一酸，两行眼泪就这么流了下来。

她从来没有觉得自己有那么自作多情过。

她也终于明白，这个人是不会为她发一条状态的，他不会的。

后来两个人都没有再说一句话，只是在十点多的时候，叶絮收到了他的晚安消息，和平常一样，可她躺在床上盯着那两个字只觉得生硬。

她回了个晚安后，又没动静了。

她一夜难眠，第二天精神状态不佳，而快要打铃上第一节课时，梁嘉泓还没出现在教室里。

那晚，梁嘉泓手头上是真有要紧事，叶絮说想去趟超市，他算着时间够，于是和往常一样陪她去买东西。

那通电话他是始料未及的，给他打电话的人是一个不怎么熟悉的朋友。他们这个圈子人际关系复杂，谁和谁都能说笑几句，都想手里攥着一些人脉，知心朋友算不上，但有什么忙能帮的都会帮，更何况只是要一个电话。

他身边的朋友都知道叶絮。

出去玩的时候也有人调侃他：“你终于有欣赏的女生了啊？漂亮吗？”

在他们眼里，这只是一场游戏，他们都觉得梁嘉泓不过是玩玩。

就连王邵俊和杨旗一开始也是这么想的。

男生一般不会把自己的内心太外露，别人说什么听听就行。

梁嘉泓不放在心上，也懒得去说明，这是他自己的事儿，认真不认真只有他知道，这种事说得太明白没意思。

王邵俊和杨旗是他最铁的朋友，即使这样，梁嘉泓也没讲过一句他是认真的。只是后来他们和梁嘉泓偶尔提起叶絮，说的次数多了，越来越能感觉到他的真实想法。虽然他们都不怎么看好，但兄弟喜欢了，就都随意吧。

梁嘉泓从未问过叶絮以前的事情，他不想知道，不管以前怎么样，都过去了，知道得越多只会让自己越不畅快。

但他不知道叶絮是怎么想的。

可如果真的过去了，只是问个电话，能有什么。

于是他就这么问叶絮了，叶絮听到于恒的名字整个人就不对劲了，他把她的神色变化都收在眼底，心里讲不出是什么滋味，直到叶絮连招呼都不和他打就往超市出口走。

他想着就这么过去吧，这个话题就这么过去吧，心里琢磨了点别的话题，却又说不出口。

当叶絮主动开口问的时候，他反倒微微松了一口气，觉得她心里是不快的，但能这么问，说明她并不是很在意于恒，于是他也颇为自然轻松地回答说朋友找于恒有点事。

谁知道下一秒，叶絮冷着语气说："我不想再听到于恒的名字了。"

她头也不回地往前走，不给他一点解释的余地。

梁嘉泓当时愣了愣，脚步没有停下，那双黑漆漆的眸子就那么盯着叶絮的背影看。

一个名字而已，她却像被戳到痛处一样。

那是梁嘉泓第一次见叶絮这样生气，他甚至觉得她可能伤心更多一点。

他敛了神情，抿着唇，独自一人走回了嘉南苑。

他回到家冲澡换衣服，六点半有个饭局，要和京州那边的木材商谈一笔生意。这是他第一次正式地去谈生意，如若做不好，怕是要成为整个圈子的笑话。

冲澡的时候想到叶絮刚刚离去的表情，他心中也觉得不痛快，他真的很想问问她，他在她心里算什么。

难不成他是她用来遗忘旧友的？那张天真烂漫的笑脸，对他有几分真心？

可梁嘉泓到底什么都没说，把事儿都闷在心里，就连母亲和他说话，他也一言不发，脸色很难看。

换完衣服的时候，他突然接到一条短信通知，这才想起明天上午有一场跆拳道比赛。

他翻了翻通讯录，想直接给赵金金发短信，却退出了发件页面，打开了收件箱。里头叶絮给他发的短信已经有几百条，上一条是在和他撒娇说她好想他。

她真的想他吗？她真的在意他吗？

梁嘉泓站在床边，点了这条短信的回复，然后他发了一条让叶絮问赵金金要个班主任电话的信息。

这其实不过是他的一个试探，他想看看她会不会说些什么。

梁嘉泓沉沉地吸了口气，发完短信，他忽然发现自己居然在害怕，他不敢主动挑起刚刚的话题，他怕把那句“我在你心里是什么位置”问出口后，得到的答案让他一时无法承受，所以憋着什么都不说，想等叶絮先说。

可叶絮只问了他要班主任电话干什么，其余的再没有了。

她的只言片语映在冰冷的屏幕上看起来生硬而果决。

他脑海里不由得浮现出她在宿舍的样子，冷着脸，双眼泛红，可为谁眼红？

梁嘉泓收了手机，收拾好情绪打算出门，可消息一条接一条，他一只脚刚跨出家门就接到电话说要合作的木材商出了车祸，正送往南城市里的医院急救，让他赶去一趟。

他皱起眉，胸腔里像有七八根钢丝戳着，连呼吸都不顺畅。

今天怎么什么都不顺？

梁嘉泓让人开车送他去南城市里。

出发前，他在楼下停顿了几分钟，特意翻了翻手机，没有一条消息是来自叶絮的，心烦意乱，无处发泄，于是久违地发了条说说。

车子刚开出中津桥路就收到了叶絮的短信，他以为她是心平气和地来聊刚才的事情，也许是解释一下，也许是认个错，再也许，是来说再见。

如果是第三种的话，他不会同意。

叶絮问他是不是觉得她很无理取闹？

他快速回复说没有。

他是真没觉得她无理取闹。

叶絮又问他的说说，他告诉她不是在说她。

这也是真的，他真的不是在说她。

叶絮又没动静了。

车快开出一段距离的时候，梁嘉泓还是没有等到她的短信。

他想着这样也好，不提于恒也好，他也不想同叶絮争吵，感情再要好，吵了一次有裂痕，没必要质问来质问去，都冷静冷静吧。

他不相信叶絮心里没有他，她看他的眼神明明是那么热烈。也许她还没完全忘了于恒，但他总归已经在她心里有了一席之地。

赶到医院，和木材商那边的人交涉完，再等手术结束，已经是晚上十点多了。

梁嘉泓累得很，让人直接在附近订了酒店，回到酒店后忍不住把手机翻了个遍，QQ 上没有叶絮的消息，短信没有，电话没有，叶絮的空间也安安静静。

她平常是个喜怒哀乐都掩藏不住的人，两三天就要发一个说说。

这样的叶絮，他真的是第一次见。

梁嘉泓坐在沙发上，立在一侧的欧式台灯光影中，他欲言又止，最后只给叶絮发了个“晚安”。

没过多久，叶絮也回复“晚安”。

他盯着“晚安”二字心里忽然一阵轻松，她没有解释，也没说任何多余的话，她这样回应他，大概是明白两个人都无须为此争执。

几个小时过去，他确实冷静了不少，她心里有他就够了，这事儿就这么过去吧。

第二天凌晨五点，他离开酒店，然后回了趟家，给班主任打了个电话请假，随后就去了跆拳道社。

清晨的第一节课，叶絮心不在焉，她呆呆地看着课本，一动不动。

梁嘉泓没有来上课。

他昨天说找班主任有点事，什么事儿？是他要走了吗，还是接下来他会时常像这样不出现？

他到底为什么没来？

叶絮几近抓狂，难道是因为他在气她的任性和耍脾气？

叶絮越想越难过，心里酸酸的，又万分焦灼。

她实在想象不了失去他会怎样，他不哄她又怎样，他不为她发说说又怎样。是她错了，是她莫名其妙发脾气，甩下他走掉，还没过脑子就说出那句话。那句话任何一个男生听了都会想歪吧，想着她还念着别人，她知道梁嘉泓肯定会那样想，这事儿是她理亏。

叶絮又想起他昨晚的晚安，他愿意说晚安，那应该是没想和她分开吧？只是他生气了。

她是个想到什么就恨不得马上去做的人，叶絮从课桌里摸出手机，偷偷摸摸编辑了好长一条短信。

她告诉梁嘉泓是她不好，不应该和他发脾气，不应该就那样走掉，她也不是因为于恒才生气，她让梁嘉泓不要不理她。

她忐忑地等了一节课，没等到梁嘉泓的回复，都快哭了。

下课铃一响，她握着手机，犹豫了几秒，直接蹲在课桌底下，拨了他的电话。

铃声响了三秒，梁嘉泓接了，他的嗓音很哑很疲惫，但叶絮还是听出了温柔。

梁嘉泓没想到她会给自己打电话，压低声音问："怎么了？"

叶絮抬眼巡视了一圈，见周围没有人，这才放心地说话。

她带着哭腔问道："你怎么没来学校？"

"我今天上午有比赛。"

"比赛？"叶絮脑子一蒙，瞬间明白了他为什么要班主任的电话。

心中的石头一落地，她就再也忍不住了，鼻涕眼泪流了一脸，她吸着鼻子说："我以为……我以为你不要我了……"

那头的梁嘉泓正在跆拳道馆里换比赛的衣服，听见叶絮哭，心一下子就乱了，低声哄道："我只是来比个赛，下午就会去学校。不要乱想了，嗯？"

叶絮抹了抹眼泪，像个小孩一样，可怜巴巴地问："那……那你没骗我？"

"我怎么会骗你，乖，别哭了。"

"真的吗？"

"真的。"

得到他肯定的答案，叶絮安心许多，大松一口气。

她说："那你去比赛吧，我要准备上课了。"

"嗯。"

挂了电话，叶絮从课桌底下爬出来。

陈景程问道："你和嘉泓打电话？"

叶絮低着头，"嗯"了声。

"他怎么今天没来啊？"

叶絮用正常的语气说："他说上午有个比赛，下午会来。"

"这样啊……"陈景程瞧了她几眼，没有再问什么。

叶絮转过身，手机振动了下，是梁嘉泓的短信。

梁嘉泓：才看到短信。

叶絮：嗯，我昨天真的不是故意的，也不是因为他才发火，我只是真的不想再听到于恒的名字。如果你想知道，我可以都告诉你，真的，都可以告诉你。

她希望能把这个结解开，她希望两个人之间没有猜忌和怀疑。

梁嘉泓：不用，我不想知道那些。

叶絮明白他的想法，听了只会不舒服而已。

叶絮：我其实只是害怕……我就想让你来哄哄我，可你都没有。

害怕什么，她没说，可梁嘉泓心里有了数。

梁嘉泓在更衣室里把那两条短信反复地看了看，心里释怀了不少。她放不下他才会这么低声下气地道歉，还傻乎乎地以为他不要她了。

想到她的哭腔，他忍不住笑了下，真像个小朋友，那么爱哭。

梁嘉泓：嗯，我知道了，我等会儿就比赛了，你不用胡思乱想，乖一点。

他不问她过去的事情，他不与她争辩，好像昨天两个人只是发生了个小口角，他像个没事人一样。叶絮能感受到，他想就这么过去了，他不想再为此耗费心力。

他这个人不会轻易做决定，不会轻易说一些话。他觉得这是小事，没必要为了小事伤感情。这种性格的人，一旦做了决定，就铁定不会回头。

她忽然觉得梁嘉泓比她成熟许多，自己则像个不懂事的孩子，通过撒泼胡闹来索取大人的关心。她也要学着成熟点儿、懂事点儿。

叶絮：你参加什么比赛啊？

梁嘉泓：跆拳道。不知道能不能拿第一名，你给我加加油？

叶絮：你当然是最棒的啊！肯定能得第一名！

梁嘉泓：嗯，那你好好上课，我准备上场了，争取给我的小朋友拿个奖杯回来。

叶絮：好呀，你比完赛了告诉我。

梁嘉泓：好。

叶絮合上手机塞进课桌里，心里百转千回。她也忽然发现，这个人比谁都会装傻充愣，这个词好像也不是那么贴切，只能说他活得太明白了。

叶絮靠在椅子里，有些惊讶他竟然会跆拳道，还能去参加比赛。

这听起来让人觉得很不真实。

第七章 那是最好的电影结局

又一节课结束的时候，叶絮收到了梁嘉泓的短信，他说比完赛了，拿了个第二，失误了。

叶絮对跆拳道比赛没什么概念，第一名固然好，但第二也够了，她又是安慰又是鼓励。

后来他们一直发短信聊天，好像他们刚认识的那几天一样，叶絮舍不得放下手机，只想和他一直聊一直聊。

他们之间言语亲昵，但叶絮隐隐觉得，他们都在努力避开昨晚的事情，都在试图让两个人回到之前的状态，偏偏言语越客气，心中越是觉得疏离，中间仿佛隔了一道透明的纱帐，看得见对面的人，却看不清对面的人。

她心中老是觉得不安，像被一口糯米团子堵着似的，不上不下，硌硬得让人心烦。

午休时，叶絮在外头吃完饭回到教室，发现梁嘉泓已经回来了，他坐在后排和李齐聊天。

他一上午都不在，叶絮总觉得心头空落落的，现在他回到教室，两个人虽然也没有说话，可叶絮的心却安稳了不少。他看起来和平常没什么两样，刚刚看她的眼神也是温柔的。

梁嘉泓对她一如既往地好，好似这事真的过去了。两个人散步时依旧说说笑笑，甚至那天他还在街上搂了她一下，那个场景，叶絮记了很多年。

有些人天生不喜欢说太多自己的事情，而有些人天生就喜欢让话题围绕着自己转，梁嘉泓是前者，叶絮是后者。

他们在一起时，多数是叶絮在说，他在聆听。

他一直都跟随着叶絮的脚步，她说什么他就听什么，再认真地回复她。

他很少会主动和叶絮说今天见了什么人，要去办什么事，只有一些日常小事他才会和叶絮说，比如今天尝了个比较有趣的东西，比如刚刚去超市买了点什么。

周六的晚上，叶絮在想周日他们要做些什么，她觉得要有仪式感一点。

叶絮瞧着网上罗列的一大堆建议，最后她的目光锁定了必做事情的第一条：拍大头贴。

这让她想到了某个偶像剧，里头似乎也有这么一个桥段。

可她确实想留下些什么，照片当然是最好的选择，她可以好好珍藏起来，能随时随地看，用手机拍的和这个不能比，还是能握在手里的最实在。

周日，叶絮一番精心打扮，尽管那天的风很大，但似乎不影响她的心情，每次去见梁嘉泓的时候她都觉得美好。

叶絮从宿舍奔到校门口，梁嘉泓已经等在那儿了。他的黑眼圈好像又重了点，微微皱着眉，看似十分疲乏。

但他抬头看到她的时候，眼底又亮了起来，对他笑了笑。

叶絮心疼他总是熬夜，问道："昨晚又没睡好吗？又出去玩了吗？"

梁嘉泓用平常口气说："昨天去了趟京州，今天上午回来的。"

因为风大，叶絮在整理自己乱舞的刘海，听到他的回答惊讶地抬头看他，问道："你去了京州？"

"接一批木头。"梁嘉泓低笑着，像是在说趣事一样说，"你知道吗，我今天凌晨四点还在码头等着，江边的风真是又大又冷，我就套了件薄外套，真是有点后悔没多穿一件。"

"你没冻到吧？感冒也才好了没多久，上午有没有休息？"

“在车上眯了一会儿。”梁嘉泓拍拍她肩膀，“因为要见我们小朋友，所以赶回来了。”

叶絮心猛地一跳，愣了好半晌，心疼地说：“你其实不用……”

不用这样，弄得自己都休息不好，她看了很心疼。

梁嘉泓低头看她，说道：“可我想见你。”

叶絮仰起头朝他明朗一笑，说道：“那谢谢嘉泓哥哥啊，这样不辞辛劳，只为赶回来见我一面。”

梁嘉泓一听她喊嘉泓哥哥就又止不住地笑。

两个人笑个不停。

两旁的香樟树被风吹得哗啦啦响，空气中飘着汽车的尾气味道，深秋的风冰凉刺骨，叶絮却觉得心里很暖很暖。

她太容易感动，那句“可我想见你”，让她莫名滋生出无限勇气。

叶絮成了局外人回望这段时光时，才发现她真的不了解梁嘉泓，他有太多太多的事情不曾告知她，不是刻意隐瞒，或许他只是觉得没必要说，他始终给自己留了一点余地。

叶絮在他边上叽叽喳喳说个不停，梁嘉泓话少，也喜欢听她说话，叶絮的世界很简单，有时候，他会把自己沉浸在她的世界里，那是难得的自由和快乐。

他裤袋里的手机响了，叶絮安静地站在一旁，给他空间接电话。

从认识到现在，她能明显察觉到他的一些变化，他不像一开始那样整天无所事事，电话也没几个。现在他更多的时候是在处理他父亲那边的事情，电话也总是接二连三，说的都是正经事情。

她不知道他其余时间是怎样，和她在一起的时候他接电话不会超过两分钟，他一般会用“我现在没空，等会儿再说”打发掉，挂了电话后会继续听她讲一些零碎事情。

秋风迎面扑来，叶絮艰难地往前走，风声在耳畔呼啸，可梁嘉泓的声音却十分清晰。

他笑了声，对电话那边说：“不了，我估计赶不回来。”

那头不知说了什么，梁嘉泓侧过目光去看叶絮，再次拒绝道：“我还有个小朋友要陪，算了吧。”

叶絮心口忽地一暖，却佯装平静，神色自若地往前走，静待他打完电话。

梁嘉泓收了手机，叶絮听他刚刚提到了自己，好奇地问：“有什么事吗？”

“卢州一起玩摩托车的朋友问我回不回去，因为有个比赛。”

这又超出叶絮的认知范围了，她眨着眼，不可思议地问：“摩托车比赛吗？”

“嗯，我在卢州有一支车队，以前经常会一起比赛，只是今年真的太忙了，还没回过卢州。”

车……车队啊……

叶絮看梁嘉泓的眼神不自觉就变崇拜了。

他是从小说里走出来的吗，怎么这么厉害？

可叶絮不想让自己看起来太花痴，于是轻描淡写地“嗯”了声。

她也可以用撒娇的方式说“嘉泓哥哥你好厉害”，可是她没有。

追根究底的话，只不过是她的自尊心在作祟，她希望他们之间是平等的，甚至她能掌握更多的主导权。

所以去“有意思”吃饭，时常都是叶絮付的钱，好似这样她才吃得心安理得，好似这样她才能和他肩并肩，平等地站在一起。

她付钱的时候，梁嘉泓站在一侧，他天生一副泰然自若的神情，那些曲折迂回的心思都藏在漆黑的双眸下。叶絮要自尊，那他就给她自尊。

穿过十字路口，叶絮拉着梁嘉泓走到肯德基边上的一间小店里，这间拍大头贴的小店楼上是网吧，隔壁是书店，它就开在楼梯间里，算算年头，估摸着也有五六年了。

店里生意还不错，两个人进去的时候三台机器都站满人了，老板招呼着说等一会。

叶絮熟门熟路地说：“老板，麻烦给一下册子，我们先挑一挑边框，是十五元十张吗？”

“对！等着啊，我去拿。”

梁嘉泓环视一圈，白墙上贴满了大头贴的范本样例，还有证件照和一些水晶照片，这里还接定制礼物，比如刻字。

老板拿来边框册子，有三本，又给他们拿来纸笔。

叶絮拉着梁嘉泓在边上坐下，把册子摊在两人面前，摸着下巴说：“要选什么边框呢？你喜欢什么样的？”

梁嘉泓对这些东西没什么审美，他看着叶絮认真思索的模样轻轻笑道：“你挑就好。”

那时候流行厚刘海、丸子头、大蝴蝶结、十字发夹，大头贴的边框紧跟时尚潮流，最深得人心的是摩天轮边框，其次是伤感文字，再是可爱动物。

叶絮觉得带字的太尴尬，于是选了十张纯花边的，她琢磨着梁嘉泓也不适合动物情侣头像，装可爱不是他的风格，还是正常地靠在一起拍比较好。

她写下边框的编号交给老板，然后坐等机器空出来。

见梁嘉泓在玩手机，叶絮问道：“拍完了去干什么？”

“你想去哪儿？”

“要不还是去西江那边坐一会儿吧。”

“行啊。”

叶絮本来还不怎么紧张，可真轮到她和梁嘉泓进去拍的时候，她开始觉得浑身不自在，两个人的表情都被镜头捕捉，眼珠子往哪瞟都不是。

梁嘉泓的不自然她也看在眼里，但他在极力掩饰。

叶絮尴尬得不知道要摆什么姿势，梁嘉泓又很被动，明明很期待的事情，到了眼前她却只想赶紧完事。

她握着按钮键，啪啪啪就是一顿拍。

轮到他们裁剪的时候，店里已经没其他客人了，梁嘉泓出去接了通电话，叶絮还是第一次看他打这么长时间的电话。

她在里面等，老板裁完把照片装进一个小塑料袋里，她又把照片通通倒出来，挑出几张自己照得好看的给梁嘉泓。

梁嘉泓挂断电话进来，接过叶絮给他的照片，也没有翻看，一并收下，放在了皮夹子里。

叶絮把剩余的照片往包里一塞，对他欢快道：“走吧。”

即使整个过程很尴尬，但是他们有合照了啊。

那天西江的人比往日多一点，原本礁石上都没什么人影，可当叶絮他们两个下到江岸，沿着排列整齐的人工礁石走到平常坐的那个地方时，看见不远处的礁石滩上有一对年轻男女。

叶絮择了一块比较平坦的石头坐下，梁嘉泓坐在她身后，叶絮一抬眼就能看到他微微凸起的喉结，少年清隽的下颌透着股冷峻气息。

他今天穿的还是那件蓝格子衬衫，只是里面多了件白色 T 恤。

叶絮轻声细语道："你累不累啊，想睡一会儿吗？"

"不累。"

"你昨晚在码头那边等了一晚上，今天又匆匆赶回来，你要是困的话，靠着我眯一会儿吧。"

"不了。"

叶絮"噢"了声，目光飘向对面的男女，其实隔得不算近，加上她有点近视眼，大约只能看清他们的轮廓。

女孩坐在石头上背对着男孩，男孩站在那里，江风很凉，可他们之间的氛围更凉。

叶絮摇了摇梁嘉泓的手臂，猜测道："他们一定是吵架了，那男的怎么不赶紧去哄哄啊？"

梁嘉泓也观望了一会儿，说道："不一定是吵架吧。"

"没有吵架干吗离那么远？我们俩每次来这里会隔那么远吗？"

梁嘉泓低低一笑。

不久，只见那对男女挨到了一块，两个人站着在说话。

叶絮又说："他们要和好了。"

梁嘉泓无奈道："你别一直盯着别人看。"

"他们又不知道我在看他们。"

"那说不定刚才他们也在看我们呢？"

"那……那就看呗，我们又没干什么。"

梁嘉泓叹口气，胸腔微微振动，低着眉眼看叶絮。

叶絮目光不小心和他对上，他的眼睛是那样深邃。

她的脸有些发热，不好意思地问："看我干什么？"

"就看看你。"

"有什么好看的……"

梁嘉泓压低声音说："去京州的时候很想你，不知道为什么，就是很想你。"

叶絮望着他，心头热乎乎的，她的神情不自觉地温柔起来，就像江面上停留的微风，缱绻而绵长。

那对男女似乎和好了，男孩搂着女孩离开了礁石滩。

华灯初上，边上的商铺亮起灯光。几家卖床上用品的店铺呈现出一种温暖的归属感，透明的玻璃橱窗中，红火的样板四件套充满喜庆，琳琅的小商品店粉色气球横飞。

马路上来往的车辆车灯闪烁，天边云层压得很低，一时之间，风起云涌。

两个人慢悠悠地从西江回去。

叶絮满面愁容地说："周三的家长会该怎么办？"

虽然叶絮下定决心准备好好学习，但效果不怎么样，前几天的期中考试她考得实在烂，叶絮想不出什么很好的理由去应付母亲，不知道找怎样的借口才能既合情合理，又能让母亲放心。

叶絮又问道："你爸妈会来吗？"

梁嘉泓笑着说："我妈可能会来吧，因为她想看看你。"

叶絮红着脸不说话，心里却开始盘算那天要穿什么衣服、梳什么头发才能给他妈妈留下好印象。

梁嘉泓也没细说，母亲说是那么说，但不一定会去。

就在这个时候，他手机响了，叶絮沉浸在自己的幻想里，起初没在意他的电话。

直到梁嘉泓握着手机听了一会儿，忽然厉声叱喝道："你连这点事都办不好吗？这个位置你还想不想坐了？"

叶絮吓了好大一跳，她屏着呼吸不敢做什么大动作，时不时瞄他几眼。

这还是她第一次见梁嘉泓发火，他叱喝的声音并不大，相反，他把声音压得很低，很具有威慑力。

梁嘉泓继续沉着脸说："孙金，我再给你三天时间，办不好你这个位置就换别人了。"

他挂了电话，神色一时晦暗不明，像是在思量什么。

走了一段路，他大概回过神来了，又恢复了正常的神色。

叶絮这才松一口气，问道："发生什么事了吗？"

梁嘉泓哑着嗓子说："外面的一点事。"

叶絮皱眉问道："那到底是什么事情？"

他安抚地拍拍叶絮，又恢复了往日里那种慵懒温柔神色，浅笑着说："等我们小朋友长大了，我就什么都告诉你。嗯？"

她的目光从他脸上移开，垂下脑袋，没再多问一句。

他的意思太明显，她还没有能力和资格去知晓他的所有事情。

那段回学校的路，梁嘉泓和她说了什么她全忘了，她脑海里不断想着他没把她当自己人。

这个信息让叶絮浑身开始发冷。

他心里还是有一道防线，但她也不想和他闹，不想同他争辩，那样的她一定会让他觉得幼稚不听话，因为他本身已经比她成熟太多了。

叶絮和梁嘉泓在学校门口道别，他回嘉南苑的背影叶絮已经不知道看了多少回了，却只有这一次让她觉得陌生。

这个深沉又有几分桀骜的少年，每一次离开都不会回头看她，在一起的时候他充满柔情，离别的时候他是这样果决。

叶絮脚步沉重地走回宿舍，心里说不上到底是什么滋味。

她没精打采地走进宿舍，一屁股在椅子上坐下。

陈雨刚晾完衣服，路过叶絮边上，拍她肩膀，调侃道："和梁嘉泓散步回来了？"

叶絮托着下巴，实在是对梁嘉泓好奇，他有多少事是她不知道的。

叶絮叫住陈雨，说道："陈雨，我觉得梁嘉泓……"

"他什么？"

"你知道吗，他在卢州有一个车队。"

陈雨倚着床在削苹果皮，一脸钦佩："梁嘉泓有车队？赛车？四个轮子的？"

"不是，是摩托车。"

"哇！他也太牛了吧！有机会我得巴结巴结他。"

叶絮哭笑不得，叹了口气，开始琢磨梁嘉泓那两句话，忽然想起他口中一闪而过的名字。

她问陈雨："你认识的人多，我问你，你听过孙金这个名字吗？"

在她们宿舍里，就数陈雨人际网最广。

叶絮原是随口一问，谁知陈雨刀子一滑，差点儿切到手指。

陈雨抬起头看向叶絮，不可思议道："你认识孙金？"

"不认识啊，怎么了？"

陈雨说："你不知道孙金吗？他可是这边的大佬啊。"

"什么？"

陈雨贴过去，在她耳边嘀咕了几句。

叶絮咽了咽口水："不会吧……"

"我骗你干什么，你不信就去百度。"

"我……"

叶絮震惊到词穷，脑子里拐了好几个弯才理清其中的关系。

陈雨问道："你问这个人干什么？"

叶絮把梁嘉泓接电话那段和陈雨说了说，只是省了他最后一句话。

陈雨听完一脸若有所思的样子，说道："看来梁嘉泓也不简单啊，哎，哪个富二代手里没点人手？"

叶絮不说话了，心情久久不能平静。梁嘉泓需要那样的人做什么？听他的口气，那人又好像为他所用，他居然可以直接给一个地区的老大甩脸子吗？那他又是处于什么位置的人物？

惊愕之余，她又觉得像做梦，她的男朋友竟然是这样一个了不起的人物。

偏偏这个人还自律专情，对她温柔到无话可说。

不是有句话是那样说的吗，年少时不能遇见太惊艳的人，否则这一生会太孤独，因为念念不忘。

对叶絮而言，梁嘉泓就是那样一个人，真真切切地惊艳了她的青春。

那晚，她躺在床上，再细细想着他的那句话，她忽然释怀许多，站在梁嘉泓的角度来讲，这不难理解。

他自小受的教育和他们的不太一样，他的性格又是那样不急不躁，做事永远都会走一步看十步，是个情绪再泛滥也会藏在心里的人。他身处那样的地位，自然不可能把什么事都与人说。

他不是不把她放在心上，他只是习惯性地给自己留一些余地。

这些叶絮都能懂，可她还是有些惆怅，她依旧希望他能什么事都告诉她。

她想做他心底最特别的那个人。

周三上午的家长会梁嘉泓的母亲没有来，所有家长都被集中在大礼堂，听校长讲完话再回各自班级听老师讲话。

那天全班同学上课都有些心不在焉，谁也不知道大礼堂那边是什么情况。

这次期中考他们班真的做到把老师气笑。

开学两个多月，数学卷子一发，不及格的人占了班里人数一半，数学老师发卷子时都气笑了，还叹气。

家长在教室开会的时候，学生被安排到操场上上体育课。

阳光灿烂，叶絮就和几个女生一起坐在草坪上聊天，时不时扭头去看一眼在篮球场上的梁嘉泓。

中午到饭点的时候开完会了，叶絮忐忑地在门口等母亲。叶母出来时笑容满面的，和另一个家长聊得正欢。

“妈妈。”叶絮快步走过去。

叶母点了点头，和那位家长话别后，带叶絮去校外吃中饭。

叶母叹笑道：“你那数学是怎么考的？”

叶絮挽着母亲的胳膊，笑嘻嘻地撒娇道：“大家考得差不多，就……都不会做。”

“你们数学老师说不知道要怎么教你们。”

“我觉得他适合教高年级的，他讲得太快太笼统，我有时候脑子转不过弯来，真的听不懂。”

“你这成绩我回去怎么和你爸说？你爸知道了要气死了。”

叶絮说：“哎呀，那你别告诉他。”

叶母摇摇头，无奈道：“帮你瞒一次。好了，妈妈带你去吃饭，想吃什么就吃什么。”

叶母心疼女儿离家远，怕她在外面吃不好，难得来一次，总想带女儿吃些好的。

叶絮拉着母亲进了那家韩式餐馆，一人一份蛋炒饭。那时候七块钱一碗的蛋炒饭算是比较贵了，叶絮一般只吃五块钱一份的小摊食物。

叶絮回学校的时候带了两杯奶茶，叶母问她一个人怎么要喝两杯，她吞吞吐吐的，叶母不再多问，干脆地付了钱。

叶絮对一个人好的方式很俗套，她会送很多小礼物给他，会为他做很多浪漫的事情，她时常会在梁嘉泓的课桌里塞一点糖果和饮料，日复一日，慢慢成了习惯。

但她自己大概都没意识到，当她已经开始认识到两个人之间的差别后，她的自尊心开始作祟，她开始用一些物质来证明自己。

她进教室的时候，梁嘉泓坐在最后一排靠窗的位置，懒懒地靠着椅子，与王昊祥他们聊篮球赛。

叶絮很少主动去他的位置上逗留，远远相望一眼便是他们的默契。

叶絮把奶茶放梁嘉泓桌上，轻声说："我妈买的。"

梁嘉泓"嗯"了声，握着暖洋洋的奶茶。

叶絮走回自己的座位时，听到后排男生的起哄声。

李齐夸张地说："嘉泓啊，你丈母娘给买的奶茶一定特甜吧？"

梁嘉泓笑了笑，视线落在第一排叶絮的背影上。

这天，叶絮心情真的很好，只要两个人好好的，他们真的会有将来的吧。

所以，梁嘉泓啊，就让我做你心底的那个人吧，别把我拒之门外。

即使能理解梁嘉泓，但叶絮内心依旧有些惆怅，直到周五的时候，他突然说要送她回家。

周五放学后，她和梁嘉泓出去走了下，到了五点她不得不回去了，她要坐五点半的车，如果赶不上这班车那她回去就太晚了。

那天傍晚有落日余晖，五点的天意外地很明亮。

梁嘉泓突然说："我送你回去。"

叶絮步伐一滞，以为自己曲解了他的意思，问道："你不正在送我回去吗？"

虽然她嘴上是这么说，其实心里早就尖叫出声，期盼着他说的是送她回家。

梁嘉泓点头道：“嗯，送你回家。”

叶絮痴愣地仰头望着他，问道：“你要和我一起坐公交车回家？”

“怎么了？不行吗？”

“没有没有没有！”叶絮压制住内心的喜悦，还是觉得难以相信，“可是很远呢，你……真的不忙吗？你妈妈不会找你吗？”

“不会。”

“可是……”

她不断“可是”，但明明一脸的欣喜。

梁嘉泓摸了摸她脑袋，问道：“很开心吗？”

叶絮点头如捣蒜：“开心啊！”

过了很多年，梁嘉泓回想起来，还是不理解叶絮到底在开心什么，他不明白送她回家怎么就让她开心成这样。

可对叶絮来说，这是第一次有男生送她回家，让她不怕那么长的路程，不怕独自返程。

这也是他对她上心的一个证明。

周五放学放得早，该回家的早就回家了，灰蒙蒙的天色下，公交车里只有零星几人。

叶絮选择了后排靠窗的位置，梁嘉泓坐外侧的位置。

她的笑容就没消失过，像这样，在华灯初上的夜晚，和朋友搭乘公交车慢悠悠地路过那些自己熟悉的街道，这种感觉实在太美好。

车票是梁嘉泓买的，这次叶絮没有抢着买，两个人一共十四块钱。

梁嘉泓接过售票员给的票根，捏在手机把玩，却被叶絮拿了过去。她把车票抚平，不动声色地折叠起来，放进了书包的外层。

车里出奇地安静，叶絮觉得两个人说话会被别人听见，干脆不说，梁嘉泓大概也是这种想法，两个人就一起静默。

其间，叶絮小声和他说过几句话，耳边呢喃，车厢轻微晃动，落在旁人眼里，只能感慨一句年轻真好。

叶絮在快到站前二十分钟都会打电话通知母亲来接她。

打完电话，叶絮和梁嘉泓说：“等会儿见了我妈，你要和她打招呼，我妈喜欢有礼貌的孩子。”

梁嘉泓轻笑了声：“嗯。”

就这样造就了梁嘉泓和叶母的第一次见面。

车子到站的时候，叶母已经骑着电瓶车等在那儿了。叶母怕冷，把自己裹得像个团子，又从车里拿出另外一条围巾给叶絮。

梁嘉泓规规矩矩地喊道：“阿姨好。”

叶母连连点头，笑脸相迎。

叶絮裹着围巾，对梁嘉泓说：“要到对面去换乘，得走一段路，走吧。”

她扯了扯梁嘉泓的衣袖，领着他走，叶母骑着电瓶车跟在他们后面，打开车灯为他们照路。

这段路大概有两百米，还过了个十字路口，两人都没说话。

到了换乘的车站，叶絮陪着他等，梁嘉泓说不用，叶絮不肯。

叶母便说：“没事儿，等你上车了我们再走。”

等了三分钟，车来了，梁嘉泓上车，叶絮叮嘱道：“你到了给我发短信。”

叶母也不放心道：“到了以后给絮絮发个短信。”

梁嘉泓点头说：“阿姨再见。”

公交车开出去一段路后，叶絮才跨上电瓶车，叶母掉头回家。秋风凛冽，叶絮缩着脖子，双手颤抖个不停，但还是忍不住握着手机和梁嘉泓发消息。

叶母在前面突然出声：“这男生看起来不错。”

叶絮心里一喜：“我也觉得他挺好的。”

叶母严肃起来：“别忘了好好学习。”

“我知道的啦！”

回去以后，叶絮早早钻进温暖的被窝里，捧着手机和梁嘉泓聊天。

也是这天，梁嘉泓再次刷新了她的认识。

晚上八点多，叶絮问他在干什么，他说在看场地。

唯一欣慰的大概就是梁嘉泓这次没有不告诉她，反倒和她说得很仔细，不难看出，他对这个事情很有兴趣，所以愿意和她分享。

梁嘉泓说朋友要开个酒吧，选了个地儿，他们正在参观。

酒吧对叶絮来说实在没什么概念。

她去过最风花雪月的地方就是 KTV 了，花几十块钱包个小包间就能唱一下午。

说起酒吧，她脑海里不由自主地浮现出电视里的画面，灯红酒绿，劲歌热舞。

梁嘉泓说那个地方有四个教室大，近期就会开始装修，是这边第一家酒吧，他打算入股投资。

叶絮惊了，他居然要投资……

投资这个词语她是想也不敢想的。

可转念一想，他的世界就是这样啊。

那时候她没什么其他的想法，说她虚荣也好，说她傻也罢，她希望他永远都活得那么光芒万丈。

她是真的欣赏梁嘉泓，是真的崇拜他，而这种虚荣自豪感最强烈的一次是那次看电影。

学校在周一组织了看电影，因为看电影免去了下午的课程，这让周一上课的学生都精神抖擞。

赵金金握着一打电影票在教室里挨个发票，叶絮想和梁嘉泓坐一起，但又怕被老师看见怀疑他们，但有了票就不成问题了啊。

叶絮跑过去问赵金金要电影票，挤眉弄眼的，赵金金就懂了，给了叶絮两张连坐的票。

叶絮把票往梁嘉泓桌上一放，什么都没说就回了自己座位，梁嘉泓捏着那张票心里也懂了。

午自习后开始出发，电影院离学校只有十来分钟的路程，学校组织学生排队走过去。

叶絮个子矮，排在靠前的位置，而梁嘉泓靠后，在等出发的时候，她故意时不时转过头和邬天赐说话，借机瞟几眼梁嘉泓，他和那几个男生聊天时也会有几分张扬的少年气。

十个班级排成长龙，浩浩荡荡地堵满了整个街道，每个转弯口叶絮都会侧头去寻梁嘉泓的身影。

她不和边上的女生说话，只竖着耳朵努力去听后头梁嘉泓的声音。

只要看到他的身影，听到他的声音，她便会觉得很安心。

那年，电影院还不分大小厅，不分楼上楼下，就跟大礼堂差不多，由高到低的座位。他们班的座位安排在靠前。

电影院人声嘈杂，乌漆墨黑一片，学生和老师混一块，不仔细辨认很难认出。

叶絮像做贼般紧张，生怕被班主任发现她和男生坐一块，为了方便逃走挪位，叶絮选择了最边上的位置。

到了电影院才发现，其实那电影票就是个形式，坐哪儿都是自由的。

黄忠磊在座位边上的廊道里走来走去，看有没有学生缺席，每每经过叶絮身边她就会屏住呼吸，低下脑袋，直到电影开场，灯光全暗，她才敢抬起眼。

梁嘉泓坐在她身边，见她不躲了，这才偏过头低低道："渴不渴？要不要我出去买水？"

叶絮摇头："不用了，被班主任看见了他又要说，看电影吧。"

放的是黄圣依演的《白蛇传说》。

后来叶絮才知道那年这部影片以2.29亿的票房成为国庆票房冠军。

她当时对这类影片没什么兴趣，看电影对她来说只是不上课的解脱，可偏偏，她那天就把这部片子看了进去。

她和梁嘉泓两个人都全神贯注地看着屏幕。

只不过叶絮偶尔会侧头看他一眼，她永远记得光影交错下他的侧脸，还不是那么有棱有角，清隽白皙的脸庞，是幻想中十七岁的少年模样，只是那双眼睛，黑沉得让人摸不着边际，气质更有几分漠然。

有时候梁嘉泓的余光会瞥见她的注视，他也会微微偏过去，轻声问她怎么了？叶絮只会笑一笑，示意他继续看吧。

叶絮是个渴望浪漫的人，但那天她真的不贪心，她觉得能和他这样坐一起看电影已经很满足了。

于是她看得很投入，直到银幕上出现一些旖旎的画面。

叶絮正觉得尴尬呢，梁嘉泓也微微挑眉，也看向叶絮，叶絮抬眼望了他一眼，然后把视线挪到别的地儿。

谁知，那部电影吻戏还不少。

后来实在太尴尬了，叶絮捧着空空的书包从位置上起来，留下一句："不和你一起坐了。"

她缩着肩膀从那一排窜到了前两排邬天赐身边，她有让邬天赐帮她留个位置。

梁嘉泓盯着她的背影弯了弯嘴角，什么都没说。

叶絮觉得她离开那个位子是正确的，这部戏后面还有一些大尺度的镜头，如果她没走，她感觉自己得尴尬得烧起来。

电影快接近尾声的时候，电影院里已经少了很多人。比起电影大多数学生更喜欢提前离场去做自己喜欢的事情，那个时候好像谁不提前离场会显得很木讷蠢笨，所以不乏跟风离场的。

叶絮胆子没那么大，想着看完好了，虽然也蠢蠢欲动想离开。

和邬天赐叽里咕噜商讨的时候眼前突然出现一个高大人影，她抬眼，是梁嘉泓，他把手里的校服外套扔给了叶絮。

叶絮下意识地接住，梁嘉泓说："放你那儿。"

叶絮心头微微发热，"嗯"了声。

梁嘉泓："要走吗？"

叶絮朝后排张望，她怕班主任还在这儿，于是说："再等会，走的话我给你发短信。"

"行。"

他回了自己位子。

叶絮臂弯里挂着梁嘉泓的秋装校服外套，是熟悉的洗衣液香味，上面还有他的体温，不知怎的，她有种与他生活了很久的感觉，他甩衣服甩得那么自然。

叶絮很喜欢这种感觉。

邬天赐咦了一声，笑得贼兮兮，叶絮装作什么也不懂一样说："这个人啊……自己那边不能放吗？"

邬天赐说："你们就秀吧，哼。"

叶絮傻笑着，心里头说不出的甜，然后才想到他刚刚说的要不要走。她去翻手机，发现好几分钟前他给她发过短信，她可能看得太投入，没注意到手机振动。

他似乎不想再看电影了。

叶絮朝左右的女生问了问谁想走，除了邬天赐没人想走，说要把结局看完。其实叶絮也想看，可是电影和梁嘉泓之间，当然是梁嘉泓重要啊。

叶絮发短信和他说打算走了。

她提了一口气，朝他那排张望，见他已经站起身，她便快步走过去，那一路提心吊胆的，直至从电影院的小门走出去。从小门出来后是条小街，门口站着几个学生。

叶絮手臂上挂着梁嘉泓的衣服，她从漆黑的地方出来，走进光亮里，没人发现，陡然松了一口气。

梁嘉泓走在她前面，她像个小跟班跟着。

刚想上去和他并肩走，就听到边上的一个男生说："那是梁嘉泓吧？"

"对啊。"

"那他旁边的是谁？"

"好像是叶絮吧。"

叶絮就听清了这几句，那个男生的语气毋庸置疑，是惊叹和崇拜的，也显然，梁嘉泓的名声不小。

在这里，像他一样的富二代确实少见。

知道那些人在看他们，叶絮不由得把腰板挺直，她想让自己的姿态看起来好看一些，她想着还好今天也好好打扮了，头发也梳得很好，校服里的衣服也是前些日子新买的，她应该没给他丢人吧。

那是她对他最虚荣最自豪的时刻，明明一切和她无关，却因为他和她走在一起，她也连带被别人议论。

后来叶絮找了个机会把那部电影的结局看了。

结局并不好，虽然电影里小青蛇说那已经是他们最好的结局了。

那阵子，梁嘉泓全身心地投入到酒吧的事情中，叶絮觉得那可能是他第一次自己掌握资金，所以对酒吧的事情分外上心，于是她也跟着上心。

那些天，几乎每天晚上都能听梁嘉泓汇报酒吧的进度情况，从大老板准备建造一个豪华男厕所到舞池，再从包间装修到吧台高度。

那些日子，叶絮仿佛也参与了整个项目，她出了很多主意，比如酒吧名字，比如装修风格，甚至晚上躺在床上还在思考，只恨自己没有绝世才华。

她觉得自己在慢慢变成梁嘉泓信任的人，或者说，她已经走进他心底。当然，她也很乐意为他出出主意，期盼他的事业蒸蒸日上。

那天晚自习，梁嘉泓和她说酒吧要招服务员和调酒师，需要发一些广告。

叶絮兴奋地说她可以端盘子。

梁嘉泓：那我是不是还得开工资给你?

叶絮：那当然啦。

梁嘉泓：我家小朋友去了，那应该只用负责吃喝玩乐。

叶絮一乐，回复道：那我吃什么都免费吗?

梁嘉泓：回头让他们记账就可以。

叶絮不禁幻想出一些画面，她坐在高脚凳上，手里握着一杯粉红色的鸡尾酒，完了小手一甩说记你们老板账上。

这样一想，做他家的小朋友确实很拉风。

梁嘉泓说还得请个驻唱歌手，叶絮知道自己唱歌一般，没做那个梦，问了问他工资，他说唱一首歌有几百块钱。

叶絮感慨，唱一首歌居然可以赚这么多，于是开玩笑地和梁嘉泓说她想唱歌，没想到梁嘉泓说成，但是没有工资。

叶絮：为什么不给我发工资?

梁嘉泓：你是我的小朋友，不为我省点钱?

叶絮：那我们还是一刀两断吧，我要做你酒吧最红的歌手，以后出道发专辑，嫁给影帝。

梁嘉泓：来不及了。

叶絮：那我就嫁给你吧。

梁嘉泓：那到了法定年龄就结婚。

叶絮惊了：那么急啊?

梁嘉泓：早点不好吗?

叶絮：那看你表现吧，表现不好我不嫁的。

梁嘉泓：是，小的一定极力伺候好您。

叶絮嘴角扬起，他有时候也会故意和她打趣，哄她逗她，旁人大概想象不到他孩子气的那一面。

而结婚，虽然那是很遥远的事情，可偏偏年纪越小越有勇气说永远。

那是叶絮第一次想结婚，真的想和一个人厮守一生。后来她经历过几段感情，那几个男生也都说要结婚，她却没了勇气，谁不知道那只是些玩笑话而已。

叶絮为酒吧的事情操了不少心，好像那是她自己的事情一样。

后来叶絮觉得自己瞎操心，过度用心，到底是谁给她这样的勇气，网络上流行梁静茹给勇气的梗，当时给她骄纵权力的人是梁嘉泓。

隔几天，梁嘉泓告诉她歌手找到了。

叶絮对那位歌手很好奇，想着会不会是一个小有名气的民谣歌手或者酒吧驻唱歌手。

梁嘉泓：不是，就是个小透明，但唱得还不错。

叶絮：那为什么录取了那个人?

梁嘉泓：是个韩国人，她名字里有一个字和你的一样，所以我录取了她。

梁嘉泓的回答让叶絮记了很多年。

叶絮当时正在上晚自习，碰巧休息铃声响起，周围的学生一下子沸腾起来，她的心也像被热水滚过一样，沸腾了起来。

梁嘉泓：那女生叫朴敏絮。

叶絮盯着屏幕上他发来的消息既感动又开心，开玩笑地回复：那女生可是沾了我的光啊，我以后一定要听一下她唱歌。

那头的梁嘉泓坐在酒吧里，并不满意她的回答，很快回复道：你不表扬一下我吗?

叶絮发了几个可爱的表情，说：你做得超棒的。

梁嘉泓这才勾起嘴角，满意了。

而那边的叶絮合上手机后，趴在桌子上，有些不好意思。

赵金金诧异地看着她，问她是不是病了。

叶絮一把抱住赵金金的胳膊，撒娇一般道："金金，你知道吗，梁嘉泓录用了个歌手，原因仅仅是因为她名字里有个字和我名字里的字一样。"

赵金金没听明白，但跟着她一起笑。

身边的姑娘幸福，赵金金也会觉得幸福。

只是到后来，谁还记得他曾因为一个名字而录用了一个人。

第八章 喜欢你，要与全世界为敌

叶絮心里一直有个结，直到分开，她也没和梁嘉泓说。

事情就发生在那个周末。

大概也是从这天开始，所有事情都变了味儿，叶絮谁也没告诉，只放在心里自己一个人慢慢消磨慢慢衡量。

那时候已经是11月中旬，南城的10月可能还会出现高温，但一进入11月就真的冷了，那风吹在人身上毛孔都会不自觉地缩紧。

叶絮第一次尝试穿黑色打底裤和西装短裤，上头搭的是新买的白色毛衣，外套是一件偏可爱风的绿色圣诞款，叶絮照镜子的时候都被自己惊艳到，果然，人靠衣装。

她记得那天等在校门口的梁嘉泓转身看到她的时候，漆黑的眸子瞬间一亮，愣了很久也想不出什么话去夸她。

叶絮问：“你怎么了？”

他这才彻底回过神，说道：“今天怎么穿得这么漂亮？”

叶絮心里美滋滋的，但表面不在意地说：“有吗？还好啦。”

其实梁嘉泓不知道的事太多了，比如她每一次的精心打扮，都是因为梁嘉泓的一句话。

他们俩刚认识的第一个星期，他除了叮嘱她周末回家别忘了多带点秋衣外，还说了这样一句话——

“多带点，穿得漂漂亮亮的。”

叶絮不傻，这话她听得懂，哪个男生会不喜欢漂亮的女生？

她很高兴自己能成为他喜欢的样子。

到了西江，两个人坐在第一次坐的地方。

下午四五点的时候，夜幕已低垂，夕阳余晖洒在广阔江面上，成片的水杉树成了光影下的黑色剪影。

叶絮靠着他在玩手机，突然想和他拍几张照片，她要做什么梁嘉泓都会同意。

叶絮举起手机，打开前置相机，找准光线和最好的角度，咔嚓咔嚓就是几下。梁嘉泓没抬头看镜头，只是很随意地看她或者看四周，叶絮知道他不习惯自拍就没为难他。

她玩得开心，删删拍拍。

梁嘉泓都随她，只是不懂她为什么这么开心，不就是拍几张照片吗？

对叶絮来说，那是他们的合影，是属于两个人的小情趣。

这个时候，梁嘉泓的手机在口袋里振个不停，他正准备去摸手机。

叶絮突然调皮，先他一步神速一般地从他外套口袋里掏出手机，迅速溜到边上，问道：“想要手机吗？”

“想。”梁嘉泓无奈道。

“我不给！谁让你刚刚一直挠我痒痒！”

他失笑。

叶絮哪会真的耽搁他接电话，只是她看了眼来电显示，神色有刹那的收敛，随后又勉强扬起笑脸对梁嘉泓说：“反正我肯定不让你接的！”

这次她是真的不想让他接了。

梁嘉泓起身，走向她，柔和地说：“乖，别闹，把手机给我。”

叶絮又跑到另外一边：“不给你！”

梁嘉泓脾气好，对叶絮也发不出火，笑着，慢腾腾地追她。

那头打电话的人见没人接就挂了。

叶絮看着这通未接来电，心里不舒服，她把这通电话从通讯记录里删除了。

叶絮故作轻松俏皮地说：“好了，我把它删掉了，你想知道啊，你求我啊！”

梁嘉泓拿过手机，翻了翻，她真删了。

他惩罚性地捏了她一下，问道："是谁的电话？"

"你猜。"

"我爸妈？"

"不是。"

"名字是几个字的？"

叶絮说："三个字。"

梁嘉泓实在想不到，哄着她，又问："男的女的？嗯？"

"女的，"叶絮拖长了尾音，意味深长地看着他，话里有话，"是你的好搭档呢。"

"是那个韩国人？"

"韩国人应该没有你们俩亲近吧？"

梁嘉泓认输了，就这么笑着看她，等她松口。

叶絮说不上自己心里是什么滋味儿，但还是朝他轻声说出了来电人的名字："宋丹薇。"

梁嘉泓弹了弹她额头，转而找到宋丹薇的电话回拨过去。

他背对着叶絮，叶絮靠在石头上看他的背影，他们的对话只有两三句，他说："知道了，等会儿就来。"

叶絮最怕他这个回答，这是他们一个星期才有一次的长时间相处，她自私地希望他能多陪她一会儿。

他转过身来的时候，叶絮深吸了一口气，换上一张笑容满面的脸，佯装不在意地问道："她找你干什么啊？"

梁嘉泓如实说："找我看电影，问我去不去。"

叶絮知道宋丹薇这个人，她是梁嘉泓的初中同学，他们关系还不错，偶尔会一起有些活动，那个在梁嘉泓留言板留言的女生也是她。

还没换座位的时候，叶絮偶然听李齐提起过宋丹薇，她在初中时也是很受欢迎的。

他们之间的亲近让叶絮有些吃味，明知道他们没什么，可还是忍不住。

她对梁嘉泓从来都是信任的，叶絮从没见他跟哪个女生暧昧过，也不曾见他和谁含混不清过，她能清楚地感觉到，梁嘉泓只有她一个人，他的目光里、他的心里，一直都是她。

这种信任大概也是因为梁嘉泓对她太骄纵了，骄纵到她没办法怀疑他，没办法对他无理取闹、捕风捉影。

算算时间，叶絮差不多也要回学校了，她也从来不喜欢干涉他的夜生活，叶絮觉得自己更多的只是羡慕，羡慕宋丹薇可以随意地和他看夜场电影，可以自由出入。

她又想起前些日子梁嘉泓和她说的一句话，那天她在上晚自习，他们和平常一样用手机聊天，梁嘉泓说他在外面玩，身边的朋友都出双入对的，他特别想叶絮在他身边。

叶絮当时心里很难受，她恨不得翻窗出去找他。

她也多希望自己能在他需要的时候就去找他，陪他一起消磨这漫长的黑夜时光。

他们两个的独处时光好似设定的固定程序一样，每天只有放学后才能溜达一会儿，每个星期只有周日下午才能长时间在一起。她想象不到他在夜场里谈笑风生的模样，就像梁嘉泓也想象不到她周五回家后是什么模样。

叶絮从思绪中回过神来，仰起脸，淡淡地笑道：“那我们现在走吧。”

梁嘉泓“嗯”了声。

她心里其实是失落的，心想，为什么他不可以不去？是不是一场电影比和她多待一会儿更重要？

两个人离开时，一路上叶絮一声不响。

走出西江，叶絮想和梁嘉泓直接道别，没想到梁嘉泓比她先一步开口说：“我先送你回学校。”

叶絮一怔，这是她意料之外的。

梁嘉泓调侃道：“穿这么漂亮，万一在路上被人劫走了怎么办？”

叶絮很好哄，就这么一句话她就开心了，嘟囔着说：“才不会呢。”

梁嘉泓推着她，说道：“走，送我家小朋友回学校。”

但那种开心的情绪并没有维持很久，走到校门口的时候，他们还是要道别。

梁嘉泓叮嘱道：“回宿舍再拿件外套，上晚自习盖腿上，打底裤薄，别着凉了。”

叶絮点头说：“知道了。”

一想到梁嘉泓要去见别的女生，叶絮心里总是不舒坦的，可她知道他无论怎样都不会背叛她。

两个人转身各自走向应去的地方，叶絮跨进校园时，忽然停住了脚步，回头望了梁嘉泓一眼。

秋高风怒，天边的最后一丝光亮隐没在暗沉的云层身后，他的身影渐行渐远。

叶絮抬头看了眼这扇校门，她忽然明白了那是什么感觉。

这是两个世界吧，她的世界和他的世界是不一样的，而她始终没有融入进去。她的世界太小太狭窄，她看到的、经历的，可能只是他广阔世界的一角，她甚至还没有宋丹薇经历的多。

这种念头一旦冒出来就再难收回了。

真正让叶絮开始觉得和梁嘉泓有距离的是隔了几天的晚自习。那其实也是一件小事，梁嘉泓并没有觉得有什么异常，可对叶絮来说仿佛是致命的打击，幡然醒悟只用了一瞬间而已。

那天早上，赵金金发生了件悲催的事情，她早上起床，从枕头底下拿手机，没握住，就这么摔到了地上，本就不怎么坚固的手机瞬间被摔得四分五裂，她哀呼一声从床上爬下去。

赵金金虽然性格乐观，但也愁眉苦脸了一天。

叶絮晚上陪她去修手机，老板说要修一个星期。上晚自习前陈雨劝赵金金再买一部得了，修一修都得两百块钱，赵金金却还是坚持修。

叶絮坐在赵金金旁边没说话，后来陈雨也不说了，大家心里都明白，赵金金家里条件实在一般，比起买部新手机，两百块修手机更划算。

晚自习课间时，赵金金靠在叶絮肩膀上，不好意思地问：“絮絮，你可以借手机给我登个 QQ 吗？”

叶絮爽快地把手机递给赵金金，说道：“你登吧，我正好去上个厕所。”

叶絮转过头朝陈雨问道：“陈雨，上厕所吗？”

陈雨说：“走啊！”

徐佳玲拉上杨天意，连忙说道：“等等，还有我们！”

杨天意是新搬来的舍友，她原本就应该是她们宿舍的，但因为杨天意是体育生，起初先被分配到了体育生的宿舍，她们六人间就空了个床位，没过多久，杨天意又被调了过来，原因大概就是杨天意“弃武从文”了。

那三个姑娘都是热闹的性格，特别是杨天意，走在前面一蹦一跳，声音洪亮得能穿透整栋教学楼。

见叶絮上完厕所回来，赵金金立马把手机递给她，说道：“我刚刚打开 QQ，不小心看见梁嘉泓给你发消息，我就没登自己的，你给他回一下吧。”

叶絮拿过手机一看，几分钟前梁嘉泓问她去向镇坐几路公交车。

她笑了笑，心底有种说不出的骄傲。她骄傲她终于可以帮他做点什么了，她把时间和路线都完完整整和他说了，然后又问他去向镇干什么。

梁嘉泓：去要账。

叶絮脑海里瞬间冒出些打打杀杀的场面，她之前听过一些这方面的消息，有些人借了钱不还，到处逃，拖到债主忍无可忍，就寻一些人专门去要债。

可是，怎么梁嘉泓要亲自去？她想多问几句，又觉得他肯定不会告诉她，那些事他从来都不会多提。

叶絮想着还要把手机借给赵金金，便回复道：那你去忙吧。

后半节晚自习叶絮忙着写作业，手机一直搁在赵金金那里。要打下课铃的时候，叶絮合上作业本，心里很不放心，从赵金金那儿要回了手机。

登上自己的 QQ，没有一则梁嘉泓的消息。

已经快要 9 点，那里一般 8 点以后就没了公交车，到时候他怎么回来？

叶絮没办法给梁嘉泓打电话，只好给他发消息，一连串发了很多条，生怕他看不到。

梁嘉泓回得很快：怎么了？

叶絮：你忙完了吗？没事吧？

梁嘉泓：没事啊。

叶絮：可快 9 点了，已经没公交车了，你怎么回来啊？

梁嘉泓：我朋友开车送我回去，现在在路上。

就这么一句话，让叶絮生生愣在了那里。隔了许久许久，下课铃响起，她才恍然回过神，回复道：那就好。

叶絮合上手机，收拾桌上的书本，随着人流往宿舍的方向走。

她把语文书捧在胸口，深秋的风冷得让人战栗。她抿着唇，压制住瑟瑟发抖的双手。

她的这通关心太多余，叶絮觉得自己像井底之蛙一样，也实在是蠢，他那样的人会没有办法回来吗?

在她担心他错过公交车的时候，他已有别人接送。

一辆车的事情而已，叶絮却觉得由此划分成了两个世界，她的眼界还停留在公交车上。

他说他有个车队、他说要投资酒吧、他指挥别人做事、他家似乎很富裕……这些叶絮都没太大感觉，可就这么一件小事，在她心底掀起滔天巨浪。

担心没了公交车他不能回来这件事让她看起来很卑微，偏偏她很不喜欢卑微的自己。

她没办法像赵金金一样从容坦诚地面对这种落差，如果是她的话，可能会缠着母亲再买一部手机，这是叶絮不识时务的自尊，是她天生骨子里带的虚荣。

那晚，她第一次觉得自己是那么渺小浅陋，就连她的自尊心都显得可怜起来。

她知道，梁嘉泓一定不会觉得有哪里不对劲，他不会像她一样敏感。

叶絮回到宿舍，安静地洗澡洗衣服。熄灯后躺在床上，她望着黑漆漆的天花板，从最深处审视自己。

其实她老早就察觉到了，只是那时候太多感知都被崇拜淹没了，因为她从来没有认识过这么了不起的人，所以她崇拜他，为他骄傲自豪，用梁嘉泓的东西去填补她没有的，有点狐假虎威的意味。

因为她没有，所以才会每次吃饭时装作不在意地主动付钱，才会每天中午买点水和糖果放他课桌里，因为害怕被人看不起，所以才从不问他要什么。

即使她的家庭条件很一般，父亲这几年接二连三出事，家里不是很安宁，但母亲一直在竭力给她最好的生活，和周围其他人比起来，叶絮真的算过得不错的了。

可她忽然觉得对梁嘉泓大概只能用望尘莫及来形容了。

夜深人静的时候，思路总是会活跃一些，叶絮想起之前的种种小事。比如上次她说衣服还价的事情，他那样的人根本不需要还价吧，可叶母买衣服一直都这么做的，叶絮耳濡目染；再比如那次在超市，她当时一定很像个小人吧。

她的这些言谈举止看起来真的太愚蠢，太不自量力了。

叶絮轻叹一声，在黑暗中侧了个身，合上眼。她不知道自己要多优秀才能和他平等？而她所追求的优秀并不单单只是成绩好。

她隐隐觉得这是一件不可能的事情。

不可能的话就要放弃吗？那人是梁嘉泓啊，她那么在乎的人啊。

曾经不在意的小细节，后来都被放大一百倍，并且接踵而至。

很快迎来运动会，秋季运动会持续两天，周四周五。

运动会举行期间，所有学生不得回教室，学校在操场边上规划好了区域，各班学生把座椅搬到指定位置，除了午休，这两天就只能靠这个座椅休息了。

搬椅子时，教室里闹哄哄的，叶絮和邬天赐一人一把，两只手拎起就走。学校用的是蓝色塑料椅，椅子下面还有置物篮，分量不轻，拎那么长一段距离还是有些吃力的。

转头时，叶絮正好看见陈宇飞一手一把椅子，陈佳莉在边上轻松地走。

她忽然就羡慕了，再扭头看向梁嘉泓时，他也在看她，似乎在用眼神问她要不要帮忙？

叶絮从来都不是主动开口的人，她也不太喜欢麻烦别人，叶絮笑了笑，若无其事地和邬天赐继续往前走。

女生两排男生两排，叶絮坐在位置上佯装四处瞎看，实则在瞟梁嘉泓的位置，很可惜，他离她很远。

班里几乎每个人都有运动项目，叶絮曾在初中跑了三年的八百米，到了高中她实在不想再跑了，憋着没说这事。后来赵金金给她安排了个跳远，巧的是梁嘉泓报的也是男子跳远。

叶絮知道他，除了篮球，其他体育运动他似乎都不怎么有兴趣，跳远只是比较简单。

两人的项目都在周五，周四就这么游荡了一天，叶絮跟着邬天赐到处看比赛，茫茫人海，叶絮一直在找梁嘉泓的踪影，却很难找到。

四点左右要散场时，叶絮倒是一眼就看到梁嘉泓了，他正和李齐他们在篮球场上打篮球，难怪发他消息都不回。

他们的篮球也打得差不多了，叶絮在边等边玩手机，抬眼就看见他汗涔涔地走过来。

他拎着校服外套和毛衣，灰蒙的天光下，他带着浅笑向她走来，叶絮看到他就觉得开心。

叶絮从口袋里掏出纸巾，抽了几张给他擦汗，叮嘱道："快把毛衣穿上吧，风大，不然很容易感冒。"

梁嘉泓三两下套好衣服，两人去小卖部买了瓶水，叶絮看他一口气喝了半瓶。

梁嘉泓这才凉快了些，盖上瓶盖，两人一起走出校门。

叶絮问："去哪儿啊？"

"去趟超市吧，我帮妈妈买个牙刷。"

"好啊。你妈妈回来了？"

"嗯。"

他噌了下叶絮的手，今天还是有些阴恻恻的，叶絮在外面待了一天，觉得冷，可他的手此刻暖烘烘的，她有些贪恋。

梁嘉泓察觉到她手凉，问道："冷了？"

"也不是冷，就有点寒意，不知道你懂不懂这种感觉。"

"那等会儿再买点红糖，晚上回去泡点热水喝，省得晚上胃也不舒服。"

"好。"叶絮乖巧地应了声。

超市里人不多，路过那个柜台很多次，其实叶絮早已不记得当初那个刻薄女人长什么模样了，一般也不会想起。可莫名，今天路过时她多瞥了一眼那柜台，想起的全然是那天她有点无措又孩子气地和梁嘉泓说要投诉那个女人的模样。

现在回忆起来，她自己都有点嫌弃当时的自己，她明明可以和赵金金或者陈雨抱怨啊，为什么要让梁嘉泓看到自己不稳重的一面？

生活用品区就在拐弯处，叶絮浅浅吸了口气，不想再想那些了，越想越难受。

几排牙刷花花绿绿地挂在那儿，叶絮琢磨自己有没有要买的东西，似乎没有，她双手插进校服口袋里，站在梁嘉泓身边等他。

叶絮随口问道："要什么样的？软毛的还是硬毛的？"

她可以帮着一起挑挑。

梁嘉泓弯腰挑了一支说："没事，我妈说买最贵的就行。"

叶絮一怔，勉强笑了笑，哑然无声。

如果是她的话，她会选择软毛牙刷最便宜的那款。就像她和赵金金买餐巾纸都会买那款打折后只要三块六毛钱的一样。

她们觉得便宜划算，能用就行。

恍惚间，叶絮又想起梁嘉泓买纸巾，他从来都只用品诺那一款，不可否认，质量和厚实度确实比普通的好很多。

那一路他们说了什么她已经忘记了，只是她渐渐明白他们俩的世界到底哪里不一样，归根结底的问题是什么。

后来的那几年，叶絮换了好几部手机，只有那么一张照片，她删删存存，像是见不得光的东西，可又像宝贝一样舍不得真正丢弃。

那是唐苗苗拍的照片，叶絮清楚地记得，那时候唐苗苗用的是一部白色的全屏手机，相机像素比她的手机要高很多，所以隔了那么多年，照片依旧清晰。

那是运动会的第二天，上午 10 点左右开始就细雨绵绵，十七岁的叶絮不怎么关心天气预报，大多数学生也没预料到这么早就开始下雨。

她们宿舍六人，只有陈佳莉一人带了伞，而和陈佳莉玩得好的那群姑娘也都带了伞。

叶絮站在细雨中不知所措，盘算着要不要回宿舍拿伞，可现在出了规定，回宿舍必须得有班主任的批准条，她这会儿要去哪里找班主任？连个影子都没有。

叶絮双手捂着头顶，四下寻找梁嘉泓的身影，他一贯什么都不带，从来没见他带过伞，叶絮担心他会淋湿。

陈佳莉笑盈盈地看着叶絮，并把自己的雨伞递给叶絮，说道："你拿着吧，我和别人撑一把就好了。"

叶絮十分感恩地收下了，她和陈佳莉关系还没好到这种地步，总觉得那是个有点清高的姑娘,这举动实在出乎她的意料,她发自内心地感激。

叶絮是个时常因为别人的一些小举动就会感动半天的人，即使她不说、不表露，但会一直记在心里。

这时，梁嘉泓正快步朝她走来，停在她面前说：“你带伞啦。”

叶絮瞧着他微湿的碎发，说道：“是陈佳莉的伞。”

她赶紧给他撑上，女孩子用的伞比较小，两个人必须靠得近一点儿才行。叶絮双眸看着他，耳根逐渐发烫，脚底酥酥麻麻的，竟觉得很不自在，大概是因为边上的同学都在看他们。

梁嘉泓朝陈佳莉点头示意感谢，转而看眼前的姑娘。见叶絮不自然的神情太明显，他弯了嘴角，接过伞说：“我来撑吧。”

哪有人像她这样，撑个伞还把自己肩头淋湿了。

叶絮抬眸对上梁嘉泓的眼睛，她瞥见他额角滑落的几颗雨珠，下意识地伸手给他拂去。

梁嘉泓本想说些什么，却被她这个动作打断，张了张口，只能温柔一笑。

雨不算大,气温也不低,在这深秋时分,竟然有几分和风细雨的味道,跑道上还在进行五十米决赛，呐喊声和尖叫声充斥了整个操场，青春的冲劲在这一刻被展现得淋漓尽致。

因为下雨,班里的同学不知不觉都聚在一起,好像这样才有安全感。

兴许是叶絮和梁嘉泓很少有这么亲密的时刻，两个人共撑一把伞，那群女同学都笑嘻嘻地看着。

唐苗苗说：“你们不要动，我给你们拍张照片。”

叶絮不太愿意,总觉得太尴尬。可见唐苗苗都举起了手机,叶絮没辙,只好躲在梁嘉泓身后，可她躲哪儿唐苗苗就追到哪儿。

唐苗苗懂得适可而止，抓拍了几张后就收手，喊道：“好啦，好啦，都拍好了！这么好看躲什么啊。”

说说笑笑间，赵金金小跑过来，欣喜地喊道：“同学们！告诉你们一个好消息，咱们下午直接放学啦！”

“真的假的？”

“那太棒了！下午我们去逛街吧！”

“下大雨也要逛街？徐佳玲你怎么那么厉害。”

叶絮抬头，问梁嘉泓：“下午你有事吗？”

叶絮能明显地察觉到他最近越来越忙了，从前问他在干什么，他都会说在外面，但最近他都会说在对账，或者是在处理事情，她不想影响他，虽然心里很期盼能和他待在一起。

梁嘉泓说：“没有。下午想去哪儿？”

明明他说的是没有，可叶絮却有几分感动，仿佛这相聚的时间是偷来的一般，她打心底珍惜和他的每一次相处。纵使只是反复地在西江边上看夕阳、在小餐厅里的水晶灯下细声聊天、在西门的香樟树下携手散步，可只要身边是他就够了。

她也不知道今天心里的些许惆怅从何而来，也许是又想起了最初他所说的，他会离开。

叶絮说：“去哪里都行。”

那年星朝路的碧园还对外开放，门票只需一枚硬币。

那是一座仿苏州园林的微型公园，全园高墙封闭，两侧丰乐楼巍峨挺立，八角重檐，古色古香。淅淅沥沥的细雨下，园内星湖碧波荡漾，泛黄的银杏叶落了一地，在这重重烟雨下仿佛是百年前的景象。

两个人安静地沿着走廊漫步了一圈，拐入忆琴鹤馆，院落寂静，两侧的西府海棠在细雨中垂零，唯有院子中央的芭蕉叶依旧绿得不真实，细密的雨珠从弯曲的芭蕉叶上不断滑落。

廊檐下有一张长椅，叶絮拉着梁嘉泓坐下，两个人坐在这四四方方的院子里，眼前是那一小方灰蓝的天，院子角落不知名的植被相互纠缠着，芭蕉叶被雨珠压得一颤一颤，好似能听见雨珠滑落的声音。

叶絮与他并肩坐着，带着几分笑意说：“我不喜欢下雨天，不过现在感觉也挺好的。”

梁嘉泓也笑道：“那以后我们就住这样的院子？”

以后啊……

叶絮不禁开始幻想以后是什么样子，说道：“别了吧，这院子夏天蚊子肯定多。”

“也是。”他兀自笑着。

叶絮合上眼，随后贴近他耳畔轻声道：“我喜欢你。”

伴随着雨声，梁嘉泓听得不真切，追问道：“没听清，再说一遍？”

叶絮笑起来，捶打了他一下：“你想得美。”

打闹间，梁嘉泓的手机响了，两人都看清了显示屏上的名字，是班主任。

叶絮皱了眉，心想：班主任怎么会突然打他电话?

梁嘉泓接了电话，最后说：“行。”

他一挂断，叶絮就连忙问：“班主任找你干什么啊？”

梁嘉泓一边翻通讯录，一边说：“他要我帮忙买个东西。”

“他不能自己买吗？”

“他说在南城市区那边，他不太熟悉，不知道是哪条路。”

叶絮想也没想就问：“那你认识？”

“嗯，我知道。”他的语气很随意，仿佛是说对啊，今天下雨了。

梁嘉泓站起身走到一侧打电话。叶絮没听他在说什么，坐在椅子上看芭蕉叶，她的心跟着那雨珠一颤一颤的，然后一起从高处滑落。

那种强烈的对比的感觉又侵袭而来。

叶絮想起初中去市区旅游的情景，她坐在大巴窗边，愣愣地看着这城市的高楼大厦，弯弯绕绕的高架她也觉得神奇。那是一座她只知道京州路的城市，她的眼界只限定在那块儿，可梁嘉泓不是，班主任随便报一个名称，他就能知道在哪条路。

她想：他一定在那灯红酒绿的城市街头盘桓过无数次吧，所以才了如指掌。

一直以来，他带来的一切都是她向往的，她一头扎进去，惊叹于这里面的繁华，跟着他一起沉迷在这个世界里，而现在，她犹如被一棒打醒。

当她发现眼前的这个男生越来越优秀的时候，当仰慕的情绪冷静下来的时候，只剩下茫然和深深的卑微。

烟雨蒙蒙中，叶絮望着他的眼睛，第一次觉得看不透。

梁嘉泓挂了电话走到她面前，问道：“怎么了？发什么呆？”

温柔的声线把叶絮的思绪拉了回来，她扯出一丝笑，故作俏皮地说：“咱以后不住这院子，那住什么样的啊？”

到底是太年轻，总以为自己能力挽狂澜，总以为只要喜欢就够了。

叶絮知道，梁嘉泓从来都不会了解她内心的百转千回，那些事对他来说只是日常而已。

周日那天，叶絮和往常一样坐公交车回家，她坐的依旧是靠车窗的位置，只是从前那些在窗外快速闪过的车辆她开始在意了。

她情不自禁地想：那是什么价位的车？车里坐的又是什么人？会不会就是那天送他回去的朋友呢？

叶絮在和梁嘉泓发消息。梁嘉泓昨晚睡得晚，正好又眯了一会儿，后来肚子饿干脆就起床了。

叶絮：那你吃点东西。

梁嘉泓：正在煎牛排。

叶絮：怎么吃这个？

梁嘉泓：家里只有这个了，正好练练手，下回煎给你吃，怎么样？

叶絮想笑却笑不出来，她回了个“好”字。

网络大概只有这个好处了，你的情绪好坏对方都感觉不到。

叶絮转过头来，车窗外所有的景象都模糊了，她忽然发现她已经自卑到连一块牛排都可以让她胡思乱想，因为她没有吃过牛排。

叶絮想，如果梁嘉泓像电视剧里一样邀请她去吃牛排的话，她一定会像女主角一样，慌张得不知道怎么拿刀叉，一脸无措地望着他。剧里的女主角后来都会傻笑着感谢男主角为她切牛排，然后幸福地吃下去。

可在现实里，在梁嘉泓面前，她觉得那种场景毫无幸福感可言。

她以前总是希望他能毫无保留地给她展示他真正的生活，可是他真这样做了，她却自卑到连一块牛排都接受不了。

牛排，她可以装作吃过；车，她可以装作家里也有私家车；外面的世界，她也可以装作略知一二。她不懂，但至少可以在他面前笑而不语，不表露自己有多少见识，就这么揣着自尊心依旧挺直腰背坐在他面前。

可叶絮没办法忍受“钱”就这么赤裸裸地摆在她和他的面前。

这是唯一一件让叶絮多年都不能释怀的事情，她的卑微她认了，她的那些小谎言她也认了，可他唯独不能那样想她，她不认这件事。

学校每年都会有公益捐款，班主任提前一天发了通知，并且也说明了不要攀比金额，每个人家庭条件不一样，力所能及地尽一份爱心就可以。

班主任通知完这件事，叶絮发消息给梁嘉泓，问他捐多少。

梁嘉泓：随便捐点吧，看身边有多少零钱。

叶絮：嗯。

隔了一会儿，梁嘉泓问：上次放你那里的硬币还在吗？要不就把那些硬币捐了吧。

叶絮自然没忘，他的东西她怎么会忘，她至今觉得能帮他保管硬币真好，说得直白点，她好像他的管家一样，她喜欢这种感觉。

第二天早上，叶絮洗漱完，从抽屉里拿出那个粉色的眼镜盒，她把硬币都倒进了书包前面的小夹层。

进教室时，里头的人依旧很少，叶絮小心翼翼地把硬币从书包里拿出来，生怕漏了一个，她把它们整整齐齐地叠放在梁嘉泓的课桌里。

在上第一节课的时候，叶絮收到梁嘉泓的消息，她看到那行字的时候感到脊背隐隐发冷，愣在那里好半天，随后席卷而来的是被侮辱的感觉，她有些控制不住地发抖，因为气愤而呼吸急促、胸口微微起伏。

梁嘉泓：硬币好像少了点。

她几乎可以想象他的语气，只是这么随口一说，可她还是忍不住想：是不是他在怀疑我拿了？

叶絮：放进盒子里以后我就没动过了，真的少了吗？

梁嘉泓：没事，只是几个硬币而已。

叶絮不知不觉眼眶红了：可能漏在抽屉里了吧，我回去再找找。

在此之前她从未在他那里感受过轻视，所有自轻自贱都是她自己给自己的。唯独这一次，她没法控制地去想，他是不是觉得她是个图他钱的人？他是不是觉得她很厚脸皮？

那一天叶絮情绪很差，但一直强忍着，放学后依旧能不动声色地和梁嘉泓说说笑笑，仿佛什么都没发生过。

叶絮和他在校门口告别，头一回她这么期盼可以和他分别，这仿佛是一种解脱，他离开时，她终于可以放下那勉强的笑容。

她神色疲倦地回到宿舍，坐在书桌前发愣。

赵金金很会察言观色，问她怎么了。叶絮只是摇摇头，一言不发。

要去上晚自习的时候，叶絮忽然对赵金金说："金金，你有十个硬币吗？"

"有啊，怎么了？"

“我拿纸币和你换吧。”

“哦……行啊。”

叶絮从皮夹里拿出一张十块的纸币，又问：“还有更多的硬币吗？”

“我找找啊，”赵金金随口问，“你要那么多硬币干什么啊？”

“还钱。”叶絮说完，扯了下嘴角，笑得有些荒唐。

赵金金给了叶絮十五个硬币，再多没有了。

次日，叶絮难得地去晚了，她到教室的时候梁嘉泓已经坐那儿了。

叶絮握着这十五个硬币走过去，然后将其放在他桌上，笑着说：“我在抽屉里又找到了点儿，那盒子漏了。”

她没有停顿，说完就走了。

梁嘉泓望了眼她的背影，视线又落在这堆硬币上，双眸骤然暗了几分。他面无表情地收下了硬币，一个个放进课桌里，动作很慢，慢到他回忆完了昨天整个对话。

他不用多加思索便猜出了他说错了哪句话。

上课铃响起，叶絮就坐在他斜对角，他们之间隔着一条走道，她坐在第一排外侧。他靠在椅子上，能清晰地看到她的背绷得很直，看起来并不放松。

他又想起昨晚叶絮不怎么热情的态度，九点半就说困了，要去睡觉。

其实他从来没有怀疑她，他对她一向没什么迂回的心思，很多东西要么不说，要么就直白地说，那种含沙射影的言辞他从不会对她说。

他只是真的觉得硬币少了。只是这样而已。

可梁嘉泓也明白，这话如果是别人对他说，他可能也会那样想。这事是他做错了，说那话没过脑子。

可他以为按照叶絮的性格，她会气呼呼地和他说她没有拿，相反，她默默地拿了十几个硬币给他说是漏掉的，没有争辩，也没有解释。

梁嘉泓望着课桌里的硬币，想着那就这么过去吧。

其实叶絮不记得了，后来梁嘉泓曾就这件事哄过她的，但她只记得他说硬币少了，全然忘记了他哄过她。

他哄人的方式很平淡，表达得十分隐晦，心思不缜密点的人很难领会，叶絮就没领会。

那个周五放学，梁嘉泓带她去了西江，叶絮因为硬币的事情那几天都没睡好，表情也总是很僵硬的样子。她开朗的时候叽叽喳喳的像一只小鸟，沉默的时候则像一潭死水，性格很两极化，敏感脆弱又神经大条，对未来充满幻想和热情，又时常消沉和默然。

正是退潮的时候，水杉树林里，叶絮站在一块石板上，一会上一会下，踩着打发时间，也没什么和梁嘉泓说的。

在她第九次踩上石板的时候，梁嘉泓扶住了她，他站在她面前，因为石板的高度，他还需微微仰头看她。

叶絮把双手搭在他肩膀上借力稳住身体，轻声问道："怎么了？"

梁嘉泓凝视着她的双眸，低声问道："这两天怎么黑眼圈重了？看你凌晨还在线，还骗我睡了？"

叶絮沉默了一会儿，说道："有时候会睡不着。"

梁嘉泓笑了："那我以后大概要被逮捕起来了。"

"什么？"叶絮没听懂。

他说："家里养了只熊猫。"

叶絮也笑了："你才是熊猫……"

梁嘉泓温柔地捏了捏她的鼻子，叮嘱道："别再那么晚睡了，别学我，我们家里有一个人熬夜就够了，以后赚钱养家的活儿是我的，我们小朋友只需要貌美如花。"

她话里有话地问道："我以后就瘫在家里，什么都不做，你愿意啊？"

"愿意啊。"

"喊。"叶絮嘴角弯了弯，跳下石板，留给他一个背影。

即使他能接受，她都没法无所事事还心安理得地待在他身边，她会看不起那样的自己，会厌恶那样的自己，更会感到自卑。

可他不会懂，对他来说养一个女人不算什么难事。

后来叶絮才明白，原来"我养你"这句话之所以叫人感动，是因为那个人平凡普通，却还是愿意倾尽所有爱你。

叶絮不知道，梁嘉泓当时也是真心想让她生活在他身边，给她最好的一切，看着她发光发亮，只是他必须先让自己稳定下来，他还没有能力这样做。

那个周六是个艳阳天，已经临近11月底，南城进入初冬季节。在叶絮的记忆里，南城的冬天一向是比较温和的，只是昼夜温差大。

叶絮在家的日子模式很重复，周五晚上到家吃饭睡觉，第二天睡个懒觉，在家看看电视，如果叶母正好轮到晚班，白天在家，母女俩会一起晒太阳聊聊天，吃完晚饭会去隔壁婶婶家串个门，闲聊几句。

傍晚，叶絮把手机放在楼上充电，穿着粉色的大棉袄跟着母亲去串门，溜达了将近一个小时才回家，回家第一件事就是上楼去看手机。

果不其然，梁嘉泓的确给她发消息了，只是叶絮没想到那是一条彩信。

那个时候，短信发不了那么多字，但用彩信就可以。

叶絮打开那条彩信，缓冲了好几秒。

映入眼帘的是一长串文字，叶絮按住往下键，彩信最后的结束语是“我很在乎你”，她又拉回顶端，重新细细地看。

她坐在床沿，弓着背，双眸紧盯着手机，目光中有疑惑、惊喜、激动，她握着手机的手止不住地发抖。

这是梁嘉泓从未有过的柔情，叶絮爱浪漫，所以给他发过很多长串的文字，她像个天真烂漫的姑娘，只管把自己的心意传达给他。可他没有做过这种事情，他的情绪总是很平静，“我想你”这句话，他总能每天都和她说一遍，不是敷衍也不是形式，他每一遍说得都很认真。

那是一段深深刻进叶絮心里的肺腑之言，她第一次见识到梁嘉泓的无助和脆弱，第一次感受到原来他对她很在意。

她反复看了好几遍彩信，既感动又心疼，眼眶就这么红了。

梁嘉泓的文字没有花言巧语，也没有很多修饰词，就如他这个人一样平静。

他告诉她，昨天发生了一件不好的事情，他十分自责，如果他当时能拉住好友，是不是就不会发生这样的悲剧，他说这是身边第二个好友因为车祸去世，他说这是报应吗?

他像孩子一样孤立无援，说他只有她了。

叶絮的目光停留在这句话上，他说他只有她了。

短短几个字，直击叶絮的心扉，突然，勇气从四面八方聚来，从她的脚底冲到脑门。她忽然觉得什么都不重要了，她渺小又怎么样，自卑又怎么样，他需要她，他心里有她，这就足够了，她就有勇气站在他身边。

她不了解他过去的事情，可此刻也不适合问，那些如刀疤般烙在心上的旧事，她心疼得不敢问，只能从他的表述中猜出几分。

他们认识将近三个月，她总是看到他笑着俯视一切，像对身边的一切都不怎么在意，好像没什么事情能扰乱他。他比她更会掩饰自己，这样一个倔强的人却在夜幕时分朝她露出了无助和脆弱。叶絮想，他得难受到什么程度，才憋不住来向她求助？

她斟酌了许久，写下一段不长不短的信息发给他，她不知道怎么安慰他，只能用尽所有真心告诉他，她会永远陪着他。

梁嘉泓：我知道。

那种彼此信任、彼此依靠的感觉让叶絮宛若新生，她仿佛回到了最初的时候，不计后果，不管结局，只想毫无保留。

后来叶絮想，如果当初没有这条彩信，没有他的这番肺腑之言，没有那句“我只有你了”，她也许更容易释怀些。

那晚去世的人是王邵俊。

周五晚上，梁嘉泓处理完父亲安排下来的事后接到他们几个的电话。

他最近因为酒吧的事和韩阳、杨旗忙得有点发昏，王邵俊在此之前又带着陈韵韵去国外旅行了，一走走了半个月。

听到杨旗说王邵俊已经回来了，大家想着可以聚一聚。

梁嘉泓赶到的时候正是夜场开场，他脱下外套，随手交给了服务员。那间开放式的包厢里，几个人已经喝上了，筹划着今年跨年怎么安排。

大家问起梁嘉泓时，韩阳“嘁”一声：“梁总，肯定和自己的朋友一起过啊。”

自从他和叶絮认识后，每次都很难逃过这个话题，接二连三的调侃都落到他身上，只要不过分，他都照单全收，绕着弯儿打发他们。

王邵俊问：“什么时候带叶絮见见我们？”

梁嘉泓正和叶絮聊完，收了手机，笑着说：“有机会再说吧。”

他还没和叶絮说起过他们，其实他没说过的事情太多，他不急着说这些。他和叶絮还有很多时间，这些都可以慢慢了解，比如她的那些好朋友，他也不是很了解。

更何况，如果真带叶絮见了他们，她应该会觉得尴尬、不适应，她的生活简单，现在还不是时候。

那晚，他们都喝了挺多酒，走出去时冷风都没能吹醒他们发热的头脑，叫嚣着要去打斯诺克，谁输了就明天上酒吧表演。

梁嘉泓扶了扶昏沉的额头，随着他们一起笑。

王邵俊喝得最多，连走路都踉跄了。

车祸就发生在他们要拐弯的那个路口，王邵俊眼花，明明要拐弯，却晕晕乎乎地横穿马路，那辆大卡车刹车都来不及。

听到喇叭声，走在最后的梁嘉泓抬头，电光石火间，他猛地惊醒，伸出手想拉王邵俊，却来不及了。

初冬的夜死气沉沉，几盏孤零零的路灯灯柱绷得笔直，肃穆而冷冽，卡车刹车的尖锐声划破天空。

他们在那一刹那都安静了，酒忽然醒了。

送到医院抢救时人已经不行了，没留下一句遗言。

王邵俊的父母只有这么一个儿子，接到电话赶过来，悲痛万分地指着他们责骂，那些难听的字眼也没有让他们几个觉得心里好过些，反而希望能被骂得更狠一点。

那一夜，是真正的彻夜未眠。

梁嘉泓从太平间出来，在冷风里坐了一晚上，再抬起头时，天色已经开始发亮，他不由得咽了咽喉咙，背脊涌上一阵寒意。

他想起十三岁时，那年夏天在卢州，也是这样一桩意外，带走了他人生中第一个好友。

这是报应吧?

他曾因为多心、怀疑，只考虑了自己，也曾把别人的一片真心踩在脚底，所以当他真正想去和别人交心的时候，报应来了。

他是从十三岁开始就信奉这个理论的，因果到头终有报，只争来早与来迟。

人死不能复生，善后流程走得很快。周六就举行了葬礼，把骨灰埋入墓地以后一切都空了，那是真的空虚，这世上再也不会有那么一个人，你再也看不到他的脸，听不到他的声音，也许回忆他时，也不是那么清晰。

他们几个像是说好了似的，回去以后谁也没联系谁，梁嘉泓拖着疲乏的身子继续处理该处理的事情。等到昼夜交替，黑暗来临的时候他觉得有点撑不住，情绪实在糟糕。

忽然，他想到叶絮，她真的和他身边的人不太一样。她从来不会多问他工作上的事，她会告诉他最近哪部电视剧好看，昨天听了什么笑话，或者问他冷不冷、饿不饿。

她每次看他的时候，眼睛都那么明亮而璀璨。

她好像是唯一一个能这样真诚地站在他面前的人了。

他想象不到以后离开了叶絮他会怎样，没有这样一个一想到就觉得暖心的人，那种空虚感应该和埋完好友骨灰后一样吧。

他很少有这么煽情的时候，他总觉得作为一个男人，述说一些长篇大论的真情太丢脸了，可他太需要宣泄，只有叶絮会懂，只有她会认真地关心他是否真的难过。

写到最后他才发现，他真的很在意她。

周日叶絮见到梁嘉泓的时候，他看起来和往常没什么区别，如果不是昨晚他控制不住情绪给她发彩信，她此刻一定看不出他失去了个好友。

她恍惚间还以为那只是他编织的一段谎言，可转头她就把自己这个想法否决了。他不会拿这种东西开玩笑装深沉，只是他怎么可以这么平静？

叶絮记得，那天的天空阴沉沉的，他们坐在西江的礁石滩上，望着一望无际的江面。

她说了很多有趣的事情逗梁嘉泓开心，可他只是象征性地笑一下，又或者握住她的手，低声问她冷不冷。

她忽然发现他平静得异常，就像一块石头落入幽深的井里，咚的一声，没有激起水花，一圈圈的涟漪都是带着死气的。

叶絮沉默了许久，小声问道：“那是怎么发生的？”

不知怎的，她有点不敢问，生怕再触及他伤心处，生怕自己不会安慰，但她还是问了，她没有办法做到视而不见。

梁嘉泓沉默着，似在组织语言。半晌后，他才哑着嗓子说：“车祸。”

叶絮怎么会不知道是车祸，但他明显不想提及细节。

叶絮不知道还能说什么，于是问道：“你还好吗？”

梁嘉泓抬头目视前方，看着壮阔的江水缓缓流动，说道：“对不起他父母。”

他说话的时候胸口微微起伏，那是从胸腔深处发出的愧疚。

叶絮轻轻“嗯”了声，说道：“会好的。”

之后，又陷入了无尽的沉默。

叶絮目光向上移，看见他线条流畅的下颌线，还有微微滚动的喉结。在这种时刻，她觉得这样的侧影看起来很悲伤很孤寂。

她看了几秒，主动抱住了他安抚着。

梁嘉泓垂眸看她，闭眼，也抱住了她。

她是个有一腔热血的人，很容易感动，很容易冲动，最看不得梁嘉泓难过。她希望梁嘉泓可以永远光辉灿烂，笑意永存。她喜欢悲剧性的东西，却希望身边的人都快乐。

她所有的誓言都蕴含在那真挚的拥抱里，她会一直陪着他，再不会让他有这种时刻。而她为了他，愿意很努力地去做那些很难达到的事情，她愿意放手一搏，愿意无声无息地吞下自己的敏感自卑，愿意放下自己的自尊。

原来喜欢一个人，真的会有勇气与全世界为敌。

第九章

秋冬飞絮，形同陌路

他们度过了几天美好的日子，那可能是叶絮最黏人的几天了。

那天放学后，叶絮让梁嘉泓陪她去买书，挑了一圈也没选到合适的，两个人打道回府，路上遇到了班里的一个男同学骑着车和他们打招呼。

两个人以笑回应，随后停在斑马线前等红绿灯。路边有个断腿的讨饭老人，那时候叶絮还不懂这种骗局，心善地给了老人五块钱。

她笑着说：“梁嘉泓，如果有一天你一无所有，在街头讨饭，我也会陪着你的。”

梁嘉泓笑了：“真的？”

她点头道：“真的！我会一直陪着你的！”

这段被忽略的小时光是他们最交心、最肆意的时候。

叶絮像是没了束缚，又开始骄纵自信起来。

那个周五，他们要到实验楼上信息课。叶絮和邬天赐走在最前面，后面跟着梁嘉泓和王昊祥他们。

王昊祥说：“你们也快认识三个月了吧，差不多了吧？”

叶絮听到，回头瞪了王昊祥一眼。

梁嘉泓看到她的神情，笑着没回答。

王昊祥继续说：“整天腻腻歪歪的。”

叶絮觉得三个月不够，他们会有很长的以后。

叶絮的生日在12月初，她是射手座，火象星座，具有这个星座最鲜明的特征——开朗热情，但也容易浮躁不安，鲁莽行事，冲动让他们看起来充满激情，也让他们敢于挑战。

她喜欢一切浪漫的事物，也渴望自己有一天能拥有，但她不喜欢强求，强求来的再浪漫也显得悲哀。

这是他们认识后度过的第一个生日，生日快到的时候，叶絮隐隐有些期待，期待梁嘉泓会准备什么，她是不是能收到一份比较正式的礼物呢?

生日那天是星期三，在此之前梁嘉泓和她说过，我们小朋友马上又要老一岁了。叶絮辩解着自己才不老，一边闭口不谈生日怎么过，一边暗暗期待他能给点小惊喜。

她在星期三那天早晨红光满面，傍晚时已经是勉强微笑。

什么都没有。

早上他没有早到给她惊喜，中午课桌里也不见他塞了点什么，到了晚上更是没有动静。

放学后，两个人穿过小巷去口碑不错的那家面包店买面包，叶絮现在早上会吃面包。

梁嘉泓全然没察觉到她的心思，笑着说："等会儿要吃点什么吗?今天是我们小朋友的生日。"

叶絮快要被气哭，知道是她生日，就只吃点东西啊?

她头一扭："不想吃。"

梁嘉泓轻轻"哦"了声，好似也没话了。

买完面包回来，叶絮其实气已经消了，想着没有就没有吧，还能拿他怎么办，他可能真的不浪漫，就是个榆木脑袋。

可快走到教室的时候，梁嘉泓接了个电话，说道："好，对，我差点儿忘了，今天是阿菁生日，帮我订个大包，晚上叫他过来，我请。"

叶絮的脸瞬间拉了下来，绷紧肩膀，暗自加快脚步，头也不回地往教室走。

梁嘉泓不明所以，挂了电话追上去，谁知叶絮砰的一声关上教室的门，不让他进去。

教学楼空荡荡的，教师都下班了，晚自习还有半小时才开始，一楼只有他们两个人。

叶絮的火止不住地往上冒。

别人生日他知道订个包厢，她生日就什么都没有吗？她不是非要什么稀世珍宝，只是想要他一份心意而已，过生日送个礼物这种事情很难想到吗？电视里都演过上万回了吧？

梁嘉泓在外面哄着：“怎么了？哪里不开心了？”

叶絮竟然觉得好笑，简直在对牛弹琴。她开了条门缝看他，十七八岁的大男孩手里握着手机，看上去很茫然、很不知所措。

那模样有点滑稽，叶絮心又软了。

她打开门没好气地说：“我没事。”

梁嘉泓捏捏她的脸，说道：“把牛奶和面包吃了，我要走了。”

“嗯。”她知道他最近晚上挺忙的，更何况还要忙着给别人过生日呢。

晚自习的时候，叶絮又在写日记，三个月里她已经写了小半本了。

无聊的时候她会翻开看一看，把那些日子都回味一遍，她想她会永远都记得，记得每一个细节。这本日记本她晚上睡觉时会把它放在枕头底下，而日记本那层透明罩里夹着她和梁嘉泓的大头贴。

她在日记本里写道：没关系，就算没有礼物、没有惊喜也没关系，因为我知道他心里有我，因为他上次从京州赶回来只为见我一面，因为他说他想见我，因为他说他只有我了。两个人之间，有一个人懂浪漫就好了。

12 月 25 日是梁嘉泓的生日，叶絮觉得自己为他准备惊喜和礼物也是一样的，那一样是他们一起过的生日。

那个晚自习，她一直在草稿纸上涂涂改改画画，她打算定做一个杯子和一个蛋糕。

杯子要自己设计图案，到时候拿到拍大头贴那里做。蛋糕得选街头那家，那家最贵最好吃，蛋糕的图案也得她自己来定。

只是世事无常，他们只走到了 12 月 18 日。

后来叶絮觉得一切都是有迹可循，冥冥中都给了暗示的，比如王昊祥的那句玩笑话。

那时候流行记住那些有特殊意义的日子，比如什么时候开始的，什么时候分开的。

叶絮记得，12 月 17 日，是周六，他提的分开，可她觉得 18 号的周日才是真正的诀别。那两天阳光明媚，秋光潋滟，太阳晒得人心发慌。

他们12月初的那段时间其实相处得很不错，因为梁嘉泓那一段很长的肺腑之言，叶絮总觉得他们会有以后。

叶絮在为他筹划生日惊喜这事上没少下功夫，几乎每晚拉着赵金金兴奋地描绘。她想梁嘉泓一定会喜欢的，也许这将会是少年时代的美好记忆。

可如若你现在问叶絮，回忆起来怎么样？她只会笑笑说：“愚蠢又心酸吧。”

叶絮在10日左右就拿到了定制的杯子，偷偷藏在了家里的书桌抽屉里，生怕放在宿舍被舍友们碰坏了。

16日，周五，叶絮回家后还把那杯子拿出来细细欣赏，完了再小心翼翼地装回盒子里，塞进抽屉最里面。

周六那天，叶絮和往日一样，在家看看电视做做语文作业，时不时和梁嘉泓聊几句。

可她总觉得好像有什么变了，两个人的话题不如从前那么多了。她有时候会不知道给他回复什么，只能用表情来填充，但总会有这样一个过程吧，过了新鲜期就会有一个缓冲期，网络上俗称磨合期。

叶絮没怎么放在心上，直到晚上，她缩在被窝里捧着手机和梁嘉泓聊天。

12月中下旬的南城已经很冷了，没一会儿，她露在外面的手指被冻得舒展不开，九宫格键盘她按得很用力，一字一句地回复他。

可真的不一样了，他不会再那样秒回，要隔好几分钟才回复她，回复的内容看起来也很冷淡，多数是一个“嗯”或者是“啊”。

就这么僵硬地聊了四个小时，快接近半夜12点时，叶絮一个人生闷气，她不知道他今晚是怎么了，那种冷漠隔着屏幕她都能察觉到。

她想：他很忙吗？可从前再忙他也不会这么敷衍我。

叶絮左思右想后，还是问了出来：我觉得你变了。

她发完这条，腹诽道：你再这么对我，明天早上就说讨厌你了吓吓你。

手机屏幕一亮，他的消息进来。

叶絮定眼一瞧，像被人在头顶浇了一桶冰水，从头冷到脚，大脑霎时一片空白。

梁嘉泓：我就是这样子，如果你忍受不了，我们就不要再联系了吧。

叶絮捧着手机半晌没回过神来，觉得这不是梁嘉泓。

不是那个对她百依百顺的梁嘉泓，不是那个为了见她从京州赶回来的梁嘉泓，不是那个说我只有你了的梁嘉泓。

可她知道这就是他说话的语气，淡淡的、没有回旋余地的语气。

叶絮反应过来后止不住地发抖，一颗心提到嗓子眼，像被什么扼住了喉咙，她的眼泪一下子不争气地流了出来。

她从被窝里坐起来，身上只有一件单薄的粉色长袖贴身内衣，她低着头，瑟瑟发抖。

叶絮：你在开玩笑吗？

梁嘉泓：没有开玩笑。

他回复得很快。

叶絮不可置信地笑了出来，鼻涕眼泪流了一脸，她拿纸胡乱抹一通。

叶絮：为什么？

他们不是很好吗？他不是前几天还说以后要怎么样怎么样吗？为什么突然说这种话？

梁嘉泓：没有为什么，分开吧。

他的态度已经很明显了，这不是他的玩笑话，也不是一时冲动，他真决定好了。

叶絮胸口泛起一阵阵钝痛，仿佛被利器搅着，气都换不上来，她哭得越来越凶。

她本还想开玩笑吓他，真发生时，她根本无法坦然承受。

叶絮不愿意，死都不愿意，她脑子里乱得很，像发疯了似的，她头脑不清醒地告诉梁嘉泓要是和她划清界限她就从二楼跳下去。

手机响了，是他的电话。

叶絮接了，梁嘉泓厉声问道：“你在干什么？”

“不要你管！”她像个孩子任性地嘶吼。

梁嘉泓沉沉吸了口气：“别冲动，别这样……”

电话里传来叶絮的呜咽声，她抽抽搭搭地问他为什么。

梁嘉泓沉默着没回答。

叶絮哭得喉咙发疼，得不到他的回答，她觉得很委屈很愤怒，直接挂断了电话，赤脚跑到阳台上。她握着阳台的不锈钢栏杆，在寒风中发抖，可不是因为冷才发抖，而是那种突如其来的打击让她害怕、无望。

那不是叶絮一生中唯一想死的时刻，却是她第一次感受到被人抛弃后绝望的时候，觉得往后余生都是乏味的。

电话铃声响个不停，叶絮想：他很紧张吧？但不是真的紧张我的死活吧，只是害怕我真跳了他内心不安吧？如果他真在乎我，又怎么会突然要这样说？我做错什么了吗？我明明还在为他筹划生日惊喜，我花了那么多心思，为什么等到的是这个消息？

可是当叶絮看到一楼的玻璃窗，父母在那个房间里熟睡，安安静静的，她忽然就退缩了，慢慢靠着栏杆蹲下来，抓着头发，不敢哭得太大声，憋着忍着，指甲抠着掌心，抠到出血。

那一刻她说不清心里是什么滋味，冲动、懦弱、怨恨，可冷静下来才发现最强烈的想法还是在意他。

电话一直在响，叶絮进屋接起来。

梁嘉泓的声音也有些颤抖，他第一次叫她的名字："叶絮，你别发疯。"

她哭得嗓子都哑了，问道："为什么？"

梁嘉泓滚了滚喉结，说："先睡一觉，我们明天再说。"

"啪嗒！"眼泪落到书桌上，上面的草稿纸很快被洇湿，叶絮不知道还能说什么。

就算她威胁他要去死，他也还是没有松口。

叶絮没有回答，算是种默认，再次直接按断了他的电话。

她知道梁嘉泓这个人说一不二，平日里对她一句重话都没有。他不会像同龄的其他男孩一样用分开闹腾，或是用吵架去试探，他如果在乎一个人，就会尽量退让，不做任何伤害对方的事情，这样子的人，一旦准备好分开了，就是真的决定好了。

他不会在道别后再回头看她一眼，他把控着自己，把控着未来，走一步看十步。

他是叶絮接触过最冷静理智的人，不做任何自己掌控不了的事情，对什么都游刃有余，不似她，总是一脑子往前冲，异想天开。

所以他比她绝情，她也知道很难挽回。

叶絮合上手机，望了眼漆黑的四周，夜晚宁静到沉重，除了几声狗吠再也没有其他动静，她脑海里冒出一个认知：我们真的到这里为止了，我们再也没有办法像从前一样了，连说句话都不可能了。

这个认知让叶絮心里蓦地一空，仿佛整个世界都在往下沉。

她在十七年里第一次有这种感觉，原来，心口真的会如书中描写的那样，疼得恨不得挖掉它。

她木木地爬回床上，侧躺着，吸着鼻子，肩膀颤抖得厉害，那眼泪根本收不住。

记忆太过深刻的原因，大概也是因为她太多的第一次都给了梁嘉泓，她第一次见识到像他这样成熟的人，第一次拼尽全力对待一个人，第一次为一个人哭了一整夜。

叶絮一夜没睡，周日上午避着母亲走，生怕母亲看到自己红肿的眼睛。

她照镜子的时候觉得自己难看极了，眼袋肿得像水泡，眼里的血丝也异常显眼。

中午叶母送她去坐车的时候，她戴上了棉质口罩和黑框眼镜。她一直低着头，也尽量维持正常的声音和母亲说话。坐在电瓶车上，寒风如刀子一般划过脸颊，她觉得这艳阳天都是黑沉沉的。

说了一两句话，叶母后来没再开口了，看着女儿上了公交车，轻叹一声。

叶絮是个泪点很低的人，很容易鼻头一酸就哭出来。她其实很讨厌自己这样，生怕别人觉得她脆弱爱哭，以至于后来她再和别人提起梁嘉泓时，她都会笑着抹眼泪解释说：“我不是觉得伤心，只是有点控制不住。”

可只有她自己知道，其实她就是脆弱，就是伤心。

车上人满为患，她选择了个避开他人目光的角落位置，口罩和眼镜全程没摘下，眼泪在眼眶里打转。她不断地仰头，希望能让眼泪收回去，她没有戴耳机听歌，生怕一听更会控制不住。

就那样煎熬地度过了四十分钟，下车的时候也并没有感觉解脱，她微微发抖，不知道接下来等着她的是什么，她又觉得自己哭了一整夜的样子实在太难看了，等会儿要怎么见梁嘉泓？

那今天见了以后呢，以后是不是再也不能见他了？

从车站到学校的那段路，叶絮走得一身的冷汗。

到宿舍的时候，一个人都没有，叶絮又坐着哭了好一阵，那种绝望悲伤的情绪像从身体里蔓延开来一般。她一想到梁嘉泓、一想到以后，就止不住地掉眼泪，好似有什么在一点点地挖她的血肉，就连呼吸都不顺畅了。

徐佳玲到的时候，叶絮正在洗脸，她和叶絮打招呼，叶絮回了个“嗯”。就这么一声，徐佳玲觉得不对劲，一回头，看见叶絮的眼睛又红又肿。

徐佳玲愣了：“絮絮你怎么了？怎么哭了？”

叶絮摇摇头，又垂下脑袋，可别人一关心她鼻头就酸了，眼泪又稀里哗啦地跑出来。

徐佳玲连忙给她擦眼泪。

见叶絮咬着下唇，小声地哽咽，徐佳玲抱住她，心疼地说：“别哭了，别哭了。”

那时候十七岁的她们已经学会不去追究询问，默默给予安慰。

叶絮靠在徐佳玲肩头，抽泣着断断续续地说：“我……我和他……”

话没说全，但徐佳玲猜到了。

徐佳玲有些吃惊，在她印象里，叶絮和梁嘉泓一直很好。

徐佳玲只能拍着叶絮的背安抚：“别哭，你忘了上次你怎么安慰我的吗？”

叶絮颤抖着肩膀，呜咽着。

那些道理她都懂，她们宿舍里每一个人都懂，但到了自己身上，没一个人能逃过伤心。

她当初说的每一个字如今都落到了她自己头上，看起来多讽刺。

叶絮从宿舍楼下去时，梁嘉泓已经到校门口了。

他穿了件白色的厚外套，站在香樟树下，落叶纷飞，阳光穿透树叶落下，叶絮朝着那个身影一步步走去，她有些恍惚。

再也不是那种轻松的心态了，他再也不是那个少年了。

三个月，他们认识了三个月，叶絮觉得他是真有变化的。

那时候，他笑起来很阳光，又有几分痞气，眼里也会有迷茫和困惑，但现在举手投足间都成熟了许多。

叶絮走到梁嘉泓身边，两个人像是说好了似的，都没有看彼此一眼。

梁嘉泓也没有牵她的手，叶絮低头看了眼自己的手，默默插进外套口袋里。

不问去处，不问来路，就这么漫无目的地走着。

叶絮的眼泪渐渐收住了，迎着风，干涸了。即使知道今天以后两个人就分道扬镳了，可此刻他还在身边，她依旧觉得安心，她就像个孩子，只要能抓住一刻的幸福就会觉得高兴。

他们沉默着走了一路，谁也不提，谁也不问，直到在人烟稀少的西江停下。

明晃晃的太阳悬在高空，叶絮摘了围巾，露出整张脸，她浅浅地吸了口气，看向旁边的梁嘉泓。

这是今天她第一次认真地看他，他的黑眼圈又重了，眼底的荒凉和沉寂一眼就看得出。

她知道，他昨晚也许和她一样，一夜未眠。

那是不是他心里也不好受？可他难受什么？那个决定是他提的。

江风徐徐，叶絮的声音轻得如同这风："为什么……"

梁嘉泓沙哑道："没什么理由。"

"你是觉得腻了吗？"

"不是。"

他不愿意说，叶絮也不想问了，她吸了吸鼻子，忍下那股酸涩："我们不是一直很好吗？"

叶絮觉得自己有些低声下气，她伸手去晃他的膝盖，像在讨好在乞求。

面对她的问题，梁嘉泓给不出一个答案，他滚了滚喉结，视线落在她的手上。他握住她的手，攥在手里，眉头紧皱着，似在组织语言，又好像要说的每一字一句都在吞噬他，很难开口。

他一握她的手，叶絮眼泪就掉下来了，她带着哭腔说："不要离开好不好？"

梁嘉泓抬眼，深沉的瞳仁里倒映的是叶絮泪痕斑驳的面孔。

他想起上回吵架是不是她也这么哭了，是不是眼睛也这么红肿？

"别哭，嗯？"他沙哑的嗓音放低，带着从前的温柔。

此时和彼时的温柔形成对比，叶絮的眼泪像断了线的珠子，再也控制不住。

她哭得上气不接下气，梁嘉泓帮她擦眼泪，却越擦越多。叶絮低下头，在竭力忍着，可他越是温柔她就越是想哭，特别是看到他的眼底都是对她的心疼。

她不理解，他应该也是在意她的，为什么会走到这一步？

她就这么含泪看着他，是不解，是不舍，是难过。

叶絮从包里拿出杯子，哽咽着说：“本来想在你生日的时候给你的。”

梁嘉泓目光沉了沉，接过杯子，握着把柄看了看，是两个卡通人物，虽然画得不如市场上的精致，但已经很好了。

叶絮问道：“我……做错什么了吗？”

梁嘉泓放下杯子，抚着她的脸庞，大拇指不断划过，抹她的眼泪。四目交汇，一个深沉，一个明亮，却在彼此最无能为力的时候交汇。

梁嘉泓深深望着她，不知怎的，心里涌上一股烦躁。叶絮哭得他心乱，他眉头微皱。

她忍不住再次祈求一般地说：“不要离开好不好？”

她没有再流眼泪了，梁嘉泓这才能喘上口气，她一哭，他整颗心都提起来了。

浪潮一浪接一浪，涨潮了。

梁嘉泓没有回答，许久后，他松开她，低声说道：“上去吧。”

叶絮的绝望在那一刹那一丝丝地涌出，她甚至想，还不如跳进江里算了。

她没说话，就这么木讷地望着江面。

梁嘉泓等了她一会儿，看到浪潮越来越高，于是牵起她再次说道：“走吧。”

叶絮视线一点点从江面移到他的手上，她忽然觉得自己真是个孩子，不开心了就要寻死觅活，眼前这个人从来都不会这样，他总是这么理智冷静。

她随着他走到岸上，在那道岸沿底下，她想到他们无数次来到这里，那时都是开心、温柔，现在想起来还是会发自内心地笑。

短暂的思绪抽离后，她很快意识到再也不是当时了，那种巨大的落空让她心里发慌。

叶絮忽然仰头看梁嘉泓，眼里氤氲着水雾，脆弱又固执地说：“我不想你离开。”

她不断地在哀求，表达自己的想法，可没有换来他一丝动容。

叶絮见他又不说话，两行泪流了下来。

梁嘉泓看着她，轻叹了一声，这种无能为力的感觉让他很没有底，又无从下手，他只好一下一下抚摸她的脑袋。

他的声音也有些颤抖："不哭了好不好？你不哭我就不离开，行不行？"

叶絮闭上眼，眼泪一行行地流下，她点头说好。

这种话语让她有片刻的安心，可谁都知道这只是哄骗人的话，他只是在哄她不要掉眼泪而已。

到最后，叶絮发现自己已经不想再乞求他了，她拿什么都挽留不了他，他已经为他们写好结局了，她只感到一阵苍凉。

呼呼作响的风里，他停止了动作，冬风抚去了他身上的温柔气息，他们仿佛走到了最后。

梁嘉泓说："我先走了。"

叶絮晃了晃身子，强忍着眼泪说："好。"

他今天来不是听她挽留的，不是和她解释原因的，他只是来让她更明白、更确定已经结束了，那句"不哭就不离开"好比昨晚的"先睡一觉，我们明天再说"。

他知道，她只是需要点时间接受而已，今天不行，那就明天，明天不行那就后天，她总有一天会接受的。

这世上没有分别不了的人和事，只是一开始总是撕心裂肺。

那一片光秃秃的水杉树林，混着芦苇荡，中午两三点的日头明媚得让人站不稳脚跟，抬眼望去，竟然有种恍如隔世的错觉。

梁嘉泓一走，叶絮再也忍不住，蹲下来，放声大哭。

停在沿岸上的梁嘉泓神色晦暗不明，叶絮就在下面，她的哭声一声声传入他的耳里。

他喉咙发涩，吸了口气，转身往回走，可走了几步又停住了，像有什么在拉扯他、阻止他。

他停留了两三分钟，还是离开了。

那一年，秋冬飞絮下，身处在岸堤上一高一低的人，在同一个画面，却不在同一条路上。

梁嘉泓离开西江后，在码头上停驻了几秒，他竟一时不知道去哪里。

来到这个学校半个月后就认识了叶絮，从此以后他每个周日的下午都留给叶絮。纵使朋友来催，事情多到连夜忙活，他都坚持推掉，或是提早赶工做完。后来他拒绝得多了，他们周日也就不找他了。

想起朋友因为此事调侃他，他蓦地笑了下，仿佛还身在当时。

再回过神时，那笑容就渐渐被眼前的茫然所淹没了。

丽日当空，日头照得他很难看清前方的路，码头游人多，来来往往，似乎都是三五成群，像他这样形单影只的寥寥无几。

他眨了眨眼，朝东江走去，漫无目的地走，好似不停下才能拂去一些压在心上的沉重情绪。

他和叶絮很少来东江，只逛过几回。

有一回放学后他们来这里散步，五点多，天色已暗，没看到夕阳，她和他说些杂七杂八的事情；还有一回隔壁班的女生和高二的女生有矛盾，约了在这里理论，她就拉着他来看热闹，一脸小女孩的兴奋；还有一回，她……

梁嘉泓没再想下去，他刻意打断思绪，多想一分就多难受一分。

混沌之中，有人叫他的名字，梁嘉泓从恍惚中醒来，回头望去，是陈宇飞和陈佳莉。

陈宇飞晃了晃手，喊道："嘉泓！"

梁嘉泓象征性地一笑。

陈宇飞拉着陈佳莉走过去，问道："怎么一个人啊？叶絮呢？"

梁嘉泓淡淡地、不着痕迹地说："她有点事。"

"怪不得啊，看把你闲得。"

梁嘉泓笑了笑，没回答。

"那兄弟我先走了，明天见啊。"

"嗯。"

陈佳莉打量着梁嘉泓，没有说话，只是隐隐觉得哪里不对劲。

梁嘉泓望着那一对渐行渐远的身影，神色暗了暗，千头万绪堵在胸口化不开，他甚至觉得是不是自己生来就没有自由？

他今年也不过十七岁，正是自以为是的年龄，自以为能掌控自己的人生和未来，自以为是地计划好了一切，到头来给自己在乎的人一个承诺都做不到。

他掉头，给朋友打了个电话，轻松地说："晚上组个局吧，玩到天亮。"

他回了一趟家，换了身衣服，想起昨晚落下的一堆事，又疲乏地打开电脑，打了个电话，说把账单发过来。

等待的空隙，他又想起了叶絮。

梁嘉泓深深吸了口气，烦躁地一脚踹开脚边的垃圾桶。"咚"的一声巨响，塑料垃圾桶被踢到墙上，圆桶滚到一侧，里头的碎纸片撒了一地，桶壁裂开了一道缝。

这一声撞击好似有余音一般，一阵阵在他脑海里回荡。

他抹了把脸，无力地坐在椅子上，沉沉地闭上眼。

已经过去一个小时了，他和叶絮分开一个小时了，她到宿舍了没有，会不会出什么事?

是他放手的，他没有资格再去找她，可他放心不下她。

他睁开眼，拿着手机想了一会儿，还是给叶絮发了条短信：回到宿舍了吗?

和从前一样的询问，却再也不是同一种心境。

梁嘉泓靠回椅子里，屋子里安静又沉闷，他盯着手机等回复，他知道她会回复的。

可那个任性骄纵又羞涩的姑娘，终有一天再也不会回复他了。

叶絮没在西江待多久，直接回了宿舍，即使空间狭小，即使她的狼狈她们都会看到，可是好像现在只有这里最让人有安全感。

宿舍里只有陈雨和徐佳玲在，也许是徐佳玲和陈雨说了，陈雨很反常地没有打趣她。

陈雨望着叶絮，似要说什么，可又不知道该说什么。

叶絮一声不吭，洗了把脸后开始收拾自己的书桌和衣柜。宿舍里寂静无声，大家好像很怕触动她的情绪。

隔了一会儿，叶絮扯出个笑容，对陈雨说："等下要一起去逛超市吗?我想买点东西做明天的早饭。"

陈雨见她主动说话，露出一个明亮的笑容，说道："好嘞！哎，徐佳玲，咱们一起去啊，等会儿金金来了，一起去！”

徐佳玲说：“好啊！我今天要大干一场，把超市搬回来！”

陈雨说：“行，那我和絮絮就看着你搬！”

徐佳玲翻了个白眼：“滚。”

她的语气很欢快，大家笑作一团。

叶絮也笑，但笑着笑着，泪水却糊住了眼睛。

陈雨满眼都是心疼，上去抱她，安慰道：“好了好了，不哭了，你平常都不哭的，有什么大不了的……”

叶絮低头，下巴抵在陈雨肩膀上，哽咽着说：“我知道……有什么大不了的……”

“我回头给你介绍一百个朋友！我们絮絮长得美人又好，他还不知道珍惜！”

徐佳玲也说：“就是就是！我嘴笨不知怎么安慰你，但你看我，上次哭成那样，现在不是缓过来了？过段时间就好了，我们都在啊。”

叶絮重重地“嗯”了声，可眼泪就像关不住的水龙头哗哗往下流。

哭过一场，叶絮稍稍平静了点，她忙着叠衣服擦桌子，尽量不让自己闲下来。

桌上手机振动，她心猛地一跳，点开一看，和她第一反应想的一样，果然是梁嘉泓的短信。

一条短信，又让她的情绪溃不成军。

他在关心她吗？可既然不愿意回头，还关心她干什么？这种温柔在这时候真的太多余了。

明明觉得他多余，却忍不住回复他，好像还想抓住这最后的温存，好像还存着和好的念头。她想：是不是过几天，我们会和好？是不是这只是次普通的吵架？

她像失去了所有力气，瘫坐在椅子上，捧着手机等待他的短信。哪怕只是只言片语，只要还能说上话，她心里就能稍微好受点，仿佛在自欺欺人一般。她暗示自己，他们之间也不是没有回头的可能。

可他回过来的短信似最后的道别语，叶絮几乎能想象他如果说这话会是什么语气。

梁嘉泓：晚上记得吃饭，以后也都要好好吃饭。好好读书，你会遇见一个比我更好的人。

叶絮看着这几句话心像沉入了大海，瞬间泪流满面。

这算什么？这到底算什么？

她颤抖着手，带着恨意，回复：不用你管。

发完，她合上手机，直接拔了电板，扔在桌上，好似这样才能发泄情绪。

叶絮趴在桌上哭，为什么这个人到最后也要这么温柔地给她一刀，割得她体无完肤，就连想恨他都做不到。

在他们相处的时间里她始终是弱势的一方，她没有梁嘉泓那么冷静，没有他决绝，所以直到很多年后她也依旧是卑微的。

就像她狠心地拔了电板，不过十分钟，她又会再装上电板开机，去翻梁嘉泓有没有回她什么，而那个人这次什么都没再回。

叶絮觉得这是她永远都学不来的狠心和理智。

她打开 QQ，上面也没有他的消息。她点进空间里看，试图想看到点什么，比如他的一丝不舍、他的一丝内疚，她原本觉得他不会发那种东西，可偏偏这次她看到了。

那是十分钟之前的一条动态，他说：希望你别恨我。

叶絮一怔，盯着那行字愣了许久。她下意识觉得他在说她，可转过头来想到上次吵架时的自作多情，她就不敢对号入座了，也许他说的不是她呢？毕竟他从来没有为她发过一条动态，她不想再显得那么蠢了。

她忽然想，他是不是没那么在意她。

因为没那么在意她，所以那个时候不愿意告诉她一些事情；因为没那么在意她，所以没有带她见过他的朋友，甚至也没听他提起过；因为没那么在意她，所以没有生日礼物。

她是不是太主动了？是不是这样的她让他觉得不用花心思？

是不是他一早就定好了期限，因为他总有一天要离开这里，所以这段时间只是他在这里的一次消遣？

可如果真是这样，那些日日夜夜的呢喃都是假的吗？

她忘不了他在她耳边说想见她的声音和神情，忘不了他耐心又温柔的叮嘱，也忘不了他曾将自己的痛苦给她看，脆弱地说只有她一个了。

叶絮退出页面，回到和他的 QQ 聊天页面，聊天记录停留在星期六的晚上，他说不要再联系，可再往上翻，他们亲昵地称呼着对方，每晚互道晚安。

再往前翻，他说以后想带她环游世界，想和她去很多地方，他说他最想做的事情就是和喜欢的人一起去旅行。

他还在寂静深夜突然和她说有点想她。她当时一边责怪他昨晚又睡得晚，一边为此愉悦，想着以后住校外吧，那样就能陪一陪他了。

那些话历历在目，叶絮的眼泪一颗接一颗打在屏幕上。

可这些都回不去了。

她又拿出那本日记本，从第一页开始翻，她还记得两人第一次在外面吃饭，在那家麻辣烫店，吃不怎么好吃的麻辣烫，她坐在他身边慌乱得不敢轻举妄动，但还是大着胆子给他喂了个丸子。

画面清晰得恍如昨日。

怎么一转眼，已经物是人非。

叶絮看着那一行行字，字里行间都是当初自己对未来的憧憬和幻想。这是一本没人知道的秘密，她的秘密全都是关于梁嘉泓的事情。

可这是一场梦吧，一场他编织的华丽又现实的梦。

华灯初上，入冬时分的夜晚寒风凛冽，四通八达的街道灯火通明，为了美化夜景，那一年冬天路边的树上缠上了小灯串。

行人来往，马上又到周一，今晚是这一周最后的狂欢。

梁嘉泓拿上外套出了小区，小区对面的学校亮着光，他路过，不自觉地放慢了脚步，他几乎可以想象叶絮在里面上晚自习的模样。

他翻出手机，没有一则消息是来自她的，往常这个时候，她应该在和他聊天。

听说二十一天就可以养成一个习惯，事到如今，他不习惯了。

路灯夹杂在成排的香樟树间，他的身影被斑驳的光影拉长，那条路行人不多，朝北望去更是漆黑一片。他抿着唇，一步步朝台球室的方向走去，修长清瘦的背影慢慢与黑夜融为一体。

这边娱乐项目不多，王邵俊走了后，大家各自忙着事业，偶尔会约着打几局球。

那是一间新开的台球室，就在酒吧边上，其实地盘也算酒吧的，但韩阳想搞产业链，就把边上的地租给了别人，他又给人出了个主意，说开台球室肯定赚，一来二去大家就混熟了。

梁嘉泓去得早，偌大的台球室里只有球杆与球碰撞的清脆声。台球室老板给他拿了一支最新进的球杆，手感和质量都是一等一的好。

两个人靠在台球桌边闲聊着，老板问道："你今天来这么早，平常不都踩点到吗？"

梁嘉泓抚着杆子的顶端，笑得有些勉强："今天有空了。"

老板习惯性地从胸前口袋里掏出一盒烟，烟盒歪向梁嘉泓，问道："抽一根？"

老板又后知后觉道："你是不是不抽烟，我没见你抽过。"

梁嘉泓笑笑，"嗯"了声。

老板也不过二十五岁，两人没什么代沟，更何况这些富家子弟总不能和平常学生比。

老板抖抖烟灰，和梁嘉泓聊前几天的斯诺克比赛。梁嘉泓没怎么关注，就顺着话题询问了一番，空旷静谧的台球室里，两个人低沉的嗓音显得有些寂寥。

不超过一刻钟，杨旗那帮人从冷风里赶来，他性格开朗，一进来就咋咋呼呼地喊着："开开开！"

那几场球梁嘉泓打得不怎么样，甚至话都没说几句。

杨旗看出了端倪，男人的反常其实很容易看出，他们不会像女孩子一样把不开心三个字写在脸上，也不会逮着朋友就发泄倾诉。男人喜欢闷着不说，像往常一样说笑，可那些笑容很牵强，并且不会维持很久。

晚上11点多，杨旗把杆子扛在肩头上，屁股一抬，半坐在台球桌上，笑着说："夜场开始了，去嗨一嗨？"

梁嘉泓也笑了："行啊。"

他收了球杆，拿过边上的外套，掏出手机一看，果然已经快半夜了，手机上还是没有任何消息。他又点开叶絮的空间看，叶絮发了条动态：世事总无常。

"嘉泓，走了！"

梁嘉泓收了手机，神色淡淡地"嗯"了声，跟上他们的脚步。

酒吧里的劲歌热舞就像这冬夜里的一把火，烧得人头脑发昏。

几轮游戏下来，韩阳拉着梁嘉泓说：“来，梁总，上去唱一首，为我们的兄弟情，我和你一起唱！”

他们都没提起过王邵俊，大家默契地避开，表面上依旧夜夜笙歌，其实都放在了心里。

韩阳喝醉了，所以唱完那首《朋友》就哭了。

梁嘉泓从台上下来，额前的碎发已经有些湿润，错杂绚丽的灯光下，他的瞳仁漆黑不见底，似在笑又似在迷茫。

他回到包厢，仰头靠着沙发，闭上眼，那些喧闹声自动弱化，混沌间，他脑海里闪过许多人和事，这些年他也做错了不少事情，可如今又做错了一件，他又伤害了一个人。

叶絮泪流满面的样子浮现在他脑海里，她的眼睛红通通的，那样无助悲怆地望着他，像个孩子一样哀求他，是他害她哭成这样的，一个男人让女人哭真的太没本事了。

他真的太没本事了。

他抬手，把手臂搁在眼睛上，动了动大拇指，指腹上好似还有她的泪水，他怎么擦都擦不干净。

现在几点了？应该有一点了吧。

这时候她应该睡了吧吗？她应该睡不着吧？

杨旗问：“今天心情不畅？”

梁嘉泓没动，沉沉地说：“有点儿闷。”

杨旗说：“和那女孩闹掰了？”

梁嘉泓这才有反应，放下手臂，微微向前坐了点。

这不难猜，杨旗看到他的那条动态时就心里有数了。

虽然他们都没见过那女孩，但他们都觉得不怎么合适，哪儿都不合适。这社会就是这样，现实得很，从古至今，想跨越阶级地位在一起的人，能有几对有好结局？

所以他们觉得如果有幸能找到一个自己喜欢又合适的，那就最好。如果找不到，这辈子也还是能过，他们的父母、爷爷奶奶，情意不合的多了，为了利益为了自己，都忍得好好的。

杨旗也没问理由，他知道这是必然的结果，不管现在因为什么，到最后肯定会夭折。

也许分开对叶絮来说是件很突然的事情，可对梁嘉泓来说不是。

本来一切都很好，他以为他和母亲说过叶絮，母亲没反对那就是同意；他以为有一天要去别的城市工作，也可以异地恋；他以为只要到时候和父母说一声想先读书就可以继续留下来，所以刚认识叶絮的时候他可以很坦诚地都说出来，也没有给叶絮一个解释和安慰，因为他以为这都不是问题，他以为他还有权力去规划自己的生活。

一个星期前，梁父从新加坡回来，飞机落在南城，便顺道来见他一面，交流一些关于工作上的事情。

他和父亲见面的机会很少，一年到头也就那么几次。而母亲因为有时候会住在这里，碰面机会就比较多。

父子之间倒也没有生分，不似寻常人家那样融洽，两个人都有些端着架子，一个严厉刻板，一个孝顺明理。

一顿饭快结束时，梁父忽然提起叶絮，脸上没什么笑意，一板一眼地说："听你妈说你有喜欢的姑娘了？"

梁嘉泓"嗯"了声。

"今年过完年去滨港那边学习下怎么运作吧，过年就十八岁了，很多事情你可以接手了，把这边的事情都处理处理再过去吧。"

梁嘉泓手一顿，抬头看向父亲："没什么好处理的，我打算……"

"我都替你打算好了。"梁父截话道。

梁父顿了顿，又说："你喜欢谁我不管，但你想清楚，以后该和什么样的人结婚。那女孩我听你妈说家里很一般，你想让我梁家变成笑话吗？家里的一砖一瓦都是你奶奶和我打拼起来的，我们都丢不起这个人。你别太固执，你是我儿子，你的一切都是我给的，如果没能力就别和我叫板。

"另外，你自己好好想清楚，那女孩能不能融入我们家，但凡要点尊严的都接受不了。等再过几年，你就会发现她不适合你。你要是真喜欢她，趁现在还早，断了吧。"

父亲这段话，没有给他回嘴的余地，利害关系、决策方案，父亲通通都放在了他面前。

梁嘉泓握着刀叉的手微微颤抖。良久，他滚了滚喉咙，垂下双眸，哑声说："我知道了。"

他回去以后花了一个星期的时间思考父亲的那些话，在此期间他每天还是不露痕迹地和叶絮聊天，可想得越清楚，他就越难和以前一样对待她了。

他以为父母会尊重他，让他选择自己喜欢的人，因为他们从小就教他要学会尊重。

他以为家里这个条件可以让他喜欢任何一个人，因为他可以给喜欢的人所有，不用像其他人一样考虑很多现实问题，可这却成了一种枷锁，而所谓的尊重在父母与子女之间是不平等的。

当别人都觉得他是随便谈谈的时候，当别人也说不合适的时候，他都不以为然。他想他可以等叶絮长大，带她去见识更广阔的世界，他们一起欣赏这个世界。他活得也十分理想主义，这辈子就想和喜欢的人在一起，肆意潇洒地过一生。

到了此刻他才觉得自己是最天真烂漫的那个人。

叶絮的不适他不是没有察觉到，在很多细节上，他也发觉了不同，两个人的价值观、生活方式都不同。他想着叶絮还小，等她上了大学，慢慢见识到更多东西，会随之改变的。

可事到如今，一切都是他以为，他所有的权力都是父母给的，他连反驳的底气也没有。

他还能怎么做？和电影里那样和家里断绝关系，然后义无反顾地维持现状吗？他离开了父母给的一切还能有什么？那样的他又能给叶絮什么？

冷静下来时，他又想起父亲那句话——如果要断要趁早。趁什么早？趁着他们还没太陷进去吗？趁着他还没消耗她太多的青春吗？趁着还可以回头吗？旁人眼里的三个月是还早，可他知道，对他和叶絮来说，已经算不上趁早了。

他想，如果他今年二十七岁，然后认识了叶絮，是不是结果就会不同？

那个晚自习叶絮反复做了两件事——一遍遍地擦眼泪和一次次地努力让自己不要掉眼泪。

赵金金不知道怎么安慰，只好和叶絮传字条，想着这时候叶絮是需要倾诉的。

对于这事，可是叶絮什么都说不出来。因为梁嘉泓没有做任何对不起她的事情，因为他从来都是包容她的，因为他在她心里完美无缺，她甚至都不能发泄似的骂他渣男，正因为他那么好，所以她更难释怀。

课间休息的时候，赵金金搂过叶絮，温柔地说："想哭就哭一会儿吧。"

叶絮好不容易调节好的情绪因为他人的体贴再次崩溃，原来在这种时候，最催泪的是朋友的关怀，她们一关心她就再也逞强不了，眼泪簌簌落下。

整个晚上，叶絮都没有等到梁嘉泓的一条消息，她刷了一遍又一遍的空间，看了一次又一次他的个性签名，他的头像亮了两三个小时，11点多就暗了。

他看起来和平常没什么两样，仿佛只是少了个聊天的人而已。

叶絮点进自己的空间，属于他们的 CP 空间板块先映入眼帘。

梁嘉泓不太注重网上的这些东西，可叶絮喜欢，但她很怕他不喜欢，所以那次小心翼翼地问他要不要弄个 CP 空间。

梁嘉泓很快速地说好，她当时很雀跃欣喜，那个年纪总觉得这样就是独有。

她装作忘了这回事，没有解除两人的空间关系，她不想就这么断了。

已经是深夜一点多，叶絮侧躺在小床上，宿舍里的其他人已经睡着，只有她的被窝里还亮着一抹光。她眼睛发疼，头也疼，可就是很难入睡，闭上眼，满脑子都是失去他这个事实，然后眼角就湿了。

她放下手机又觉得心里空落落的，只有不停看着，不停等着，才好像和他还有一丝联系。

迷迷糊糊间，叶絮终于入睡，她耳朵里的耳机还没摘掉。

她做了个梦，梦见她和梁嘉泓在一片竹园里，他们要在竹子上刻名字，听说那样就会永远在一起。

梁嘉泓站在她身后，眉眼含笑地看着她刻，她转过头问他要不要加个爱心，他说都好。

大功告成，她抬头看他，笑嘻嘻的，他摸了摸她的脑袋。

凌晨四点，叶絮从这场美梦中惊醒，她出了一身虚汗，浑身乏力。那一刹那她还没彻底醒过来，脑海里回荡着梦境的画面，她想侧个身继续睡，可猛然想到他们已经分开了。

黑暗中，她骤然清醒过来。

梦境和现实的反差让她心口一阵发酸，像针扎一样，那种无力感一点点涌上心头，昨天的一幕幕慢慢都被她回想起来。

叶絮很难再入睡了，她伸手去摸手机，摸到枕巾上湿润的一片，她睁着红肿的眼，不适地看向刺眼的屏幕。

他的头像没有跳动，空间也没有其他东西，但她看到他凌晨三点多来她的空间看过。

曾经不在意的访客记录，现在却觉得无比珍贵，她盯着他的来访记录思绪空了好一会儿，隐隐觉得他也不是那么潇洒，可他想在她这里看到什么呢？

她所有的卑微都给了他，那样低声下气地求他，那样痛哭流涕，可他都没有心软一下。他用那些虚假的话来骗她放手，那样不动声色地一步步引导她接受，说些冠冕堂皇的话，然后头也不回地走了，现在还想看到什么？

这么想着，她心里却有些许的慰藉。

天亮以后去上课，叶絮把头埋得很低，她不知道怎么面对班里的同学，不知道怎么面对后排那群男生。她觉得他们知道了会看她笑话，所以她戴着眼镜，一到教室就坐着不动，英语书摆在眼前，白纸黑字，她的注意力却全在后头。她知道，再过一会儿梁嘉泓就会来了。

她想是不是他也会像她一样彻夜难眠，会难过得不想再讲一句话？

如果有，那是不是证明他也不好受？如果他不好受，她心里会平衡一些，这样才不会显得她可怜，不会显得她一厢情愿。

可收作业的时候，叶絮看到的是泰然自若的他，照旧和后排的男生说笑，俊朗的脸庞时不时带着笑意，看不出一点端倪。

叶絮收完作业，再也没看他，快步离开后排。

他笑得越明朗，她越觉得自己像个笑话。

上数学课的时候，叶絮没忍住，眼泪流了下来，她装作打了个哈欠，若无其事地擦掉眼泪，抬头看黑板。

从他提出离开到现在，他主导着所有，冲动偏激的是她，苦苦哀求的是她，哭得像个傻子的也是她。而他呢，很果决，不给她任何希望，仿佛甩掉了个包袱一样，还轻松愉快地和别人谈笑风生。

在他眼里大概真的无所谓吧，就像所有人一样，人生分分合合是常态。

她开始动摇，重新回忆他们相处的时间。

自始至终都是她比较主动，他只是接受了。她忽然发现她不知道他到底看中她什么，他那时候只是抱着玩玩的心态吗?

如果当时邬天赐让叶絮加的是另一个女生的 QQ，比如唐苗苗，他也会对她那么好吗?

那后来那些温柔也是假的吗?

之后很多年，叶絮都没想通那时候他的感情，她没办法相信那些都是假的，又很难相信他曾真心真意、不顾一切地对待过她。

所以她觉得梁嘉泓是在意她的，只是没她陷得那么深，所以他更容易放手，更容易释怀。

就像她数年不曾放下，而他早已爱上了别人。

那个中午，叶絮没有吃饭，她陪着邬天赐去校外买肉夹馍，自己却空手而归。邬天赐问：“真的不吃吗？”

叶絮摇头：“不吃。”

从前她总骗梁嘉泓，说自己吃不下、不想吃，可这次是真的不想吃了。

叶絮的胃病就是那一年自己作出来的，她把自己折腾到胃疼，只为了换取梁嘉泓的关心，次数多了，她有时候会真的胃疼。

那天没吃午饭，她却没有任何异样，身体很亢奋，精神也很饱满。

哭了两三天，她好似眼泪都流干了，坐在位置上发呆。再想到梁嘉泓，她最多就是眼眶泛红，再竭力控制一下，她就能不哭。

下午劳动课的时候，叶絮突然收到他的短信。

梁嘉泓：胃疼吗？中午没吃饭吗?

她总觉得他是故意的，总是在她情绪恢复一些的时候，他又要插一脚。

他应该是看到她刚刚双手捂住了肚子，其实她只是觉得这个动作比较舒适而已。

她说不清当时的心情，很奇怪，明明埋怨他、恨他，可又忍不住想他，期待着他说“我们和好吧”。如果他真的开口说了，她一定会比以前更珍惜这一切。

他的这条短信让她又沦陷进去。

她一边愤恨地想“他怎么可以这样自然地关心我？他有什么资格”，一边内心又似得到慰藉：他是不是在后面一直关注着我？他是不是没有外表看上去那么快乐？

冷静下来，她又想：凭什么他想问就问，凭什么他可以肆意摇动我？

她知道他在后面看着，所以合上手机往课桌里一塞，没有回复他。

她想让他知道，她对他有气。如果那条说说是写的她，他不希望她恨他，那她就偏要恨他，凭什么一切都要如他的意？凭什么他可以轻松抽身？她的痛苦他应该尝一尝。

可那样的骨气并没有维持很久，隔了两三分钟，叶絮重新拿出手机，回复他说：和你有什么关系？

赌气一般的质问，看起来一点都不成熟。

她始终不是他，狠不下心来，无法不回复梁嘉泓的消息，她不想错过任何一个可以和他说话的机会，即使是吵架，至少今天他们说过话。

但他又没有回复她。

凭什么他能这样拿捏她？

叶絮心里涌上一股火，烦躁地拆了电板，整个下午没再碰手机，她在学着做一个忍得住的人。

只是一开始总是很难学会，谁心软谁就输，叶絮以为自己是输家，其实他们都是，他们都输给了对方。

因为心软，所以那几天一直藕断丝连着。

第十章 我喜欢你的反义词

那几天的只言片语是叶絮唯一的精神寄托，她还没从失去梁嘉泓这个事情中缓过来，很难回归到一个人的生活。

好几个夜晚，她辗转反侧，编辑了许多未发出的消息，最后被她仅剩的理智给拉了回来，他能做到一言不发，她也可以。

可她又很想和他聊天，她想从那一字一句中找到一丝丝可能，找到一个和好的机会，即使心里对他又怨又恨，但说到底她还是在意他。

她承受不了这个人从此以后从她生命里消失，她给未来规划了太多，都还没来得及和他一起实现。

那真的是度日如年的感觉。

周二的晚上，叶絮发现自己想梁嘉泓想得发疯，她的梦里是他，醒来后脑子里也还是他，白天在教室想看他又不敢看，一低头眼泪就会不自觉地掉出来。

那些曾被他占满的时间如今都空了，她迷茫了，不知道应该做什么，只能坐着发愣，过去的点滴如狂风骤雨般侵袭而来。

这种憋屈难过的情绪几乎要将她撕碎，她点开他的空间又退出，反复千百遍，想和他说说话，说什么都好。

她想，他既然可以若无其事地关心她，她是不是也不用那么端着，她也可以给他发消息。

把信息发送出去的时候，叶絮的手颤抖个不停，她觉得很紧张，紧张到发慌出汗。她怕他不会回复她，怕他觉得她真的懦弱可悲。

可梁嘉泓和从前一样，几乎是秒回。

他真的比她成熟太多，即使她曾置气地说“和你有什么关系”，现在却又回过头来问他“在做什么”，他依旧能心平气和地告诉她他正在干什么。

这种平和让叶絮心里更难受，眼泪一行行地往下流。

他们聊了几句就没什么话说了，自然而然地中断了，最后不回复的那个人永远都是他。

她盯着那只言片语苦笑着，像一块有棱角的石头，慢慢被他一点点磨平，从最初的悲痛欲绝到现在的沉默不语。

就这么过了几天，他们都比以前沉默，说话都比以前慎重，只是叶絮还在用那任性的语气去试探他，他依旧温柔又耐心。她一边留恋他的那些简短关心，一边为此掩面而泣。

到了周三，赵金金喊叶絮去吃饭，然后她忽然想到自己已经三天没怎么吃饭了，但也不觉得饿或者渴，像麻木了一样。

赵金金心疼得不得了，说道：“你一直不吃饭怎么行？”

叶絮淡淡笑着说：“真的吃不下。”

她连张嘴咀嚼的欲望都没有。

赵金金叹口气，靠近叶絮，小心翼翼地问：“你们到底是为什么？”

之前她们也问过叶絮为什么，但看她哭得惨，谁也不忍心再多问。

叶絮坐在宿舍的椅子上，抬头看向赵金金，脑子一蒙。

是啊，为什么？明明一切都很好，他为什么要这么对她？一点预兆都没有。

那个周末她被梁嘉泓突如其来的态度搅乱了思绪，满脑子想的都是他，现在稍稍冷静下来她才开始思考为什么。

他们之间没有其他矛盾，没有赤红脸吵架，他一直在包容她，她也充分地相信他，到底是因为什么，让他突然离开？

赵金金在等她的答案。

叶絮手肘撑在桌面，痛楚地将双手插入发间，轻声说：“我不知道……”

她不知道梁嘉泓发生了什么，不知道他在想什么。

好像从一开始她就不怎么了解他，她从来都不知道他真正的想法。

他一直迁就她，却不曾把她带入他的世界里，她对他的了解还都是无意中得知的。

比如他不是南城人和家庭条件不错这两件事，是陈佳莉告诉她的；比如他有车队，关系网很复杂，是因为那两个电话。他很少主动和她提及他的生活。

她颤了颤，心底涌出一个认知——她一点都不了解他。

叶絮很不想承认这一点，可是事实摆在眼前。她似乎连他是什么性格都摸不准，从前只觉得他温柔体贴，到现在才发觉他其实是个很果断的人。

她陷入这种莫名的慌乱中，拿了几本书，有气无力地说："金金，我先去教室了。"

才六点不到，距离上晚自习还有四十来分钟。

教学楼漆黑一片，叶絮进到教室，没开灯，失魂落魄地跌坐在自己的位置上。

她拿着手机刷空间的时候，刷到一条他刚刚发的动态，是他一贯的文字风格，说很感谢朋友们提前给的生日礼物，还有老妈执意要买的圣诞树。说说底下是一张配图。

叶絮盯着那张图片看了许久，想要把所有细节都看清楚。

照片上是一棵挂了彩灯的圣诞树，树边堆满了红色、黄色的礼物盒，其中一个盒子拆开了，是一块一看就知道价值不菲的手表。

叶絮慢慢放下手机，心一点点地往下沉，那些被遗忘和埋藏的情绪又跑了出来。

她怎么忘了呢？忘了自己的普通和卑微，忘了他和她是两个不同世界的人。

是他察觉到了他们的不合适，所以觉得长痛不如短痛吧？

她越想越觉得事实就是这样，他多理性啊，这就是他处理一件事的方式和思维。

她点开梁嘉泓的空间，想看看自己是不是遗落了什么，想看看有没有别人给他留言，想寻到一点关于他心情的蛛丝马迹。

然后，叶絮发现他的留言板数量少了很多，最新的一条是一个半月前王昊祥留的。

她以为自己眼花，反复刷新好几遍，确认她给他的留言都没了，一句都没有了，仿佛她从没存在过一般。她整颗心忽地一沉，心像被绞肉机绞着一样疼，疼到窒息。

他抹去了她的痕迹。

他真的决定好了，即使这两天他们还断断续续地尬聊着，可他心里已经做好决定了。

叶絮的眼泪不争气地掉下来。

她猛然想起周一早上收作业时，梁嘉泓好像问李齐借了块橡皮。

橡皮……

叶絮摇摇晃晃从座位站起来，跑到他座位边上。

他的课桌东西很少，空荡荡的。

借着夜色的幽光，叶絮看到整洁光滑的蓝色桌面上干干净净的，什么都没有。

她走上前，伸手摸了下桌面，冰冰凉，和他那个人一样，温柔的背后是冷漠和绝情。

她喜欢随手画点小萌物，那时候故意任性地在他桌面上画了很多Q版小蚂蚁，他就笑着，任她画，也不擦掉。

可现在他擦掉了。

他毫不犹豫地抹去了她在他生活中留下的所有痕迹。

叶絮恍惚了一整晚，什么都没做，一直在发呆，行尸走肉般。

周四的早上，赵金金拉叶絮去吃早饭，叶絮脸色苍白地摇头拒绝。她固执的样子看起来让人心疼，赵金金实在拿她没办法，又不能把饭硬往她嘴里塞，可哪有人四天不吃饭的？

陈雨叹口气说：“只能说她还好，喝了几口水。”

叶絮独自一个人先行去教室，她低头背着单词，眼眶却泛红了。

邬天赐不敢和她说话，等到中午的时候才问道：“今天你想吃什么？”

叶絮的答案和前几天一样：“不吃什么，我陪你去买吧。”

言下之意就是她不想吃。

买完饭回到教室，叶絮靠在椅子上玩手机。

她盯着梁嘉泓的头像看了许久，心境和从前真的不一样了，以前点开和他的对话框是一件很平常的事，如今却需要反复权衡。

她故意发了条动态，用轻松的语气说坚持完今天就有四天不吃饭了。

如果那时候QQ有对指定的人可见的功能，她就会把这条动态设置为仅对梁嘉泓可见，因为对其他人而言，这种行为一定十分幼稚可笑。

放学回宿舍的时候，叶絮收到了梁嘉泓质问的短信。

梁嘉泓：你到底几天没吃饭了？不要身体了？

她悲哀地笑了，想着：我不像你，该笑就笑，该吃就吃，也不像你那么放得下。

但更悲哀的是，她故作任性地说胃疼，他也这样问她，心疼她。她竟然觉得能得到他的关心真好，有那么一瞬间仿佛回到了以前。

叶絮：我们真的不可能了，是吗？

梁嘉泓：嗯。

他是隔了很久才回的，消息简单明了。

叶絮没哭，心里好似有一块大石头落地，她明知道他的回答是什么，却仍不死心要最后问一次，她告诉自己，真是最后一次了。

她没回复他，收了手机，戴上耳机，双手插在校服外套口袋里，对赵金金轻轻地说：“我出去走一走。”

赵金金担心道：“你别走太远。”

叶絮笑了：“我知道的啦。”

快要12月末了，冬天真的来了，天黑得早，气温下降得快，路上的行人都把自己裹成了粽子，风吹动残叶的时候仍有那种沙沙作响的残忍感。

叶絮往服装市场的方向走，这一路脑袋空空，她好似想了很多，却又好像什么都没想。

她的面孔发热，浑身都在发热，风刮在身上也不觉得冷，好像有什么东西从心底破土而出。

走到服装市场的风口时，她忽然想吃个冰激凌，也不知道怎么冒出了这种念头。

于是她跑到肯德基买了个冰激凌，好几天没吃饭，那东西吃在嘴里凉丝丝的。

她不饿，但只是想吃个冰激凌。

迎风回去的时候她觉得浑身轻松。

那天以后，她的状态调整了过来，好得很莫名其妙，也许是身体的承受能力到了极限，也许是悲伤到极点，反而释然了。

叶絮的异样连旁人都看出来了。

晚自习的时候，赵金金传字条给她：你还好吗?

叶絮：我已经没事了。

赵金金和她对视一眼，相视而笑。赵金金想：叶絮终于缓过来了，以后就好了。

那晚，叶絮看了许多他们的聊天记录，每一个夜晚都有文字证明曾经，翻到最后一页的时候，她的心空了许久。

她想：大概这个年纪的喜欢就是这样变幻莫测，难以终老。

她翻完聊天记录的时候已经晚上十点，要熄灯了，只有她一个人还没上床。

在黑暗中，她删除了梁嘉泓的 QQ 账号，所有的过去都被清空了，她的列表里再也不会有他，她也不会再看到他的动态。

叶絮点开空间，删光了留言板上有关他的内容，包括自己之前为他发的动态，CP 空间也点了解除，解除的话他应该会收到通知。

她又删了他的电话，她当初刻意没背他的电话，怕的就是这一天，怕记住了就忘不了，没想到这一天真的来了。

收件箱里的信息名字都成了一串手机号，她故意不去看清号码，快速清空了短信收件箱和发件箱。

做完这一系列事情，她却没有感受到吃冰激凌时的轻松，反而觉得自己成了空壳子，她亲手掏空了身体最重要的一部分。

愣了许久后，她又翻出那本日记本，里头还夹着他俩的大头贴。

那几张大头贴他还留着吗？一定没有吧？他肯定扔了吧？毕竟他那么绝情。

叶絮不愿再把自己置于那么卑微的位置，谁还能真放不下了。

她翻也没翻，把整个日记本扔进了垃圾桶，第二天还是她扎好垃圾袋拿下楼去扔的。

藏在柜子里的海绵宝宝气球漏了些气，早就变了形，再也不是当初的样子了，她都一同扔了。

那个杯子她周末带回了家，把它砸碎在了荒地上，用泥土和野草将它掩埋。

她还改了网名和空间名，好像这样她就成了一个新的自己。

那是叶絮第一次学着怎么去做一个决绝的人，即使舍不得，但必须这么做。

她以为像他一样抹去所有痕迹就能好起来，可午夜梦回，醒来还是会淌眼泪。

叶絮就是从那时候开始爱做梦的，她每晚都能梦到梁嘉泓，每天早上醒来都要缓好一阵，枕头总是湿漉漉的，她每天都要承受一次现实与梦境对比的残酷，每天都要感受一次心如刀割的感觉。

她没有告诉任何人，因为她已经学着让自己看上去愈合了，甚至能在教室和邬天赐说笑打闹。

她以为再过些时候就会好了，即使自己很想很想他，即使在教室还是忍不住偷偷看他，即使觉得还能看到他已经很好了。

可那个人总是不合时宜地出现，往后多年，一直是这样。

那天，叶絮收到了一条添加好友消息，是梁嘉泓。她怔了许久，心里云海翻腾，明知道不该同意却还是同意了，加完后他也没来找她。

她不知道他这是什么意思，一直在揣摩，揣摩到最后她那些用故作坚强筑建起来的城墙瞬间倒塌了。

她控制不住地去看他的空间、留言板、说说，明明才过去几天而已，可仿佛有一个世纪一样长。

那时候他们陷入了微妙的联系之中，谁也没找谁聊天，可对方的名字不断地出现在自己的来访记录里。

到了后面，叶絮每天的盼头就是刷空间，看看梁嘉泓有没有来看过。

明知道是不可能了，可人总是不容易死心，总想着还有没有一丝希望。

如果他来看过，她会觉得他还没有忘了她，只是他不一定像她这样觉得煎熬难过。

那一个多月里，叶絮的情绪很两极化，前一刻可以和你哈哈大笑，后一秒又会沉默不语，放学后时常一个人出去散步，在家也会到处走，试图让自己不闲下来。

但后来叶絮也没把这个行为变成习惯，原因大概是因为过年的时候她和梁嘉泓和好了。

和好得很突然，就连叶絮自己也没想到。

叶絮和陆颖颖许久未见面，两个人在家里闷得难受，于是叶絮破天荒地没在自己家里过年，而跑去找陆颖颖了，好在两家都很开明，任由她们。

陆颖颖是知道叶絮的事情的，那时候叶絮四五天没吃饭，她打电话骂过叶絮，当时叶絮在电话那头哭得不成样子，只可惜她的学校是封闭式管理的，不然她就去找叶絮了。

她不是没见过叶絮哭，只是那样又笑又哭，还要装作没什么的样子，她是第一次见。那时候她觉得她们都长大了一点，不会再把情绪完全外露，不会肆意任性。

1 月 22 日是除夕，他们分开正好一个月多一点点。

天幕星光点点，夜空中回荡着鞭炮的声响。叶絮用手机刷了刷空间，梁嘉泓没有任何动态，头像也是灰的。

今天是除夕夜啊，他在哪里？他又在做什么？

明明她以前可以轻而易举知道这些的，为什么现在只能靠猜测了？

她浑浑噩噩地想着，开始后悔扔掉那些东西。不过还好，她没有删除手机里的照片，那次的自拍照，她还没有删。

她到底不是梁嘉泓，做不到不留一丝痕迹。

陆颖颖见她失魂落魄的，说道：“你要是想他，就去找他嘛，脸皮厚一点。”

叶絮摇摇头：“别了吧。”

她不是没找过梁嘉泓，不是没哀求过他，明知道他的答案是什么，又何必再去自讨苦吃。

陆颖颖不断怂恿着，叶絮便脑子一热，真的给他发了条短信，说除夕快乐。

叶絮没想到，梁嘉泓很快回复说除夕快乐。

其实自从她把他删了，他再加回来以后，他们就没联系了。

叶絮手抖，紧张地问他在干什么。

他说他在谈生意应酬。

能得到这一句话，叶絮已经很满意了。

叶絮：那你忙。

她以为到这里就结束了。

梁嘉泓：你在做什么？

她鼻子一酸，回复道：在朋友家过除夕，没做什么。

梁嘉泓：有好好吃饭吗？

他那晚的温柔超乎她的想象，叶絮流着眼泪回复。

陆颖颖上前询问，又怂恿道："再说一次你在意他啊，我觉得他还是在乎你的。"

叶絮被他的温柔冲昏了脑袋，壮着胆子问道：我们和好好不好？

那头隔了很久才回，手机振动的那一刻，叶絮的心都提到了嗓子眼，手哆嗦着打开看短信。

梁嘉泓：你知道你在意我的反义词是什么吗？

叶絮蒙了，摸不准他的意思，于是顺着话柄问：什么？

梁嘉泓：傻瓜，我也在意你。

叶絮好似有种夙愿完成的感觉，她盯着那几个字失声痛哭。

那头的梁嘉泓在饭桌上被迫喝了一点儿，已经有了醉意，笑着侃侃而谈，心思却在手机上。

他分不清这样做是对还是不对，只是想这样告诉叶絮。

那晚他也没醉到分不清现实，只是在这种短暂的混沌中，他想肆意一回，是自己的真心实意，是自己的懦弱，是自己的思念发狂。

饭局结束后，他坐在车的后座里，看短信里的字有些重影。

叶絮：我好想你，我真的好想你。

梁嘉泓直接拨了电话过去，他想听听她的声音。

叶絮看着来电显示在床上打滚，镇定了片刻才接起，她有很多话想和他说，可是轻轻“喂”了一句后却不知道该说什么。

梁嘉泓的声音慵懒沙哑，带着笑意问道：“怎么去了你朋友家里？”

“很久没见了，就来找她了。”

“和她一起睡吗？”

“嗯。”

梁嘉泓抬眼，望向窗外的景色，他捏了捏眉心，竟也不知道该说什么。

这种无限的沉默让叶絮心慌，她很怕他会挂电话，于是随便问道：“你喝了很多酒吗？”

“还好。”

“那现在回去休息了？”

“在路上，还有几分钟到吧。”

“那……”

梁嘉泓：“嗯？”

“那……你开学会回学校吗？”

梁嘉泓说：“会回来。”

不知怎的，他有些说不出口，他回去是因为想见她。

叶絮心里的石头落地，轻快地说：“那你等会儿到了就睡吧，我也要睡了。”

“好。”

“我挂了……”

“嗯。”

叶絮放下手机，盯着仍处于通话中的手机界面，按下挂断键。梁嘉泓有个习惯，他不会先挂她电话，即使他们没打过几次电话，可是他每次都会等她先挂电话。

叶絮躺在床上，心满意足地笑着。

那种把失去的东西又重新拥回怀抱的感觉实在太美好了，她整个人好似被注入了新的力量。

在巨大的喜悦面前，那些心结和隔阂被暂时性地掩埋。

梁嘉泓回到酒店，冲了个热水澡，清醒了些。他坐在床头，发觉清醒的滋味不好受，他开始陷入挣扎中。

他甚至开始后悔自己一时没把持住，又觉得再次拥有叶絮的感觉真好。

这可能是他唯一心软的地方，断绝了所有，却又在醉酒时分回头找她。

叶絮觉得他愿意回头，之前的事情她便不想再去追究，都是他的不得已而为之。

临近开学的时候，时间已经把那些喜悦磨平了，剩下的只有她的不解和倔强。

她和他发短信，他十分钟回一条。就算不再像以前那样话很多，就算他说话的语气也变了，就算他们的世界已经完全不一样了，叶絮也都可以忍受，只要他还愿意理她，那就可以了。

她陷入了这种执念中。

她可以把那些归结为他太忙，她可以体谅。

可越体谅越陌生，他们都变了，不是最初的那两个人了。

就连开学时，叶絮转头去看梁嘉泓，那个坐在后排谈笑的少年也不是当时模样了，他比以前沉稳了许多，内敛了许多，可身上那种张扬的气息却越发明显，那是由他的家庭背景和阅历组成的，张而不狂。

恍惚之中，教室里的同学已经散去，他朝她看去，眼神还是那般温柔。

叶絮差点儿以为是错觉，寒假的这一个月，他们之间实在没太多时间聊天，晚安早安更像是种程序。

那时候的预感告诉她，他们走不远的，可她就想倔强到最后一秒。

开学报完名后，留下大半天的空暇时间，两个人走在街头，叶絮说去 KTV 吧，她只想去个没有其他人的地方和他待在一起。

那天，是她第一次听梁嘉泓唱歌，也是最后一次听。

一直知道他流连于夜场，只是不知道他唱歌这么好听。

他喜欢陈奕迅，唱了陈奕迅的《红玫瑰》。

那几年，《红玫瑰》被各种传唱，空间、人人网都是歌词的截图。叶絮本不觉得那首歌有什么特别，但因为是梁嘉泓喜欢的，所以她觉得那首歌很好听。

他唱歌的嗓音偏沙哑，和平时说话的声音不一样。

叶絮一首歌都没唱，她唱歌不好听，不想在他面前献丑，便安静地听他唱。

叶絮眼睛看着屏幕。

唱完，梁嘉泓坐在那儿，脑袋往后仰，闭目休息。

叶絮也合上眼，她能闻到他身上不曾变过的洗衣液香味，能感受到他的体温。

她无比珍惜这一刻，这是她等了两个月才等到的。

可梁嘉泓疲惫到真的睡着了，但睡得浅，她一动他就醒了。

叶絮轻声问："很累吗？"

梁嘉泓低低"嗯"了声："昨晚没睡。"

叶絮没问他为什么没睡，也没说以后要早点睡，她就这么看着他，说道："那你继续睡吧。"

即使他们做着和以前一样的事情，面上展露着和以前一样的神情，但两个人的感觉却不再和从前一样了。

那时，网络流行的鸡汤哲学中就有那么一句话——分手和出轨一样，只有零次和无数次，多少旧情复燃的情侣再次分手的原因大多和第一次一样。

他们也一样，和好后并没有维持很久，但这次分开是叶絮提的。

就在开学一个星期后的周六夜晚。

那晚，她躺在家里的床上，深夜两点，翻来覆去睡不着。

其实他们都心知肚明，这段关系现在是怎样的存在。

偏执到最后，叶絮觉得很累，她知道，已经无可挽回了，只是拖一天算一天罢了。

也许那天他是真喝醉了才会说那样的话，等他清醒了，他就后悔了。

可真正让她放手的原因却不是这个，而是上个学期的期末考试，叶絮考得一塌糊涂，比月考还差。

而梁嘉泓换了一部当时最贵的智能手机，她不知道她要用多少努力才能换取这一切，这一切对他来说却是微不足道的东西。

从前，她觉得只要两个人心意相通就行，现在才发觉，最难过的就是自己这关，与生俱来的自尊、傲气，很难使自己真的低头。

在她辗转反侧，倍感压力的时候，他也没有说他会永远陪着她，他只是在等她放手而已。

一个寒风刺骨的夜晚，叶絮窝在被褥里，平静地给梁嘉泓发短信，说分开吧。

发送消息的那一刻，她眼泪不争气地流了出来，有后悔，但更多是轻松。

也不能说这条短信完全是她的断绝信，女生总喜欢试探，叶絮也在试探他，想知道这个人会不会努力解释挽回，是不是因为他真的太忙。

叶絮就这么不切实际地想着，那头一直没有给她回复。

虽然是深夜两点，但叶絮知道梁嘉泓没有睡。

也许这是默认吧。

叶絮等了一晚上，早晨六点的时候他来了短信。

梁嘉泓：好。

叶絮坐在床上，双手抱膝，哭得浑身发抖。

终于，这次没有上次那样难过，也不再有天崩地裂的感觉了。

星期一上学的时候，梁嘉泓没有来，叶絮不知道原因，也不想知道，只是心里有些落寞，因为她还是想看到他的。

又过了两天，他依旧没有来。

陈景程戳了下叶絮的背脊，笑着问：“嘉泓怎么不来学校了？”

叶絮在抄写英语单词，转过头笑着说：“我不知道。”

她说得很轻松，陈景程只好也跟着笑，转移了话题。

周四的中午，班主任忽然走进来，挥着手对王昊祥说：“来来来，你把梁嘉泓的位置收拾一下，把他的东西都收好，他以后不会再来学校了。”

叶絮在做作业，手中的笔没有停顿。

王昊祥说：“有本驾驶证。”

后来，上晚自习前，叶絮先去了趟教室，那本驾驶证王昊祥没拿走，它就躺在梁嘉泓的课桌里。叶絮拿起来看，照片上的梁嘉泓神情淡淡的，他是个连证件照也照得很好看的男生。

驾驶证啊……在他们还骑自行车的年纪他已经有了驾驶证。

叶絮把它放回原处，忽然觉得自己也算有自知之明，现在放手不算晚吧。

天色一点点暗下来，她坐在梁嘉泓的位置上发呆。

这里以后都不会有这个人了，恍惚间，叶絮觉得自己的青春就到这里为止了。

那段时间虽然没联系了，但梁嘉泓的行踪叶絮都知道。

他买了辆白色的路虎极光，叶絮上网查了才知道那是一辆价值百万的车。

他一个人去了很多城市自驾游，叶絮知道，这是他以前就想做的。

他最近听的歌只有那两三首，喜欢的歌曲里新添了一首。

他去了滨港，叶絮一查，原来滨港在江城，从滨港到南城有319公里，看起来不算太远。

他转发了朋友的一条说说，是朋友偷拍他的照片，他趴在集装箱里的桌子上睡着了。

他似乎很辛苦，不像一个企业总裁，反倒像工地里的打工仔。

原来他家里是做木材生意的，怪不得他整天和木头打交道，怪不得那次说去京州接批木头。

他隔两三天就会去她空间看一次，后来QQ有了新功能，能删除自己的来访记录，她再刷新的时候，他的足迹便没了。

他可能是怕她误会，还发过那样的状态，说无聊的时候会一个个打开列表里所有人的空间。

后来他不常来了，叶絮会故意发点什么，他就会来看。

点开电脑版QQ音乐的图标，能看到他来看过她的歌单，就像他能看到她也看过他的歌单一样。

有时候叶絮会守在电脑前一整晚，看他在听什么音乐，有时候他在单曲循环，有时候一首换一首，她会把那些歌都听一遍。

有次叶絮不小心打开了腾讯新出的一个软件，是看小说的，她随手点了分享，分享的名单里有梁嘉泓，随后她通过他的头像页面看到他添加了那本书。

那时候的预感很强烈，她知道他一直在关注她。

他的留言板里多了几条留言，是宋丹薇很隐晦的告白语，她进宋丹薇空间看过，似乎没成功。

虽然她和梁嘉泓没什么关系了，但还是不免生气，不知道那个女生是什么时候纠缠他的。可她知道，梁嘉泓不会和宋丹薇在一起的，至少现在不会。

这个学期他们换了美术老师，那位家里有一栋楼的美女老师不教他们了，替代她的是一位正儿八经的专业美术老师，因为他们已经开始正式学习了。

班里大多数学生选择了美术，只有少数人选择全文化和音乐、体育。

他们每天下午的时间都要拿来画画，周日更要补习美术。叶絮不觉得累，这种充实感让她觉得心安，只有忙一点，再忙一点，她才不会一直想梁嘉泓。

那时候教学楼还没彻底建好，他们的教室本就在美术楼，画画的时候坐在自己的位置上，画板搁腿上，久而久之，叶絮得了肩周炎，疼得手都抬不起来，但她还是坚持了下来。

后来，她时不时会肩膀疼。

四五月的时候已经春暖花开，叶絮已经平静了许久，虽然还是会每晚梦到梁嘉泓，虽然醒来后总是心酸得想哭，但也比之前坦然了许多。

可他就像是故意的，故意不让她安生，每次在她以为快好的时候突然闯进来。

那天中午，叶絮和邬天赐在外面小店里吃东西，进教室比较晚，正说笑着，叶絮蓦地一愣。

教室最后排围了一群男生，再仔细一看，梁嘉泓就坐在李齐的位置上。

他穿了件黑色的连帽卫衣，面容没多大变化，那样好看地笑着和周围的人说笑。

叶絮只看了一眼便转过头，继续和邬天赐说话，装得像个没事人一样。

她回到自己的位置上，和往常一样，开始写作业，却很难专心，手也抖了起来。

原来他还是深深扎根在她心底的。

梁嘉泓回来过很多次，每一次回来叶絮都要动摇一次。

2012年6月，一个学年结束，叶絮在外面租了房子，搬出了宿舍，原因很简单，她说在宿舍总是感冒，很难好，叶母就让她搬了出去。

可父母工作繁忙，都没时间照顾她，叶絮倒也无所谓，说一个人可以。

她站在楼房第三层的阳台上，面前是学校，边上是一片田野竹林，阳光热辣滚烫，她深深吸了口气，觉得自己好似终于自由了点，好似稍微追上了点他的步伐。

她不止一次地想，如果他们是这时候认识，是不是会留下更多的回忆。

暑期要补习美术，叶絮独自在那儿待了半个月。

越是一个人，越是很难真正开朗起来，醒来时因为没有旁人，她无须再忍，会哭到眼睛发红。

她和梁嘉泓的暧昧就是从这时候开始的，没有什么特殊由头，她只是很想他，找了点话题和他聊天。

他不似那回对她很冷漠，字里行间多了许多柔软。

那时候东西还没有一次性搬完，叶絮边上课边搬，来来回回好几天，累到中暑，她就这么和梁嘉泓说了。

他则温柔地说细胳膊细腿搬什么家，好好休息。

叶絮也不知道那时候自己怎么想的，明知道再来一次只是重蹈覆辙，可她还是说了，她说我们和好好不好。

她想，就当她自私好了。

那一年7月，许嵩发了新专辑《梦游计》，那首《幻听》中有句歌词这样写道：如果你回头，不要放下我。

梁嘉泓去云州散心了一圈，回来后和叶絮说还是算了吧，我们断了吧。

叶絮坐在出租房的书桌前，听着那首歌，没有回复他，她删光了他所有的联系方式。

没有太多伤心，也没有太多意外，只是这样重复的询问以后，能让她更加死心一点。

她觉得就该是这样的，然后她才能真的放下。

再后来，是谁加的谁，已经记不清了，就像一对痴男怨女，总要纠缠在一起。

日子还是和以前一样，叶絮还是能根据他动态里的只言片语推测出他做了什么，开不开心。

那一年，叶絮做了很多事情，她开始重视护肤，存了很多钱买护肤品；去过那家琴行想学吉他，最后因为一个月 1200 元的学费犹豫了，于是自己买了把吉他自学；她认识了姐姐的大学同学，那是个漂亮得像模特一样的姑娘，那个姑娘走的森系风格，叶絮开始学着那样打扮自己；邬天赐教她染头发；她开始自己学做饭……

叶絮还结识了住在校外的宋海妮，她家就住这附近，她善良、乐于倾听，叶絮时常晚上约她一起逛街，周六的时候会和她一起写作业。

叶絮淘汰了那部翻盖手机，赶上潮流，花六百块钱买了一台智能机，听歌的效果很好，她曾听了一整晚。

宋海妮乐于给叶絮拍照，在其他同学还不知道怎么买衣服的时候，叶絮已经开始了拍文艺照片的时代。

她注册了人人网、新浪微博、腾讯微博、朋友网……她不再压抑自己，空间相册里都是她的生活。

可那些东西，全部是给一个人看的。

2012 年秋冬来袭时，叶絮发现那家麻辣烫店已经关门了，而“有意思”也变成了一家火锅店。

那一年，人心惶惶，网络上各种谣言，说 12 月 21 日是世界末日。

那天是星期五，三点多时天便暗了，狂风席卷，似有暴雨的预兆，黑乎乎的天际像块铁皮压着这条街。

叶絮荒唐地想：是不是真的到了世界末日了？

她穿了件柠檬黄的羽绒服，那是那年的流行色，裹着森系墨绿色小鹿围巾，戴着口罩，站在十字路口等绿灯。

她没有戴眼镜，尽管有些近视，但是她在马路那头看见了一个熟悉的人影。

她抓了抓围巾，瞪大眼睛想再看得清楚一些。

红灯跳成绿灯，两边行人交汇，叶絮颤着腿往前走，那人也朝她走来，她没有认错，那是梁嘉泓。

他烫过头发，还染了色，穿了件撞色的厚外套，看起来和以前大不一样。

他没认出她，擦肩而过。

叶絮抵达马路那头，停住了脚步，回头去望他。他没有回头，径直往前走，看那方向，他应该是去嘉南苑。

狂风大作，吹起叶絮的围巾，她被沙子糊了眼，落下眼泪，却又笑了。

如果今天真是世界末日，她大概也不遗憾了，即使那个人没有回头看她一眼。

2013 年的春节，叶絮过得并不开心，另一个好朋友和陆颖颖喜欢的人在一起了，于是叶絮和那个朋友决裂了。

开学后，邬天赐也结束了和那个男生的暧昧，那男生说自己有乙肝，不想耽搁邬天赐，邬天赐哭了很久，最后决定放下。

表妹秦悦去了南城一家汽车配件公司实习，和她喜欢的男孩也走到了尽头，甜蜜后只有无尽的争吵。

那些曾经自以为能永远的感情，越到后面越面目全非。

叶絮算了算，原来，他们分开已经有一整年了，而她还是没能好起来，这出乎她的意料，她原以为这只不过是时间问题。

所以她只能把这种痛苦归结在梁嘉泓身上，恨他时不时出现在她的视野里，明明已经去了别的地方，为什么还要回来。

梁嘉泓来过学校好几次，几乎隔两三个月就会来一趟。

他一回来，男生都会拥上去，以前也没发现他们关系那么好，这让叶絮觉得讽刺。十七八岁的他们已经懂得一些势利的东西了。

这么想着，她觉得自己也不纯粹。

她问过自己，究竟欣赏梁嘉泓什么？如果他没有那样的背景身份，她还会那么欣赏他吗？如果他只是个普通人，她现在应该早就放下了吧。

可她又觉得不是这样的，当初在意他的时候，她对他一无所知。

那晚，她又梦到了他。

她看到殷红色的余晖从窗外洒进来，染红这间教室，也悄悄沾上了少年清瘦的背影，在那抹光亮里，他走了出去。

叶絮看到他忽然停住了脚步，转过身来看着她。

他背着光，整个人看起来清隽温柔，就连那漆黑深沉的眸子也亮了起来。

上一次见那样的目光是什么时候呢？

是那次吧，他们认识的第一个周末，他在校门口等她，那时候，他的眼神也是这样带着笑意的、蕴着光彩的。

那些被时间冲淡的细枝末节霎时涌了上来。

她听到眼前的人笑着说："我回来找你了，重新开始好吗？"

她说："好。"

可转眼之间，他改了口，沉重地说："算了吧。"

她扑了个空，坠入无边深渊。

醒来时，叶絮久久不能回神，揪着被角，哭得浑身发抖。

这个学期他们换了新的数学老师，之前那位"佛系"男老师去教高一了，而接替他的是一位四十岁左右，留着短发，看起来严厉又有办法的女老师。她儿子和他们一样大，都是读高二，但是她儿子在当地最好的高中念书。

很奇怪，他们班的学生在那位女老师课上不敢轻举妄动，一改从前的懒散劲，个个都听得很认真。

高二下学期时，高考这两个字赤裸裸地摆在他们面前，每个人都有了目标和努力的心思，再不好好学习就来不及了。

叶絮也是。

不知不觉，他们每个人的课桌上都堆起了厚厚的书、卷子，练习本更是堆了一地，连美术也有了期末考和期中考。

叶絮周六时都会约宋海妮去肯德基做作业，肯德基就在十字路口边上，有两层大落地窗，能清晰地看到来往的行人。

3 月，乍暖还寒的时候，叶絮还穿着呢大衣，那一年流行红色款的呢大衣，叶絮也在淘宝买了一件。

宋海妮选择了全文化考大学，成绩比叶絮好，也比叶絮努力。

叶絮托着下巴透过玻璃窗朝外面街道张望的时候，宋海妮已经解出了一道数学题。

宋海妮伸手在她面前晃了晃，笑着说：“你怎么又发呆了？”

叶絮挪回视线，也笑了，说道：“我上次在这儿碰见梁嘉泓了，他好像都没认出我。”

宋海妮声音软软地问：“肯德基吗？”

“不是。”叶絮摇摇头，指着那十字路口说，“过马路的时候，我戴着口罩和围巾，他没认出我。他烫了头发，真的变了很多。”

叶絮看见玻璃上自己的倒影，她的头发在灯光下呈现出淡淡的黄色。其实他们都变了很多。

以前她都会把头发扎起，现在已有大半年没扎头发了，都是披着的，内心也比那时候成熟了许多。

叶絮缓了缓神，又说：“我和他只来过一次肯德基，那时候就觉得两个人似乎没有未来。”

那次在他们去 KTV 之前，当时十点多钟了，他还没吃饭，叶絮拉着他去吃饭。

他们坐在肯德基一楼靠窗的位置，点了两杯咖啡。

他靠着椅子，不知给谁打了几通电话，叶絮觉得他们之间好似没话说，于是问他怎么了。

他笑道：“本来预订了小米手机，但是不知道为什么还没发货，我就把它退了，打算换成 iPhone。”

叶絮也朝他笑，“嗯”了声。

宋海妮听完后，说道：“你们……是不太合适。”

叶絮盯着底下的人流笑了笑，说道：“是不合适，可我昨晚又梦到他了。”

宋海妮叹了口气。

这大半年，宋海妮听叶絮讲过很多关于梁嘉泓的事情，她一直在说那个人怎么怎么好，说的时候她眼底会流露出会心的笑意，到最后她又有点沉默。

安慰这类女生的那套说辞宋海妮说了很多次，现在对叶絮已经不管用了。

大道理谁都懂，谁都会讲，谁都希望自己能好起来，可所有的痛楚只有当事人自己知道有多难挨、有多混沌。

叶絮见宋海妮叹气，往后一靠，轻松地说：“不用这样伤感吧？我都没觉得什么。”

宋海妮假装放下心，说道：“那就好，我以为你要哭了呢！”

“有什么好哭的，好啦，写作业，写作业！”

宋海妮却挤眉弄眼道：“写什么作业！你后面那桌的男生盯着你看了很久了！”

叶絮一愣，转过头去看，正巧对上其中一个男生的目光。他不好意思地立马低下头，假装和朋友说话。

叶絮对宋海妮说：“写作业吧，今天得把数学卷子写完，那道题你解出来了吗？让我看看。”

宋海妮递卷子的手还停在半空时，一道阴影遮住了她们，叶絮抬头，是刚刚那个男生。

男生装着老练的样子说：“给个 QQ 号行吗？”

叶絮迟疑了。

男生又说：“不是我要，是我朋友要，拜托给一个行不行，我们打赌的。”

叶絮也不是三岁小孩，听得出这话到底是真是假，但她还是给了。

宋海妮问：“你为什么要给啊？”

叶絮说：“我也有人搭讪，不是吗？”

我也有人搭讪，梁嘉泓，不差你一个。

叶絮回去后和那个男生聊了一会儿，那个男生说：你一直对着玻璃窗看，有点臭美啊。

叶絮不明所以。

他问道：你不是在照镜子吗？

叶絮躺在床上笑了出来，还真是思维独特，她说：没有在照镜子。

她虽然挺爱打扮的，但还没自恋到要时不时照镜子。

那是叶絮永远的秘密，她没对任何人说过。

因为梁嘉泓会很突然地出现在这里，出现在学校，她总觉得下一秒就可以看见他，她不愿意错过任何时间地点出现的他。

所以坐在肯德基靠窗的位置时，她会一直朝窗外看，也许那人流中会有他。

每个周五回家，坐在公交车上的时候她也会一直朝车窗外看，也许他正在哪家店里吃饭，也许他正好开着那辆极光驶过。

高二时他们搬了教室，从美术楼搬到了教学楼，而每天下午在美术室画画的时候，叶絮的座位都是靠后窗的，后窗正对着马路，那条路算是进入嘉南苑的必经之路。

就算美术老师要给他们放作画视频看，她也不会完全拉上窗帘，总会掀开一角。

她一直看着那条马路，偶尔有类似于极光车型的车路过，她都会猜想那是不是他。

叶絮一个人住在外面后，那几次梁嘉泓回来的时候，她时常想：如果我现在跑去“源起 KTV”，是不是会遇见他？如果我在嘉南苑门口等他，是不是等得到他？

这个习惯一直保持到高三，有天她真的等到了他。

4 月的一个周日下午，叶絮补习完美术去找陆颖颖，两个人约了吃饭，在肯德基对面的“来吧小镇”。

她习惯性地择了张靠窗的座位，就在等上菜的时候，叶絮无意瞥到了窗外的梁嘉泓，他穿着和那时候一样的蓝色格子衬衫，一个人走着。

叶絮噌地站起来，目光始终跟随着他。

陆颖颖吓了一跳，问道：“你干什么啊？”

叶絮有些落寞地说：“我看见他了。”

“什么！哪儿？哪儿？”陆颖颖比她还激动。

叶絮哭笑不得：“他已经走过去了。”说完，她坐下了。

“你不早说！给我看着包。”陆颖颖把包甩给她，拔腿冲出“来吧小镇”。

叶絮拉都拉不回来。

隔了一会儿，陆颖颖回来了。

叶絮好笑地问道：“看见了吗？”

陆颖颖从未见过梁嘉泓，一直对他很好奇。

陆颖颖气喘吁吁地说："看见了！不就长那样吗，值得你那么稀罕吗？"

叶絮惊讶地问："你怎么看见的啊？他都走过去了。"

陆颖颖笑道："这你就不懂了吧？我跑到他前头，然后再转身假装走错了，往回走，就看清他的样子了啊。"

叶絮被她逗笑，说佩服她。

那顿饭，叶絮吃得有点不是滋味，一直想着梁嘉泓怎么又回来了，那他明天会去学校吗？

人都有第六感，叶絮总觉得那两年他心里是一直有她的，甚至隐约觉得他回学校是来看她的。

她开始用微博后就不在空间发说说了，没多久，梁嘉泓也开通了微博，他空间的动态也不发了，取而代之的，也是微博。

还是梁嘉泓先关注的她，他发的东西不多，也会删掉一些。

可有那么一条，直到微博败落，也还在那里——

2012 年的 9 月，想和你出现在同一张寻人启事上，好吗？

当时她想了很多，想着这是不是私奔的意思。可这话他是对谁说的，总不可能是她吧？她也没有自信去相信，最后归结于他可能是在哪本书或者哪首歌里看到的，觉得好听就发了。

在微博看不到来访记录时，叶絮就不用了，只是发的说说可以同步到微博。

再后来，叶絮用起了朋友网，能看到来访记录，梁嘉泓的名字隔三岔五就会出现在访客记录里。

当叶絮开始把重心放在人人网的时候，他也注册了人人网，他申请加叶絮为好友。

叶絮晒吉他的照片，没多久，他便也晒吉他的照片，和当初那把很像，是蓝色的。

他同时还在健身运动，叶絮也开始每晚跑步，节食运动，让自己更瘦一点儿。

他后来开始晒美食照，叶絮就拉着宋海妮去吃那些精致又好吃的东西，拍美美的照片。

他在尝遍美食的时候，叶絮开始和朋友一起吃烧烤、火锅，或是喝咖啡。

这种细枝末节的东西，只有他们自己能体会。

他们之间，是无声的拉扯。

那时候梁嘉泓甚至还在人人网上找过陆颖颖，打了个招呼后就没声响了。叶絮觉得他可能是想跟陆颖颖打听什么，但最后被理智拉住了。

是谁模仿谁，很难说清。

可叶絮觉得自己越活越像他，表面总是端着一副我很开心、很积极向上的模样，努力让自己看上去光彩照人。她一个星期到半个月发一条动态，学着他删光了留言板上所有东西，清空了空间。

可他一定不像她吧，走在街上，看到任何东西都会想到他。

第十一章 溯洄从之，道阻且长

叶絮脆弱到不敢在节假日看烟花，那时一边追寻和梁嘉泓一样的健康生活，一边打心底里厌恶这世上所有美好的一切，她总觉得那些东西会把她衬得更加可怜。就比如这烟花，虽然绚烂夺目，但是刺得她眼睛疼。

周末在家看电视的时候只敢看综艺和喜剧，那时某某卫视放一部港剧，叶絮起初只是想看看破案，谁知道后面男女主角的感情戏多了起来，甜蜜的部分她看得没什么感觉，直到主角两人因为家庭背景相差太多，父母不同意，不得不分开。

她蹲在电视机前哭得不成样子。

后来有一阵，她真的厌烦看电视，厌烦自己看什么都会想到梁嘉泓。

也很厌烦两个人之间悄无声息的关心关注，既然不会回到从前了，又何必这样藕断丝连。

她不断地用各种东西填满自己的生活，刻意不再去关注他。

2013 年 6 月期末的时候，叶絮认识了一个男生，他叫张阳，是唐苗苗的青梅竹马，不带一点暧昧的青梅竹马，是个体育生。

他长相俊朗，还十分阳光，甚至有点可爱，很单纯的一个大小伙子。

那天体育课，叶絮和宋海妮、唐苗苗、徐佳玲坐在操场一角聊天时，体育生正在操场上练短跑。

聊着聊着，唐苗苗开始数落起张阳，说他呆头呆脑的，一点都不识趣，以后都不知道能不能找到女朋友。

宋海妮说：“可他还是挺帅的。”

叶絮点点头，附和道：“是蛮好看的。”

唐苗苗笑了，用手肘捅了捅叶絮，小声问道：“那我介绍他给你认识啊！”

那时，她们都知道叶絮心里受了伤，而忘却的最好办法就是结交新朋友。

叶絮愣了愣，朝张阳的方向望去，他跑得满身汗，撩起T恤擦脸，竟然还有腹肌，他明朗地笑着和教练说话。

唐苗苗以为叶絮不会同意，谁知她风轻云淡地笑着说：“好啊。”

叶絮不是没有男生欣赏，有同级的、有同学的朋友、有外头的小青年，还有李齐，可她都不予理睬。

而张阳对她来说只是凑巧，凑巧在她最想忘记梁嘉泓的时候闯入了她的眼帘，他笑得那样阳光开朗。

叶絮先和他成了朋友，聊聊天，挺开心的那种，可她察觉得出来，他不在乎她，后来得知，其实他有个在乎的女生，只是那个女生不在乎他。

叶絮安慰他，他傻乎乎地掏心掏肺。

就在叶絮把这段关系定义为朋友的时候，有天中午张阳突然说想和她一起吃饭，还不是直接问的，是在叶絮空间的照片下面发的评论。

叶絮也是在照片下面回复的他，问他想在哪里吃。

即使认识张阳是为了忘记梁嘉泓，可她必须承认，那时候她心思不纯正，之所以愿意在照片下面和张阳一来一往约定吃饭，是因为她知道梁嘉泓会看到。

而之所以后来和张阳在一起，也是因为她知道梁嘉泓会知道。

王昊祥也是体育生，而且和梁嘉泓关系最好，而她和张阳的事情他们体育组的都会知道。

她就是想告诉梁嘉泓，她认识了新的男生，过得很好。

凭着女生的第六感，凭着她觉得他心里还有她，就想这么刺激他。

在叶絮心里，即使后来是她提的分开，但真正抛下她的人实则是他。她那么痛苦，看起来好像还对他念念不忘一样，就当作是做给其他人看的——看吧，她早就把他忘了，现在开开心心地和别人在一起了。

但这段两个人相互利用的感情没能维持多久，分开得也算和平，两个人心知肚明，互相删了联系方式。

叶絮曾对张阳动过心，但她及时止步了，明明她可以借此真的忘记梁嘉泓，但她不敢了。

宋海妮问她时，她万般落寞地说：“我不想忘记梁嘉泓。”

即使饱受折磨，每日煎熬，她也不想忘记他。

她害怕他真的从她生命里退出。

这种畸形的想法却让她释然了，既然不舍得忘记，那就一直想着他吧。

而到 2013 年结束为止，梁嘉泓没再来过学校。

但叶絮在校外见过他一次。

那是 11 月初的时候，高三上学期，放学后她和新同桌张蕊去超市买零食。

她还是改不了朝人群张望的习惯，那天叶絮没戴眼镜，眼前的世界有些模糊，但她还是被马路对面的一个人影吸引了。

那人穿着一身黑色的衣服，走路似乎带风。

叶絮起初没注意，看了几眼，和张蕊说今天想吃田园薯片。

说完，不知怎的，她忍不住回头看了一眼。

那人已经穿过了斑马线，就在她们身后，差不多有五六米的距离。这一看，叶絮手心都出汗了，她装作没事人一样，转过头去，继续往前走。

已经有大半年未见，梁嘉泓的头发染黑了，穿着黑色的风衣，独自一个人的时候神情总是那么漠然。

他回南城了，可没有来学校，也没有发任何动态。

叶絮心不在焉地走进了超市，也没心思买东西了，但陪着张蕊买水的时候抬头又看见了梁嘉泓，他在挑果汁。

她害怕他看见她正在看他，于是别过脸，随手拿了瓶汽水。

她还想再看他几眼，于是拉着张蕊在超市里兜兜转转，买这个买那个。

她想起以前和他逛超市买糖的时候，当时她特别不好意思，小心翼翼地询问他，谁知道他答应得很快，好似他们买的是结婚喜糖一样。

一转眼，两年过去了。

叶絮把手里那包糖塞了回去，嗓子发涩，对张蕊说：“算了，不买了，去结账吧。”

她以为梁嘉泓早就走了，谁知道排队的时候，他就排在张蕊后头。

而她就站在张蕊前面。

那是分开后两人距离靠得最近的一次吧。

张蕊浑然不知，像小麻雀一样，叽叽喳喳说着："这豆奶好喝，我小时候经常喝，不过我觉得巧克力味的比原味的好喝。"

叶絮趁着和张蕊说话时，悄悄瞥了他几眼，他始终安静等待着结账。

她不信他没看见她。

可那又怎么样?

叶絮结完账，没回头，和张蕊往租房的方向走。

她们走在学校这侧的马路上，而梁嘉泓就走在学校对面回嘉南苑那侧的马路上，他们之间隔着一条马路。

他的步伐比她们快许多，明明是后结账的，但转眼已经把她们甩在了后面。

叶絮盯着梁嘉泓的身影出神，眼眶发红，张蕊问她怎么了，她吸了吸鼻子，笑着说："我看见梁嘉泓了。"

张蕊性格直爽，直接说道："哎呀，你怎么不早说?"

两个姑娘齐齐望着那头的梁嘉泓，叶絮看见他仰头喝完了一瓶果汁，路过一个消防栓，他把喝完的空瓶子随手放在了上面，紧接着拐弯进了嘉南苑。

张蕊见叶絮有些恍惚，于是说道："你等着，我去把那瓶子给你拿过来！"

叶絮拉住了她，笑她怎么这么逗。

可如果是一个人，叶絮一定会跑过去拿走那个瓶子。

那次是叶絮最后一次见他。

2013年真的是不太平的一年。

高三上学期的时候，表妹秦悦和那个男生再无联系。

陆颖颖和一个学霸男孩关系很好，男孩对陆颖颖很好。

而宿舍里爆出杨天意偷钱。

当初叶絮搬离宿舍后，另一个姑娘便搬了过来。那个姑娘和徐佳玲发现自己的钱三番五次地少，她们不再相信是自己粗心大意弄丢了钱，于是告诉了宿管阿姨。宿管把走廊的监控一调，一切都明朗了。

叶絮是最后知道这件事的。

那天她们几个坐在星巴克二楼聊天时说起这事，叶絮愣了半晌，怎么都不敢相信。

因为大家平日里关系都很好，实在不敢相信自己的舍友会做这种事情。

那时候她们都比较看重情义，即使出了这事，也没有冷落杨天意，相反对她更好了点。

杨天意是她父母领养的，有个哥哥，哥哥生了小孩，家人的重心都在小孩身上，她的生活很拮据，而宿舍里其他人过得都挺潇洒，也许就是这样，她心理不平衡了。

新搬进宿舍的那个姑娘说有一次问杨天意借眼药水，和杨天意说了以后，就去杨天意的抽屉拿，结果发现抽屉里有一支眼线笔，那支眼线笔和自己丢的那支一模一样，那个姑娘当时觉得是自己多虑了。

赵金金问叶絮："你还记得你有一次说抽屉里少了一百块钱吗？"

叶絮回想起来，说道："记得。"

她每个星期生活费三百块，一般星期天会去超市买一个星期的生活必需品，其余的钱她都会算好，从来都不会算错钱，可那天她少了一百块钱，她以为是自己无意中用掉了。

那个抽屉是上了锁的，而全宿舍都知道，抽屉的钥匙叶絮放在了镜子后面。

叶絮猛然间想起那堆硬币。

当时杨天意还没搬进她们宿舍，却会经常来她们宿舍玩。

梁嘉泓说硬币少了，看来，当时是真的少了。

叶絮把这个罪名安在杨天意身上，是因为后来又得知杨天意拿过张蕊的钱。那时，张蕊还未在校外租房，每天坐公交车回家，车费五块，而那天张蕊皮夹子里的几十块钱没了，却稀奇地剩下五块钱。

真相大白后，张蕊说："我说那小偷怎么还好心地给我留五块钱，还正好是车费。"

叶絮很想告诉梁嘉泓，她真的没有动过他的硬币，真的没有。

为了忘记梁嘉泓，叶絮还追过星。

那时候校园广播放着 EXO 的歌，教室里的迷妹听到歌声就会兴奋，宋海妮就是其中之一。

叶絮不看韩剧，不听韩文歌，对那个圈子的了解少之又少，可是几个女孩长时间待在一起，总会相互传染。

叶絮试着去看徐佳玲推荐的综艺和韩剧，逐渐能记得一些韩国明星的脸和名字。

夜深睡不着的时候，她就看综艺，看着看着就睡着了，虽然还是隔三岔五地会梦到梁嘉泓。

梦里的情景都差不多，是一些过去两个人在一起的片段，醒来后她总是久久难以缓神，心像是被一点点挖空。

似乎是自2012年开始，权志龙这个名字席卷人人网和空间，哪儿都流传着他的光辉事迹，被人捧上了天，大街小巷都放着那首*Fantastic baby*。

叶絮看多了，倒不觉得反感，可能是那时候还不似现在这样营销风气重。

她看重他的才华和经历，想着那就追他吧。

她把他的歌和他们团队的歌都听了个遍，韩式音乐的风格一点都不抒情，热闹得让人走路都想抖腿。

而真正让她迷上权志龙的是那年的无限挑战歌谣季，他和郑亨敦合作了《试试看吧》，最后演出的时候，他一头短发，穿着白西装，戴着墨镜，拿着扇子，那轮廓和神韵，她觉得都和梁嘉泓很相似。

于是她每天晚上看一部他们的综艺，直至全部看完。

高二高三美术课程增多的时候，她已经不去听那些华语抒情歌了，耳机里放的都是一首首热辣的韩文歌。虽然有时候还是很难带动她的情绪，她依旧会站在窗前，一边画一边朝外面看，想着梁嘉泓是不是会从眼前路过。

她把重心和爱意都放在了权志龙身上，刻意去忽视梁嘉泓的一切。

可她还是知道他这两年做了些什么。

他去过青岛潜水，去过台北逛夜市，去过大理看春暖花开。

他的车从极光换成了奥迪Q5，又从Q5换成了白色的特斯拉。

他的世界广阔而精彩，而她只能每天两点一线，啃着密密麻麻的书本。

高三上学期结束的时候，叶絮已经平静了许多，她自认已经从最难熬的阶段走过来了，她再也不会每天梦到他，不会再痴心妄想地期盼着能和他说话聊天。

所以她越发觉得那时候分开是对的，即使那天很突然，但他的决定是对的，他比她成熟，比她理性，思虑得比她全面。

可既然如此，那时候又何必招惹她。

2014 年的春节过得比从前开心许多，叶絮能面对家家户户的鞭炮和烟花，能真心实意地去感受那些美好。

她和曾经决裂的闺蜜又和好了，除夕是几个人一起过的，谈天说地，她们的友谊一转眼已经维持七年。

她们都从那个每天吃着辣条的小孩子变成了会化点淡妆的小姑娘。

大年初一早晨，几个人一起去了趟寺庙，烧香拜佛，祈求高考顺利。

叶絮在佛祖面前，闭目祈求：希望梁嘉泓一生平安顺遂，幸福无忧。

她睁开眼时悄悄对佛祖说：“如果你不觉得我贪心，那再保佑我高考顺利点，行吗？”

香火钱投入功德箱里叮当响，经幡红纸落了满天，红烛燃着虔诚的光，佛祖纹丝不动，金身巍峨，普度着红尘中的痴男怨女。

那时候叶絮终于体会到故事里说的最伟大的爱是什么，也发现原来人到了一种境地，真的可以潇洒放手，一心期盼对方过得好。

她以为自己真的放下梁嘉泓了，不再有纠缠的想法，满心真诚地期望他一生快乐。

可后来她才发现自己压根做不到，只是无奈而已。

2014 年春天来临时，距离高考还剩一百天，倒计时写在黑板一角，老师每天提醒着他们，马上要背水一战。

叶絮的艺考没发挥好，学校根据规律推测那年要考人物头像，所以大部分时间练的都是人物头像，人物头像讲究线条细腻柔和，神态传神逼真，而偏偏那年南城考了石膏头像，石膏头像讲究线条硬朗，而水粉画更是用了一种俯视的视角，只有速写是正常的。

她没取得理想的分数，艺考总分 450 分，她考了 340 分，在班里，不上不下的水平。

南城的二本学校只有三所，怕是大家都挤破了头想进。

而分数线高考后才会出来，大家一时都迷茫了。

虽然可以选择其他城市的学校，但生在南城的小孩似乎都不怎么喜欢往外跑。

春天，油菜花开得正盛的时候，叶絮收到了梁嘉泓的 QQ 消息。

梁嘉泓：最近还好吗？

那是周日，叶絮因为肚子痛，正在阳台上晒太阳。

她以为自己能比较坦然地面对他了，可谁知，看到他的消息还是会忍不住紧张、颤抖，眼眶还是会红。

叶絮：挺好的，你呢？

梁嘉泓：挺好的。

叶絮：嗯。

他没再回复她。

她不知道他为什么会突然这样问她，可是每次他都是想问就问，丝毫不考虑她的感受。

他不回复了，她也就没再说什么，这两年唯一的长进大概就是忍得住不去找他。

可临近填志愿的时候，叶絮给梁嘉泓发消息，她想听听他的想法。

叶絮：考南城的学校好，还是考外地的？我很怕考不上南城的，如果强行留在南城，就只能考大专了。

梁嘉泓给了个很中肯的回答：如果我招技术类的员工，我会找专科毕业的，如果找文职类的员工，我会找本科毕业的。其实去外面挺好的，多看看。

其实这时候叶絮心里早就有了想法，只是需要一个人来肯定，远离家乡对十八九岁的女生来说是件很陌生的事情。

叶絮：好，谢谢。

梁嘉泓：不客气。

她盯着这两行字笑了，笑着笑着眼泪就淌了下来。

填报志愿的时候，叶絮填了桐城的大学，那时候父母都极力反对，说那地方乱、危险，但木已成舟。

那个学校叶絮能很轻松地考上，所以后来的那段时间她也没怎么努力，日子过得很轻松。

而邬天赐、唐苗苗选择了阳光招生，邬天赐选的那个学校难考，没考上，唐苗苗考上了，后来却不去上学了，在外面打工。

叶絮闲着没事，开始学着写故事，在一个女性阅读网站上注册了账号，没头没脑地写了上万字后停了。

停笔的原因是她发现自己所幻想的故事路线都错了，男女主角多年后没有重逢，也没有旧情复燃，因为那个人已经爱上了别人。

起初叶絮没注意，那时梁嘉泓在空间发过一张女性脖颈的照片，她捧着爆米花，穿着T恤，脖子上有一条细细的项链。

他的配字是：猜猜这是谁?

她当时觉得有什么好猜的，不是他大姐就是二姐。因为他曾不止一次地晒过陪着两位姐姐去港城购物的照片。

那时候她也不知道自己哪里来的勇气认为他不会谈恋爱，身边也不会有暧昧的女性，她下意识地以为他会像她一样，要花很多很多时间才能重新开始。

可他立刻认识了新的朋友。

过了一天，那张照片下有了新的评论，他的朋友说：你带你媳妇儿去哪里了?

叶絮看到的时候，手机哐当一下摔在了地上，她着急地捡起来重复去看。她花了多久才承认这个事实呢？或许是半个小时，或许是一个星期。

他恋爱了。

那才是真正失去他的感觉，因为他属于别人了。

她开始后悔在佛祖前许他一生幸福。

那时她才明白，原来要真的对一个人没了念头，还是要靠对方的绝情。

他后来晒过女孩的侧影，她穿着件牛仔衣，配文是：真是到哪里都在自拍。

他学摄影后给那个女孩拍过照片，女孩穿着一身休闲装，脚上是一双贝壳三叶草，头发中长，淡黄色，侧颜很好看。

他发过两个人在海边的沙滩上手牵手的影子照片。

他带她来过南城，去过他们曾经去过的公园。

叶絮从那些零碎的评论中得知那女孩姓陈，叫陈煦，学服装设计的，家世显赫。

他们就这样，一次一次把叶絮击溃。

这才是他爱一个人的样子吧，会不吝啬把她分享出来，让所有人都知道他有个她，而不是当时他连条动态都没为叶絮发过。

当叶絮嫉妒得发疯，恨得发疯的时候，他又晒了一张照片。照片上是一枚戒指，当时很火的DR戒指，戒指旁边的卡片上有一句话：始于心动，终于白首。

他们订婚了。

那是一个炙热晴朗的夏天，叶絮收到了大学录取通知书，随后看到了梁嘉泓订婚的消息。

那一枚戒指粉碎了她的嫉妒和怨恨，那之后才是真正地归于平静，因为事情已经无可挽回。

她想起高考语文卷子上的诗句默写：

“蒹葭苍苍，白露为霜。所谓伊人，在水一方。溯洄从之，道阻且长。”

8月底，叶絮一个人踏上了去桐城的火车。那是她第一次坐火车，不似想象中那么浪漫，晚上的时候漆黑一片，外面的景色都被黑夜吞噬，车厢里闹哄哄的，小孩子在吵闹，过道里挤满了人。

她坐在靠窗的位置，抱着自己的书包，一动不动地靠在车壁上发呆。为了省电，手机也关机了，但隔半个小时她会开一次，和父母汇报一下。

她去DR的官网查过那枚戒指，每枚戒指都有不同的含义和标语，他们主打一位男士一生只能买一次的浪漫情怀，他给那个女孩的承诺应该就是这样。

因为心动，想要白首，而一生也只爱陈煦一个。

眼前的人与影都变得模糊，她茫然地睁着眼，开始回想他是什么时候开始这段感情的，又去猜测他们是怎么认识的。

陈煦。

和她的“絮”一个读音。

她忍不住想：这是不是有些巧合？我怎么都忘不了他曾因为我的名

字录取了一个人。

可这样想未免太可怜，他们都要结婚了，一个名字算什么。

她太懂他了，即使他的家庭需要他娶一个条件相当的女孩，但他绝对不会像电视里那样搞商业联姻那一套，他爱自由、爱潇洒，有对生活的热爱和向往，所以他想结婚的人一定是他喜欢的。

他一定很喜欢陈煦吧，所以才会不断地发关于陈煦的东西。

火车驶过隧道，轰隆隆一阵声响。叶絮晃了晃，眼眶里的泪掉了下来，她低头快速抹去。

可越抹越多，心里的不甘几乎要溢出来。

他曾给她描绘的未来，如今都给了那个女孩。

他吻那个女孩的时候，抱那个女孩的时候，是不是也那样温柔？他们一起去过那么多地方，留下的回忆多到要挤掉他记忆里的一部分了吧？

听说陈煦性格很开朗，一点都不敏感和自卑。

陈煦也一定很喜欢很喜欢他吧，所以年纪轻轻就愿意和情定终身。

车厢里小孩子还在哭闹，可深夜一点多，人容易疲倦，边上和对面的人都已经睡着了。

叶絮双手掩面，肩膀微微颤抖着，尽量不让自己哭出一点声音。

她觉得自己像小三一样，还对梁嘉泓心存不甘和妄想，明明是她先认识他的，为什么现在她却是那个最应该藏起来的人？

得知他婚讯的那晚，叶絮又做梦了，梦里不再是两个人，而是三个人，见她欲言又止，他朝她微笑，说先走了，随而牵起了那个女孩的手。

梦里是一击，梦醒又是一击。

那时候叶絮还是有点怨恨梁嘉泓的，她不甘自己这么痛苦，他却过得比任何人幸福，这几年的暗潮涌动不是假的，可他背叛了，他先抛下了她。

大学生活也不如她原先想象的美好，学校学习氛围不浓厚，变着法收学生的钱，舍友关系也一般般。

初到学校的时候，叶絮每晚军训完都会和之前就认识的学长学姐出去玩，一伙人围坐在草坪上聊天，或散步逛街。

这种忙碌让她短暂地忘却了梁嘉泓。

叶絮被好几个男孩追求过，当她穿着苏绣风格的连衣裙坐在操场上闲聊时，学长给了她一个文件夹，说：“垫着坐，别弄脏了衣服。”

她笑着说：“不用。”

学长也笑了，说道：“你的裙子很好看。”

叶絮还未察觉，点头说：“我也挺喜欢这件衣服的。”

学长揉了揉她的脑袋，她一顿，这才发觉两个人之间的暧昧，她只好笑着，委婉地说：“我还要回去写教官布置的抄校歌作业，我先走了。”

“明天晚上要一起吃饭吗？”

叶絮捋了捋耳边的头发，轻轻摇头，说道：“明天要和舍友一起吃饭。”

就这么渐渐和学长断了联系。

班里的一个男生，北城爷们儿，霸道又跋扈，追了叶絮几天硬是要个交代，叶絮哭笑不得。

该怎么形容那个男孩呢？叶絮后来和舍友提起的时候，说道：“他太冲动了，根本就是为了谈恋爱而谈恋爱，像只活泼的猴子一样，人挺好的，就是不合适。”

舍友问道：“那你想找个什么样的？”

叶絮坐着抹护肤品，笑了笑说：“找个南城的吧，在南城有房的那种，文凭和我差不多，性格好点的，因为我脾气不太好。”

舍友也笑了：“你还脾气不好啊？那天在食堂别人把你的饭都撞掉了，也没见你生气啊。”

叶絮说：“就……没什么好生气的吧。”

那天宿舍里的几个人意外地聊了很多，四个人靠着椅背，吃着零食，都在交老底。

说起恋情时，叶絮三言两语带过了，说道：“不合适，就分开了。”

听起来这似乎是一段前尘往事，早已不放在她的心上。

大学隔壁班有一个男生从前也是叶絮那个高中的，只是叶絮不认识他。

当他要到叶絮的联系方式后，说道：“我认识你很久了，那时候你经常会买校门外的肉夹馍，我们班每个星期三上午最后一节课是体育课，我就在篮球场等你，你几乎都会来。”

叶絮倒不知道自己被人这样关注过。

他又说："你的穿衣打扮，很难让人不注意到你。"

那时叶絮的衣品很超前，搁在大学里可能不显眼，但在穿校服的高中生中就显得很特别，那时候美术老师夸过她小清新，总是能让人一眼在人群中看见她。

那男生约叶絮出来吃饭，他叫黄毅。

也许是大学太孤单，他一直坚持不懈地追着，叶絮没多久便答应了。

她没有悸动，没有欣喜，没有向往，那些情绪仿佛是上辈子的事情了，她都忘了那究竟是什么感觉。

之所以答应黄毅，理由其实多到数不完，而她知道，两个人都有目的，都不纯粹，这段感情一点都不纯粹。

可偏偏两个人都是奔着结婚的想法去的，两个人告知了双方父母。

叶絮和母亲打电话的时候是这样说的："妈，黄毅是南城人，家里在南城有一套房，以前一个高中的，个子一米七三，性格还不错。"

叶母都听笑了："在外面有个人照顾你也挺好的。"

叶絮淡淡"嗯"了声。

大约是高考后，叶母就再三叮嘱，如果找男朋友，对方要在南城有房，要叶絮以后生活在南城，可千万别找外地的，怕沟通不来。

大学开学临行前，叶母更是再次叮嘱。

就连周围的婶婶伯伯都那样说，给她普及着外嫁的种种不好，嫁错人的危害。

叶絮好似过了叛逆期一样，看着母亲日渐老去的容颜，点头说："我都知道的，我不会让你担心的。"

叶絮内心无波无澜，比起和黄毅聊天，她更喜欢一个人捧着手机看剧，她越是忽冷忽热，黄毅就越是想得到她。

叶絮怎么会不知道他的心思。

那时她觉得一辈子也就这样了。

国庆黄毅带叶絮出去玩，两个人在昆明兜了一圈，同住一间酒店。

晚上回到酒店时，叶絮不怎么想上床，就窝在椅子里用酒店的电脑看演唱会。

她穿着一袭白色的棉麻连衣裙，裙摆似栀子花一样盛开着。

黄毅双手撑在椅子两侧，强行把她的下巴扭过来，问道："还不睡觉？"

叶絮说："看完再睡吧。"

他一把抱起叶絮扔到床上，叶絮打心底里抗拒，倔强着不肯，又跑回了椅子上。

黄毅又把她捞了回来，亲着她说："我会对你好的，真的，我真的喜欢你。"

叶絮双目空洞，看着白色的天花板，觉得还有什么不能的，梁嘉泓都订婚了，她这一辈子也就这样了。

黄毅脱下她的衣服，心满意足地拥有她。

没什么感觉，叶絮只觉得疼，可黄毅好像很尽兴。

如果是梁嘉泓，现在她还会只有这种反应吗?

叶絮嗓子发涩，就连心也跟着苦涩起来，她红了眼眶，眼泪一行行流下。

黄毅异常满足，还搂着她哄她。

她穿好衣服，问道："我们会结婚吗？"

黄毅说："会，我真的真的喜欢你。"

叶絮点点头，躺下睡了。

她想如果会的话，那就这样吧，她不想再去认识一个人，再去了解他，再去和他谈论结婚这个话题。

黄毅吻她的额头，从背后搂住她。

后来他们逛了鲜花市场，去了游乐园，尝遍了美食，留下的合影有几十张，叶絮把照片传到空间里，黄毅开心坏了。

没多久，她看到梁嘉泓来看过。

黄毅很喜欢她大方地公开他的存在，抱着她说："我还以为你不喜欢我。"

叶絮淡淡笑着："怎么会？"

黄毅说："我高中的时候就挺喜欢你的，咱们好好在一起，我想和你结婚的。"

叶絮靠在他怀里，心不在焉地说："好。"

她觉得自己只有在梁嘉泓面前才像个小孩，就连现在谈恋爱也是因为和他赌气，他能结婚，她就能恋爱，以后也会结婚。

梁嘉泓，你看我，我也没有一直想着你。

微信是 2011 年 1 月开始推出的，那个时候用智能机的人还很少，到 2012 年左右，班里同学才陆续换了智能机。

叶絮在 2012 年的时候用电脑上 QQ，看见梁嘉泓的头像后跟着微信的图标，那时她的手机虽然是智能机，但不能下载微信。

她时常盯着他的微信图标想他的列表里有谁，他在微信里发过什么动态。

大三时，叶絮换了手机，她做的第一件事情就是下载微信，注册账号，加了一些班里的人，同步 QQ 列表能看到梁嘉泓的微信号，他的头像是一片白色，没有个性签名，相册也没什么，选择的地区是安道尔，微信默认地区的第一个。

那一年，她时常用这种办法去看他的微信，却始终没加他为好友。

高中毕业后，赵金金组建了 QQ 班级群。

那是在梁嘉泓公布婚讯之前，他通过 QQ 群聊加了她微信，她倒也没那么意外，同意了以后，两个人没聊过天，可不用问也知道对方是谁。

加了微信以后，叶絮破天荒地不怎么用 QQ 了。她以前很排斥微信，总觉得 QQ 不一样能聊天能发动态吗，为什么还要发明微信。

但她为了引起梁嘉泓的注意，很难得地开始在微信发朋友圈，发读书、逛街、吃饭的照片，可配的文字不似以前那样直白，很多时候只会发图片，剩下的只有一些零碎的生活琐事，看起来她的生活很轻松自在。

只有她自己知道，那些朋友圈是梁嘉泓喜欢的风格，看起来乐观向上，没有负能量，轻松愉悦。

即使知道他有了女朋友，可她时常觉得他还是没有放下她。比如加了他微信以后，他也不太发空间了，也开始发微信，可当她再去空间发的时候，他会很快来看，也去空间里发过一些动态。

但她也能察觉出来，他们之间的关注比以前少了许多，他会隔很久才来看一次，她也是。她知道自己是强忍着的，他却是真的不怎么关心她了。

她也曾想过，会不会他只是想给他现在的女友看她，然后指着照片说：看，这就是到现在还放不下我的傻子。

可梁嘉泓哪里会是这样的人？

这个人，在离开后没和别人说过一句她的不好，也没有把两个人之间的私事拿出去说。反倒是后来有个大学同学说了很多，再加上叶絮穿衣比较潮，传到黄毅耳朵里就是——这个女的骚得很。

黄毅向叶絮坦白从前的听闻时，叶絮淡笑着，讥讽地说："那是你们见识短浅而已。"

单凭一个女生的穿衣打扮来判定她好不好，不是见识短浅是什么？她的打扮搁在大学校园真的不夸张，而黄毅也不觉得她的打扮有问题。

黄毅挠挠头，说："那时候他们还传邬天赐是做那什么的呢。"

叶絮更觉得荒唐了，连看他的眼神都变了，恶心、幼稚、可笑。

她有些后悔，后悔自己为什么轻易地选择一个人谈恋爱，黄毅的性格是她这辈子都喜欢不起来的那种。

可一想到梁嘉泓都要结婚了，她就忍了下来，赌气地想她也可以谈一段很长很长的恋爱。

黄毅这个人并不是真的不好，他说他从前脾气很不好，但叶絮没感觉出来，因为叶絮想做什么，他都会陪着她做。无论他在干什么，一个电话就能把他叫出来，在她面前总是一副讨好的模样。

可叶絮还是喜欢不起来。

黄毅对她唯命是从，偏偏控制欲很强。天气热叶絮吃不下饭，他硬要逼着她吃，说是为了她好；她晚上想多看一会儿电视，他一定要她去睡觉。

她和舍友合买了只小狗被宿管阿姨发现，宿管阿姨让她们赶快处理。知道叶絮自己联系学长学姐后，他发火说为什么不找他。

叶絮说："我能自己处理好。"

高中独立生活了三年，离开梁嘉泓后更是一个人，做什么都是一个人，她早就不再依赖他人。

黄毅不肯，硬是把这活揽了过去，叶絮随他，可他又说："不准再和那个学长联系了，把他的联系方式删掉！"

当时班里有一个男同学，呆呆愣愣的，认识的第一个同学就是叶絮，他在 QQ 上问叶絮今晚要不要去上晚自习。

黄毅看见后吃味地说：“他干吗偏偏找你？”

叶絮觉得黄毅真的有病，但无力和他争吵，反正她也厌烦去处理那些事情。

他处理完小狗的事，又对叶絮说：“你以后不要再做这种冲动的事情了，明知道会被发现为什么还要买？我联系了好几个学姐才找到一个帮你照顾小狗，很麻烦人家的，还要和她们低声下气地说话。”

叶絮甩开他的手，头一回发火，冷冰冰地问道：“是我逼你帮忙的吗？你能找学姐我为什么不能找学长？黄毅，我真的受够了。”

她头也不回地走了，黄毅也生气了。

可先服软的人是黄毅，当时叶絮在宿舍看剧，心情还不错，没为他太伤神，他来找她的时候，她嫌烦，消息也没回。

直到微信又发来一条消息，顶端跳出一个名字为“#”的人，他说：最近还好吗？

“#”是梁嘉泓的微信名，叶絮没给他备注。

她从床上坐起来，点开了对话框，反复确认，才敢相信梁嘉泓给她发消息了。

她还是会紧张得手发抖，会用好几分钟思考该怎么回复，仿佛每一个字每一句话都是很珍贵的。

她以为自己很恨他，可原来她很没骨气。

叶絮：挺好的。

隔了几分钟，他问道：大学考的哪里？学了什么专业？

这两句话，字数实在是多，叶絮没出息地哭了，老老实实回答说是桐城的大学，学了动画设计。

梁嘉泓：嗯，加油。

叶絮：那你呢？你好吗？

梁嘉泓：挺好的。

叶絮：嗯。

后来他没再回她，叶絮也觉得聊天就该止于这里，再往下就不该了，他都要结婚了，和她叙旧总是不该的。

但她还是等了很久，那个晚上都没睡好，每次迷迷糊糊醒来都会看一眼手机，看看梁嘉泓有没有还发来什么，看看他有没有发了什么动态。后半夜她又做梦了，梦里还是三个人，她始终都是局外人。

梦醒时枕头湿了，她睁着眼睛发呆，脑海里闪过很多想法。

因为梁嘉泓的问候，她心中的恨意都消失了，她也真后悔赌气和黄毅在一起，两个人在一起还不如一个人更快乐。

第二天黄毅来找她时，她在微信上说了分手，他死活都不肯，要求见面说。

他求了很久，叶絮觉得他再怎么浑蛋，也始终是她对不起他，中午抽了空去见他。

他把她带到竹林，不由分说地抱住她，还想强吻她。

叶絮狠狠推开他，冷静地说："算了吧，我们不合适。"

黄毅胸口发闷，道："我们哪里不合适？我真的很喜欢你。"

无论他怎么说，叶絮就是不肯复合。

后来，黄毅说："是因为小狗的事情吗？你很生气吗？可我是你男朋友，这事儿就应该是我为你做！"

叶絮哑口无言，甚至笑了声，她觉得黄毅大概活在中二世界里，觉得自己是小女生都喜欢的霸道男生。

紧接着，叶絮就看见他狠狠往树上捶了一拳，一脸的不爽快。

她又笑了，心想这是什么情节，幼不幼稚。

她转头要走，黄毅拉着她不松手。

叶絮只好说出那句伤人的话："黄毅，我真的不喜欢你，一点都不喜欢，我尝试了，但真的喜欢不起来。"

黄毅愣住了，渐渐松了手，放她走了。

叶絮走得很快，头也没回，心里没有失落悲伤，有的只是轻松和解脱。

这辈子，大概真的就这样了，再也不会遇见一个比梁嘉泓更好的人。

没过几天，叶絮忽然接到黄毅好友的电话，说黄毅喝醉酒出车祸了，在医院躺着，吵着要见她。

叶絮知道，那几天黄毅每天在喝酒，喝得烂醉，他曾打电话给她，胡言乱语地求她别分手。可她觉得他这样更幼稚，在电话里一字一句清晰地告诉他："不要在那边装醉了，没意思的。"

他装疯卖傻，分手买醉的行为让她觉得可笑。

也是黄毅这些举动，让她忽然想起自己以前也是这么幼稚，那样幼稚的她，梁嘉泓却一直在包容。不过还好，她没有喝醉了找他、没有把自己的绝食行为告诉他、没有把经期紊乱了半年的事告诉他，也没有真的自杀，她默默忍着，默默承受着，没有给他添太多麻烦。

如果有一天聊起过往，她想为那天她威胁他说要跳楼道个歉，那样的她肯定很让他厌烦吧。

叶絮去了趟医院，她心里是有愧疚感的，也好在是小车祸，如果是大车祸呢？万一造成了严重的后果，她会内疚一辈子。

那时已经 11 月底，天凉风大，马上迎来她的生日。

到病房的时候，黄毅给了她一个大惊喜，他瘸着腿，低声下气地问她："和好好不好？"

也许是感动了，也许是糊涂了，过了很久，叶絮点头说："好。"

她自觉平平无奇，论样貌，大学里比她好看的那么多；论学历，不过是个三流大学；论背景，家里一穷二白，也许以后也难找到这么喜欢她的人。

她想：试试吧，这次，认真试试吧。

谁知，她试了三年，还是没动心。

一个人死心是有过程的，回头来看，梁嘉泓一步步走得很清晰，从他的冷漠离开到明确拒绝和好，再到他有女朋友，结婚。

每一步都把她逼到不得不妥协，逼她把自己的底线放宽。

可那些痴心妄想总不会消失，很多个夜晚她甚至想过，有女朋友，可以分手，结了婚，可以离婚，这辈子那么长，谁知道下一秒会发生什么。

人总是那么奇怪，一边幻想着以后，一边知道那是不可能的。

那时她依旧觉得梁嘉泓心里还是有她的，即使只剩下了一点点感情，即使那好像不再是爱情。当他来问她过得好不好时，她觉得这么些年也不算是白白痛苦，至少到头来他还会问候你一句。

可是好不容易建立起来的城墙再一次倒塌，她总是会想很多，从他的字里行间抽丝剥茧出许多想法。

真正让她觉得他已经放下了是2014年的圣诞节，是他的生日。

她犹豫着要不要给他发一句生日快乐，可她是没有资格说这句话的，也就没发。

那天晚上梁嘉泓在朋友圈发了张照片，一个怀孕的女孩躺在床上做B超，他说：辛苦了。

底下的高中同学纷纷说恭喜。

也许是早就被他刺激够了，这次叶絮没有哭，只是双手还是在颤抖。

他们一定很相爱吧，所以不过二十出头就要生孩子了。

这个孩子生下来，过去的所有恩怨真的可以一笔勾销了，这才是真正的无可挽回。

她脑海中霎时飘过很多想法，比如，有一天他们离婚了，可他还有个孩子，那是她怎么都跨不过去的坎，她甚至觉得就算自己愿意当继母，也没法真心付出，爱一个人怎么会不介意?

她又觉得自己的想法荒唐可笑，哪里轮得到她呢?

他是真的放下了，可又为什么要来问她过得好不好？她过得好与不好又和他有什么关系？既然不喜欢她了，为什么不能再绝情一点，老死不相往来多好。

如果高中时他没有隔三岔五地回学校看；如果他没有三番五次询问她在干什么，过得好不好，是不是她熬一熬，如今也会熬过来了，而不是还陷在这个旋涡里挣扎着。

她和黄毅恋爱是为了赌气，是为了早点解脱，可现在，梁嘉泓的脚步她怎么也追不上，她不明白自己现在这样到底是为了什么。

没隔多久，她看到了他们更多的生活动态。

他和陈煦在叙州定居，他们一起买宝宝的东西，迎接新生命的到来；他们一起做草莓酱；他们年底去了卑尔根度蜜月；他们去法国看埃菲尔铁塔；他们去港城，深夜走在皇后大道上……

她仔细看过那些图片，他们叙州的房子是独立的花园洋房，有一座亭子，他们买的宝宝床是进口的，草莓酱被密封在玻璃瓶中。

图片上卑尔根的港口清新辽阔，雪落满了这个城市，她百度了一番，才知道原来那是挪威的第二大城市，去那里度蜜月，真的很浪漫了。

不知不觉，他的生活里都是那个女孩，而叶絮总是能一一记住他发过的动态，比起他们的从前，现在他的生活才是他想要的，留下的回忆也比他们以前的要美好很多吧？

可是他为什么这么轻易地放下了，为什么只有她还心存幻想一直在等待。

2015年的春节和从前没多大区别，节日氛围依旧不浓。

叶絮和陆颖颖在外头约了见面，她们都变了太多，从前只穿帆布鞋、雪地靴的姑娘，如今都换上了高跟短靴，不是修身的牛仔裤就是颇有风情的裙子，黑色的呢子大衣更衬得她们成熟有风情。

陆颖颖烫了一头大波浪，她本就高瘦，坐在餐厅里很抓人眼球，而叶絮染了个棕色的头发，微卷的梨花头，不似陆颖颖那样性感。

泰式餐厅里，两个人面对面坐着说说笑笑，半年没见，也不曾陌生，叶絮一直觉得这才是真正的友谊。

叶絮问陆颖颖："什么时候带我见见你的新男友？"

大约是10月份的时候，陆颖颖和谈了两年的男友分了，上了大学后女生和男生的差别很大，她一心想着好好学习努力点，可男生一直在打游戏，陆颖颖觉得受不了，说得多了，男生也觉得烦。陆颖颖试探着说分手，没想到那男生真的答应了，两年的感情到此为止。

陆颖颖不是没回头找过他，可男人心硬起来怎么都撼不动。

很快，陆颖颖和大学里的一个男生好上了，那男生很有钱，长得也不赖，就是身材不高。

提起新男友，陆颖颖好似没什么反应，不以为然地说："有机会再说吧，我还在犹豫，犹豫要不要和他继续，总觉得提不起兴趣。我觉得我太传统了，总想着把第一次给了他，就该试着再谈谈。你说可笑不可笑，我和前面那个在一起两年都没走到这一步，却轻而易举地给了现在这个，说实话，我后悔死了。"

叶絮比她想得开，说道："没什么好后悔的，都是自己的选择，不是吗？"

"那你呢？你和你男朋友还好吗？"

"还行吧，只是……"叶絮吃了一口菠萝炒饭，轻松地说，"只是梁嘉泓结婚生小孩了。"

明明问的是她和现男友的事情，可叶絮想提的却是另一个人。

这么多年，所有人都以为她放下了，只有陆颖颖知道她一直没有，她也只在陆颖颖面前提梁嘉泓。

还记得高中时，有一回叶絮和宋海妮在肯德基吃东西聊天做作业，那时她总是会情不自禁地提起梁嘉泓，和宋海妮分享着过去的点点滴滴。

比如他曾给她买过一个气球，当时只要五块钱；比如他们一直去西江，看过很多次日落……

喜欢一个人，无论是什么话题，都能自然而然地绕到那个人身上。

她记得当时宋海妮说："看得出来，你很喜欢他。"

叶絮原本只是说说那些过去罢了，却被宋海妮直白地捅破，她有些不好意思。

宋海妮说："你知道你今晚提了多少次梁嘉泓的名字吗？"

叶絮愣住了，她也有些记不清了，只是总忍不住说起他，经宋海妮这么一说，她才发现就是从那时候开始，她不在她们面前提梁嘉泓了，怕朋友听多了想安慰也力不从心，怕朋友总觉得她伤心难过，怕自己越陷越深。虽然闭口不谈了，但那个人总不会就此消失，他依旧会每天在她的梦里出现，她依旧会每天想他一百次。

陆颖颖听到梁嘉泓结婚生子的消息时，一口汤差点儿烫到嘴，大吃一惊道："不会吧？他才几岁啊，就生孩子了？"

叶絮说："谁知道呢，有钱人大概都生得早吧。"

陆颖颖看着她，眸色深了深，叹口气道："你忘了他吧，现在不是挺好的吗？"

"那你呢，为什么不忘了前面那个？"叶絮反问。

两个姑娘相视着，忽然一笑，都笑得有些苦涩。

陆颖颖说："可你这样好几年了啊。说实话，我到现在还是没明白你们当时为什么分开。"

叶絮和她碰杯，然后托着下巴思忖了一会儿，回答道："就是不合适吧，和他在一起压力太大了，当时自己也太幼稚，一点都不懂事。"

"所以说，既然知道不合适，就不要再心存幻想，早点忘了吧。"

叶絮叹了口气，往后靠，双眸里潋着水光，风轻云淡地说："你说我这人别不别扭，明明在恨他，他一来找我，我就泄了气了，明明知道不可能了，却还是忍不住幻想以后重逢的画面。”

顿了顿，她的声音轻了点，带着沙哑：“我不舍得忘记他。”

她想着和黄毅试一试，可到最后，她还是没办法真心接纳黄毅。她害怕真的忘记梁嘉泓，害怕有人替代了他在她心里的位置。她偏执地希望自己一生最爱的人永远都是他，所以她常常觉得自己这样痛苦都是自己活该。

可他现在连孩子都生了，还能怎样?

那天叶絮喝得有点站不稳脚跟，她酒品一向不错，在出租车上，靠着陆颖颖的肩膀，望着窗外光怪陆离的城市，说了一句憋了好几年的话。

出租车的电台广播放着刘若英的《后来》，这座城市开始下起了小雨。

她以前总觉得第一句歌词刘若英唱得有些失真，可现今才听出了其中的心酸。

雨点噼里啪啦地打在车窗上，霓虹灯变成一片片模糊的光影，路上行人匆匆，高架桥一环扣一环，雨刮器滴答滴答地晃动着。

她说：“我真的好想他。”

也许是心中感慨万千，也许是还想做一场关于他的梦，也许是情绪憋到无处发泄，加上影视 IP 热，2015 年的时候叶絮开始试着执笔写故事。

初入这个圈子，她什么都不懂，也不会写情节起伏的故事，只是写着短短几万字的小故事，人物不饱满，情节经不起细推，可她一直觉得那是她最有初心的时候，不为名利地写着想写的故事。

她仿佛找到了一个地方，可以大大方方地吐露心中所有的妄想与苦楚，故事里的人任由她拿捏，命运都在她手里。她没有给他们好结局，笔下的人物总是生离死别，她病态地觉得只有这样心中才痛快。

黄毅起初对她写故事这件事嗤之以鼻，总觉得太不靠谱，但还是放任她去做。谁知，她真的做成了，但他从不会去看她的故事。

后来，叶絮尝试着写长篇故事，和网站签约，一步步走得更稳，结识了许多这个圈子里的人，潜心投入时，得到的回报有苦有甜。

熬夜是从那时开始的，做噩梦也是从那时开始的，网上的评论有好有坏，对于她这样一个刚入行的小菜鸟来说，心理承受能力没那么好，常常因为网上的一句话而失眠一整晚。

当她和黄毅说这些的时候，黄毅会给她摆一些大道理。叶絮觉得自己真是昏了头，怎么找黄毅说这些，他懂什么，他也根本没从她的角度考虑，只会夸夸其谈。

可黄毅也没那么差劲，叶絮知道他是真心喜欢自己，有很多人问她怎么会和黄毅在一起，她都会说因为他对她好。

男人都有征服欲，叶絮没那么主动，她越是这样他就越想征服她，逼着她去依赖他，逼着她做一个软弱的女生。他不止一次地告诉她，她可以信任他，可以依赖他。

叶絮嘴上说好，可骨子里依然倔强着。

心里的那道伤疤还在，那些惨痛的教训还在，她曾无条件地信任梁嘉泓，把所有的天真浪漫都给了他，可结局是什么？

她习惯性地把自己蜷缩起来，给自己划了一个安全范围，不劳烦别人，不对别人产生依赖。就好比黄毅，假如她依赖他成了习惯，那要是他离开了她呢？她还要再重蹈覆辙？如果她真的爱上了黄毅，如果分开了，她会是什么样子？

那时她不敢再去爱一个人了，只是觉得黄毅很合适她，很合适结婚，所以她试着发现他对她的好，试着去经营这段感情。

2015年夏末，舍友想搬到校外去住，黄毅也想一起，叶絮点头答应了，一起住的还有黄毅的好友，男男女女合租，也不是什么坏事，比较有安全感。

征服叶絮的是黄毅的细心和柔软，他们在一起有一年了，她亲眼看着他真的收心，磨去身上的棱角，一次次在她面前妥协，包容她所有的固执和倔强。

他会蹲在她面前为她洗脚，会给她制造很多小惊喜，会承包家务活，她动容了，但依旧不是心动。

她始终是亏欠黄毅的，从一开始对他就是不公平的，因为愧疚，所以她想着对黄毅好一点，也因为愧疚，她可以忽略他曾经撩过别人的事情。

黄毅当时松了一口气，却没有反过来想一个女生怎么可以忍受自己的男朋友去约别的女孩到学校广场上听人唱歌，只是因为不爱，不在意罢了。

那时，叶絮觉得黄毅也是个可怜人，她给他剥一碗石榴，他就感动地以为她真的爱他了，像极了傻子。

那段时间的生活很平静，平静到她看到梁嘉泓晒和那女孩的生活照，看几眼就滑过去了。她回头看看黄毅，依旧有些置气地想：我有一天也会这样的，会过得比梁嘉泓好的，我不是可怜的一个人，我也有了新生活。

往平静生活里掷石子的是梁嘉泓。

叶絮在朋友圈分享学校的秋天，她的微信好友人不多，常常点赞的也就那几个，那天梁嘉泓点赞了。

他们加了微信好友以后，从来没有互相点过赞。

那是一个傍晚，黄毅在厨房烧饭，叶絮从床上起来，锁上了房门。

她的背脊贴着房门，似被抽光了力气一样，一点点往下滑，蹲在门口，双手环膝，头埋在里头。

秋天的夕阳绵长，深橘色的光从窗外透进来，落在床上，落在地板上，落在她的跟前。

在那深深浅浅的光晕里，她的眼泪噼里啪啦地落了下来。

这和以前不一样，从前他出现在她各种社交平台的访客记录里，可是他从不会说一句话。他们彼此都是这样，因为心里还端着，心里还放不下，所以谁都仰着头不肯大大方方地评论、点赞。

而如今，他是真放下了，所以不介意他们之前有怎样的过往，她只是他列表里的一个老同学、一个朋友，因为她拍的秋天很好看，所以点个赞。

晚风吹动浅绿色的窗帘，床上的小桌子上，电脑屏幕还亮着，现实总是比故事更残忍。

叶絮深深明白，梁嘉泓已经放下了，他已经踏上了另一段旅程，只有她还活在那段腐朽残缺的过往里，在一个个深秋里细数着心里的意难平。

那两年简直比在高中还要忙碌，叶絮一边要忙学业，一边要花心思写小说，她认识了另外一个写故事的小姑娘，两个人关系好到约了一起旅行。

也许对陌生人更容易吐露心扉，叶絮和那个姑娘说起了那段青春，说完才发现，原来这四五年的痛苦，都不过是几句话的事情，而别人其实很难感同身受。

而那个姑娘曾在高中时期也很喜欢一个男生，她性格比叶絮还内敛，说起那段往事时简化了很多。她们的想法也差不多——好似再也不会心动了。

即使有一个又高又帅又有钱的男人追求自己，也不会再有十七岁时的心动了。

2016 年的寒假，两个姑娘每晚相约码字。叶絮投入进去以后忽视了黄毅，黄毅倒也不打扰她，他也变了不少，没起初那么黏人了，她觉得这是好事，谈恋爱何必腻腻歪歪的，情侣间总要有自己的空间和生活。

那个冬天叶絮写完了自己的初心，那段和梁嘉泓的岁月，她原原本本地写在了故事里，只是结局不好。

写的时候她不断地回忆过去的一点一滴，她发现画面仍旧清晰，那些感受和触觉仿佛是昨天，她一点都没忘记，她很庆幸自己没忘记。

就好像那首歌的歌词一样——谁舍得改变，离开你六十年，但愿还能认得出你的子女，临别亦听得到你讲再见。

读者的反响很激烈，多数人很难接受悲剧，他们批判男主狠心，批判女主不成熟。

她倒比之前包容了许多，也没生气，因为谁也不能真正体会她和梁嘉泓的感受，都是些局外人而已。

那姑娘也看了，说道：“这也太悲了。”

叶絮说：“我没勇气做的事情，就让故事里的人去做吧。”

故事里的人生离死别，而他也从未忘记她，好似报复一样，故事里的他是后悔的，这是她最后一点私心。

第十二章 曾经的少年——梁嘉泓

2016年，叶絮和黄毅相处得不错，常常有说有笑，他带她回去见了他爸妈。家里人都知道对方的存在，每个人都以为毕业之后这两个孩子就会结婚，就连叶絮也这样以为。

黄毅成熟了许多，对父母也孝顺，对叶絮更是千依百顺，她觉得余生和这样的人一起过挺好的。

到了2017年，他们已经是大三下半学期。

那半年她和黄毅之间爆发了很多问题。

叶絮发展得不错，通过编辑的指导，她从一个小菜鸟写手变成了卖出影视版权的成熟作者，也算得上功成名就，每个月的收益有五位数，她不再买一百块钱的衣服，不再涂两百块钱的化妆品，生活水平上升了许多。

可黄毅还是靠着父母给的一千五百块钱生活费生活，缺钱用也不愿意去打工，或者打了两天工就喊累，想办生日宴，没钱，还是问叶絮借的。

那时她一再忍让，想着大学期间确实很多男生都在吃吃喝喝打游戏，她不能以太高的标准去要求他。

直到黄毅对她态度变了不少，时常没什么话说时，叶絮才明白如今所有的新鲜劲都过去了，他也不再是当初那个对她千依百顺的人了。

她反复地问他：“还想在一起吗？”

他敷衍地说：“想。”

叶絮心里有了答案，但她不忍心就这么舍弃这段三年的恋爱，一而再再而三给了他机会。

直至2017年的4月，她得知梁嘉泓离婚了。

叶絮看到那条朋友圈的时候很震惊，他去了趟日本，配图是一张日本寺庙的符，他说：我离婚和你们有什么关系吗？

从他这句话可以推测出他身边应该有不少朋友知道他离婚后责怪他。

叶絮从他以前发的那些文字和图片中可以察觉到陈煦是个才华样貌都有的女孩儿，叶絮有过羡慕，有过嫉妒，她始终觉得那个女孩比自己好，就该是那样的人和他在一起。

可他们为什么会离婚？他们的孩子快两岁了，明明不久前还见他发那个女孩儿站在落地窗前的照片。

叶絮太了解梁嘉泓这个人了，他不会平白无故舍弃一段感情。

震惊之余，不能说她没有那些想法，但都一闪而过，因为妄想始终是妄想，现实总归是现实。

高中三年，大学三年，已经有六年之久，足够她明白一个道理——即使梁嘉泓回归到单身生活，她和他也不会再有感情上的羁绊，他们之间的沟壑比从前更深。

她现在有自己的生活，有交往了很久的男友，对曾经的感情一年比一年释然，甚至后来可以给梁嘉泓的朋友圈点个赞，梁嘉泓也会来评论她出的书很棒。

她虽然还是会悸动，但叶絮也仅仅是真心实意地祝福他。

她喜欢他，只是她的事情而已。

时间总会抹平些什么。她的梦里还是会有他，醒来后空洞感却比以前减轻了不少，侧过头她看到的是黄毅的睡脸。每当此时，她都会告诉自己，就这样活着吧，按部就班的，让父母省心。

但她仍偏执地希望几十年后自己心里还是有梁嘉泓的。

叶絮和陆颖颖说了梁嘉泓离婚的事情，那时陆颖颖已经换了好几任男友，却想开了不少，她问叶絮："那你还想他吗？"

叶絮说："不能说不想吧。"

"那就去找他啊，想他就去找他，把话都说清楚。"

"不了吧，这样不好。"

这时候去找他，弄得好似她一直在等他离婚一样，就这样把他放在列表里，偶尔点个赞，还能是朋友，说开了就连朋友都没得做了。叶絮不知道自己在害怕什么、不舍什么，只是觉得现在这样也挺好。

梁嘉泓离婚的事情给了叶絮不少触动，她常常想：他都能离婚，为什么我不能和黄毅分手？

也许是和梁嘉泓分开以后她对未来的另一半没了盼头，也许是父母也刚好对她多灌输了一层门当户对的理念，她像被困在一个笼子里，勉强能透气，却没有自由。

每一年回家，母亲都会说："黄毅挺好的，家里有房，以后我就不用担心你了。"

叶絮像被洗脑一样，也会笑着说："是挺好的。"

种种因素累积在一起，她拖了又拖。

那三年她真的不快乐，男人的好总是三分钟热度，女人总是越到后面付出得越多。

她能熬夜写文还早起上课，黄毅却因为熬夜打游戏连续逃课好几个星期；她能竭力做完一段视频，他却让她帮忙再做一个；她能自食其力，他却还要靠她救济，美其名曰父母压力大。

有些话叶絮始终没和黄毅说，怕伤及他的自尊心，他也不是没付出过，只是她越体谅他越觉得难以忍受。

所以常说同居才能真正看清一个人，他的东西时常找不到、他的衣服不按时洗；他不再像个大男人，叶絮觉得自己像他的母亲，负责他的起居生活。

后来黄毅搬到了他兄弟那边住，原因很简单，他母亲管得严格，不允许他和女孩同居，时常要打视频电话来检查。他倍感压力，叶絮都懂，也知道他不容易，觉得他搬走也挺好，她一个人更清静，更方便写故事。

搬走以后，他和兄弟去打游戏、打篮球、去酒吧，还在住的地方煮饭招待女生，这些都是叶絮从一个女生的朋友圈知道的。

黄毅说他不敢告诉叶絮，叶絮反思了自己，自己是有点高高在上，总是管着他，所以后来她说："没事，你是因为我和朋友没活动了，你去玩吧，我也有事要做。”

2017 年暑假的时候他们已经不太联系了，叶絮也没找黄毅，她想着随缘吧。

那年母亲又在说她毕业后结婚的问题，她忽然觉得烦躁，第一次发了火，质问母亲：“黄毅除了有套房还有什么？”

他连最基本的照顾都做不到，都是她在照顾他。

叶母愣了，安抚道：“妈妈只是希望你找的人能给你一个稳定的家。”

叶絮眼睛红了，转过身去背对着母亲，倔强着不让自己掉眼泪，吸了口气说：“我知道的。”

母亲是这个世上最爱她的人，只是希望女儿不要步自己的后尘而已，这些她都懂，因为懂所以努力了三年。

叶母看出她的不对劲，轻声问：“你们在一起是不是不开心啊？”

叶絮没回答，一头扎进了母亲的怀里，哭得像个小孩。

与此同时，这个盛夏闷热得让人喘不过气，一场大雨浇来时，世间的恩怨已经面目全非。

原来梁嘉泓不是离婚了，而是妻子亡故了。

那是个傍晚，大雨滂沱，叶絮站在阳台上吹风，随手一刷朋友圈，看到梁嘉泓发了一张带有文字的图片，她很惊讶他会说那么多话，于是点开看了，却越看越沉默。

他说：你已经离开我四个季节了，至今还觉得这不是真的，衣柜里还都是你的衣服，两位妈妈来收拾时还说你总是爱买那么多衣服。你喜欢的大熊玩偶还躺在床上。你在国外出事，所以葬礼也办在了国外，孩子目前由爷爷奶奶抚养。睡吧，我的爱人，下辈子再见。

叶絮始终不敢相信，这种事故她在新闻里见了太多，可发生在身边的人身上时，总觉得匪夷所思。

那个姑娘不过二十来岁，孩子还那么小，突如其来的事故让他们都来不及道别。

她已经去世一年了，那就是去年这个时候。

这一年他又是怎么过来的?

叶絮靠在阳台的不锈钢栏杆上，凉风阵阵，她不由得哆嗦了起来。

当初梁嘉泓离开，直至今日她都没办法全然释怀，当初每一天都是那么煎熬。那他呢，这一年又该是何等的煎熬?

她的心里没有半点欣喜，而是随着黑夜沉入湖底。那个女孩走了，在那么好的年纪走了，留下一段最美好的回忆给他，这辈子被他放在心底的人就是那个女孩了，这和十七岁的她比起来，分量重太多。

她可以想象，终有一天梁嘉泓会忘了她，因为他只会记得那个女孩。

如今是第六个年头，她第一次觉得真的到了尽头，她再也不会在他心里占有一席之地。她却出奇地平静，心里更多的是心疼他要经历她所经历过的煎熬；心疼他明明一切都很好，却落得这种结局；心疼他本就因为车祸带走了朋友，现在还因车祸失去了最心爱的人。

叶絮想起之前梁嘉泓去了四川地震遗址，发朋友圈说了一对情侣的故事，说去世的人都会在天上化作星星，还说陈煦就是夜空中最美丽的那颗星星。

从前看电视只觉得化作星星这个事情只能骗骗小孩子，现今却觉得那大概是人最无能为力时的信仰。

她又想：他应该会保留着和陈煦的所有聊天记录和照片，会在那些日夜里一遍遍翻看，从梦中惊醒后再也难以入眠，会情不自禁地流眼泪，还会觉得活在这世上没意思……

那些痛彻心扉的感受，他要反复地经历，就像当时的她一样。

她用了六年都没好，那他需要多少年?

也许是越悲伤就越忙碌，叶絮每次看见梁嘉泓在朋友圈分享一些商业上的消息，都会觉得他应该很遗憾，遗憾那个女孩没有在他身边和他一起见证。

2017 年 7 月，电影《追星星的人》上映，梁嘉泓是投资人之一，那是他跨入影视圈的第一步。

叶絮本来不喜欢去电影院看电影，但因为是他参与的，她就去看了，不得不说这是一部好片子。

随后他在江州余县建设了医疗基地，在徐州投资了一家五星级温泉酒店，成了天天漫画的股东之一，在京州路开了甜品店和火锅店，和朋友开了酒吧，自创了服装品牌，去了意大利学习做定制西装……

一个人去了世界各地旅行，车子换了一辆又一辆，不过他说那个女孩最喜欢那辆小黄蜂。

他的世界广阔到让他们这些普通人望尘莫及，叶絮已经不为那些动摇，她不想再追随着他的脚步走，也不觉得有压力了，那只是他的生活而已，每个人的生活都不同。

就像她还在为找一个靠谱的代购买口红而烦心。

大四时，叶絮选择了和黄毅分手，理由简单到不能再简单。叶絮一个人去了趟超市，买了许多东西，重到提不动，但她还是一个人提回了家，手上被勒出了水泡，大概是脑子里的水泡被挤了出来，她说了分手。

她不再跟着梁嘉泓的脚步走，她和黄毅也磨合不来，她再也不想过当人母亲的生活，她不想下半辈子这么死气沉沉地过着，提东西连个分担的人都没有。

黄毅不肯分手，他知道两个人到了疲倦期，可他仍然不肯，他问叶絮为什么。

到了这份儿上，叶絮依旧是愧疚的，她不忍心说一些打击他的话，她只是说两人不合适。她把他留下的东西收拾好还给了他，拉黑了他所有联系方式。

她感到很轻松，像是解脱一样。她和一起写故事的那女孩说起时，忍不住嘲笑自己从前傻，竟然这样过了三年。

分手后，她从共同好友的朋友圈里看到黄毅每天喝得烂醉，她看了一眼就没看下去，因为不想这个人再出现在她生活里了。

她绝情得不留一点余地，也只有这样，黄毅才能开始新生活，他们都应该开始新生活。

大四上半学期忙着毕业论文，叶絮一边写论文，一边写故事，倒也没有太多压力，休息时和同学逛逛街，一起研究怎么写论文，晚上她还会去学校操场跑步。

自从和黄毅在一起后她不怎么运动了，也懒得化妆，她的自信心被磨去了不少。

9月，她在操场上夜跑，微风拂面，她觉得“自由”两个字快从她的身体里漫出来，她恨不得对着夜空大喊：这样真好！

有大一的学弟拦住她向她告白，她笑着说：“我是大四的。”

梁嘉泓的生活看上去和从前没什么两样，但叶絮知道，那只是一个人最后的伪装。

他出过一次车祸，车子前端被撞得稀巴烂，他却毫发无损，他说生命可贵。

叶絮想，那一刻他一定悲伤到想随陈煦而去吧。

2017 年的秋天，梁嘉泓去了法国巴黎，他拍了香榭丽舍大街上的梧桐落叶，后来她发现他每隔一段时间就会去趟巴黎。

她猜测陈煦应该葬在巴黎。

梁嘉泓发朋友圈说：今年陈奕迅的演唱会你不在我身边。

那女孩也喜欢陈奕迅，梁嘉泓最喜欢陈奕迅的《人来人往》，女孩最喜欢《富士山下》。

后来他还去天华学院找了李齐，他们一起在食堂吃饭。

叶絮是从李齐拍的小视频里看到梁嘉泓的。

他剃了个板寸，脸颊还是偏瘦，下巴有些青灰，穿着件牛仔外套，随着他们一起笑。她反复看了好几遍，又抬头看了看自己，青黄色的头发，细长的眉毛，因为时常熬夜有了淡淡的黑眼圈和细纹。

他们距离十七岁真的越来越远了。

过了那么多年，能被保存的永远都只是回忆。

她点开了梁嘉泓分享的网易云歌曲，是一首韩文歌，中文名叫《仰泳的鱼》。

她细细看过每一句歌词，揣摩他的想法。

叶絮想起之前和一位朋友闲聊时，说起许愿要还愿的事情，如果向佛祖许愿不还愿的话会遭到报应，她觉得是高三许愿时没有去还愿，才会导致如今的局面。

明知是迷信，她却始终那样认为，也许，她只是想为他分担一些痛苦。

她曾经读过普希金的诗《我曾经爱过你》，其中一个翻译版本这样写着：

爱情，也许，

在我的心里还没有完全消失；

但愿它不会再去打扰你；

我也不想再使你难过悲伤。

我曾经默默无语地、毫无指望地爱过你，

我既忍着羞怯，又忍受着妒忌的折磨；

我曾经那样真诚，那样温柔地爱过你，

但愿上帝保佑你，另一个人也会像我一样爱你。

当时他已经有了那个女孩，她一边后悔没向佛祖还愿，一边看着这首诗流泪。她发现自己并没有那么大度，她痛恨地希望他有一天也能尝到她那几年日日夜夜的折磨。

可如今，她希望陈煦回来，让梁嘉泓回到最初的样子，她愿意再次忍受那些不甘和嫉妒。

只有经历过才会知道在悲伤中愈合是一个多么不容易的过程。

那时叶絮才明白，原来真正爱一个人，是希望他永远风光无限、无忧无虑。

2018 年，大四下学期，叶絮回了南城，那时学校里的事情已经处理得差不多，导师通情达理，不强求他们留在学校，说有事会再找他们，毕竟论文还没敲定。

叶絮回到南城后向一家影视公司投了简历，她有过几年写作经历，出过书卖过影视版权，很顺利地进入了公司。新人入职场要学习的东西实在太多，编剧和作者确实是两种身份，她经朋友介绍去了南城戏剧学院学习。

那位指导她的副教授年轻有为，听说小时候念书念得早，念完博士才二十七岁，今年是他在这里任教的第一年。

他叫林熙，他说熙是光的意思。

叶絮对林熙的第一印象是这个人不好亲近，戴着副金丝边眼镜，眼睛是那种较深邃的内双，眼角有一颗泪痣，上课时没什么笑意，清清冷冷的，但他讲课都讲得非常通透，看法很独特。

叶絮不是正式的学生，一个星期只上两节课，因为她和林熙有共同的好友，所以林熙还算照顾她。借此，他们互相加了微信。

她发现他私下是个挺健谈的人，也会有点小幽默，或者毒舌。叶絮时常说不过他，每当此时他都会很温柔地笑她。朋友从没见过林熙这样，他以前就是一个毒舌王。

叶絮不是没察觉到，林熙会在周末时约她一起去图书馆看书；会在下雨的时候顺道送她一程；会在课上多看她几眼；会趁着其余学生在写东西的时候发微信问她刚刚讲的听懂了没有。

一天，叶絮回复他：我要揭发你玩手机，不好好上课。

那天，林熙看完这条消息，笑了下，抬头说："坐在最后面的那位同学，把手机收起来。"

全班同学齐齐回头看去，叶絮涨红了脸，瞪着林熙，一副下课后你等着的架势，而那个如清风一般的男人笑意更深了。

他真的和大学里的男生不一样，成熟稳重，样样都懂，读过许多叶絮听都没听过的书。两个人的兴趣爱好也算吻合，私下常常有说不完的话。

林熙看过叶絮写的书，看完之后还会和她讨论。

有一次，他问她："当时写的时候在想什么？"

叶絮笑了笑说："没想什么，该怎么写就怎么写，哪有那么多为什么。"

他总是带着一种很欣赏的目光看她，说道："能写完一本书真的很厉害，不是一般人能做到的。"

叶絮又笑了笑，说道："你写了那么多论文，我也觉得你很厉害，那不是一般人能写的。"

他的论文登上过全球最知名的月刊，那是多少教授都梦寐以求的。

遇到一个愿意聆听的人，叶絮晚上和林熙打电话的时候会唠唠叨叨讲很多，讲她新故事的大纲，讲人物背景和性格的由来，讲她想表达的东西，他都会非常认真地听，并给出一些意见。

她也同林熙讲写文章的压力，他告诉她："这是不可避免的，但你非常棒，有多少人都羡慕你，也有很多人支持你。"

他总是不吝啬赞美她，叶絮第一次觉得自己会写故事是件了不起的事情。

其实梁嘉泓也曾夸奖过她。

那时她发朋友圈，梁嘉泓点了赞，评论说叶絮真的很棒。她从未在其他同学的动态里看到他说这样的话，他似乎真心为她感到骄傲。

和林熙相处的那些日子里，叶絮通过朋友圈看到梁嘉泓去了瑞士滑雪、去了西藏旅行、去了国外看足球赛，还坐在了观众席里看了科比的访谈现场。

他总是在深夜分享一首歌曲，或是发一些酒吧里的劲歌热舞。

她知道，人在夜晚的时候总是特别脆弱，他需要这些东西填满夜里的寂寞，这样他才不会想那个女孩，才不会控制不住地流眼泪。

其实林熙的出现让她短暂地忘记了梁嘉泓。

虽然林熙唱歌很一般，家庭背景也一般，但这个人是吸引她的，从头到脚都有让人心动的点，比如那双好看的眼睛、细长的手指，比如他自律的生活和渊博的学识。

叶絮也曾因为他的笑而脸红过，也曾常常在夜晚等他下班、等他来找自己聊天。

那段时间她仿佛变回了当初那个对爱情还满心幻想的十七岁女孩，她已记不清了有多久没动心了。

那时候她和黄毅在一起，她都不会想去吻他，总会把头撇向一边。

可那天在图书馆，林熙站在她身后，她转身抬头，目光触及他凸起的喉结和薄薄的嘴唇，竟然很想亲他一下，当时她不好意思地走开了。

但回归梦深处，站在那里的人还是梁嘉泓，这让她有点难以面对林熙，曾刻意冷落过他一段时间。

可注定要在一起的人，兜兜转转总归是要相拥的，比如林熙。

而叶絮也没想到会再见到梁嘉泓。

他总是在各个城市之间流转，每个城市都有那么多大街小巷，他和她会去的地方也是两种不同风格，可那天他们竟意外地在饭局上相见了。

那是叶絮参与改编的第一部影视 IP 剧，一共有六个编剧参与，论资历她是最浅的，名字排在最后，她的地位宛如这桌上的配菜。

当时已经 7 月底，酷暑难当，晚上七八点还是热得人呼吸不顺畅。

偌大的古风包厢里，空调徐徐吹着，叶絮还是紧张得出了一层薄汗，她第一次面对这样的饭局，生怕自己说错话，于是她告诉自己还是不要说话好了，反正有那么多前辈在。

落座后，制片人说投资商等会儿就到，大家再等等。

叶絮看了很多小说和娱乐圈八卦内幕，都说这些投资商喜欢玩弄美女明星，背地里有些不可见人的勾当。

可那扇门被穿着旗袍的服务员缓缓推开时，她背脊僵住了，心慌、不知所措，各种情绪在她的胸腔翻腾。

他头发还是那样短，穿着白衬衫和黑西裤，衬衫袖口微微卷起了些，露出偏白的手臂。制片人迎了上去，他点头笑了笑，在一帮人的注视下落了座。

叶絮很快挪开目光。

他认出她了吗？也许没有吧。

男人的变化通常不会很翻天覆地，可女生化了妆，换了衣服发型，通常会变成另外一个人，她再也不是当年那个留着齐刘海，只会抹粉饼的女孩了。

制片人向梁嘉泓一一介绍饭桌上的人，介绍到她时，制片人说："这位是我们新来的编剧，叶絮。"

叶絮扯了个笑容，朝梁嘉泓点了点头，他也这样回应她。

那顿饭她没有说一句话，听着前辈和其他工作人员说说笑笑，听着他和他们客气地聊天，她发现那些客套的说辞他熟练得不行。

席间有和他对视过几次，但两个人都会很自然地在看向别处。

她断断续续装作无意地看了他好几次，终于，隔着满桌的菜肴和刺眼的灯光，看清了他的容颜，他的眼睛不似从前那样明亮，从前是深沉，如今是沧桑，他的眼袋有些明显，应该是昨晚没睡好。

她不在意他投资多少，不在意他是否还有意愿投资别的，她只是想问问他还好吗。

可那些话她终究没问出口。

等到快散席时，她拿捏住时机，说要去趟洗手间。她靠在洗手台那儿左等右等，终于等来了走廊那边传来制片人的笑声，应该是在送梁嘉泓。

她走出去，看到梁嘉泓侧身站在门口，制片人递上香烟，又给他点烟。他熟稔地夹着香烟，不知道在说什么，脸上始终带着淡淡的笑意。走廊的顶灯倾泻下来，他短短的头发被打上一层光晕。

好似在某一瞬间回到了她第一次看见他的时候。

那年 9 月，教室后排，他倚着课桌，也是这样温和地笑着，可眼底是难以察觉的漠然和沉寂。

她愣在原地许久，看着他抽了几口烟后，随手按灭在垃圾桶上，转身离开。从背影看去，他的肩膀比从前宽了一些。

她没有勇气和他说一句话，也不想再那样，就该是这样谁也装作不认识谁，无声无息地掩盖过去，只在网络上做老同学、老朋友。

叶絮整理好东西，在酒店门口打车回去的时候，闷热了半个月的天终于下起了雨，风从四面八方刮来，大雨在风中沙沙作响，冲刷着热气，地面上冒出一阵青烟，她的凉鞋被倾斜的雨打湿。

同行的人问要不要送她一程，叶絮笑笑说自己已经叫了车。

林熙给她发微信，问她今天是否顺利，外面下雨了，有没有带伞。

叶絮不知怎的就湿了眼眶，告诉林熙一切都很好，说她已经在回去的路上了。

她从酒店门口冲到出租车里，几步路就淋了个半湿，富丽堂皇的酒店在反光镜里越来越小，那些绚烂的灯光是这座不夜城的证明。

那梁嘉泓呢？他从哪个方向离开，又汇入了哪条路，今夜又要用怎样的方式度过？

她靠着车窗，望着窗外的景色，想了许多东西，又仿佛什么都没想，随即忽然记起，这已经是他们分开的第七个年头。

都说七年之后人全身的细胞会换一遍，所以再难忘的人和事也会被新陈代谢掉，所以没有时间治愈不了的痛苦。

确实，她释怀了不少，也遗忘了不少。

她回忆起十七岁那年和梁嘉泓的种种，发现真的忘了很多。她忘了彻夜难眠是怎样一种痛苦，忘了分手时的绝望滋味，忘了很多他们一起做过的事情。

她点开 QQ 空间，从唐苗苗的相册里找到那张运动会的照片。照片上的她和梁嘉泓相视而笑，细雨蒙蒙下撑着同一把伞，身上穿的是再也回不去的高中校服。

她不由得想：这么多年，我真的还喜欢他吗，究竟是放不下什么？

叶絮回到住宅小区，发现楼底下等着个人，男人撑着黑色的雨伞，在抽烟。

叶絮不用想也知道是谁，除了林熙还会是谁，他对她的关心无微不至，他是个做的比说的多的男人。

不过这还是他第一次来她小区等她。

林熙上前给她撑伞。

叶絮喝了酒，眼里有些醉意，笑着问道："你怎么来了？"

他说："担心你，怕你今天不开心。"

他和叶絮认识也有半年了，她的性格他早就摸清楚了，知道她是个有些天马行空的女孩，但也是有蓬勃野心的，像今晚的饭局，她没有经验，很容易滋生不快。

叶絮知道林熙指的是什么，故作轻松地拍他肩膀："哪有那么多不开心，要上去坐一会儿吗？等雨小些再走吧，你吃晚饭了吗？"

"还没。"

叶絮一边拉着他上楼，一边说："点外卖吧，我也没吃饱，我想吃鸡爪煲。"

那晚，林熙吃了饭，坐了一会儿就说要走。叶絮倒是兴致勃勃地给他看了很多自己收藏的小玩意，最暧昧的瞬间大概是临走时，他摸了摸她的脑袋，叮嘱她早点睡，他知道叶絮的睡眠一直都不好。

叶絮心底溢出一丝暖意，乖巧地说："好。"

她知道自己对林熙是有感觉的，可为什么她还想着梁嘉泓，为什么一个人心里可以有两个人？

2018 年的秋天，叶絮的情绪突然有些不对劲，这是她自己也没想到的。

那种情绪来得很莫名其妙。

后来她想，大概是身体在更替细胞，让她最后一次记住梁嘉泓，记住那么多年的拉拉扯扯，因为正好七年整。

那天，叶絮发了一条朋友圈，内容是什么她已经不记得了。许多年未联系的一位朋友突然评论了，叶絮也回复了。

南城的秋老虎来袭，当时叶絮一个人坐在房间的床上，神情倦怠，明明是炎热的，她却蜷缩着，那是一种从脚底蹿到心底的凉意，不知从何时起，也不知何时会停止。

这个 9 月她的情绪不怎么好，没有理由，她突然觉得很累，一切都不美好，于是把自己关了十多天。她努力试着调节自己，却在悲伤的情绪中越陷越深。

也是在这个 9 月，叶絮开始写一个新的剧本。

她写了几章，情绪不但没有得到舒缓，反而越发难以控制，她像个神经病一样莫名地哭泣。

千家万户，星火万里，谁也不会知道有这样一个女人在夜里辗转反侧，几度失眠。

就在这个时候，有位朋友出现了，他突然的评论让叶絮心底有一丝慰藉。

是陈景程，他们曾亲密到像兄妹，感情纯洁，真正不带一丝一毫别样的感情，他也算得上是她高中唯一的男性好友。

可是上大学之后几乎没了联系，其实更多的是叶絮的原因，她总是喜欢独自沉浸在自己的故事里，也很少再去联系高中同学，便都渐渐疏远了。

可有些人不论多少年不联系也不会让人觉得陌生的，陈景程对叶絮来说就是这样一个人。

叶絮难得主动地给陈景程发了条微信消息，询问他在干什么。

聊了几句，他问方不方便打语音电话。

理由很简单，他在打游戏，却又想和她聊聊天。

于是两个人开启了一段长达三个小时的语音聊天。

陈景程感慨道：“妹妹啊。”

他那颇为老成的声音一出口，叶絮鼻子就酸了，好似一瞬间回到了从前。

她吸了一口气，压下涌出喉咙口的酸涩，低低应了声。

陈景程问道：“你怎么突然主动找我聊天了？我们已经很久没联

系了。”

叶絮坐在飘窗上，望着高楼底下的夜景，轻轻地说：“是很久没联系了，就是忽然想和你聊聊了。”

陈景程最近也不好过，他打算考一个消防兵，考试在月底，他为此天天锻炼，言语间还是有股迷茫感。

叶絮问他怎么不去南城市区工作，他倒也坦诚，一五一十地都说了。

半年前陈景程遇到了一个女孩，曾经是他的学姐，他喜欢上了她，于是义无反顾地选择了跟随她，在南城东区那边租了个房子，就租在她隔壁，选择了一份普通的设计工作。

他还曾把女孩带回过家，他母亲以为她是他女朋友，还带她去玩、去吃饭，身边的朋友也都以为他们在一起了。

可他做这么多事情都是因为那个女孩那时候失恋了，他陪着她一起走出来。

不过他的温柔体贴没有感动她，她大概真的不喜欢他，后来渐渐对他避而不见。陈景程也慢慢想明白了，可最突然的打击莫过于没过多久，那个女孩告诉他，她要结婚了。

于是他收拾行李回去了，一直待到现在。

叶絮苦笑着说：“你这是标准的男二啊，你怎么这么傻？”

男人的痛苦可能不会流露于表面，他在电话那头笑着说：“我能怎么办？”

叶絮安慰了他一通，又随口问起以往的同学，比如李齐、刘靖、唐苗苗和邬天赐。

陈景程和这些人都有联系，简单说了几句。

叶絮问：“那李齐呢？”

只有李齐他没有提。

陈景程笑了笑，说道：“他挺好的，前段时间我们还一起打麻将，他还是那样，很幽默。”

叶絮也笑了：“他的确是个很幽默的人，感觉那时候大家说说笑笑真的很开心。”

“对啊，大家吹吹牛，可开心了。”

叶絮想到当时的场景，不禁叹了口气，想说点什么，却也不知道还能说什么。

打破沉寂的是陈景程，他说：“我知道李齐那时候喜欢你。”

叶絮笑了：“连你也知道？”

“太明显了，谁都看得出来。”

“好像距离我和梁嘉泓分开后没多久，有一天我在上晚自习，李齐给我发短信，问我和梁嘉泓怎么了，我说了我们的事情，他说了一堆安慰的话。我到现在却只记得他似乎说可以陪着我之类的话，我回绝了，我告诉他我还是舍不得梁嘉泓。我真的很感激他，那时候的他对我来说，是为数不多的真心。”

陈景程吃了一惊：“还有这一出啊，不过当年看得出来，他真的很喜欢你。”

叶絮哽咽着说：“可我没办法，我真的太喜欢梁嘉泓了。”

陈景程打游戏的手停顿了，有点不敢相信，于是问道：“你不会现在还喜欢梁嘉泓吧？”

她说：“我不知道，我只是总会想他。”

陈景程也沉默了，到最后只轻叹道：“梁嘉泓不适合你，你们不是一个世界的人，你知道吗？还有，你这是心病。”

轮到叶絮沉默了，半晌后，她才说：“是心病。”

陈景程一语击中要害。

那晚，叶絮做了很多梦，记起了许多早已忘记的细枝末节，梦里不只有梁嘉泓，还有很多人，那是属于他们的一个时代，那可能是他们这一辈子最纯净的时候，那时候的他们敢爱敢恨，无忧无虑，还没被现实打磨得圆滑世故，还没彻底面目全非。

她天不怕地不怕说着要永远喜欢他。

梦醒，她出了一身汗，她终于明白，其实她早就准备好过新生活了，她只是不甘心，只是心中太委屈，憋着一堆话，只是当时分开得太突然，让人难以忘怀。所以在后来的岁月里，她一直翻来覆去地想他，心中郁积着。

而她对他所有的关心只是心疼他，心疼这个她喜欢了那么多年的人如今过得如此痛苦。

她的状态差，林熙察觉到了.那天早晨他突然拎着她最爱吃的糕点出现在她家门口，问道：“今天天气不错，要不要一起去公园？”

叶絮穿着一条卡通睡裙，脸没洗，牙没刷，眼睛又红又肿，她喉咙发涩，说不出话，只能点点头。

她想：林熙，你再等等我，等我治好这个病。

2018 年秋，整整 7 年，她终于有勇气放下了。

2018 年是他们大学毕业的第一年，大家纷纷迈入工作岗位，朋友圈里每个人的生活看起来都光鲜亮丽。曾经的迷茫，到了此刻，都已不作数。人总是这样，口口声声说着过得不好，不知该如何生活，可你瞧瞧，他们其实都过得不错，有一份稳定的工作，一个相爱的人。

这些年,班级群不是没组织过同学聚会,可只在大一的寒假聚过一次，再后来便聚不起来了，大家都已走散在茫茫人海中。

梁嘉泓不是个活络的人，可他性格确实变了不少，自从那个女孩去世以后，他变得怀旧，话也多了起来。

叶絮经常看见他出手阔绰地在同学群里发红包，也提过几次聚会，除了几个男生响应之外就没有动静了。那时叶絮觉得自己是肯定不会去的，曾经爱过一场的人再相见，除了尴尬还能有什么，她也怕自己想太多。

可那天意外在饭局上碰见，她比自己想象的要平静许多。

赵金金再一次在群里问着要不要聚一聚，应答的还是那几个，叶絮没回答。

陈景程私底下问叶絮：“有空要不要一起吃个饭？”

叶絮说：“好。”

他又问道：“你心情好点了吗？”

叶絮说：“好多了。”

那些埋藏在心底的委屈长达七年之久，终于有个共同经历过那段时光的人倾听完了，她释怀不少。

陈景程跑到南城来找叶絮，两个人约了吃火锅。

叶絮把这个事情告诉了林熙，林熙倒没说什么，只是反问叶絮：“你想我有什么反应？吃醋吗？”

那时她和林熙还没在一起，可暧昧的两个人都心知肚明。

叶絮很喜欢他这么通情达理，步入社会的男人到底不一样，他能准确分清朋友和想追求她的人，不无脑地干涉她的社交圈。

但叶絮怕林熙心口不一，啰啰唆唆说了一堆，说陈景程高中时怎样对她好，说陈景程有个很喜欢的女孩，她说她很感激陈景程。

林熙听完笑了，说道："晚上到家了和我说一声，如果太晚，我可以去接你。"

叶絮轻声说："你怎么这么好……"

和林熙在一起她总是自由的，她在前面奔跑，他则在后面看着她。她能做任何自己想做的事情，跌倒了他会拉她起来。

他总是告诉她，一生短暂，想做什么就做什么，这一辈子自由与快乐是最重要的。

她好像又做回了那个自由自在，甚至有点没心没肺的叶絮，不被所谓的现实捆绑，不被父母长辈眼中的踏实禁锢，他让她觉得她可以放手一搏，每天都活得不一样。

这样好的人，她没办法给他一个不完整的自己，没办法把他当作一个实验对象，没办法把他看作将就一生的人。

她想毫无保留地爱他，想再付出一次自己的真心。

怀揣着那样的想法，叶絮和梁嘉泓见了一次面，可那是个巧合。一路走到现在，桩桩件件都是巧合。

12 月，初冬，叶絮回了趟家，明明就在南城工作，可常常没时间回家。而每次回家叶絮都能清楚地看到父母越发苍老的容颜和脸上越来越简单满足的笑容。

他们那一代人通常以子女为中心，一生的愿望就是子女开心幸福，也正是这种愿望，让他们活得很死板。

叶絮不止一次和母亲说让母亲多为自己想一点，她如今已经步入社会，不需要母亲再操心。

可做父母的，都只会嘴上说好，私底下很节省，为的是能给子女留下一点财产。

叶絮的父亲从她即将大学毕业的时候就开始操心她的工作，总怕她找不到好工作，操心了一年，现在她稳定了，父亲又开始操心她的婚姻。

他们那代人思想也是古板，上大学的时候不希望你谈恋爱，一毕业恨不得自己马上有个金龟婿，人品长相家世样样都好的那种。

晚饭时，叶父说：“我有个朋友，他儿子一米八，在南城做物流公司的经理，一个月工资有一万多，家里在南城也买好了房子，他妈妈是幼儿园的门卫，爸爸是开出租车的，那小伙子长得很精神的。”

叶母给他夹了块红烧肉，瞪了他一眼，说道：“行了，吃饭也堵不住你的嘴。”

叶母知道叶絮和黄毅分了，琢磨着女儿可能还不想谈恋爱，却又管不住老头子爱操心的命。

谁知，叶絮慢悠悠地说：“我有男朋友了。”

叶父叶母瞪大眼睛，抛出一堆问题——哪里人？有房子吗？几岁啊？做什么的？

叶絮说起林熙的时候，眼底有崇拜和自豪：“他是京州人，在南城还没买房，今年二十七岁，在大学里教书，父母也是老师。”

叶父还在钻牛角尖：“没房子可不太好啊……”

叶母更能体谅女儿，马上说道：“你喜欢就好。”

叶絮已经不再顺着他们的想法走，无论父亲怎么说，她都不会动摇。就算将来后悔，她也会心甘情愿地受着。

叶父怕她吃亏，断断续续说了很多。叶絮的脾气收敛了不少，要是换作以前，可能已经和父亲吵起来了，对待越是亲近的人越是容易发火，可她已经不忍心朝年迈的父母发火。

她心平气和地说：“不用担心我，大学里谈的那个，他家是有房，可是他没干劲，人最重要的是品行，而不是房子。爸爸，我说再多你也不会理解，等有一天你见到林熙了，你就会知道他是个怎样的人。”

叶父倒真的觉得女儿长大了，再也不是那个逗一下，就气得过来抱住他的臭脚，狠狠咬上一口的小丫头了，她已经懂得分辨一个人的好与不好，已经懂得自己需要什么样的人。

叶父笑着说：“那行，有空带回来见见。”

吃完晚饭，叶絮洗漱后去书房工作，和林熙聊了几句，随后刷了刷朋友圈。梁嘉泓定位在南城，照片上有一株圣诞树，还没到月底，圣诞的氛围却已经很浓了。

他回来了。

他在这几年里回过南城，那时叶絮一直在桐城，相隔那么远，也知道他心里有了别人，她已经觉得他去哪儿都与她无关了。

可今晚，他距离她不过几公里路，车程二十分钟而已。

叶絮抬头看了眼日历，原来已经12月中旬，七年前的这个时候她还蜷缩在那张床上，哭到天亮。

真的好似一转眼的事情，她经历了几段感情，他结婚了又亡了妻子，当时的他们谁能想到若干年以后会是这副光景。

她坐在书桌前，捧着手机发呆，前些天情绪很坏的日子里她总是会无意间想起过往的点点滴滴。

她又想起林熙，想他的时候总会不自觉地笑。

叶絮忽然觉得，也许就是今晚。

她知道所有的不甘、委屈、执念，以及对梁嘉泓的种种情绪都是心病，解铃还须系铃人，但她发现去找他，是需要巨大勇气的。

踌躇再三，她点开和梁嘉泓的微信对话框，她已经把他的备注改成了他的名字，因为他再也不是那个最特殊的人，她再也不会因为看见他的名字而伤心，从而不敢给他备注，他好似一个普通网友一般躺在列表里。

大概是这么多年已经形成条件反射了，也大概是她下意识地觉得她是没资格去找他的，都这么久了，所有的感情都应该被埋在最深处，而不是还翻出来给他看，也许这样只会让他觉得突兀，她很怕打扰到他。

可这一次，她想自私一点，不再从他的角度考虑，只管自己心中如不如意。

她有预感，他会回复她。

她曾经也找过他，刚步入社会的时候压力大，有些事情周围朋友都没有能力帮忙，她不得已只好去找他。他的语气出乎意料地温柔，也颇具耐心，还对她好一通安慰，说不必在意网络上的是是非非。

他的性格就是那样，永远都温柔到让人想哭。

叶絮哆哆嗦嗦地敲下两个字：在吗?

不出一分钟，他回复：在。

叶絮怕他在忙，试探着问：在玩还是在忙？

梁嘉泓：休息，怎么了？

叶絮：我想着可能会让你不开心，怕打扰你，可是总觉得自己不跨过去也不好。现在……方便见一面吗？

她发出去以后心中顿时轻松了不少，原来，去找他并不是一件多么难的事情，原来真走到这一步，竟然有种前尘往事一笔勾销的感觉。

只是她想最后见他一次，就如当初即使他说了要离开，他们也是在周日相见了。既然他在这里，那就见一面，所有的情感都应该面对面说清，这样才对得起这些年的步步艰难。

梁嘉泓：你在哪儿？

叶絮站起来，一边往卧室走，一边回复：电影院门口见吧，我半个小时后到。

梁嘉泓：好，路上小心。

她没化妆，只是描了眉毛，套上白色毛衣和短靴，拿上黑色呢子大衣，对母亲说有事出趟门，便匆匆下楼。

她仿佛回到了那个时候，每个周日要去见他时也是这般心情。

她扶着方向盘的手都是抖的，月色下，路边的绿化带成了一闪而过的影子，同样的路，同样的季节，而所有一切，终于要在今晚画上句号，好似夙愿达成一样。

那个十字路口依旧没改变，两侧的路灯璀璨，商铺的灯光蔓延到街道上，亮如白昼。

初冬的夜，微风都是凛冽的，行人缩着脖子，说话时嘴里会冒出热气，街上的情侣搂抱在一起取暖，路边摆着玫瑰花筒，十元一支。

叶絮站在十字路口那头，看见电影院门口的阶梯旁站着一个男人。他倚在不锈钢的扶手上，修长的手指拨弄着手机，头发比之前长了一点，因为他低着头，额前的碎发遮住了他的双眼，有几分当年的感觉。

她深吸了一口气，一步步朝梁嘉泓走去。

梁嘉泓看见眼前多了一双黑色的皮靴，她则看到随风飘动的红色围巾。他抬起头，看到叶絮已经站在了他面前。

她的脸被风吹得有些红彤彤的，笑着问道：“没让你等很久吧？”

他收了手机，也笑了，说道：“没有，刚来。”

客气又疏离的气氛让两个人有些沉默。

可叶絮越发觉得自己不紧张了，只要鼓起勇气，站在他面前只会有豁然的感觉。

她是真把眼前的人当作一个老朋友了。

想着想着，她开心地笑了出来，于是她打破了这份沉默，问道：“想去哪儿？”

梁嘉泓还是那么没主意，问叶絮：“你有想去的地方吗？”

叶絮看了他一会儿，说道：“往学校的方向走吧。”

他点点头，说行。

是她找他出来的，所有开头都应该她来，可他很自然地问道：“最近还好吗？”

两个人的手都插在大衣口袋里，在淡淡月光下走着，影子被拉长。

她说：“挺好的，就是前段时间情绪不太好，想了很多。”

“是工作太累了吗？”

“有一部分原因吧。”

他低哑又温柔地问道：“那我可以帮你什么？”

他好像真的想帮她些什么，叶絮觉得这一刻无论她说什么他应该都会说好。

她摇摇头，轻声说：“没什么要帮忙的，只是想和你聊会儿天，所以把你叫出来了，想当面和你说，却很怕打扰你。”

梁嘉泓心中了然几分：“不打扰，你尽管说好了。”

叶絮浅浅吸了口气，抬头看了眼月亮，轻声说：“因为遇到了一个很好的人，也总觉得自己老是这样不好，所以想把心里的话都告诉你，真的很谢谢你，还愿意和我见面。”

梁嘉泓笑了笑。

两个人拐弯走进风口，那家服装市场已经倒闭，这几年网购盛行，这种批发市场早已经支撑不了。

叶絮踢着块小石子，故作轻松释然地说：“那时候，我是真的很喜欢你，后来想想，自己真的太不懂事，也很自卑，怎么努力也跟不上你，后来分开后还是没想明白那时到底为什么分开。那时候，你为什么离开得那么突然啊？”

梁嘉泓看了她一眼，她是真成熟了不少，可身上那股活泼的感觉还在。

他说道：“我一直觉得你很好，那时候我觉得我可以努力，然后留在这里。虽然我和你说过我会走，但是我一直努力地和家里沟通，但显然，我失败了，所以我只读了半年就走了。那时候我想留下来，但是我改变不了。”

是因为这个吗？叶絮知道他应该隐瞒了一些什么，她知道他应该是不想说一些很伤她的话。

叶絮说：“我当时一开始觉得你在玩我，后来觉得是我太幼稚，你可能也觉得我幼稚，再后来，我觉得确实是你比较成熟。陈景程也说我们不太合适，不是一个世界的人。”

梁嘉泓似乎觉得这说法有些荒诞：“我们不合适吗？”

他那时候一直觉得叶絮很适合他，她就像个小太阳一样。

叶絮笑了：“不合适啊，站在我的角度就是不合适。一开始还以为你只是个普通的男生，可越到后面越觉得自己平庸，我什么都不会。”

梁嘉泓说：“我就是普普通通的啊。”

叶絮“嘁”了声：“是吗？”

他低头一笑。

前面的烧烤摊坐了一圈人，青烟袅袅，他们仿佛与这尘世的烟火味格格不入，两个人静静走过了那段热闹的路，再往前就是学校。

学校晚上会开放操场，操场上有少年在打篮球，有阿姨领着孙子孙女玩沙坑，还有人在跑步锻炼。

叶絮停在黑色的铁栏杆前，看到上面的爬山虎已经枯萎，只有一截坚韧的藤蔓紧紧攥着栏杆。

她说：“有件事一直想和你说，可当时怎么都问不出口。”

梁嘉泓也停下，站在她面前，目光比之前坦诚许多：“你说。”

叶絮说：“还记得你把硬币存在我这里吗？”

他点头。

“我把它们放在宿舍抽屉里，放进去以后我就再也没动过。梁嘉泓……”她低低地叫他名字，时隔那么多年，还是觉得委屈，“我真的没有拿过。”

她继续说：“你说硬币少了，我去找赵金金换了硬币给你。后来高二的时候发生了一件事，有个女生拿了徐佳玲和倩倩放在宿舍的钱，不止一次两次，我也曾少过钱。虽然我不能百分百确定是不是她拿的硬币，但我是真的没有拿。”

她哽咽着，把快要溢出眼眶的泪水憋了回去，背过身，看向操场，留给梁嘉泓一个背影。

这个夜晚太过宁静，两人诉说着往事，他仿佛真的回到了那时候。

他的喉结滚了滚，说道：“我知道你不是那种人。”

她从未要求过他什么，也从未向他索取过什么，这样的一个女孩要几个硬币干什么？他所认识的叶絮，坦坦荡荡，阳光开朗。

听到这句话，叶絮的眼泪控制不住地流下，她使劲睁了睁眼，怪自己现在还那么爱哭。

她说：“可能是我太敏感了吧，当时觉得你在怀疑我，于是很难过地找了金金换硬币还给你。那次我真的很难过。”

听到她的声音颤抖着，梁嘉泓一字一句道：“我没有怀疑过你。”

叶絮吸了吸鼻子：“我当时把硬币给你的时候，你说好像少了。”

梁嘉泓一愣：“我说了那样的话吗？”

叶絮小声说道：“嗯，你就是这么说的。还有一次你打电话和别人说事情，我问你怎么了，发生了什么事，你什么都不和我说，说要等以后躺一个枕头了再和我说。我对你说的都不知道，那次是真的觉得我们很疏远。”

梁嘉泓似自嘲般地说：“我以前那么浑蛋吗？真的……很对不起。”

叶絮听到他道歉，破涕为笑，笑他怎么这么实诚。

她转过身，说道：“我不要你道歉啊，我只是把我想说的说给你听，这样就不会再惦记了。”

他往栏杆上一靠，皱着眉头说：“可我的确做得很过分。”

但那些事他都没印象了，现在只能补上一句对不起。

叶絮知道他是真心为这些事情感到抱歉，可她不愿看他内疚，于是说：“你真的很好很好啊，是我遇到的最好的男生。我也有做错的事情，那时候第一次吵架，你可能不知道，我年纪太小，总觉得要靠威胁男朋友才能得到些什么。”

“我记得那时候挺冷了。”

叶絮拽住一片枯叶，放在手里把玩，说道：“我和你吵架，其实只是因为我害怕，我当时真的很喜欢你，付出了很多。我害怕你知道后就不喜欢我了，于是很生气地走了。”

“可是我知道啊。”他轻轻地说，还带着昔日疼她的那种温柔。

叶絮笑了笑，她知道他都知道，于是笑着说：“那时候，我在宿舍左等右等，以为你是来哄我的，你却问我要班主任的电话。”

梁嘉泓也笑了：“我问你要班主任电话？”

叶絮抬头看他，发觉他忘记了很多事情，不过没关系，今天往后，她也会通通忘掉，她也不介意把那些再回忆一遍。

叶絮说：“现在想想很好笑吧？因为你第二天要去参加跆拳道比赛，你要请假。”

梁嘉泓记起来了，点点头：“对，那时候你以为我再也不回来了，还一直哭。”

“因为很怕你会误会我，”叶絮也靠在栏杆上，和他一起看路上的车水马龙，“后来我们分开了，我想不明白，为什么我喜欢的人要这样对我。”

“让你失望了。”

叶絮浅浅一笑，缓缓地说：“那时候我好几天不吃东西也不感觉饿，生理期也乱了，每天一直哭一直哭，看什么都想哭，怎么都忍不住。再后来我们和好了，我虽然很开心，但总觉得你更陌生了，很不安又没办法，自己还那么笨，什么都不会。和好的那个春节你给我打了个电话，我们很少打电话，所以当时很惊喜，可是很多话到嘴边，却不知道该怎么说，只好沉默了。”

梁嘉泓静静听她讲着。

“之后想起来，那次也是真的好笑，开学了见面后，你说我胖了，我当时可窘了，想着失恋不都应该瘦的吗，为什么我胖了，还被你看出来了。”

梁嘉泓轻轻一笑。

叶絮双手背在腰后，身后是少年们在操场上驰骋的声音，她回头瞧了几眼，目光落在梁嘉泓的侧脸上，已经不是少年时的清润模样了。

叶絮垂下双眸，继续说道：“我当时真的觉得压力大，因为你太好了，我追不上，总觉得以后我们也不合适，想了很多，很不确定，你那时候也很忙的样子，好像一切都变了。于是想了想，还是提了分开。再后来，我有点记不清了，没多久你就走了。我就每天看看来访记录，刷你的动态，看看谁给你留言了，你听的歌有哪些，你发的图片上有什么，你去了哪里，我们相距多少公里。你来过学校几次，我每次都不敢回头看，有时候也会想，你是不是回来看我的。

“梁嘉泓……你那时候来学校是看我的吗？”

他点了点头，喉结微微滚动：“我一直都在关注你，你后来和那个体育生在一起后，我还看过他的照片。”

他和她一样，会看来访记录，会看她的动态，会看谁给她留言了，听的歌有哪些，周末见了谁，做了什么，南城的天气冷不冷，她的手还会不会冷，她有没有好好吃饭，想知道她好受些了没有，有没有忘了他。

梁嘉泓实在想得受不了的时候就会回南城，去学校里看看她。即使他坐在最后面，她坐在第一排，即使只能看到她的背影，即使她被一堆同学围着，只能装作不在意地瞥几眼，可是他想念的人就在那里，她的头发、她的背影、她露出的手腕、她握着的水笔和画笔，她就在那里，远远望上一眼就很满足了。

梁嘉泓说：“你和别人在一起了，我便觉得你放下了。我问过王昊祥，他说你和那个男孩子可好了，很幸福。”

叶絮倒是没多大意外，但很开心，原来那时候不是她的错觉，他真的没放下她。

她说道：“那时候我想，你可以像没事人一样，我也可以。他其实也不喜欢我，他有喜欢的女孩子，所以那时候我们幼稚地在相互利用，因为我知道王昊祥会告诉你。”

梁嘉泓拿出了烟盒，询问叶絮：“我可以抽根烟吗？”

叶絮说：“你抽吧。”

他背过去点烟，吸了一口，然后慢慢吐烟圈。

他们都陷入了沉默。

隔了很久，叶絮说：“欸，我当时有和你说过我为什么会喜欢你吗？”

“没有。”他回答时已经抽完半根烟了。

她眼里有月光，回忆着美好的曾经：“因为那天中午你靠着后面的桌子在喝AD钙奶，和他们说笑，喝完后转身把酸奶瓶子扔了出去。我到垃圾桶那边扔垃圾，正好转身看见。我当时觉得你长得可好看了，动作也很帅。”

她以为他只会笑笑，谁知道他说：“那还好是我扔的，我要是正常走过去扔，岂不是完蛋了？”

叶絮说：“谁知道你为什么朝窗外乱扔垃圾，还用的投篮姿势。”

梁嘉泓笑着说：“可能我懒得走，也可能是我想耍酷。”

叶絮戳破他：“我看……你应该就是想耍酷。”

“我也觉得。”

两个人相视一笑。

叶絮有些感慨地说：“反正不知道是戳中我哪根神经了，认识没多久时你说以后可能会走，那句话就犹如一道晴天霹雳，想着你要走为什么还要招惹我。可我来不及抽身了。”

她还是想知道真实的分手原因。

他说：“可以异地恋啊。”

他的回答正中叶絮下怀，她顺势问：“可是异地恋，为什么还是想分手？”

梁嘉泓沉默了一会儿，说道：“只是后面的发展和我计划的不一样，我也后悔我做出离开的决定，但是那时候自己做不了主。”

“你当时为什么什么都不和我说，你怎么就知道我不能等个十年八年？”

“当时我如果这么说，我会觉得自己太没本事了，还要让女孩子等，对你也很不公平。现在来看我当时做的决定其实是逃避，但是我当时只能做出那种选择。我不能和你说我还是要走，要你等我。我以为我和家里说我不走了，我想读书，然后一切就会回到我想的那样，可是我甚至没有机会说出来。我没有任何决定的权力，我当时……决定不了任何东西。”

他看着叶絮再次泛红的眼睛，说道：“你和别人在一起后，我觉得你放下了，也没有勇气再去找你。我性格又比较闷，那种时候，我不会主动说我们和好的。”

那时候他想回去找叶絮的，告诉她，他们的未来是有希望的，可是她身边已经有了别人。

夜渐深时，他才真正敞开心扉，即使说得模棱两可，但叶絮知道，和自己猜想的差不多。这个人啊，到最后也还是那么温柔，不愿意说一丝一毫伤害她的话。

但是她从未想过，他曾想回去找她说复合。

她觉得很遗憾，如果那时候她如果再等一等，是不是就真的等到他了？

叶絮鼻子酸了，说道：“那时候是赌气，大学里也是赌气，不想显得自己太可怜。”

梁嘉泓想给她抹眼泪，可他没有这个资格，他只好递过手帕，掐灭烟，说道：“我听过一个词语——冷暴力分手，我觉得我们和好后的那段时间，我好像就是这么对你的。我觉得自己很垃圾，伤害你那么深。所以我一直说这都是报应，我在为我做过的所有错事赎罪。”

那是块方格子的手帕，叶絮摇摇头拒绝了，说：“我有纸。”

她擦完泪，笑着说：“你不用太内疚，我比较爱哭而已，也不是多伤心。今天找你，本来就是想把自己的疑问和想说的话都说清楚，我不是来谴责你的。”

他眼底的愧疚很深，深到叶絮觉得不忍。

叶絮安慰他说：“那时候觉得你超级像小说里的男主角，我初中看了很多很多小说，知道你会跆拳道，会赛车，唱歌又好听，人又正直，真的觉得自己很幸运。后来和新认识的朋友谈心，说到你，我说你最可怕的地方大概就是现在回忆起来还是觉得你好得要命。前任不都应该很渣吗？像你这样的真的令人很难忘。”

梁嘉泓目光动了动，操场上的人已经渐渐要散场，他的声音混在清冷的风里，显得那样格格不入。

他说：“我以为我在你的回忆里只剩下糟糕的印象。”

叶絮很惊讶他会这么想，摇头说：“不是这样的，你真的教会了我很多。我那时候叛逆，哪会懂得父母珍贵的道理，可你每次和你爸爸打电话都会让他小心开车。我问你怎么那么孝顺，你说父母是世界上独一无二的。我后来把那句话想了很久，发现是真理。那时候年纪也小，从前喜欢的男生耍着我玩，可是你不是这样。我当时真的觉得自己被人珍惜着。”

梁嘉泓说：“你值得被珍惜。”

叶絮弯了弯嘴角，吐槽道：“不过你真的一点都不浪漫，我过生日时你什么表示都没有，还要订包厢给别人过。虽然我可羡慕陈佳莉了，她有一个好大好大的娃娃，就连那时候买个气球也是我主动说的。”

梁嘉泓承认：“我在这方面很差劲，一直到现在我都是那种你说了我一定会买，你要告诉我你喜欢什么，我就会买的。”

叶絮笑了，他口中的“现在”应该指的是和陈煦的那段时光，陈煦肯定比她开朗得多，会直白地告诉他自己喜欢什么，而不是像她，自卑敏感不敢开口，生怕被他看作是有所图的人。

过了一会儿，叶絮问：“我上大一的时候，大概 11 月吧，你在微信上找过我，问我最近过得怎么样，还简单地聊了几句，那时候为什么来找我了？”

明明都确定要结婚了，又为什么去找她?

梁嘉泓倚在墙上，说道：“我一直觉得我给你的伤害很深，所以我不敢面对你，或者和你道歉，我不觉得我给你带来过什么美好的回忆，别人谈恋爱都会有美好的回忆，好像我带给你的都是很糟糕的事情。”

他亲眼看着自己是怎样伤害叶絮，亲眼看着她痛苦得不能自拔，那几年他始终是愧疚的，要三番五次地确认她过得好，他才觉得自己的罪孽好似轻了一点，却依旧不敢面对她，连句抱歉也说不出口，他愧疚到觉得说句对不起都是没资格的。

因为亏欠，所以叶絮找他，只要她开口，他什么都会答应，比如今晚。

叶絮也没想到他对自己的内疚会深到这种地步，她以为这几年他早就放下了，不会有太多的情感，有的大概只是过去那份情谊留下的一点温柔。

真是奇怪，明明受尽伤害的是她，可今晚一直是她在安慰他。

她否定他的说法，温柔地说：“有啊，我们有很多很美好的回忆，有个周末，你和往常一样等在校门口，我什么都不知道，你和我说因为想见我所以从京州赶回来了；还有一次，我早到了，你还在睡觉，我和你说我到了，在书店等你，你立马赶过来了，一脸没睡醒的样子，真的很可爱；还有一次啊，我睡得太晚，课间休息睡着了，物理课打铃都没听见，还是邬天赐推醒我的，你给我发消息问是不是昨晚没睡好。我当时真的觉得很幸福，因为这个男生在后面注视着我。”

她说话的时候脸上都是笑意，梁嘉泓有些恍惚，他仿佛被她拉入了那段美好的时光中。

他不自觉地放低声音说：“我一直都在关注你，你啊……上学的时候老是低着头走路。”

叶絮说出了那个时候女生的通病：“其实我是怕被风吹乱刘海，那时候刘海可厚了，乱了就不好看了。”

“那撞上别人多尴尬？”

“我初中的时候撞过语文老师。”

两个人不由得一笑。

叶絮说：“那时候你送我回家，我也很开心。”

梁嘉泓点点头，说道：“那天挺晚了，我想不通，不就送你回家吗，怎么开心成那样？”

“可就是很开心啊，以前没有人送我回家过，喜欢的人送我回家，本来就是件很开心的事情。”叶絮再次安慰他，“如果你真的很糟糕，如果给我留下的都是些不美好的回忆，我又何必惦记你这么久。虽然以前也埋怨过、恨过，可回过头来想想，还是觉得很幸运、很感激，能够让我在十七岁的时候遇见了一个超级好的男生。”

他也从来不知道，原来他在她心里是这样的存在，总以为她恨他更多一点，总以为她这辈子只要一想到他都会恨他。

梁嘉泓的双眸柔软得不像话，低声说道：“我也不后悔。叶絮，我真的喜欢过你。”

叶絮愣了愣，鼻头一酸，带着哭腔“嗯”了声，低下头，肩膀微微颤抖着。

原来，到了这种时候，一句“我真的喜欢过你”还可以这样打动人。

他好似也在感慨，反反复复地说：“真的，我真的喜欢过你……”

她哭着哭着就笑了。

所有的不甘、委屈、遗憾，都在这一刻飘散在寒风里。

学校里响起钟声，回荡在这个平平无奇的夜晚，只是有一个人，她终于不用再辗转反侧难以入眠，不用再因为生活中的细微点滴而伤感得不能自拔，不用再被秋天的雨、冬天的雪、春天的枝、夏天的光凌迟。

2019 年的钟声在寂静中响起。

叶絮在回家前问林熙要不要跟她回家过年。

一转眼，她和林熙也认识快一年了，只是他们还没捅破那层窗户纸。叶絮以为他会在某一天问她愿不愿意做他女朋友，可他没有，他关心她，爱护她，也一直默默在等她。

叶絮没有说过梁嘉泓的故事，只是林熙偶然从朋友口中听到叶絮曾三四天没吃饭，于是开玩笑地问："到底是什么伤心事，让一个女高中生三四天不吃饭？"

她当时没回答。

到了他们这个年龄，有些事不必追问，有些事不必着急，她和林熙都相信，这世间种种的缘分因果都是早已注定好的。

当她问他要不要跟她一起回去过年的时候，林熙的表情很精彩，先是愣了，再是缓缓一笑。

当时，他正在叶絮家里修水管，连手套都没摘，一步步走到她面前，弯了腰，双眸盯着她，带着试探问："我以什么身份去？"

叶絮忍着笑，故意逗他："曾给我上过课的副教授啊！你是我命里的贵人，既然你春节不回家，一个人在这里怪可怜的，不如回我家呗。"

林熙哼笑一声，一副看穿了她的表情，顺着话说："那算了，你自己回去吧，我过年有计划了。"

"你真不去啊？"

"不去，我还要备课，还有论文没写完，还有朋友要来看我。"说完，他继续去修水管。

叶絮急了："你……你……不行。"

她上去抓他衣服，一把将人扯过来："你不去我爸就要把我嫁给别人了！"

他还是不为所动："挺好的，你都二十五岁了。"

"那你还二十八岁了呢！"

两个人面对面，谁也不低头，可到最后都笑场了。

叶絮狠狠捶了下他的胸口，声音也软了：“你去不去嘛？”

他按住她的后脑勺，低头吻了上去，唇齿磕碰间，留下一句：“你不能后悔。”

遇见这个人，发生一段感情，她从今往后都不会后悔。

大年初一，林熙起了个早，陪叶絮去寺庙烧香拜佛，她说不信佛，可是敬畏它，她说还有些往事需要佛祖普度。

每年大年初一烧香的人都络绎不绝，为了做第一个烧香的人，甚至有人彻夜排队。

叶絮挽着林熙的手挤进这人海里，人头攒动，香烟如雾，世人痴心向佛，求的却也是红尘中的琐事。

清晨细碎的阳光从殿庙两侧的瓦檐倾泻下来，薄薄的晨雾飘在光中，香烟缭绕，巍峨的殿里，释迦牟尼佛俯瞰跪拜在蒲团上的男男女女，边上的缁衣僧侣盘腿而坐，手中捏着佛珠，敲着木鱼，闭着眼，口中颂着佛经，异常庄重。

叶絮捧着一炷香插在香炉里，在功德箱里投下香火钱，然后跪在蒲团上，双手合十。

五年前，她曾来向佛祖许愿，希望梁嘉泓一生无忧、平安幸福，如今她依旧这样拜求，明年今日，她定来向佛祖还愿，请求佛祖慈悲普度。

她叩了三叩，虔诚至极。

她睁开眼，有一双手伸到她面前，顺着看去，是林熙，他微微笑着，握住她的手拉她起来。

他不问她许了什么愿，不问她所谓的往事是什么，只道：“要不要去系红丝带？刚刚听路过的人说在丝带上写上愿望，系在庙里的树上便会成真。”

叶絮跨出殿门，回头望了一眼佛祖，随后轻声道：“写一条吧。”

她在丝带上写道：愿得一人心，白首不相离。

署名：叶絮。

林熙笑着在丝带上也签上自己的名字。

她把丝带系在那棵被佛声熏陶多年的古树上，暖冬的风将这些字迹一点点吹淡，吹去西边最远的地方，落到神明手里。

叶絮抬头看向碧蓝的天空，清晨的雾气已经散去，剩下的是万年不变的天际。

这一次，我虔诚地祝愿二十五岁的你重新扬帆起航，平安到老，愿你永远是那个光芒万丈、自信豁达的梁嘉泓。

也是这般虔诚地感谢你。

真心感激你，感激你曾那样惊艳过我的青春，让我这样用力去爱一个人，让我从那个懵懵懂懂的女孩变成了阳光稳重的人，让我随着你的脚步认识到这个世界是如此的广阔。

愿佛祖保佑你，以后会有另外一个人，像我、像她一样真挚无悔地爱你。

我的少年，梁嘉泓。

番外一 那年我们十七，是最好的我们

打算写下这个故事的时候是2018年的秋天，那时她和我说还是很难释怀，我曾在多年前听她完整地讲过这段感情，她说那是她心里的幻想，幻想那个人其实还是爱她的，虽然我们都知道其实不是了。

她和我说起他的时候，总是笑着，可笑着笑着就哭了。她口中的梁嘉泓哪里都是好的，她说遇上这样一个人，真的难以忘记。

那段时间她的情绪很不好，出门的时候看这个世界都觉得天旋地转的。那时，她承受着来自各方面的压力，可好在林熙一直陪在她身边。

她很欣慰自己只是短暂的情绪低落，而不是抑郁。

我见她的时候，她给了我一封年代久远的信，一封写给她自己的信，足足写满三张A4纸。过去的六七年时间里，纸张被她压在字典中，保存得很好，边角也没有发黄，好像是她昨天才写下的一样，只是纸上有她的泪滴，洇染开了字。

她有些害羞，很不好意思地说：“其实当时我很中二的，可是每次翻出来看的时候就会想起那时候，如果没有这封信，我可能会忘记很多东西。”

她说那时候扔了日记本很后悔，所以后来写下了这封信，记录下一些她和梁嘉泓的点滴。因为她不想忘记，所以时常翻出来看，让那些过往一遍又一遍在脑海重复，直到记住。

她偏执地想永远都不忘记。

我们见面时她还没去找梁嘉泓，所以心中还是有太多想说的话，我和她的一位朋友说了一样的话，我说你得去见他一面，把所有想说的话都说清楚，这样没了念想才能重新生活。她没有否定我的说法，躺在床上沉默着，仿佛在考虑。

我就开始细细品读那封十分中二，又象征着我们那个青春时代的信——

致 2011 年 9 月 20 日。

我记得那天是星期二，天气美好。

那天我拥有你了，那般美好，身边的一切都美好。

21 日，我们去了那家餐馆，现在它已被拆，我见过它最后一眼，以及那个靠窗的位置，像放老电影一样，有你我的身影晃动。

那个周日我们在一起待了好久好久，久得就像一辈子。不知从什么时候开始，形成了一种习惯，习惯放学后和你散步，周末有你在身边说笑。

有你叮嘱吃饭的短信、有你关心我安全的短信、有你说想我的短信……什么都有你。

大概在这个地方我们走过的路太多了，去的地方太多了，说的话太多了，以至于现在走到哪儿都能想到你，那么温暖，没有污点。只是你留我一个人去承受这些，内心有时难以负荷。

同样又是这个季节，这个月份，这种天气，这种感觉，一样的衣服，一样的我，只是你呢？熟悉的感觉总让我心口堵塞，却只能用尽力气往下咽，带着对你的想念一起往下咽。

有些专属你我的地方，我都不敢去，甚至不敢多看一眼，怕好不容易的努力会在那一眼之后崩塌。

我知道放不下不对，留念、想念其实都不对，我也尝试着重新开始。

我想你大概都不会知道了，我唯一感谢你的，就是让我到了极端，然后获得坚强。可是我不敢再去那样喜欢一个人，我很怕会重蹈覆辙，更害怕把你忘记，忘得一干二净，然后开始一个人的旅程。

我是念念不忘，却不再有和你重新开始的念头。你扔下我，残忍又坚决，之所以残忍，是因为你犹豫，你走了又回过头来找我，然后又丢掉我。你一定不知道我当时说分开时的平静淡然，我竟有种解脱自由的感受。

我时常在想你是否喜欢过我，还是那三个月我只是你填补空虚的对象？可你说过的话我忘不了，你的关心也常常与之矛盾，于是我变得更不能好好控制自己。

我做不到留着所有可以联系你的方式，我怕看到你的消息和动态，会心神不宁。

可我偏偏最后还是没办法彻底将你从生活中抹去。

曾经你从未亲口对我说过你喜欢我，你总觉得太肉麻，可是不久，我很意外地听到了这句话，那么突然，我激动得只能紧紧抱住你。回想起来，那天夕阳艳红，景色还是很漂亮的。

那是记得最深的记忆吧。

我时常问自己，自己真的懂喜欢一个人吗？

那时候自己一点都不成熟，相比之下，你比我成熟许多，让我知道父母和朋友有多重要。

我总是任性、不考虑后果。

不成熟的我一定让你觉得头疼，有很多地方需要你忍让。我爱闹、爱生气、爱哭，可现在我都在尽量改。

就连那天你说断了吧，我们再也没有可能了，我都没哭，然后用了很多东西去填满生活，我以为自己真的活得很开心。

朋友们都来安慰我，可那些大道理我都懂，我知道我以后还会喜欢上别人，你也会，时间会修复一切，我们身边都会有另一个人。

可我这个任性的人啊，总感觉能喜欢你很久很久。

而你一定很幸福，那个她一定会很爱你，就算现在没有她，以后也会有。

有时候忽然觉得你幸福就好，你幸福我才能更心安理得地寻找幸福，不然就好像是一种背叛。

有时候又好恨你，恨到咬牙切齿，最怕你幸福，最不希望你幸福。

因为这世界上只有一个你啊。

天要冷了，一年又要到头了，格外想念有你在身旁时的温暖。

那时候，回家路上，你有时候会很有兴致地唱《十年》给我听，有时会唱《老婆老婆我爱你》，也许没和你说过我很喜欢，真的喜欢。

我所说的那个可爱温柔又有点孩子气的你，他们都不认识。我既开心又难过，开心的是那样的你只属于我，难过的是我失去了那样的你。

我最近常常听许嵩的《幻听》，最后一句歌词是：如果你回头，不要放下我。

我知道我内心也是这样想的。

说到歌，我听了每一首你添加的歌，仔细阅读你常听的那一首歌的歌词，来回揣摩你的想法。

忽然想起我扔掉的日记本和照片，还有种种和你有关的东西，那些是我曾经很珍惜的东西，我假装自己也可以狠心不回头，所以都扔了。我想你也一定一样吧，那些照片，那条围巾，你也扔了吧。

可我知道，这些百转千回和矫情的措辞，都是我自作自受。

梁嘉泓，愿你一切都好，我也一定要很好。

叶絮

2012.9.16

见我看完沉默了很久，她笑着说：“是不是很矫情很中二？哎，我都不好意思拿给你看！不行了，实在太窒息了，快收起来！”

我被逗笑，摇摇头说没有，虽然它不似作文一样条理清晰，但是字字情深义重。

我问道：“那时候你就已经开始祝福他了吗？”

她说：“记不清了，可能是吧，如果你很爱很爱一个人，也知道自己和他不可能了，你会希望他过得好吧？我知道他也是不得已。我曾想过他有没有真的喜欢过我，可是我记得他的眼睛，记得他的声音，我想，他应该是喜欢过我的。

“从前听不懂许多情歌，如今听懂了，却道当时已惘然。我也时常想，如果当时能爱得久一点就好了，真的太匆匆。”

她望着天花板，眼里有泪光。

她问道：“你看过《匆匆那年》这部电影吗？”

我点点头，说道：“看过，结尾有被惊艳到，叙事的手法很不错。”

她淡淡地说：“我看评论很多人都说女主角在糟蹋自己，说这是典型的青春疼痛故事，三观扭曲。我知道糟蹋自己肯定不对，可是爱情常常使人变得不像自己，那种痛苦和不甘，没有经历过的人很难体会。我很喜欢里头那句——不悔梦归处，只恨太匆匆。”

秋风从飘窗拂来，吹动我手中的信纸，哗哗作响。风中的秋意甚浓，仿佛是当年他在校门口等她时，香樟树叶缓缓落下散发的味道。

楼下的广场传来街头艺人的歌声，声线沧桑通透，仿佛他的心中也带着无限遗憾。

街头艺人唱的是刘若英的《后来》：

后来，我总算学会了如何去爱

可惜你早已远去消失在人海

后来终于在眼泪中明白

有些人一旦错过就不再

你都如何回忆我

带着笑或是很沉默

……

我说："去找找他吧。"

于是这故事的结局便是那样。

你还记得吗?

那年我们十七，听着主流或者非主流的歌，我们满怀理想和热情，我们会因为一个男生的投篮姿势、说话的声音、一双好看的手、望向你充满笑意的双眸，或是因为一些细小的东西而一见钟情。

我们在出操的时候会偷偷跟在他后面，隔着人海寻找他的背影、会假装转身拿书偷看他一眼、会把自己的作业本和他的放在一起、会收敛起自己的性格，变得矫情别扭，会算好时间，期待在楼梯转角遇见他。

也许他也正好喜欢你，也许他喜欢别人，也许没有白头到老的结局，可喜欢过他，那就是一段爱情。

那年我们十七，是最好的我们。

谨以此文，献给所有 90 后。

番外二 很遗憾不能记你六十年

她说他是个温柔的人。

多年以后，依旧如此。

那次见面过后，她原以为他们再也不会有交集，她是真的想往前走了，甚至动过删除他联系方式的念头，后来觉得不忍，怕自己后悔，于是没有删。

那次她能明显地感觉到其实心中还是有些遗憾，想说的话其实还没有说尽，但已经足够了。

意外的是，春天的时候因为一些事让他们再次有了交集，他们要合作一个项目，于是聊了许多东西。说起过往，他们竟然很搞笑地相互指责起来。

他说：“谁让你和别人恋爱？”

她说：“谁让你抛弃我。”

他是个情绪不太外露的人，很多事情他不想说就可以永远不说，但永远不会说假话。

也许是夜深了，他说曾给她写过六张明信片，虽然没有寄给她。

他说高中最好的地方在于它是围栏不是围墙，他可以看到想看到的人，可是他去看了想看的人，发现她不曾看他一眼。

她说一点都不好，因为她不能去找她想找的人，而她一回头，好不容易的努力就白费了。

他说这可能是两个人的另一种默契。

说着说着，又说起那次在超市的偶遇，其实双方都知道对方在那里，一个装作没看见，一个想办法搭讪却没有勇气，于是结局也不曾变过，终究走向两条不同的路。

后来，她发现把过去的事情反复拿出来感慨，渐渐也就真的释怀了。

他依旧没变，即使这样感慨，也是她袒露内心世界比较多，他和从前一样，会努力顺着她的话说。

因为交涉的事情比较多，文字无法快速完成，他给她发了语音。

她想：如果换作以前，我也许会手抖吧？

但那次她只是笑着点开了，然后也给他发了条语音。

他说很久没听到你声音了。

隔了那么多年，听见这样一句话，不免让人有些伤感。

可能他们都想象过对方未来的样子。

她不由得想，所谓遗憾大概就是当时没有和那个人把话都说尽吧？

她变得很平静，异常平静。

她很坦然地问他：“为什么那时候要加我微信、支付宝之类的账号，又去加我男朋友的号？”

他说：“我担心你过得不好，想看看你怎么样了。”

她不是很能理解他这样的做法，换位思考还是不能理解。

也许是愧疚吧，但绝不可能是其他让人误会的感情。

她也不想刨根问底了，就把这样的行为概括为他心地善良吧，毕竟他是一个很在意别人感受的人。简而言之，他是一个好人。

他曾以为她会怨恨他更多一点，其实她感谢他更多一点。

她的生命里总要出现一个人，教会她成长和思考，她很感谢那个人是他。

他说：“我那时很自私，没怎么考虑你的感受。”

她说：“我觉得后来你是考虑过我的。”

他开玩笑说：“很欣慰你能意识到这个事情。”

她嘲讽似的回道：“呵。”

后来她和朋友开玩笑说好似真的放下了，他说什么她都能波澜不惊，能笑着开开玩笑，能轻松地提起过往，只是觉得有趣，没有别的情感。

我能想象她说这话时的神情，一定是慢慢敛了笑容，目光变得幽长。

因为她又说原来这才是真正的失去，不会觉得遗憾，不会再有期盼，不会再伤感，有的只是自己最该死的自尊心。

这也是她从前固执地选择不忘记的原因，她不愿意自己的过去成空白。

但她很喜欢那天和他聊天时的天气，旧小区里茉莉花盛开着，夜幕似薄纱一层层漫来，远处的高楼灯光闪烁，天空一望无际。

她抬头看的时候雨点飘了下来，细细密密的、宛如清晨树叶上的绒毛，落在人身上软绵绵的，和这座城市一样，能软了人的骨头，和他说话都忍不住尾音带个撒娇似的语气词。

可这清寂、凉爽的夜晚其实是平静的。

那些前尘往事哪一件不是归于平静，只是或早或晚而已。

曾经的遗憾变成了很遗憾不能记你六十年。

只要人活着，故事就不会结束，再后来，她意外得知他生病了。

就在冬天的时候，她找他聊天那晚，其实他正打算去国外动手术，但他什么都没有说。

他切了半个胃，在南城休养，她实在不想说“癌”这个字，但事实就是这样。

他说得很轻描淡写，就在这样的情况下，他也嘱咐她好好照顾自己，注意休息。

他用诙谐的口吻诉说着这件事。

她听着，鼻子莫名有点发酸。

说起胃癌，她不禁想到从前看过的小说，于是和他说了说这部小说的大概情节，他竟然还改编了一段后续。

她不甘落后，又加了个后续，说的是男主角把责任推在女主角身上，怪女主角身材不好才会引发一系列问题。

他说：“真是渣男，你不要找这种男人。”

他说得有些一本正经，让人不由得想笑。

他的小幽默其实没有怎么变，语调也总是带着几分嘲讽似的温柔，冷哼或者低语，就跟从前嘲讽她感冒时一个样子。

他不止一次嘱咐她好好照顾自己，夏天别感冒，不容易好。

隔了很多年很多年，他们再次说早安，也许他骨子里也有点煽情，他说："很多年没有和你说早安了。"

她不知道怎么回复，顾左右而言他，询问他昨晚未说完的事情。

也许更端着的人是她吧，她怎么都说不出这样的话，她害怕自己表达出来的东西让人误会，显得自己可悲。

他说："阿姨辈的朋友给我介绍对象。"

她问："你去了吗？"

他说："没去。"

她第一次发现他还有不自信的一面。

也没有往很深入的地方聊，很怕聊着聊着又成了一档情感节目。

其实大家都心知肚明，要接受一个新的人，多少需要点勇气。

她知道他还没有做好准备。

有三年了，三年怎么足够遗忘一个人？

就像开导其他朋友一样，她说他可以试试，万一就遇到了呢，一个人多无聊，两个人的生活才有趣。

他隔了很久才说："你是情感导师。"

下着大雨，她撑着伞就停住了，她开始思考自己到底希不希望他能重新开始。

如果他再遇到一个很喜欢的女生。

虽然有些难以想象，但应该只有这样她才能幸福得心安理得。

因为她有林熙，她喜欢的人是林熙。

还记得那年夏天，她听着许嵩的新专辑，在炎热窒息的空气里接受他最后的决定。从此即使有再多的痴心妄想，她以为自己不敢再有十七岁的勇气去问一个人，说我们在一起好不好。

她害怕失败，害怕再被拒绝，害怕卑微到连自己都厌恶自己，所以想守着自己的固执倔强。

其实遇到了真正懂自己的人，这些自然而然都会消失。

她喜欢林熙，所以后来和他在一起的日子，她做回了自己。

她仍然有勇气直白而大胆地告诉林熙她有多喜欢他，多喜欢现在的生活。

他会给她准备生日惊喜；会带她去游乐场玩；会主动给她买一个饰品戴着；会记住她喜欢的食物，然后认真去学着做；会在换季时提前买好感冒药；也会在冬季来临前购置好暖宝宝一类的取暖物品。

他的微信、电话置顶的是她，备注是肉麻到不能再肉麻的称呼；他每出差到一个地方就会给她带一件礼物，而该买什么，怎么买，他都会预先做好功课。

林熙也带她见了他所有关系不错的朋友，在朋友面前说起她，他从来都是欣赏和赞誉。

他不爱在公开平台发动态，但后来隔三岔五就会发一条，全是关于她的。

她能真真切切感受到他对她的喜欢与珍视。

而她也不会再把心事埋在心底，生活中的一些不愉快和小矛盾都能及时说开，她和林熙几乎没有吵过架。

甚至她觉得他们每一天都像刚在一起。

她肆无忌惮地躺在林熙怀里撒娇，不装也不端着，大大方方把自己的世界给他看，毫不顾忌地告诉他自己最不善良的一面，她不怕他把她往坏处想，因为他都懂的。

所以她说梁嘉泓遗忘了很多她记得的事情，但她知道自己也是这样，肯定也有很多梁嘉泓记得她却忘了的事情。

而往后连那些写在纸上的，她也会慢慢忘记。

就好比她现在和别人说起林熙时，她会毫不吝啬地夸他，说他怎样的温柔，怎样的幽默，又是怎样对她体贴呵护。

她现在想记住的，是和林熙的一点一滴。

后记

温柔的人 运气都不会太差

几年前我开始在晋江写文，我一直是悲剧的信徒，偏爱剑走偏锋的爱情。比起破镜重圆，我更喜欢从此一别两宽，或者是沉迷在好人也得不到好结局的缺憾里。

即使后来我写了几本HE结局的小说，但字里行间不免都有些压抑。

我知道我是被这个故事影响太深。

2018年秋，我打算写下这个故事，并在虚假激进和真实平庸这两个结局里徘徊，最后我选择了后者。

秉着一股冲劲发文，那时候我满心想着要用最肃杀凛冽的结局，可故事写到一半时，我觉得叶絮应该放过自己，于是就有了“冰释前嫌”的结局。但它看起来是充满遗憾的，因为命运是那样的阴错阳差，谁也不能回头，谁也不能如初。

也正因如此，它将永远被叶絮珍藏。

那年十六七岁，他们都不算成熟，也未遇见命运的曲折，一切都是美好的样子，像玻璃罩子里的世界。

后来面目全非时，不得不踩着碎玻璃，一步步艰难地往前走，领略这残酷世界的春夏秋冬。很多年后，她回过头来看，虽然是梦一场，但她也曾拥有。

关于梁嘉泓，他在我心里像冬天最冷冽的风，像夜晚最皎洁的月光，像沙漠里的一场风沙。遇见的时候容易沦陷，拥有的时候最温柔，失去的时候最绝情。

我时常用温柔这个词语来形容他，他也不是温柔得没有脾气，他其实很固执倔强，只是喜欢一个人时总会不经意流露出温柔的姿态。

他面对叶絮时会小心翼翼，紧张时会伪装自己，让自己看起来很镇定。他也不是没主见，只是更尊重叶絮的想法。虽然他真的不怎么浪漫，但如若叶絮开口，我想他一定什么都愿意去做。

他一直觉得在这段短暂的时光里，自己没有给她留下很好的回忆，而他的愧疚让他显得更加温柔。

故事里他们分开时他没有回头，其实他是有回头的，他回去重新拥抱了她，即使没有改变决定。这是梁嘉泓这个人骨子里的温柔，不然也不会这么多年仍怀有愧疚。

而她知道自己没有喜欢错人。他的沉稳、成熟、包容，包括这份愧疚，都是她需要去学习的。

所以当她回忆他时，她能罗列出他许多的优点。他说没有给她很好的回忆，她却能讲出许多细枝末节的感动，也许他不能理解，但也不必深究，男人和女人天生就不太一样。

七八年里，她兜兜转转找不到出路，可她不后悔，比起喜欢过其他人，喜欢上他是她的幸运，她很欣慰教会她这么多的人是梁嘉泓。

她也很欣慰，提起青春和遗憾，她第一时间想到的是梁嘉泓。

也正因为有梁嘉泓，后来她和黄毅分开时，她才能够学会客观地看待那段不公平的感情，她能清晰地列出自身的缺点，也能在不欢而散的情况下讲述黄毅的优点。

所以我毫不留情地写出叶絮的虚荣、自卑、冲动，还有那些藏在心底最鄙陋卑微的想法，因为她在成长，他们都在不断反思和成长。

如果硬要给这个故事安个意义，我想大概就是成长吧。听起来有些俗套，但不得不说青春就是用来成长的，也是用来缅怀的，它是我们往后人生里永存的一抹月光。

所以我常说，一个人的生命里总要另一个人教会他 / 她成长。

我也看到一些人说既然他们后来分开了，各自有了爱人，那又算什么主角。

多数人认为言情主角哪怕经历磨难分离，也依旧心中有对方。我曾经也这样想，可后来不断剖析这个故事时，才发现在那段真心对待彼此的时光里，他们就是主角。

我在文章的最后写道：也许他也正好喜欢你，也许他喜欢别人，也许没有白头到老的结局，可喜欢过他，那就是一段爱情。

而我想写的就是这样一段再也回不去的璀璨岁月。

故而取名《春枝秋雨》，在秋天下第一场雨时相爱，在春天长出第一条嫩枝芽时分别，它对他们来说短暂而深刻。

这也是我唯一一本拖拖拉拉写了半年才完结的文章，我不强求榜单更新全勤，我只想任性地写一次，即使它还是被多数人拒绝的悲剧。

我写的时候也非常情绪化，所以和我以往的风格不一样，甚至现在看来十分矫情造作，内容看上去也有点无病呻吟。

我有一段时间觉得不忍直视，想修改，却又觉得无从下手，它本就不是一篇叙述文，它好像一本自传、一部回忆录、一场心事的焚烧。

所以我试着去接受我这不成熟的文笔和情绪化，比起理性地安排冷静的文字，当时至少真的为它动容。

我在那段时间里一遍又一遍地回忆着自己的十七岁找感觉，每次回家也都要翻一翻过去留下的痕迹，一些日记、几本高中课本，幸运的话还能翻到笔记上当时自己一时性起写下的心情。

那时，周围的朋友都有喜欢的人，虽然现在也忍不住唏嘘。

就如故事里的同学朋友，青春散场时，他们也都纷纷分离，像极了曾经读过的小说情节。

可能怎么办？不圆满的结局是这个世界的常态。

所以啊，实在没必要苛责他们当时的懦弱、倔强、赌气、沉默，谁不是初尝情爱时会惊慌失措呢？

结尾时，梁嘉泓说：“我不后悔，我真的喜欢过你。”

我常常觉得，这已然是满是遗憾的青春里最好的结局了，至少两个人真心地相爱过，至少两个人都不后悔，至少在彼此的眼里，他们还是当初最好的模样。

又有多少人能像他们一样？所以知足吧，面对这段璀璨年华，知足吧！

完结后的一两个月，我有点走不出这个故事，我的脑海里一遍遍地播放着他们在一起的画面。

可我比之前释然，我开始不那么悲剧至上，因为我希望那个温柔的少年可以再遇到一个女孩，像俗套故事里的结局一样，最后，他们都各自幸福着，撕碎的灵魂被缝补完整。

我想，温柔的人运气都不会太差。

帘十里

写于 2020 年 12 月